沖喜

5 完

目次

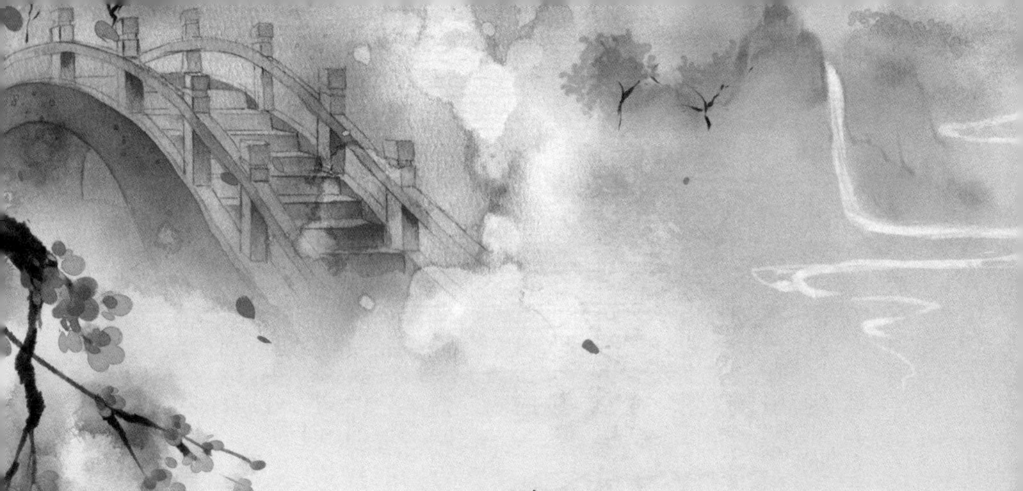

壹之章 ❁ 兩女爭寵笑春風

這日一早起來，趙玉蘭就有些心神不定，好像有什麼話想講，卻又不好意思開口似的。

章清亭看在眼裡，卻也不吭聲，直到剛從王家集被抽回來的張金寶套好馬車，準備帶她出門，趙玉蘭才紅著臉說道：「大嫂，妳等一下。」

章清亭回過身子，趙成材先說話了：「玉蘭，有事？」

趙玉蘭臉更紅了，急得鼻尖都冒出微微的汗來。

章清亭笑著把相公一推，「你呀，就別管我們女人家的事了，趕緊上你的書院去。」

「姑嫂要說悄悄話是吧？我走就是。」趙成材樂呵呵地走了。

章清亭這才望著大姑子笑道：「說吧，到底是什麼事？」

趙玉蘭鼓了幾回勇氣才囁嚅著道：「大嫂，這事兒我說了妳可別多心，真不是我的主意，是娘要她來的……」

「妳就直接說吧。瞧這話，聽得人心急。妳要是不說，我可就走了。」

趙玉蘭把大嫂拉住，說了實話：「昨兒酒席上，我不是說起端午到了，要多做點綠豆糕，包點粽子賣。可眼下家裡人手不夠，我就去問了田大嬸的意思，看能不能把秀秀借來幫幫忙。田大嬸說她現在身子好多了，也可以來幫忙。這話剛好就被娘聽見，當時就怪我，說有事怎麼也不找她商量，說她也要來幫忙。可芳姐兒不是快生了嗎？我當然不肯，娘就讓我今兒把要做的東西也送一部分過去給她，她在家也能幫著做做。」

「這不是好事嗎？妳怕什麼？」章清亭心裡已經猜到了七八分了。

趙玉蘭瞧了她一眼，吞吞吐吐道：「可當時楊家嬸子和……也在，她們也說要幫忙，我說不用的，可是娘……應了。」

章清亭呵呵一笑，拍著大姑子的手，示意她放心，「我當是什麼大事。不就是來幫妳做點糕點嗎？這算得了什麼？妳只管大膽去幹，多賺點錢才是正經。只是她們既不在這邊幹活，萬一做得沒有妳好怎麼辦？別找人幫忙，最後卻砸了自己的招牌。」

趙玉蘭聽大嫂毫不介意，反而幫著自己出主意，心下鬆了一大口氣，興高采烈地跟她彙報：「我都想好了，若是她們一定要來，只讓她們做些前頭的準備。像熬綠豆沙那些，後頭真正要做的，都是我自己來。」

「妳既已經想好，那就最好。就是賺錢，也別累壞了身子，要不，阿慈也該著急了。」

說笑著離開，去馬場的車上，方明珠忍不住偷偷打聽，「大姊，妳真不生氣？」

章清亭嗤笑，「人家趕著要來幫忙幹活，我有什麼好生氣的？妳要是有空，就該好好替我想個法子謝謝人家才是。」

方明珠吐吐舌頭，一縮脖子躲了回去。到趙家接趙老實和趙成棟父子時，趙王氏在屋裡忙著，沒出來說話，只柳芳站在後頭望章清亭笑得得意。

章清亭理都不理，逕自去了。到了馬場，她開始核計正經事情。

她現在也有五個月的身孕了，身子一日比一日易感疲憊。等到入秋，恐怕那時大腹便便的她，也沒多少精力再去安排籌畫這些事情。坐月子又要一個月，這馬場起碼得丟下兩三個月沒時間來照料。

章清亭忖度著，若是柳芳要鬧事，最有可能的就是趁著自己坐月子出不得門，管不了事的時候。趙成材那時要秋考，也沒工夫跟他們糾纏，所以現在必須早做打算了。

若是真的分家，還得先跟方明珠通個氣。

方老爺子這麼看重自己，自己可不能讓她家吃虧。正好方德海不在，方明珠可以推說年紀小，什麼都不懂，自己要怎麼分，全由她說了算，旁人可挑不出一點理。

這回可真虧了高逸告訴她喬仲達的事情，也給章清亭提了個醒，有時候，表面上吃些虧，也許才是占便宜。

「明珠，妳過來。我考考妳，妳說，我們馬場裡，最值錢的是什麼？」

方明珠陡然聽得她這麼一問，倒是愣了，「當然是馬啊！哦，不對，一等馬！」

章清亭含笑瞧著她，「妳再好好想想。」

方明珠像上考場的學生似的，絞盡腦汁琢磨了半天，眼睛一亮，「我知道了，是馬場！有了馬場才能養馬，若是沒有馬場，就是有馬，也沒處養！」

章清亭點頭讚許：「果然是進步多了。」

「可是，大姊，妳問我這個做什麼？」

「我悄悄告訴妳一件事，妳可千萬給我爛在肚子裡。就連玉蘭、阿禮跟前也不許透一點風兒。」章清亭緩緩吐出一句話：「我打算要分家了。」

方明珠瞪大眼睛，卻也壓低了聲音：「那姊夫……不，趙大嬸能同意嗎？」

章清亭狡黠一笑，「那個妳先別管，先聽我說咱們怎麼個分法。妳也好有個準備，萬一日後有什麼事，妳也知道怎麼回事。」

當晚，章清亭生怕走得晚了，趕不上人家要演給她看的好戲，反正馬場裡最忙的時候已經過去了，便推說有些不舒服，提前了小半個時辰，就帶著一家人往回趕。

趙老實是當真老實，很是擔心，「媳婦兒，妳若是真有些不舒服，可就不要再跑來跑去的。這月分也大了，萬一有點什麼事，在路上耽擱了，那可才是真要命哩！」

章清亭微微一笑，「公公說的很是，媳婦兒方才是覺得不大舒服，這會兒又好多了。」

「那一會兒到了家，讓成材他娘弄點湯水給妳，妳婆婆畢竟有經驗，讓她幫妳瞧瞧。」

「好啊！」章清亭正好也有話要講。

不多時，到了趙家，果然聽見院子裡笑語盈盈，楊家母女正陪著趙王氏及柳芳母女在院裡做事。章清亭挑眉，還真開心啊，那我索性讓妳們更樂一點。打發張金寶和方明珠他們先回去，她自己留下了。

見她突然提早回來，趙王氏一愣，先問：「這是怎麼了？馬場有事？」

趙老實掩飾不住的焦急，「孩子他娘，妳快來看看吧。媳婦說不舒服，怕是累著了吧？妳看要不要請個大夫來瞧瞧？」

趙王氏當下也急了，「媳婦，妳倒是說說，到底是哪裡不舒服？」

楊家母女故作關心，卻幸災樂禍地上前問：「啊，會不會見紅了？」

柳芳叫了起來：「那孩子可就保不住了！」

「胡說什麼呢？」趙王氏狠狠剜了柳芳一眼，又問章清亭：「妳到底是怎麼不舒服？方才怎麼就讓妳弟弟他們走了呢？成棟，趕緊去把你哥叫來，把大夫也請來。」

「不用了。」看來婆婆還是真的關心自己腹中的胎兒，章清亭覺得好過一點，虛虛弱弱地開了口，「我就是覺得胸口有些熱，可能是熱著了，回來路上吹了點風，就感覺好過多了。公公不放心，就讓我回來坐一會兒再回去。」

聽及此，趙王氏才放下心來，「那可能是熱著了吧，妳現在有什麼想吃的？」

「也沒什麼。」章清亭皺眉苦思，作嘔吐狀，「就是想弄點酸酸涼涼開胃的東西，上回相公弄那幾個枇杷倒是不錯。」

趙王氏趕緊從兜裡掏錢，「成棟，快幫你嫂子買去。要是沒有，你去問問人家家裡有沒有掛果的新鮮桃兒，去要兩顆來。芳姐兒，妳去廚房煮點酸梅湯。」轉頭瞧見楊氏母女，又加了一句：

「多煮一些，招待客人。」

我這麼大個肚子，還支使我幹活啊？柳芳噘著嘴，不情不願去了。

楊小桃忙道：「芳嫂子不方便，還是我去吧？」

「那怎麼行？妳們來我家，那就是客，哪有讓客人下廚的道理？」章清亭笑著出言挽留，卻綿裡藏針，記得妳們的身分，別拿自己當主人了。

「沒事。」楊小桃偏不知趣，還上趕著要往廚房裡走，「反正也熟，大嫂子客氣什麼？」

真是賤骨頭！既然妳自己這麼愛幹活，那我還有什麼好客氣的？

章清亭當下笑道：「那就麻煩小桃姑娘了。不過，婆婆，既然打發成棟去買果子了，我也不想喝酸梅湯了，一時也難涼透。」她撫著肚子笑說：「可別怪我嘴饞，實在是這小東西太能吃，弄得我現在覺得有點餓，想吃一碗家裡搗的那新鮮芝麻糊，可使得嗎？」

「這有什麼使不得的？」趙王氏生怕餓壞了她孫子，趕緊吩咐：「芳姐兒，妳去告訴桃兒那東西擱在哪兒。這孩子做事可比妳心細，妳每回搗得那粗得都沒法喝。」

楊小桃鼻子差點氣歪了，合著我成妳的使喚丫頭了？本姑娘幫妳煮個酸梅湯已經夠面子的了，居然還要弄這些花樣，簡直是得寸進尺！

章清亭心安理得坐在那兒，誰讓妳自己送上門來讓我踩呢？妳既然那麼喜歡當小妾，就跟那妾室一起去混吧。

楊劉氏不忿女兒無端被人使喚，開始挑撥：「成材媳婦，妳都這麼大肚子了，怎麼還成天往馬場裡跑？快歇歇吧。放著妳婆婆這麼個能幹的人不用，不是妳自討苦吃嗎？」

這話可說中了趙王氏的心病，她是一直想插手馬場裡去管事，可除了章清亭上京的那段日子，自己是一回都沒得逞。怕媳婦當著外人的面給她沒臉，先自己謙遜了句：「我哪有工夫操那些心？

就讓他們年輕人自己弄去吧。」
章清亭莞爾，「楊大嬸，您可聽見了？這是我婆婆瞧不上我那小生意，沒興趣管呢！」
趙王氏暗地裡翻個白眼，妳倒會得了便宜又賣乖。我就願意管，妳肯放手？
「話可不能這麼說。」楊劉氏不死心，她來趙家不是一回兩回了，早就聽說因為這馬場鬧出來的矛盾。趙王氏生平最愛爭強好勝，若是能插得進手，她能放著那麼大的馬場不管？
她索性把話挑明，「成材媳婦，妳婆婆不管，恐怕是妳不樂意吧？妳可別生氣，妳婆婆是個最熱心腸，又最有本事的，在咱們鄉里哪個不知？只是我們年紀大了，跟你們年輕人說不到一塊兒去，才不願意讓我們摻和你們的事情。」
妳既然知道，還來廢話這麼多？章清亭也不客氣了，就著她的話便道：「楊大嬸，您是相公的師母，按理說也不是外人，怎麼不說教教我們做晚輩的盡孝道，讓父母頤養天年，卻反而搗鼓著我們讓長輩做事？」
楊劉氏臉色一變，這丫頭好利的一張嘴！
章清亭也不深究，倒是一笑，給了她個臺階下，「肯定是說這話來試探我們，對嗎？」
楊劉氏除了點頭，還能說什麼？當下只得悻悻把話鋒轉了過去。
又閒扯了幾句，趙成棟滿頭大汗回來了，「街上沒賣枇杷的，只好去王大嬸家要了兩顆鮮桃，嫂子，妳別嫌棄，我幫妳洗洗。」
「那就有勞小叔了。」
見他都回來了，在廚房裡磨磨蹭蹭搗芝麻糊的二女也不好意思再拖，也拿了東西出來。楊小桃把碗往章清亭面前一推，笑得燦爛，「大嫂子，妳不是餓了嗎？快吃吧。」
「好啊，謝謝妳了。」楊小桃做的東西，天知道裡頭放了點什麼，妳就做了，她還不願賞臉吃。章清亭隨手就抓起洗乾淨的桃子，咬了一小口，「真甜，成棟，可辛苦你了。」

「哪兒的話？」趙成棟自覺有功，很是高興。

章清亭挑起方才那話題，重又說了起來，「剛剛楊大嬸還怪我不讓婆婆去馬場幫忙，其實我倒是有心要用一個人，只怕婆婆不放心，回頭又怪我太累著他。」

這是何意？趙王氏怔了，「妳要用誰就用誰唄，我有什麼不放心的？」

章清亭挑眉一笑，瞅了小叔一眼，「那我要用成棟，您也不心疼嗎？」

趙成棟跳了起來，指著自己鼻子一臉的不可置信，「嫂子，妳要我……我去做什麼？」

章清亭笑了，「瞧你，怎麼像個孩子似的？一點也沉不住氣。」

趙成棟被說得赧顏，忙又端端正正坐下，「那嫂子妳讓我幹麼？」

「什麼幹麼？管馬場唄。」

這句話一出口，在趙王氏心中掀起颶風效應。大兒子為人處事很是自覺，用不著她操心，她千愁萬愁，就是心心念念著要如何讓這個小兒子學得有出息。可章清亭老不發話，她就沒轍。

「媳婦兒，妳說這話可是真的？」

「婆婆，這還有外人在呢，我能拿這事跟您說笑嗎？」

章清亭早有打算，很是深明大義地擺出大嫂的姿態，「成材就小叔這麼一個兄弟，咱們有什麼，不就得分成棟什麼？相公是讀書人，當然要以學業為重。我又是個婦道人家，總不能一輩子在外頭拋頭露面吧？日後這份家業總是要靠成棟挑起來的。他們兄弟倆一文一武，一個教書，一個經商，這才是絕配。婆婆，您說是不是？」

趙王氏聽得瞠目結舌，簡直不敢相信自己的耳朵，這媳婦會有這麼好？

可她說的卻是字字句句都說在趙王氏的心坎上，若是章清亭真能做到這一步，那趙王氏真得好好謝謝這個大媳婦了。

「大……大嫂，妳真要我管馬場？」趙成棟像是突然被從天而降的金張元寶給砸懵了，連話都說不利索了。

柳芳也瞪大了眼睛，趙成棟要是能管馬場了，那她豈不是就跟著風光了？她已經開始在想像著自己像章清亭似的，每天駕著馬車招搖過市，去自家的馬場上梭巡往來，是如何的氣派而風光。

楊小桃卻聽得不是滋味，章清亭要把生意交出去，那怎麼行？她既然想給成材做小，自然也會把趙成材的家產看成自己的。這趙成棟和柳芳雖然是自己現在要拉攏的人，但並不代表她要把自己嘴裡的肉分到他們碗裡去。哪怕是未來的，也不可以。

見著各人各式各樣的表情，章清亭笑得更加溫婉，推心置腹地對婆婆道：「您可別怪從前我不給小叔機會，那全是相公在頭裡攔著呢！」

這髒水往趙成材身上潑，可比留在自己身上好，反正那兩個都是趙王氏的兒子，想來婆婆也不至於怪罪。

「當然，相公也是出於一番好意。他這做大哥的，總覺得小叔年紀小，不懂事，怕他做不好反而闖禍，所以非讓我把他先丟去做了獸醫，一來是為了讓小叔學有所長，二來是為了磨礪他的性子。要不然，怎麼輪得到金寶出來管事？」

章清亭故意自損親弟：「這也不是我說，成棟和金寶比起來，哪個聰明？這不明擺著的事嗎？既然金寶都能管事，成棟只有做得更好，斷不會差的。其實我倒覺得成棟早就練出來了，只是成材老不放心，可這回他非得依我不可。這眼看著我就要生產了，那馬場不交給成棟，又能交給誰去？所以我是下定了決心，從明兒起，成棟那獸醫的活，我另找人接了，小叔，你就開始好生學習管事。這事說起來光彩，但要操心的地方可不少，日後你要幹得辛苦，抱怨起來，我可不依。」

「絕不抱怨！」趙王氏代小兒子一口答應，「成棟，你嫂子既然肯這麼教你，你可不能讓她失望。這馬場也是咱們自己家的東西，好生學著，可讓你一輩子受用不盡。」

章清亭該表的態已經表完了，轉頭一笑，「哎呀，這時候也不早了，我就慢慢蹓躂回去了。楊大嬸，您和楊姑娘也辛苦了，就留下吃個便飯吧，我就不奉陪了啊！」

這話說得楊家母女縱是有心留下，也不好意思了。

楊劉氏出了門就罵章清亭蠢：「好端端的，把自己的東西送給旁人，不是傻了嗎？」

「她才不蠢呢！」楊小桃自以為洞燭機先，揣摩著章清亭的心思，「她現在是挺著肚子，沒法管事，才故作大方，以此來收買人心。等真的生完孩子，那就此一時，彼一時了。」

楊劉氏恍然，「還是妳聰明。不過，桃兒，要是趙成棟真的管事了，妳倒可以跟芳姐兒好好打聽打聽他們到底有多少家底。」

那是當然。楊小桃只是有一點奇怪，那姓張的怎麼對她的出現一點也不生氣？還大大方方地邀請她明日再來？

不過，甭管她說的是反話還是渾不在意，自己就是得去。楊小桃不信，憑她章清亭表面上裝得如何淡定，多少心裡也是有些不痛快的吧？能讓妳不痛快，我就痛快了！

這一點她確實猜對了，章清亭回到家，多少還是有點不高興。不過，她隱藏得很深，除了趙成材，沒人看出來。

「妳怎麼似乎不大高興的樣子？金寶說妳有些不舒服，我說要去接妳，明珠又說妳沒事，不讓我過去，到底是怎麼回事？」

章清亭翻個白眼，卻是重重嘆了口氣，「才一個略成些體統的秀才就這樣，要真是中了舉，不知還得惹出多少事來呢。」

「這話是什麼意思？」趙成材聽了個沒頭沒腦。

「我正在想，女人怎麼這麼命苦？相公平平凡凡的時候，天天盼著他上進，有出息，可若是吃苦受累地把他供出來，自己也人老珠黃了。那時相公若是不講良心，就是一個陳世美。若是講良心，至多也就混成個王寶釧，苦守寒窯十八載，為他人作嫁。說什麼糟糠之妻不下堂，全是哄人的。到底最後那薛平貴也早就另娶他人，生兒育女。末了也不過是給了她十八天的榮華富貴便死了，這一輩子想想還有什麼意思？」

章清亭一時是感慨萬千。

「妳瞧妳，又鑽牛角尖了。那都是戲文上說的，豈可當真？再說了，妳相公有這本事當陳世美，當薛平貴嗎？妳這操的哪門子心。」

雖不中，亦不遠矣。

不過，這話章清亭沒說出口，再怎麼說，自己既不是秦香蓮，也不是王寶釧。她可沒那麼偉大，處處委曲求全。

她斜眼一笑，「我只告訴你一句話，趙成材，你若是待我一心一意，你這輩子不管是好是壞，我都心甘情願跟著你。可若是你哪天生出些別的花花腸子，那對不起，孩子我帶走，你給我淨身出戶。」

「越說越離譜了。」趙成材不答，跟她商議起正事，「我這幾天要上郡裡一次，一來，今年秋闈之前還有縣試和府試，這是考童生資格，得上郡學請示。咱們書院也辦了有一年了，藉此機會也要檢驗一下成果，挑些好孩子參加試試。要是能考中幾個，也是為咱們書院爭光。二來，我和鴻文也得上郡裡打聽打消息，拜會方老師，琢磨一下考題。這回去的時間不會長，至多不過三五日就回來了，但在方老師那兒可能會約個時間，七月就過去專心備考，那時恐怕我就要等到考完才能回來。妳在家裡一人行嗎？」

「你去你的，別為我分心。那盤纏早就預備好了，既是成棟不成親，他那裡留的銀子就先給你使吧。可別捨不得，誤了正事。」章清亭當即幫他打點起行裝。

「方才是誰在那裡悔教夫婿覓封侯的？這會兒偏又積極起來。」趙成材搖頭好笑，「女人心呀，果然是海底針！」

「你少在那兒耍嘴皮子，真要我後悔，也得要你先封個侯回來再說。」章清亭白他一眼，卻不願將那些亂七八糟的事情告訴他，讓他分心，只跟他交代：「你那弟弟我看著有些眼高手低，準備讓他去磨礪磨礪，受些挫折，你沒意見吧？」

「隨意。」趙成材是真不想管了，「我現在可不擔心他，只放心不下妳。這回上郡裡，我打算繞個道，先去永和鎮瞧一眼岳父和小蝶他們，妳把端午要給他們的東西也準備齊全了，別臨時又抓瞎。」

章清亭應了，忽又覺得不對勁，「這是李鴻文的主意吧？」

「送妳四個字。」趙成材笑著伸出四指，「難得糊塗。」

當天夜裡，想著人要離家，章清亭忍不住與相公膩歪了些。這膩來膩去，就膩出火來了。可章清亭身子沉重，真開始了又覺得各種不便，倒是趙成材覺得她有孕之後，身子與平常有所不同，便作弄著她，很得了一番趣兒。

翌日起，章清亭果真撤了趙成棟的獸醫之職，讓他接手原本歸張金寶分管的主事之責。又從賀家馬場借來一個獸醫，張金寶帶著幾個小廝輪番跟在後頭學習，督促得極為嚴格。特別是自己的弟弟，章清亭可是發了狠話，讓他把鋪蓋搬到馬場裡去，一定要在這幾個月內學會照管整個馬場。

張金寶聽得大惑不解，「大姊，妳不是說要成棟管事嗎？」

「他管他的，你做你的，打聽那麼多幹麼？聽我的就是，難道我還會害你不成？」

張金寶不大明白，但他腦子裡天生就沒那麼多彎彎曲曲的東西。既然大姊要他幹，他就老老實實去幹活。當下毫無異議，捲了鋪蓋就來馬場。

而趙成棟做上管事，心裡甭提有多高興了。走起路來，下巴都抬得高高的，衣裳生怕弄出一個褶痕，很是注意儀表。

可章清亭心中清楚，交給趙成棟的不過是一些花架子，表面上看著風光，實際上現在馬場諸事穩當，根本學不到什麼真東西。說白了，不過是一個體面跑腿的。而趙成棟呢，偏又好這個虛名，只想著光鮮省力，熱衷於耍嘴皮子，根本就不動腦筋。日後分了家，怕是要吃大苦頭。可若非如此，又怎能讓趙王氏知道這個兒子到底有幾斤幾兩？

章清亭面上很是客氣，開始教趙成棟應付一些拋頭露面的事情，還拿了牛姨媽那邊糧店的帳本教他盤存和點貨，一些胡同裡雜七雜八的事情也交給他去應付。為了往來便利，還特意配了匹馬給他。

趙成棟真是覺得極有面子，成天喜孜孜地東一榔頭西一棒子，忙得不亦樂乎。趙王氏和柳芳也只看到他現在成天穿得體體面面，都覺得這做的才是當家主事人的樣子，俱歡喜不已。

趙成材和李鴻文出門了，保柱也跟了出去，家裡便覺冷清，章清亭每晚都輪流帶個小廝回來看家護院。當然，去趙家時，也不意外時常瞧見楊小桃。她也不介意，故作和顏悅色。

晏博文還在養傷，但可以坐起來活動活動了，因上回那一刀，失血過多，臉色仍是十分蒼白，得慢慢休養。不過保住性命，這就是萬幸了。

章清亭也不勸他，只跟他說：「先養好身子要緊。」

晏博文點頭，只是眼神越發孤寂，看得方明珠異常陌生，好像離自己越來越遠了。

因她一個孤女在家，章清亭早就讓她搬到這邊，跟張小蝶一塊住，那邊有伺候的丫頭小子，也不令她多插手。馬場和胡同上的事情又諸多壓在她肩上，令她無暇旁顧，才讓少女心頭的那縷酸澀漸漸淡去。

章清亭瞧得很明白，若是晏博文能平平淡淡在此做個普通鄉民，興許方明珠還有點機會，可現在看來，他遲早會回到從前的繁華名利場去。他身上的羈絆太多，根本不適合方明珠這樣單純樸素的鄉間女子。

而他們倆之間也沒有真正產生過情愫，只是方明珠少女懵懂時的一廂情願，而隨著時間的流逝，總會逐漸忘卻。

這日，五月初三，章清亭一早還未醒來，正算著趙成材該是今明兩日便歸家的，卻聽樓下門板拍得山響：「生了，阿芳生了個兒子！」

來報喜的是趙成棟，樂得簡直是合不攏嘴。

柳芳是昨兒下半夜裡開始肚子痛的，因為生過一胎，幾乎沒費多大的勁，剛請來穩婆，就生下個大胖小子，可把趙王氏可樂壞了，只是有些心疼白封了份錢出去。

見趙成棟這得瑟勁兒，章清亭心下哂然。樂呵個啥？你媳婦還沒有，兒子先生了，算是哪門子的喜事？反正之前柳芳把阿慈的東西都搶了個乾淨，趙成材早就放了話，這回她不用再送禮了，便只笑說用了早飯就過去探視，又問那邊有什麼要幫忙的。

章清亭不過這麼客氣一句，趙成棟卻道：「娘說……看嫂子這兒不忙的話，就把小玉借過去幫忙吧。現在馬場那邊不是又找了農婦幫著漿洗嗎？她也能倒騰出手來了吧？」

章清亭心中一冷，看來還真是孫子金貴呀，現在就上我這兒打主意了，難道你家孫子要人照顧，我就不要人照顧了？

她微微一笑，轉身問：「娘，妳看小玉走得開嗎？」

「她要是走開了，家裡這麼多活怎麼辦？」張羅氏可一千一萬個不願意，「妳爹和妳妹子都不在，全得小玉幫著我買菜做飯，料理家務。還有玉蘭那兒，她得空還得去那邊幫忙的，就我同意，玉蘭也不能同意，要不，妳問玉蘭去。」

「這是真的。」趙玉蘭忙抱著兒子出來，「成棟，你瞧，我早上得忙生意，全虧了小玉和小青幫忙，幫我帶孩子，要不，我能騰出手來賺錢嗎？你先回去跟娘說一聲，就說人我用了。一會兒做完早上這撥生意，我也回家瞧瞧芳姐兒，再跟娘說說這事。」

見趙成棟還有些猶豫，張羅氏話說得很直：「成棟，你要是不好說，我就跟你娘說去。說起來她也真是的，你哥又不是沒給她家用，幹麼連個人也捨不得請？你嫂子又不是沒給你工錢，你們吃住全在家裡，有什麼可花用地方？一個月不過一二百文，難道全攢著給你兒子接媳婦，那未免也太早了些吧？」

這話說得趙成棟也覺不好意思，「那……要不，我去街上打聽打聽吧。」

章清亭當即點頭，「那你就去吧。這幾日你肯定是忙的，我放你三天假，好生把家裡的事情都安排妥當了再來，行嗎？」

趙成棟聽大嫂如此通情達理，倒是不好再說什麼，自己出去打聽了雇工的價錢，回去跟趙王氏一商量，她又覺得心疼了。回頭等張羅氏過來，又在她耳邊劈里啪啦說了一大通話，弄得趙王氏也不好意思，只得自己心不甘情不願照顧起了柳芳，那待遇可想而知。

柳芳生了個兒子，本是得意非常，尾巴都快翹到天上去了，卻是這種待遇，很是不滿，就只能去鬧趙成棟。可趙成棟也小氣，不願出錢，「不過是一個月，有娘在家伺候妳，何必非得花那個冤枉錢？再說，就請了人來，娘不待見，也是做不長的。難道妳從前在家生孩子，也請人伺候的？」

提起從前，柳芳不好意思再鬧，畢竟是嫁過人的，又不是頭生子，難免讓人沒那麼重視。她見這頭沒希望了，又生一計，「那別人家都不用報喜，我自己娘家也能不去？」

非軟磨硬纏著趙成棟準備了一籃紅蛋、一份端午厚禮送去給她家，暗忖總得等娘家人來了，才好說話。

趙王氏看在孫子的分上，這事就睜隻眼閉隻眼放過去了。

柳家人聽到這消息可高興壞了，當時就要趙成棟大擺酒席，廣請賓客，趙成棟哪裡敢應？只含糊答應他們三朝上門時，定會好好招待也就罷了。

趙成材端午前一日的下午匆匆趕回紮蘭堡，才知柳氏已經生了兒子，他怕章清亭有壓力，百般勸解：「咱們就生個女兒也沒事，妳可別太著急了。」

章清亭本來是有些壓力，不過到了現在，卻是釋然了。自己的孩子自己親，管他是男是女，都是她手心裡的寶，容不得旁人半分輕賤。

「我才沒那麼想不開，只是那孩子三朝，婆婆說中午在家裡擺一桌，隨便吃個飯便罷。按理說咱們都該去的，可那柳家的人也要來，我很是討厭。若是他們藉機又生些什麼事來，沒得給自己找氣受。於是我便跟婆婆說，馬場事多，成棟又休了假，更沒人了，我實在脫不得身，就送他們一桌酒席，算是個心意。婆婆也允了，只看你去不去。」

趙成材嗤笑，「妳都不去，我更不去。這回去郡裡，他們聽說咱們書院要考試的事，都很重視，因為人多，還要特別多派幾個官員過來。現下書院裡正是最忙的時候，明兒端午，總是要回家團圓的，後日我就去忙正經事了，哪裡還有閒工夫去湊那個熱鬧？像妳說的，沒得給自己找臉色看。」

兩人議定，章清亭忽地想起一件要事，「咱們這兒的新縣太爺定下來沒？這回又是哪兒的官？

好相與嗎？」

要是來個喜歡唧唧歪歪的，他們生意人可就有苦頭吃了，她不能不關心。

趙成材當然知道章清亭關心，他也留神打聽了，「薛家的案子鬧上去，這個風頭浪尖上，誰都不敢來咱們這個地方當官。後來聽說吏部是從外地公推了幾個平素最是清正廉明的，由皇上親指了一位姓閻的大人過來。年紀頗大了，但破案最神。他一直在南方盜匪最為猖獗之所任職，官雖不大，但極是有名，人稱閻青天來著。他那老家離咱們紮蘭堡也不太遠，估計皇上也有憐恤之意，只等在咱們這兒幹完便可以告老還鄉了。」

章清亭點頭，「別的倒還罷了，只要是個好官就行。」她忽地輕笑，「只是咱們這兒民風淳樸，沒什麼案子好破，日後他恐怕要清閒下來了。」

又問起張發財和張小蝶在永和鎮的情形，趙成材一挑大拇指，「岳父和小蝶在那兒幹得真是不錯，連高大哥都稱讚他們，尤其是小蝶，真能吃苦，辦事也潑辣，很有幾分妳的作風。她現在成天扮作男孩子模樣，頂著大日頭跑來跑去，指揮工人弄鋪子，又跟著高大哥學管事，人都黑瘦了一大圈。妳不知道，鴻文見著她都嚇了一跳，差點沒認出來。」

他說著呵呵笑了起來，「後來便說，能不能從他家裡撥兩個人過來服侍，想是心疼壞了。可小蝶一聽，立刻趕我們走，說『請一個人得花多少錢你知不知道？我大姊是派我來幹活的，又不是來當千金大小姐的。你送了人來，我還得照顧她們，你就不能少給我添點亂』，弄得鴻文又感慨又無奈，足見這丫頭也是真的長大了。」

章清亭聽得心中歡喜，「那丫頭真這麼有出息？」

「那還有假？岳父也很辛苦，偌大個年紀，又不識字，還得幫著小蝶記帳管事。他現在隨身帶著個小本子可有意思了，上面畫的全是各種符號，他還教我認來著，只可惜妳相公才疏學淺，實在是不能領會他老人家那麼深奧的天書。」

章清亭笑著嗔道：「有你這麼荼毒岳父的嗎？」

不過，知道他們在那邊都好，她也就放心了。這成衣鋪子以後便是張家的根基，她相信，只要自己一家人齊心協力，一定也是能掙出他們自己的家業來。

端午，他們兩口子當然是回到趙家過節。

張羅氏說自家人也不齊全，就在家隨便過過算了。如此也好，章清亭便只要了一桌酒席，讓方明珠帶著去馬場上熱鬧熱鬧去。

這邊隨趙成材一進家門，趙成棟便喜孜孜抱著兒子要大哥賜名，「哥，你學問好，特意等你回來取個好名兒呢！」

趙成材瞥了弟弟一眼，真是不懂事，特意當著柳芳的面道：「又不是等著上族譜，你慌什麼？小孩子太早起正名了壓不住，先起個小名兒叫著再說，這大名兒等你媳婦進門再議吧。」

這話猶如兜頭一盆冷水潑下，把柳芳氣得了半死。

柳芳知道自己現在勢單力薄，咬牙沒有吭聲。不過等到明兒三朝，定要你們家好看。

這邊一日無事，趙王氏新添了孫子雖然很高興，但因是柳芳所出，還不至於得意忘形。她只在大兒子面前發了一通牢騷，就是嫌她這做婆婆的，居然還要親自伺候小兒子的妾室，有些掉面子。

趙成材早知道她來要過小玉之事，明白娘這是老毛病犯了。既想要人來伺候，又不捨得花錢，多半是想要自己主動開這個口，請個人給她送來那是最好。

他當即一笑，故意大聲嚷嚷：「成棟，你聽見了沒？你這做爹的不能光顧著心疼自己的兒子，就不管娘的辛苦了。人家都說養兒方知父母恩，難不成你自己辛苦了爹娘一輩子，還要爹娘繼續為你兒女操勞？」

趙成棟噎得臉通紅，支支吾吾道：「我有說請人來著，是娘，娘她自己不樂意。」

趙成材也有了三分怨氣，花你小兒子的錢你就心疼了，花我的錢你就不心疼？於是更加唱高調：「娘是什麼性子，難道你還不知道？你直接把人請回來不就得了？也不過是一個月的工夫，這麼點小錢，難道還要我來出？」

趙王氏被大兒子說破心思，老臉微紅，卻心道，你跟你弟弟能比嗎？你弟弟幾個錢，你媳婦手上又多少？真是的，有了媳婦都顧著自己小家去了。

「哪能呢？」趙成棟被哥哥說得臉紅脖子粗，當即表態，「娘，您可別爭了，我明兒就去請個人回來。」

章清亭一言不發，只心中暗笑，想想卻有些無奈，突然想到一個問題，是不是做父母的都天生要偏向小的？她日後可千萬不能如此。這兄弟若是不和，父母平常的態度也很有可能有問題。

初六，是趙成棟的長子南瓜三朝滿月之喜。

南瓜可是窮人的好東西，平常可以當菜，若是無糧又能當飯，煮飯熬粥都能用得上，這玩意兒也好種，很符合趙王氏的理念，小名兒就一定要俗一點才能壓得住。大家也覺得很有趣，便南瓜南瓜的叫開了，可柳家的人來了就問：「那大名兒呢？」

柳芳嘴一撇，沒好氣地道：「他大伯說了，這孩子又不能上族譜，要大名兒幹什麼？」

她故意曲解了趙成材的話，惹得柳家人勃然大怒，就是妾生的孩子也沒這麼欺負人的，哪有兒子不能上族譜的？

柳芳她娘頓時就抱著外孫，像陣風似的衝到趙王氏跟前鬧開了，「難道這不是你們趙家的娃？憑啥不能上族譜？他大伯呢？讓他來說說，哪兒有這個理？」

趙王氏本預計著柳家今兒來三五個人意思意思也就罷了，卻未曾想，他們家浩浩蕩蕩二十幾口子全都來了。七大姑八大姨，就連嫁出去的閨女都帶著夫婿和孩子，統共只拎了四十個雞蛋、兩隻老母雞和兩斤紅糖，還不夠招呼這麼多人塞牙縫的。

這群人一進了門，就開始對著他們家指手畫腳，一間屋一間屋地蹓躂到，見著什麼好吃的，就順手往嘴裡一塞。見著什麼好用的，就往懷裡一揣。若是要問將起來，他們也老著臉說只是看看，放下過後，趁趙王氏不注意又拿走了。

趙老實是個老實人，不大會跟人計較這些東西，可把個趙王氏氣得不輕。雖然都不是些太值錢的東西，但她也不樂意給這些人。心裡本來就沒好氣，偏柳嬸子這麼一問，她就冷笑起來，「我兒子可是最明白事理的，他也沒說錯啊，成棟沒有娶妻，哪來的孩子上族譜？」

柳嬸子招呼一聲，「大家都過來聽聽，親家母可說了，咱們芳兒為他們家生了這麼好的大胖小子，卻正經連個名分也掙不上。趙成棟，你可是孩子的親爹，你就不覺得對不起你兒子？」

趙成棟正頭痛呢，平白來了這麼多人，嫂子送的酒席是明顯不夠吃的，昨天拍著胸脯答應請的幫工也沒去請。找娘私下要錢再去買一桌酒席回來，趙王氏指那些禮物反問他：「你覺得這些東西能值什麼席面？老實去後頭摘些菜來，隨便糊弄糊弄也就過去了，花那些冤枉錢幹什麼？」

趙成棟現在真是叫天天不應，叫地地不靈。長這麼大，除了在絕味齋那會兒，哪幹過幾天廚房的活？可眼下爹娘要招呼客人，怎麼也騰不出手來幫他，他只得自己一人在廚房裡忙活，本指望玉蘭能來搭把手，可玉蘭見哥哥嫂子都不去，她跟柳氏關係也不好，便也不來了。

他這邊正忙得焦頭爛額，還偏拿這事煩他，他能說什麼？無非就是隨便應付幾句：「孩子還小，起個小名兒容易養，等大了再說。」

柳嬸不滿意了，說出柳芳告訴她的主意：「成棟啊，你也老大不小了。這也不是我誇自己家的閨女好，芳兒這一進門，就為你生了個大胖小子，足見是個幫夫旺子的命。你就抬她做了正房吧，也好早些定下心來過日子，你們說是不是？」

柳家人呼啦啦全圍了上來，七嘴八舌附和著：「就是就是！趙成棟，你快過來說句話呀，咱們補個庚帖，就把此事辦了。」

「既然要辦，那非得熱熱鬧鬧擺酒請客不可！」

「那是當然。趙成棟，我們家要的彩禮也不多，知道你手上沒多少現銀，就把那馬場和胡同折我們些也就是了。」

趙成棟被團團圍住，急得臉紅脖子粗，且別提彩禮了，光娶柳芳為正妻這一條就不可能。他再白癡也知道屋裡人是個「二鍋頭」，若是為了個兒子就把她抬正，非得讓人笑話一輩子不可，可他現在敢說嗎？不敢。

趙王氏眼一瞪，怎麼？想藉子逼婚？門都沒有！

她當下高聲吆喝：「你們這是幹麼呢？誰答應要給芳姐兒抬正了？妾就是妾，門都進了，就不可能再改了！」

「怎麼就不能改？」矮胖的柳嬸子奮力高舉著手中的嬰孩，掙出一臉的油汗，「瞧見沒？你們趙家的長孫可是從我們阿芳的肚子裡爬出來的，憑什麼不能改？」

趙王氏嗤笑，「瞧瞧這話說的，芳姐兒生個兒子怎麼了？這兒子是咱們老趙家的長孫又怎麼了？可妾生的就是妾生的，再怎麼也得往後靠靠。再說，難道天底下就許她生，不許別人生？我大媳婦可沒幾個月也要生了，下回我們成棟再接個媳婦回來，還是要生的，可別以為生了個兒子就不得了了。」

「趙成棟，你來說，芳兒對你怎麼樣？可有二話說？你但凡是個男人，今兒就給句痛快話，咱們就把這事辦了！」

「成棟，別聽他們的。柳家的，你們要是再鬧事，可別怪我不客氣了。」

「妳想幹麼？要打人呀？行啊，打，就打死妳親孫子！」

一屋子正鬧得雞飛狗跳，院門吱呀一聲，被人推開了。動靜太小，吵得太歡，沒人留意到。

楊家母女在門外已經聽了一時了，互相交換個眼神，皆有幾分幸災樂禍的意思。因今兒有客，趙家沒有閂門，輕輕一推，門便開了。

楊小桃使個眼色給娘，自己悄沒聲息往西廂房走去，楊劉氏適時出聲：「喲，這是怎麼了？大喜的日子爭什麼？」

她這一出聲就把眾人全都吸引過來了，幾人皆有幾分赧顏，一下子全都靜了下來。畢竟這是關起門來的事，當著外人的面吵，總沒那麼好看。

趙王氏見她來解圍，心裡還是很感謝的，勉強笑了笑，打了個招呼：「楊嬸子，妳來了。」

楊劉氏笑著上前，遞上禮物，「區區薄禮，不成敬意。快讓我看看孩子，是這個吧？」她從柳嬸子手裡接過早被嚇得哇哇大哭的小孩，「瞧這小可憐見的，快讓奶奶哄哄，不哭喔！」

此時眾人才意識到把那孩子嚇壞了，都有幾分尷尬，暫時消停了。

楊劉氏抱著孩子坐下了，幫著趙王氏對柳家人道：「有什麼事不能好好說？這麼吵吵鬧鬧的，知道的，是親家之間偶有爭執，不知道的，還以為是仇家上門討債呢！」

趙王氏冷哼，「可不就是想來討債的！」

一句話又挑起了戰火。

「妳這話什麼意思？」

「不是想來討債的，成天惦記著管我們家要東要西？」

「妳這話說得可難聽了？我們管妳家討什麼了？就是成親要些彩禮不過分吧？誰家嫁閨女不要

彩禮的？合著白給你們家生兒子啊？」

「她早是成棟屋裡人了，難道就不該給咱們家生兒子？」

「哎呀，都一人少說一句吧，才哄好了些孩子，看又嚇著了！大人的事情什麼時候不能談？偏在這小孩子的好日子裡？」楊劉氏插進來一句，拖延時間。

西廂裡，楊小桃正色跟柳芳道：「芳姐，妳的心事我明白，可妳這麼一鬧，非壞事不可。」

柳芳斜眼飛了她一眼，心想我鬧我的，關妳什麼事？

「又不是我鬧，是我們家人要鬧，我又有什麼法子？」

楊小桃將窗戶推開一道縫，偷指著趙成棟，「旁人說什麼倒還罷了，可妳看看妳男人，是願意娶妳的樣兒嗎？」

柳芳瞧了一眼趙成棟那心不甘情不願的表情，很是惱火，而更惱火的是，點破這一實情的楊小桃，「他願不願意，也是我們自己的事情，就不勞妳操心了！」

楊小桃放下窗子，在她炕邊坐下，「妳可別當我有心藏奸，見不得你們好。只是咱倆平素談得來，妳又聰明，我跟妳說話也不用兜那些圈子。若是妳一會兒聽著不中意，我掉頭就走。說白了，你們家的事又與我何干？我一個外人，何苦白操這些心？還落個豬八戒照鏡子，裡外不是人。」

柳芳聽得心裡一動，這丫頭頗有心計，不如暫且聽聽她的說法。念及此，她忙換了副笑臉，「哎喲，桃子妹妹，妳還不知道我嗎？脾氣一上來就管不住自己的嘴巴，妳對我好，我心裡可有著數呢！」

楊小桃這才指著門外道：「芳姐，妳一向是個最聰明的人，怎麼今日竟糊塗了呢？妳現在有了兒子，便是最大的護身符。日後不管趙成棟接不接媳婦進來，誰還能越得過妳去？」

柳芳覺得這話不中聽，若是後頭進來了媳婦，那生的是嫡子，她這是庶子，可怎麼辦？

楊小桃當然也明白這一層，「我知道妳擔心嫡庶有別，可問題是，趙成棟現在有一點媳婦影兒嗎？沒有。既然都沒有，妳慌個什麼？妳這麼急赤白臉地鬧起來，只會讓人覺得妳想母憑子貴。方才趙嬸子說的話妳也聽見了，那意思明明白白的就是不可能。」

柳芳急了，「可我也不能總這麼著。他就算現在沒媳婦，以後總會有的，我不能等到那時候再鬧吧？」

楊小桃對她挑眉一笑，「只要妳管得好，趙成棟永遠也不會有媳婦。若是他沒了媳婦，妳不就是他唯一的媳婦嗎？」

柳芳疑惑了，「這話什麼意思？」

楊小桃覺得這女人真是蠢到家了。

「妳怎麼就不好好想想？趙成棟自從跟妳在一起之後，在這鄉里的名聲如何？雖說妳是個妾室，但也讓人知道他是有主的了。尤其是上回成親談不成，十里八鄉可都傳遍了。誰都知道他有個美豔如花的妾室，哪家的閨女敢嫁進你們家跟妳爭寵呢？現在妳又有了兒子，這消息很快就會傳開，到那時，妳想想，趙成棟的媳婦哪裡找？」

這番話連捧帶誇，說得柳芳自己也怦然心動，「妳是說，要我把此事拖下去？拖得時間越長，成棟越不好找媳婦，到末了，他只能認我一個？」

「再有，妳這些年跟在他身邊，是白跟的嗎？妳這頭胎生個兒子，下一胎隨妳生兒子還是女兒，一年就是一個，弟弟連著哥哥，再多幾個娃了，誰還好意思進門來跟妳爭？現在孩子才三朝，妳就鬧，他們當然不能應允。可過上一年半載，等孩子慢慢大了，彼此感情都深厚了，若是還沒個正經名分，趙大嬸能不心疼？趙成棟能不心疼？這人心都是肉長的，到那時就是水到渠成的事情了。或許那時都不用妳再多說什麼，他們還主動會提出來呢。」

柳芳聽得深覺有理，是啊，若是能堵住趙成棟，不讓他娶妻，那自己不遲早就是他的妻子？何必急於這一時呢？當下笑道：「好妹妹，我沒妳想得明白，多謝妳好言相勸了。」

「舉手之勞，客氣什麼？」楊小桃起身就往外走，「既然姊姊如此深明大義，那我就去替妳說一聲，也讓他們記得妳的好。」

柳芳剛要點頭，卻忽地想到，若是讓她出去說，那不是功勞盡數歸於她了？好像是自己滿不講理，被她勸服了似的，立刻就坐了起來，「這怎麼好意思麻煩妹妹？還是我自己去說吧。」

她這二次生產，其實恢復得很好，平常這麼嬌弱無力的模樣，都是裝出來的。

楊小桃忙按著她嗔道：「那可不行，妳這還坐著月子呢，哪有才三天就下地的？萬一經了風，落下月子病可就麻煩了。」

這話說得柳芳一怔，也不好表現得太過輕鬆，否則她後面這個月怎麼過？於是眼珠一轉，忽地笑道：「沒事，妳扶著我就在窗邊說幾句話就成。」

楊小桃心下暗惱，她的心思還真被柳芳猜中了，就是要進來說服她，然後到趙王氏面前去邀個頭功，可現在柳芳都如此說了，自己也不好表現得太過明顯，只得替她支起窗戶，心下卻在琢磨著，出去之後要如何在趙王氏面前表現自己一番。

場中正又吵得不可開交，忽聽柳芳在那兒嬌嬌怯怯地說話了：「爹、娘，你們都別為我瞎操心了。婆婆和相公都待我很好，名不名分的我也無所謂了。只要孩子好，我還有什麼可求的？今兒是孩子的好日子，大家都開開心心吃酒吧。你們再鬧，真是讓我和孩子都沒臉做人了。」

楊小桃心下鄙夷，真有夠假的。

聽柳芳突如其來這麼一番「懂事」的表白，柳家人大惑不解，「芳兒，妳……」

「你們什麼都別說了，再說下去，別說婆婆和相公，就是我都要生氣了。」

柳家人本來就是唯柳芳馬首是瞻，雖不知她為何改變了主意，但現在這正主兒都不鬧了，他們又有什麼可說的？

趙成棟終於找著機會說話了，抹一把頭上的淋漓大汗，「那大家都歇歇，歇歇等著吃酒啊！娘，那菜……」他實在沒轍，要請趙王氏出馬了。

趙王氏白了他一眼，一挽袖子，就往廚房走。

楊小桃趁機對柳芳道：「那我也去幫忙了，一會兒再來陪妳。」

柳芳知道她要去表功，可沒藉口留住她。他們家人也來到房裡，要問個究竟。

於是，雙方也算是各得其所。柳家人從柳芳這裡得到了滿意的答案，而楊小桃也在趙王氏那裡得到了極大的肯定。

「好丫頭，孃子就知道是妳那裡頭說了好話，否則那女人才沒那麼好說話。」

楊小桃笑得比三月的桃花還燦爛，「孃子誇獎了，不過是跟她講了講道理而已。任他什麼事，也抬不過一個理字去，您說是不是？」

「那也得有人明理才是。」

楊小桃一笑，換了個話題，「孃子，這家裡這麼忙，怎麼也沒個人來幫忙？成材哥馬上要趕考了，他必是忙的，可大嫂子怎麼也不帶人來搭把手？連個丫頭也不派來。」

提起此事，勾起了趙王氏的新仇舊恨，雖然她也覺得章清亭不肯借人有她的道理，可她就是心裡不舒服。再加上趙成材昨兒頂撞她的怨氣，她不怪兒子，卻一併發洩在章清亭身上了，「快別提了，我哪兒叫得動她啊。再多說幾句，倒顯得我這做婆婆的不講道理似的，就這麼著吧。」

「那可不行！」楊小桃故作惱色，「且不說芳姐現坐著月子要人伺候，就您二老也需要人日夜侍奉啊？再怎麼樣，斷也不能如此行事。論理，這事我應找成材哥好好說說，可……」

她一聲嘆息，咬著嘴唇低下了頭，眼中波光流轉，似是甚替趙王氏不平。

趙王氏心中一動，驀地想到，章清亭那個大媳婦是不能指望在家好好聽她話的，可眼前這個卻可以呀。若是當年娶了她，恐怕家計是要過得艱難些，但自己也不至於像跟章清亭相處那般，處處都受媳婦的轄制。要是自己的媳婦既有章清亭的能幹，又有楊小桃的聽話那該多好？

除非兩個都娶回來！趙王氏被自己心裡頭猛地冒出來的念頭嚇了一跳，可仔細想想，這也並非沒有可能。若是從前，自然不提也罷，可現在他們家今非昔比了，就是給趙成材光明正大作妾，說不定都有許多人要搶著上來哩。

可是楊小桃一貫心高氣傲，近來是跟自己走動得近些了，也從來沒有表露出旁的意思。可她要一點意思都沒有，又跟自己家走這麼近幹什麼？

趙王氏試探地說笑了句：「嬸子知道妳是個好孩子，只可惜我們家成材沒福氣啊！」

楊小桃一聽這話，就明白她的意思了，立即背過臉，拿剛切生薑的手迅速往眼下一抹，眼圈頓時紅了，轉頭讓趙王氏看一眼辣得水光盈盈的眼，又假裝抽手絹擦眼角。

「哎喲，是嬸子說錯話了。」趙王氏嘴上承認錯誤，心裡頭可得意得很，還是我養的兒子有魅力呀。就是成了親，也讓人家姑娘念念不忘，便更加進了一步，「妳這孩子也是心實，是不是到現在還忘了不成材？」

「嬸子……」楊小桃拉長聲音嬌嗔了一聲，那如泣如訴的聲音，幾乎是立即肯定了趙王氏的猜測，更何況楊小桃怕她不明白，還特意哽咽著表白了一句：「是我沒福氣才對！」

「是嬸子不好，妳快別難過了。」趙王氏真是高興，心裡越琢磨越覺得這個想法可行。之前那柳蔓是成材看不上眼，可這楊小桃卻是他喜歡過的女孩，撮合他們應該難度不大吧？殺豬女是有本事，可脾氣太壞，對她這婆婆更是從不低頭，趙王氏心裡的怨氣也不是一天兩天了。尤其大兒子現在越來越不聽她的話，什麼事都偏向自己媳婦，讓趙王氏很不甘心。

章清亭是沒有人跟她爭，所以才這麼十拿九穩的凡事篤定，可若是有人來爭了，到時兩個媳婦不爭著到她面前討好賣乖才怪。到那時候，她這個做婆婆的可就威風起來了。她也能趁機「收復失地」，繼續當家主事，還做這個家的頂樑柱。

一想到這裡，趙王氏就樂開了花。

初六這日，趙家發生的事情，沒幾日便傳到了章清亭的耳朵裡。

對，這就是她刻意打聽的，都有人對她家蠢蠢欲動了，章清亭可沒傻到等木已成舟，才去做些亡羊補牢的事情。雖然她對楊小桃的小伎倆不屑一顧，但知己知彼才是百戰百勝的至高要領。

章清亭原以為婆婆會很快發難，沒想到趙王氏卻又有些猶豫。不管如何說服自己，可要在人家小夫妻裡再多塞進去一個女子，她還是知道這樣不對，有些心虛的。

因為看到她的這份心虛，讓章清亭也頗為苦惱。讓她如何去對付楊小桃，對付柳芳都可以，那些人跟她沒什麼感情，她根本就沒放在心上，自然也就能下得去狠手。可是婆婆不一樣，她是生了她相公，養育她相公的人。趙家的情形她是瞧得清清楚楚，從前那些年，若不是有婆婆的含辛茹苦，根本就不會有今日的趙成材。

二十年的點滴心血才養出的兒子，又是她自己鬧得天翻地覆把章清亭娶進門，可怎麼就不能善待她呢？從嚴格意義上來說，婆婆不是一個壞人，她勤勞儉樸，吃苦耐勞。除了偏心小叔子，對自己處處刁難，真沒什麼太大的壞毛病。

這個問題真是把章清亭難住了，可日子還是要過下去。

縣試定在了五月末，通過了的考生才有資格參加七月在郡裡舉行的府試，府試若是再過，那便算是童生了，然後才有資格參加院試。院試再過，那就有一個秀才功名，不算平民了。

「萬丈高樓平地起。銀寶、元寶，你們這回可得好好努力。」趙成材如是對兩個小舅子說。

因紮蘭書院學生人數太多，經與郡學商量，也為了公平起見，紮蘭書院內部先要辦一個報名考試，所有的男生都可以報名參加，但只有考試的前五十名才有資格參加縣試。考試的科目與縣試一模一樣，連考試規程也是按部就班，這也是讓學生們有一個適應的機會。

章清亭自是對兩個弟弟多有叮嚀，但也鼓勵他們：「放開去考，縱是考不過，也只當是積累經驗了。」

兩天五場的考試，為免受干擾，考生全都暫時住進縣學裡，食宿費用都衙門負擔，但不少學生家長比應考的孩子還緊張，整整兩天，都有大批家長到縣學外頭眼巴巴守著。

學生在縣學考兩日，趙成材他們自然也就跟著不能回家。

到現場幫忙組織，維持紀律，等著試考完了，試卷還得全部送交府學，請那裡的夫子們批閱。十天之後，成績出來，自然是幾家歡樂幾家愁。

章清亭直到從馬場回來，親眼見著那大紅榜上張銀寶和張元寶兩個名字，這才放下心來。不過成績都不算太好，張銀寶略高，取了第二十八名。張元寶低一些，只取了四十二名，差一點就出局了，這怎麼和平時的成績差距這麼大？

趙成材拿到他們的卷子細看一番，回來釋疑：「他們倆其實文章都不差，只是吃字的虧吃太多了。平素我要你們好好練字，總是不以為然。旁的老師可不像我們，了解你們的底細，願意耐著性子看你們的文章。真正到考試的時候，一個老師一天不知要批改多少份試卷，一看那亂七八糟的字就沒心情看下去了。特別是元寶，你這回能入局已經算是好運了。到真正縣試的時候都不要抱太高的期望，盡力答好題，等練好了字，下回再來吧。」

一席話說得兩個弟弟都低了頭，章清亭平常也沒空瞧兩個弟弟的作業，便讓他們拿了作業本來，只一眼就拍了桌子，「這也能叫字？以後每天給我寫一百個大字，元寶二百個，練不好不許睡覺。」

趙成材笑著勸她，「妳瞧妳，又急了，不過你倆可真得好生在字上下一番苦功了。」

張羅氏也幫腔，「這事兒我盯著，你們要是不好好學，等你們爹回來，非揍你們不可。」

就從當晚開始，兩個弟弟臨時抱佛腳，開始了練字。趙成材抽空，私下跟章清亭商量一件事：「我想到師傅家去走一趟，玉成這回考了第七，他是師傅一手教的，學問自是不差，只是有些該提點的，我這個做師兄的，也該再交代幾句，妳看成嗎？」

「想去就去，難道我還能綁得住你？」章清亭白他一眼，忽地生出了主意，「你既然要去，也別空著手，就去婆婆那兒帶幾塊新鮮的豆腐，抓幾把青菜過去。」

「為何？拿個豆腐多不好走路？還不如去玉蘭那兒提兩盒糕點也便罷了。」

「瞧把你懶得，玉蘭那糕點不要錢啊？老送那個多沒意思？婆婆那豆腐總是要做的，地裡的菜吃不完也沒用了，不如帶去送人，還是個人情。」

章清亭非逼著他回去拿東西，「我現就打發保柱回去說一聲，讓婆婆明早多做一點，再把那驢給你準備著，把豆腐包妥當一點，你騎個驢過去就是了，也費不了多少工夫。你快去看書吧，這都要考試了，這些雞毛蒜皮的小事交給我就行了。」

趙成材不知家中最近的暗流湧動，也搞不懂媳婦葫蘆裡到底賣的什麼藥，反正不是什麼大事，他也沒放在心上，自去讀書了。

當晚，趙王氏聽說趙成材明兒一早要去楊秀才家，還要她準備點豆腐青菜當作禮物，很是訝異。這又不過年又不過節的，兒子上楊家獻哪門子殷勤？可保柱是一問三不知，弄得趙王氏心裡七上八下，一夜沒睡安穩。

雖然她現在是動了接納楊小桃的心思，可當動真格的時候，她也有些緊張。這要是讓章清亭知道了，恐怕沒好事吧？

次日一早，趙成材隨著章清亭一起過來，趙王氏甚是彆扭。想問也不好問，忸忸怩怩，拉著趙成材，嘴上應著去拿東西給他，眼睛卻一直斜覷著媳婦。

章清亭心裡頭又是好笑又是嘆氣，接了人就先上馬場了。

趙王氏這才拉著兒子問，去楊家到底所為何事。

趙成材眉頭一皺，「能有什麼事情？不就是說說玉成考試那事？娘，您怎麼什麼都沒準備好？這不是耽誤工夫嗎？那我就不要了，一會兒在路上隨便買點什麼吧。」

「那你媳婦……她知道嗎？」

「知道啊。娘，您又想到哪兒去了？難道我還能背著媳婦幹些什麼事嗎？」

「那你等著，馬上就好。」趙王氏也不知自己為何會莫名鬆一口氣，趕緊幫兒子收拾了東西出來，拿個小筐裝好，掛在驢背上，趙成材騎著小毛驢走了。

趙王氏就納悶了，這媳婦怎麼這麼好說話了？這不像她啊？

他到楊家來得還真稀罕，楊小桃和母親是喜出望外，只有楊秀才猜出了幾分來意。畢竟事關兒子前程，就是趙成材不來找他，他也打算要拉下臉去見見這個弟子。

對師傅的寶貝兒子，趙成材可不敢說三道四，他只是假託那卷子上的評語，自己再加些意見說給師傅聽。有些楊秀才聽得進去，有些卻覺得不大入耳，還和趙成材爭辯起來。

趙成材現在處事可圓滑多了，「師傅說得很是，但批卷的老師卻不一定有您這個認識。」一句話，便把楊秀才的牢騷全堵了回去。又不是你幫自己兒子改卷，功名利祿可全捏在人家筆裡。該妥協時還是要妥協，總得順大流才能更好地適應。

趙成材該說的說到，也不久留，「玉成是師傅親授，這回也是我們縣最有希望過童試的，師傅可得在家好生督促，改日縣試，就等著捷報吧。」

聽著這話，楊秀才終於給了這個弟子一個笑臉。

楊劉氏卻拉著不放，「好不容易來了，怎麼能不吃了飯再走？」

「縣試在即，還有許多事要籌備，我自個兒也還得回家溫書呢。」

「不行，桃兒已經去幫你燉湯備菜了，一定得吃了飯再走，也嘗嘗她的手藝進步了沒。」

趙成材待要推辭，楊秀才替他解了圍，「快別留了，考試是正事，別耽誤了。」

趙成材趁機溜了，楊小桃空歡喜一場，氣得把手裡的菜重重一扔，回房生悶氣去了。

楊劉氏待要去跟楊秀才捅破這層窗紙，倒是楊小桃冷靜下來，想想不妥，「爹現在一門心思在科舉上，等玉成過了縣試再說。」

章清亭在馬場，不用想也知道今兒會是個什麼情形。暗自好笑，妳趙王氏不是想讓我跟楊小桃好好相處嗎？那我就和她「好好」相處，讓您滿意。

沒幾天，縣試便開始了。

考完之後，學堂裡便開始安排假期功課，準備過完六月就放假了。

六月十九的黃道吉日，「荷月塢」在北安國的第一間分鋪終於在永和鎮盛大開業了。

章清亭帶著一家子到場，賀玉堂和牛姨媽特意奉上禮物道賀。張小蝶果然是黑瘦了許多，穿著男裝，跟個假小子似的。不過一雙眼睛卻是又黑又亮，格外精神，指揮著夥計們幹這幹那，從容不迫。

高逸笑道：「令妹現在足以撐起這家店了，我們也該功成身退了。」

章清亭知道他們在此地耽誤了不少時候，便不久留，三天後擺酒相送，各有禮物贈送。

李鴻文也帶著家裡的母親和妹子來了，很是捧場地買了好幾套衣裳回去。

章清亭問她們是不是真的喜歡，李夫人道：「確實不錯。價錢便宜，樣子新穎，料子也不錯，只為何不做訂做呢？那不是更合適一些？你們雖然包改，畢竟又多麻煩一道不是？」

章清亭知道，對於有錢人來說，這樣的成衣並不算最好的選擇。他們的主要客戶還是面向中等收入，又比較忙碌，需要為生計奔波的家庭。

當然，要讓大家接受這樣的成衣概念還是需要一定時日的。她也給張小蝶減了減壓，讓她別想著一開始就賺個盆滿缽滿，多加些耐心，慢慢把生意做起來。

張小蝶倒是很有耐心，「大姊，您就放心吧，我不會心急的。高大哥也教過我，做生意一開頭是最難的，讓我做好頭半年都虧本的準備。要是還不好，那就該從咱們自己身上找原因了。」

章清亭聽妹子這麼說，甚是刮目相看。

張發財私下道：「小蝶還真行。我們才出來時，一開始是我領著她，可爹畢竟年紀大了，許多事情腦袋瓜轉不過來，沒年輕人反應得快。沒幾日就是妳妹子打頭了，雖然做事還有些毛躁，但比從前細心多了。」

「那就辛苦您了。」章清亭又把分家的計畫跟張發財私下一說：「等著家裡的大事了了，下面的小廝們也都學上手了，這邊咱自己再教個掌櫃出來，讓金寶照看著，您就能歇下了。」

張發財聽她說要分家，卻是搖頭，「這個不是爹打擊妳，這事恐怕難辦。就妳那婆婆，可不是好相與的。」

章清亭道：「我心裡有數。現不跟您女婿說，是怕他分心，等他考完，咱們再細細商議。」

張發財轉頭尋那兩個小兒子，他們還以為沒考好要挨罵，沒料到張發財居然從懷裡掏出兩枝毛筆，「這是爹特意買給你們的，一人拿一枝。聽說你們的字不好，這可不行。回去好生練練，就算這回考不過也沒關係，咱們下回再來啊。」

兩個小的聽了更覺慚愧，競相保證：「爹，您放心，我們回去一定好好練字，下回再不叫字拖成績！」

六月下旬，縣試成績出來，紫蘭書院居然一共過了十一名。這算是創造了本地歷史最好的成績，對廣大師生及家長來說，都是極大的鼓舞。

楊玉成自然是過了，在章清亭的指點下，苦練了幾天字的張銀寶僥倖陪了個末席，有機會上郡裡參加府試。張元寶就沒這麼幸運了，不過也在二十名之列。

趙成材鼓勵他：「爭取下回把字練好了，考個卷首，那才光彩呢！」

張元寶點頭，自此在家更加苦練書法。

張銀寶因要參加府試，不僅那字不能落下，書也得溫，比弟弟更加辛苦。

府試的時間是在七月初，通過的考生們等學校放假就得去郡裡，正好鄉試是在八月，趙成材和李鴻文也要提前上郡裡備考。只不過他們倆去的是方大儒處，可沒空照管這些事了。

這時節正是農田夏收最忙碌的時候，書院裡諸位夫子們一商議，決定由他們書院出錢，讓陳師爺和兩位年輕些的夫子帶著這些學生上郡裡赴考，免得給考生家長增添負擔

學生家長們知道後非常感謝，只是執意不肯讓學堂再破費，都情願自己掏錢，讓把書院的錢留著補助其他家境困難的孩子。

這卻也是，下學年的招生即將開始，因有了鄉民提供車接馬送，已經有更多周邊的孩子想來報名入學，想來要補助的花銷也是不小的。

本來學生們若是考試通過，這部分赴考的費用是衙門答應出的，可新縣官尚未上任，夫子們也不好說這話，便讓各家先出一些，等新官上任，若是此條不改，補助下來再發還給大家，家長們自

然同意。

張家一下要走兩個考生，張銀寶那邊沒問題，交了錢，跟著書院大部隊行事就成了。趙成材行李盤纏那些都已經打點齊了，他唯一放心不下的就是章清亭，每天瞧著她那越發隆起的肚子就要念叨幾句，「乖孩子，千萬要等著爹回來啊！」想想又不放心，「家裡本來人就少，保柱還是別跟著我去了，我和鴻文在一起也有個伴，他還是留在家裡幫忙吧。」

章清亭橫他一眼，「萬一李鴻文勾搭你去什麼不三不四的地方，把你教壞了怎麼辦？」

「他現在哪有這個膽？就真有這想法，避我還來不及呢，還敢讓我瞧見？」

「那你自己呢？」章清亭真是有點擔心，孕至後期，房事不便，趙成材就算沒二心，可保不定會出去一夜風流啊？

趙成材回身從後面給了媳婦一個溫柔的擁抱，拉著她的兩手交疊著放在她的肚子上，「相信我。我記得自己是誰的相公，誰的爹。」

抬眼一笑，章清亭終於安心了。

走前，趙成材又特意回家交代一番，無非是讓爹娘多照看著媳婦點兒，趙成棟要多分擔著點事，眾人皆滿口應下。唯有一樁，趙王氏想得細緻，「成材，你這要去考試，還是回族裡祭祀一番吧。東西娘來幫你準備，你去上幾炷高香，讓先人們也保佑你得高中。」

這是老人家的一片心，趙成材同意了，只不過他現在有點煩跟趙族長打交道，便請趙王氏安排好了，通知他去就行。

趙王氏應了，她心裡原本是不大看好趙成材能中的，可是近些時來，趙成材的用功她也看在眼裡了。作為家長，便也開始生出希冀。知道正是要用錢的時候，罕見的連錢都沒找大兒子要，就拿著體己回去找趙族長了。

趙族長也是異常重視，擇了個良辰吉日，對趙成材勉勵良多。

章清亭挺著個大肚子，帶著尚未出世的寶寶，也誠心誠意來給趙家的列祖列宗們上了炷香，拜求他們庇佑相公高中，不負他這幾年的辛苦。

趙成材回來時卻告訴她：「我還求了祖宗，保佑你們母子平安。若是要拿功名來換，我也是情願的。」

章清亭甜在心裡，嘴裡卻嗔：「祖宗面前，這樣的話也渾說得？明兒就要上路了，你再去檢查檢查，看還有什麼落下的，免得到了那兒，缺這個少那個的。尤其是報考的文牒，你可再仔細瞧瞧。」

「知道啦知道啦，還沒老呢，就這麼嘮叨，那些東西都查八百遍了。」趙成材取笑過後，卻也有些緊張，還是聽她的話又去細細檢查一遍，確認沒有遺漏才罷。

翌日出門，是和書院要趕考的學生們一起。

張羅氏一早就幫張銀寶收拾好了，集合之地就在家門口的書院前，倒是便利。

一家子都來相送，就是晏博文也拄著拐杖出來了，殷切叮嚀，拳拳祝福。

不一時，各家都把孩子送來了。陳師爺辦事老道，又把每個孩子的報考文牒也檢查了一遍，結果發現兩個學生準備的都不齊全。這一查出來，他倆都快急哭了。

楊老秀才一家子集體出動，也來送考，見耽誤時間，未免有些不悅，「這也太不小心了。孩子不懂事，家長是幹什麼的？」

弄得那兩家的家長尷尬不已，不住道歉，「真不好意思，俺們也不識字，真不知道要的是什麼，都是聽娃兒在弄，哪想到就不對哩，你們瞧這可如何是好？」

夫子們本打算批評幾句的，見家長如此緊張，反倒笑了，「又不是這就上考場了，慌什麼？趕緊回去補來就是。」

幸好還在時間內，章清亭趕緊讓自家小廝騎馬去跑，那兩個家長千恩萬謝。陳師爺也怕學生們保管不慎，乾脆把這些重要文書統一收集起來，到考試時再發還各人。

賀玉堂也特意捎了包袱來，交給趙成材，「幫我帶給聿寒，讓他別太緊張，好好考就是。」

趙成材也拜託他：「我這一走，家裡更沒人了，好歹你家離得近些，萬一有些什麼事求到府上，還請千萬幫忙照看著些。」

「那還用說？你放心去吧。我這些時日只要無事，就留宿在這邊胡同，有什麼事，讓嫂夫人儘管派人來找便是。」

趙成材道了謝，轉頭卻見趙族長也來了，帶著一包衣物，意味深長地道：「這裡頭的衣裳和鞋都是家裡人親手做的，你可收好。」

趙成材心下雪亮，道謝收下，心中卻著實不喜。

楊劉氏趁空暗自捅了楊秀才一把，把趙成材招呼過來，寒喧幾句，取出個極精緻的荷包，「成材，你這回赴考，我們特意幫你和玉成上廟裡都求了個符，保佑你們平安高中的。這個你帶在身邊，可別弄丟了。」

趙成材心說送符就送符，還這麼個精緻荷包是什麼意思？何況我媳婦還在一邊呢，這不是挑撥著我們夫妻不和嗎？

本不願收，可當著這許多人的面，也不好發作。章清亭卻笑著走上前了，伸手就把那荷包接了過來，「真是勞煩嬸子費心了，相公，你可快收好，這可是保佑你高中的呢。」

她伸手就把荷包裡的符取了出來，塞進趙成材腰間自己親手做的小荷包裡。

趙成材微微一笑，就由著娘子在他身上做這般親密的舉止，又已想好，一會兒就把這符給張銀寶，讓他回家時帶給大姊，免得媳婦多心。

楊小桃看得暗自咬牙，可章清亭把玩著那只荷包，又嘖嘖稱讚：「真是好精緻的針線，是楊姑娘親手做的吧？」

這話問得讓人如何承認？不承認，那就是浪費自己一番苦心。可承認，就是說自己當著這許多人的面送別人相公針線，定要被人罵作不害臊，更丟臉。

楊小桃無法作答，楊劉氏只能訕訕道：「是求符的地方買的。」

章清亭就是要逼得她們敢做不敢認，當下一笑，「既不是楊姑娘的針線，那便好了。橫豎相公還有，成棟，我瞧著你的荷包挺舊的了，這個給你吧。」

趙成棟笑著接過，「謝謝嫂子。」

「謝我做什麼？要謝也要謝謝楊大嬸、楊姑娘才是。」

趙成棟還當真過去道了個謝，噎得楊家母女是打掉了牙齒往肚裡嚥。

章清亭卻又瞥著做完月子，抱著兒子出來獻寶的柳芳一眼，當著婆婆的面道：「成棟現在成天在外頭跑，隨身的配戴之物可得經點心，可別弄得鞋邋遢襪邋遢的，惹人笑話。」

趙王氏聽及此，再細看趙成棟身上，果然有好幾處不如意之處。

柳芳委屈地癟嘴，把南瓜往前遞，「我這不是才生兒子嗎？」

趙王氏惱了，「這都一個多月了，還才生？以後成棟的穿戴之物再這麼不齊整，妳也甭在家帶孩子了，直接回妳娘家去！」

柳芳不敢吭氣了，只恨章清亭給她惹的麻煩事，轉念一想，忽地提起一事，要惹章清亭不痛快，「我瞧楊姑娘針線就好，要是以後能請她多來家裡坐坐，教教我倒好。」

這話說得趙王氏臉上一僵，章清亭卻笑得大方從容，「一人做針線是悶了些，若是楊姑娘不嫌棄，願意來咱們家坐坐，作個伴也好。」

「那可太好了，既然大嫂都這麼說，小桃妹妹，妳以後可更要常來喔！」柳芳故意高聲招呼著楊小桃，楊小桃當然點頭應允。

不管章清亭此舉是出自何意，都是對她明目張膽的挑釁。難道妳以為妳這麼說，我就不敢來了嗎？女子之間天生的鬥意被激發了出來，楊小桃決意要與她一較長短。

柳芳心中暗自冷笑，嘲笑章清亭的失策，引狼入室的事情妳也敢做，到時就等著看妳哭吧，她只要隔岸觀虎鬥就行了。

對她們的心思，章清亭自然心知肚明，但笑不語，只是趙族長在一旁若有所思，尤其多打量了楊小桃幾眼。

趙成材看著這一團亂局是莫名其妙，娘子此舉是何用意？怎麼還上趕著往家裡領人？他最近是真忙，又在章清亭的刻意掩飾之下，對家裡的事情幾乎是不聞不問，莫非……

夫妻之間的默契讓他猜想到了一種可能，探詢地看了媳婦一眼，章清亭卻是一笑，「時候不早了，走吧。」

不管娘子要做什麼，自己都是最該站在她身邊支持她的人，趙成材心念一動，伸手從她耳畔摘了一枚耳環下來，握在手心，低聲笑道：「這個我拿著，就像妳陪在身邊一樣，回來還是一對兒。」

章清亭未料趙成材竟如此大膽，臉上微紅，瞪他一眼，「旁邊還有人呢！」

雖然旁人不知他們言語，但瞧這舉止，就知夫妻感情甚好。

李鴻文本想取笑幾句，可想想張小蝶，又退縮了，只裝著沒看到，上前來把趙成材肩膀一拍，「他們拿東西的都回來了，咱們也該走了。」

唯有楊小桃，氣得臉上一陣紅一陣白的，異常惱怒。趙成材從前不是最喜歡自己的嗎？憑什麼現在對章清亭這麼好？她不甘心，一定要破壞他們夫妻感情不可！

趙成材一笑，握著娘子的手，輕拍下她肚子裡的寶寶，「保重。」

一行人上車走了，真的看趙成材在視線裡消失，章清亭的眼圈也紅了，轉過身來，不期然對上楊小桃那五味雜陳的目光。她深吸了一口氣，卻是笑了，淡淡對左右吩咐：「我們也走吧，還好多事要做呢。婆婆，要不要順便送你們回去？」

趙王氏還未完全從送別兒子的傷感中抽離出來，卻見媳婦只那麼一瞬就恢復了情緒，很是不悅，說起話來也硬邦邦的，「妳要忙妳自己忙去，我再站一會兒。」

章清亭心道，相公又不是上邊關，有什麼好傷感的？妳不走拉倒，她轉身招呼弟妹：「都走吧，辦正事要緊。」

聽得趙王氏心中更加有氣，難道做生意是正事，送兒子就不是正事？楊小桃見此，適時過來挽著她，「趙大嬸，咱們再瞧一會兒再回去吧。」反正她也有個弟弟作擋箭牌。

「好啊。」趙王氏故意和楊小桃顯得更親熱些，「也不知郡裡那天氣如何？他們去了吃不吃得慣，住不住得慣？」

「就是。可惜也不能跟去瞧瞧，真讓人怪擔心的。」

章清亭差點笑出聲來，有必要如此嗎？又不是第一回出門，就為了跟自己置氣，作出這副樣兒來，至於嗎？當下也不理睬，上了馬車揚長而去。

弄得趙王氏老大沒趣，楊小桃更加在旁邊湊趣開解，說了幾車話，方才把趙王氏哄過來。本來只覺得楊小桃有五分的好，一下又多了三分，暗想這個丫頭也實在是不錯的，生得標致又伶牙俐齒，要是也能做成自己的媳婦，有一個知冷知熱的在身邊，也算是很不錯了。

自趙成材離了家，家裡更加冷清了。章清亭晚上回來，吃了飯，和家人說笑幾句，等回了房，對著孤衾冷枕，寂寞還是不可遏制地漫上心頭，像漲起的潮一波一波將人吞沒。

章清亭思念得狠了，便坐在他慣常坐的書桌旁，拿他看過的書，一句一句讀給肚子裡的孩子聽。或是把他的舊衣裳拿出來，放在枕邊聞一聞，在他的味道裡漸入夢鄉。

剛過七夕，參加府試的張銀寶他們就先回來了，並帶回來一個天大的好消息。這回紮蘭書院參加府試的十一名考生悉數通過，全部取得了童生的資格。

同去的老師們個個喜氣洋洋，回來敲鑼打鼓，很是熱鬧了一番。這樣的成績證明他們紮蘭書院的教學還是很見成效的，想來報名的新學生也更多了。

張銀寶的歸來，也帶回了趙成材的思念。

一封信，厚厚的數頁，看得章清亭笑了又笑，唇角向上的弧度是怎麼也止不住。捨不得放在家裡，就貼身帶著，只要無人之際，便一個字一個字反覆瞧看，撫著肚子，母子倆共同體味著這一份思念之情。

「行了，大姊，妳快別肉麻了。」方明珠受不了了，鄙視著她，「妳再這麼著，乾脆就把妳送郡裡去得了，免得成天對著封信傻笑，這帳妳還對不對？」

「不對了。」章清亭頭也不抬地道：「妳找金寶對去，該教的我都教你們了，再做不好，兩個人都該打板子了。」

方明珠眼珠一轉，湊到她近前小聲道：「大姊，妳既要分家，何不趁著現在趙成棟在外面辦事之時，把咱們馬場裡的那些馬弄出去一批？寄養在賀家就成了，那價錢不是隨咱們寫嗎？」

章清亭敲她腦門一記，「長點腦子好不好？這種小聰明是可以耍的嗎？都是鄉里鄉親的，那麼多馬，總得要過人的眼，妳能保證每個人都不懷疑？再有，妳姊夫也不會幹這樣的事情，到了真要分家的時候，妳只管幫我保住這馬場就行了，其餘的，咱們慢慢來。」

方明珠吐吐舌頭，「我真替你們不值。要說趙成棟若是做了什麼，分他些什麼都無所謂，可他也沒幹什麼，只因是弟弟，就得平白無故把東西分一半出去。小蝶這樣賣力都沒有，真不公平。」

章清亭無奈地攤手，「那有什麼法子？這從來分家女兒都是沒份的，除非父母給嫁妝。再除非就像妳似的，就一個獨生女，誰也沒得爭，那就好了。」

方明珠噘嘴，「獨生女更不好。一個人孤孤單單的，更可憐。我倒寧願有個兄弟姊妹，能跟我平分家產也沒什麼。」

章清亭笑了，「要是姊妹還差不多，若是還有個兄弟，恐怕你爺爺也還是得偏向男孩的。別想了，快去幹活吧。」

方明珠扮個鬼臉，拿著帳本去找張金寶了。

張金寶現在可真是忙死了，馬場裡那麼多活都要他幹，還得跟著師傅當獸醫。方明珠是馬場的總管事，可許多具體的細節，諸如每一種馬料庫存多少，何時需要補進，哪些馬身體不好等林林總總的事情都要他記著及時跟方明珠溝通。

本就忙得跳腳，現在可好，又多加了一樣，算帳。

張金寶看著頭都大了，一邊幫馬駒準備細糧，一邊抱怨：「我的大小姐，妳放過我好不好？我哪有空管這個？」

方明珠小嘴一噘，捏著鼻子道：「你以為我喜歡到你這兒來聞馬糞味呀？是大姊吩咐的，你快點對完，早點交給我！」

她扔下帳本就跑了，張金寶無奈接過，幹完手上的活就去埋頭苦算。頭一回，怎麼也對不上，第二回，錯得更離譜了，直到第三回，才勉強接近，但還是有出入。一連算了五六遍，都是一樣的數，張金寶這才捧著帳本去找她。

兩人半天不知道是誰錯，大眼瞪小眼的不明所以，章清亭也不理，「兩人一起算，總能算出個準數吧。」

又費了半天工夫，終於對清楚了。

章清亭白他二人一眼，「教你們一個法子，若是下回再對帳，分成前後兩部分，如果總數不對，先算一半，再算後頭那一半，就能省下不少力氣了。」

方明珠哀嚎一聲，「大姊，妳也不早說！」

「我早說了，你們有這教訓嗎？別老是這麼粗心大意的！」

張金寶趁機推脫，「大姊，妳就免了我這差使吧，我本就粗心，瞧這半天也沒算清楚，我還是幹些力氣活算了！」

章清亭狠狠剜了他一眼，「哪有一個管事不懂帳的？你從前就是這一項最弱，這回非給你改過來不可！老實做著吧，日後有你念我好的時候！」

張金寶脖子一縮，回去了。章清亭是真心急，想一步就把這些弟妹全都教出來，日後都能獨當一面，否則，分了家怎麼辦？

這日回去，卻見牛姨媽來了，「知道成材走了，我那頭也忙，趕不及過來相送，只得拖到如今，不過倒是可以陪妳住到成材回來。」

章清亭心下動容，也不多謝了。

七月就這麼如流水般過去，唯一發生了件大事，便是新的縣太爺來了。

果然是個年紀很大的老頭子，鬍子花白卻精神矍鑠。重歸故里，雖然離自己家鄉還有一段距離，但閻輝祖也很是覺得鄉情深重。上任開始就穿著便服出來拜訪市集上的鄉鄰們，也到張家小書店裡來坐過，聊聊學堂，說說鎮上的事情。

起初大夥兒都不知道這位帶著些鄉音的老頭就是縣太爺，在他面前暢所欲言，就連張羅氏都跟他絮叨過，還抓了家裡的瓜子花生請他吃。到後來知道了，弄得張羅氏緊張得不得了，一個勁兒回想自己有沒有說錯話。

想半天，她哭喪著臉道：「銀寶他們上回去考試的學費，我說不知這個新大人還給不給。妳說咱家也不缺錢，我沒事提那個幹麼？」

一家子勸了她半天，結果沒過兩日，衙門真的派人給十一個考生家裡各送了一吊錢來。比張羅氏所說花用之數略多一些，還傳了閻大人的話：「學堂的事是咱們這兒的大事。從前衙門答應的，絕不會賴帳，讓孩子們放心讀書吧。」

弄得章清亭又笑，「娘，您瞧，這縣太爺還怕您不放心呢。」張羅氏這才算緩過勁來。

到了七月末，章清亭可真是有些吃力的，肚子好像吹了氣般，一下子又長大不少，再上馬場她可就吃不消了。家裡人也不放心，這最後的日子，就在家安安生生養著胎吧。

章清亭固守家中，每日只照看下小店，閒來就做做小孩兒的針線，累了就歇一會兒，悶了就去牛姨媽那頭的店裡坐坐，閒話家常，倒是過得無風無浪。

趙王氏到底有些不放心，每日都抽空來瞧她一回。只是每回老抱著小南瓜來，讓他摸著她的肚子，說是「弟弟」，讓章清亭有些鬱悶。

有幾樣悄悄準備的繡了花的小衣裳也都藏了起來，根本不敢讓她瞧見，免得她又拉長臉。

趙王氏有時也故意漏些口風，說些楊小桃今兒又來家裡了，做了幾樣小菜或是點心孝敬她，那味道是怎樣的好，還和柳芳在家做針線什麼的。

章清亭聽著只是微笑，偶爾有一回，她故意順著婆婆的話道：「這麼好的姑娘，怎麼就還沒找著婆家？要是能接進咱們家來，婆婆您說，是不是也挺好的？」

這話反倒把趙王氏唬住了，這媳婦怎麼這麼大方起來？還是成材不在家，故意說的反話？弄得她老大不自在，話也不敢說下去了。

當然有時章清亭也會故意提及小叔的婚事，趙王氏一聽就洩氣，立刻抱著小南瓜就走。

趙王氏也不明白，為什麼自己這麼好的小兒子，就是找不到媳婦呢？雖說多了個小妾，生了個兒子，可那又怎麼樣？他們家不是有錢了嗎？有錢人不是都三妻四妾的？為什麼偏到她家成棟身上就不行了呢？

不管趙王氏是如何想不通，時光倏忽就到了八月。

章清亭的身子更加笨重了，算算日子，也就這幾天要生了。成天在家坐著都覺得身上累贅得慌，小腿腫了一圈，一按一個坑。可這還好，到了晚上，因為肚子壓得難受，根本就睡不了一個囫圇覺。天氣又熱，孕婦體溫更高，背上總是汗了一層又一層。

張羅氏不放心，天天夜裡和小玉一起守著她，幫她打扇擦身，可仍是休息不好。白天也是懨懨的，只能時不時地瞇一覺，解解乏。

趙王氏來得也更勤了，畢竟是大媳婦，她也還是很重視的。基本上一早就過來，到太陽落山才走。小南瓜因要吃奶，這麼長時間就沒法帶在身邊了，她就過來幫著帶帶阿慈，讓大夥兒騰出手來做其他的事，也算是給大家省了點事。

但章清亭還是不大願意婆婆來，因為趙王氏一來，總是在她耳邊嘮叨個不停，一時嫌她只顧著自己嘴巴不顧著孩子，再不就說她這麼懶怠動，肯定後頭不好生，非逼著她下地轉悠。

章清亭知道婆婆說的有些是對的，可那也要她有能力做的時候再做好不好？就這麼成天嘮叨個不休，就是有時想按著她說的做，也被弄得一點情緒也沒有了，卻又不好開趕。張羅氏也不好對親家母說些什麼，只能盼著牛姨媽來的時候，陪她說說閒話，暫時堵著她的嘴。

沒兩天，趙玉蘭瞧出大嫂的鬱悶，藉口小玉在這邊忙著脫不開身，她那邊生意要人幫忙收錢，總算把趙王氏打發到了隔壁，讓章清亭耳根子清靜不少。

這日，正躺在竹椅裡吹著穿堂風，兩個弟弟將寫好的字拿過來給她看。

章清亭接過來一個一個正評點著，忽地想起，「今兒該是你們姊夫考試的日子了吧？」

「可不是？」張銀寶去翻了翻老黃曆，「從今兒開始，要考三場，每場三天。再有九天，姊夫就能回來了。」

「哪有那麼快？」章清亭嘆了口氣，「考完之後還得等放榜，若是當真中了，還要參加鹿鳴宴，重陽前能回來就不錯了。」

兩個弟弟一臉神往，「要是咱們日後也有機會像姊夫那樣參加次鄉試就好了。」

章清亭白他們一眼，「沒出息！要參加就參加殿試，到天子面前去考一回，做天子門生，那才叫榮耀呢！」

兩個弟弟一吐舌頭，不敢答話。

張羅氏也逗兩個小兒子：「你倆要有這本事，咱家就給你們一人打一枝金筆去。」

章清亭笑了，「說得好。」

正待激勵他們兩句，忽聽門外有人嚷嚷：「不好了，秀才家的，不好了！」

章清亭臉色一變，難道是趙成材出事了？撐著椅上扶手艱難地站了起來，「誰在外頭呢？究竟什麼不好了？」

來的是個鄉親，跑得一頭的大汗，「是你們親家不好了！」

隔壁門口正賣糕點的趙王氏聽見了，當即怒道：「我家好好的，有什麼不好的？」

章清亭一驚，「難道是爹和小蝶？」
張羅氏頓時就慌了神，「我家老頭子出什麼事了？」
那人一拍大腿，「是你們那個孫親家不好了。」
孫俊良家？章清亭一聽放下心來，趕緊讓小玉端了碗涼涼的綠豆湯來，「您先喝口水，再慢慢說。玉蘭，快過來。」
那人也真是渴了，一大碗綠豆湯兩口就飲盡，才把話說明白，「我家有個親戚上孫家那頭去，有人讓帶話回來，聽說是你們家從前那姑爺沒了。你們親家公和親家母知道之後，也就不行了，半天也沒個主事的人。還是鄰居們想起妳家了，雖說是分離的夫妻，但畢竟還有孫子，現求你們家派個人去照管下，看這後事怎麼了結才好。」
章清亭這才明白原委，按理說那家人喪盡天良，就是死了都沒他們什麼事，可畢竟有個孫善慈在，若是孫俊良當真死了，作為兒子，不回去披麻戴孝，非被人唾棄一輩子不可。
「玉蘭，妳趕緊收拾收拾，帶著阿慈回去瞧瞧吧，我拿錢給妳。」
「咱不去！」趙王氏冷著臉就回絕了，「就那家人，咱們管他們做什麼？就是玉蘭回去，現在誰有這個空閒跟她回去？」
趙王氏說的也是實情，家裡的人本來就少，忙生意的忙生意，照顧章清亭的照顧章清亭，哪裡還有多的人？
章清亭急中生智，先當著眾人說著場面話：「婆婆，還是讓玉蘭去吧。雖然他們家不仁，但咱們家可不能不義。就是看在阿慈的分上，能幫就幫著點。家裡現在也沒個能主事的人，要她們單獨回去必是不行的，能不能勞動您去一趟？」
趙王氏頓時皺眉，什麼？還要我去幫他們料理那些麻煩事？

章清亭湊近婆婆低語：「若是孫家當真不濟事了，他們那些家業可都得歸在阿慈頭上，就為了這個，您也不能不去。玉蘭性子軟，若是只讓她去，保不住就讓人占了便宜。」

是哦，要是這個外孫能有些祖業傍身，日後娶妻生子也有些東西，不必勞累女兒操心了。對她再嫁，也是個幫助。

趙王氏當即點頭，「我去！玉蘭，妳快收拾東西，我也回去收拾收拾，咱們馬上走。」

章清亭想想，「最好再帶個男人過去，才壓得住陣。這樣吧，我讓人上馬場找個人回來。」

「不用了。」晏博文聞訊從裡屋也出來了，他最近身子骨好多了，走路行動都沒問題，「讓我跟著一起去吧。這又不是去打架，不過是辦事，我還應付得來的。」

章清亭想想也好，怕趙王氏對他有意見，提前交代：「婆婆，阿禮識文斷字，又懂官府裡的規矩，帶著他去，萬一有個什麼事，他是男人，也好出面跟人打交道。」

趙王氏一聽也好，出門能帶個僕役，可比她們幾個婦孺要強。

當下各人收拾東西，準備去了。章清亭暗自塞了一百兩銀子給趙玉蘭，「我雖和婆婆說是為了家產，但就算是孫家敗落了，還是替他們完了後事吧。這不是替咱們積名聲，而是替阿慈積點福祉，可別讓人日後揪著這小辮子說三道四。」

趙玉蘭知道下一年租胡同的錢已經收回來了，章清亭暫時不難於此，便道謝接過，卻又一笑，「妳放心，若是用不了，我會拿回來給妳，不會過娘的眼。」

章清亭只是笑笑，趙王氏走了，她也能清靜幾天了。

三日之後，晏博文託人捎了信回來。

那孫俊良果真死了，他原本在家就是嬌生慣養，去服刑之後，極不能吃苦，身體日漸憔悴。當時孟子瞻還算手下留情，沒把他發配到邊遠苦寒之地，本來還算太平。只是沒想到，好不容易熬到了刑滿釋放，這小子高興過頭，死性不改，一放出來立即跑去大吃大喝，又賭又嫖，結果樂極生悲，早被淘虛的身子哪裡經得起這樣折騰？沒幾日就嗚乎哀哉了。

臨死之前，孫俊良自知大限將至，就把手上一點錢全給了那客棧老闆，求他託人回來報個信，不要讓他客死異鄉，屍骨還不能回歸故土。那老闆還算是有點良心，幫他買了口薄皮棺材停放在義莊，遣人來報了信。

孫家老兩口自從上回那場折騰，身體都不太好，時常犯病。聽到唯一的兒子也沒了，更是大受打擊，一病不起。等趙玉蘭來時，就見那從前唯一的老蒼頭也捲了些細軟跑了，老兩口已經躺在床上三天沒進食，家裡灰塵遍地，很是淒涼。就連趙王氏這麼強橫的人，看了也覺得有些不忍。

當下請了大夫回來，又是熬藥又是做飯，把這老兩口的命先救了回來。等他們清醒過來，就得著人去接孫俊良的屍骨，這個當然是晏博文義不容辭地去了。

趙玉蘭瞧他們實在可憐，於心不忍，就問他們肯不肯跟著一起回紮蘭堡來，可以隨時看看孫子，她也方便照應，不至於衣食無著。

到了此時，孫家老兩口還有什麼好說的？從前那麼樣對人家，人家現在還肯以德報怨，算是非常寬宏大量了。只是趙王氏有一點毫不客氣，人可以跟她們回去，只是花用的錢得他們自己掏。趙玉蘭說不出口，趙王氏說得就理直氣壯，後來章清亭知道了，也覺得很有道理。

江山易改，本性難移，孫家人刻薄了一輩子，怎麼可能臨老變好了？眼下看他們可憐，等他們緩過勁來，還不是原形畢露？

果然，孫家二老緩過勁來，見趙玉蘭肯來照顧他們，又聽說她現在會做糕點謀生了，便想把她留下伺候。這一點別說趙王氏，連趙玉蘭也絕不會同意。

有些話她是不好意思說，但她不再是從前那個任人愚弄的可憐小媳婦了，於是裝聾作啞，由著趙王氏作主，讓孫家二老把目前所居的這所大宅給賣了，折了現銀帶著自己生活。至於那些有出息的田產，卻是趙王氏聽了章清亭臨走前的交代，逼他們全換成了孫善慈的名字，並給他們撂了話：「這孫子你們日後想要他披麻戴孝，那他讀書上學、娶妻生子的費用你們可也得給他預備著，別想全賴給我們家。否則等那時候，孩子不願，我們可不管。」

孫家二老想想也是，眼下這孩子都是趙玉蘭養活，如果不出錢，孩子生分了，怎肯孝敬？於是也不敢十分花費，把些金銀細軟攢好了，到了紮蘭堡，只買了個離胡同不遠的普通小院住下了。也請了兩個粗使丫頭，安安生生過起了日子。

這些還是後話，在趙成材考完之後，章清亭似乎也一下子鬆了勁。

貳之章　嬌妻難產掩心痛

章清亭是在夜裡肚子開始有反應的，最初只是一陣陣淺顯的疼，她也沒太在意，可到了快天光的時候，那疼得一陣緊似一陣，她才覺得似乎是要生了。

一有了這樣的認識，可把章清亭嚇壞了，怎麼突然就來了？

可來不及多想，她就被鋪天蓋地的疼痛攫取了全部的力氣。章大小姐這輩子也沒經過這樣的痛楚，想著那死秀才沒那麼快回來，肚子的疼痛似乎又加重了幾分。整個人倒在床上呼天搶地，疼一陣哭一陣，哭一陣又罵一陣，罵那個「負心薄幸」的爛秀才。

「我不要生了！」

可不管她怎麼生氣，肚子裡的孩子就是不肯順順當當地出來，把章清亭折騰得死去活來。

此時趙王氏已經趕回來了，聽了老大不高興，「說什麼傻話呢，哪個女人生孩子不這樣？妳老老實實再用點力，把孩子生下來就完了。」她袖子一擼，拿了個又粗又大的木棒過來，「我幫妳揉揉。」

章清亭看著那根粗大的木棍，嚇都嚇得半死，怎肯讓婆婆近身？

方明珠聽大姊在裡頭哭得厲害，她也豁出去了，硬闖進來，護在床前，「趙嬸子，您就別弄了，大姊怕了您還不行嗎？已經讓人去請穩婆和大夫了，不差您這一會兒。」

趙王氏惱了，「妳個小丫頭片子懂什麼？我這是幫她！」

「她不要妳幫。」

「萬一半天生不下來，我孫子有個三長兩短，妳負責啊？」

章清亭聽得肺都快氣炸了，合著不是幫是我生，是想讓孩子快些下來，忍不住說起話來也肆無忌憚了，「妳滾，妳給我滾出去！孩子就是死，也是死在我肚子裡，跟妳沒關係！」

「妳這話怎麼說的？這是我們老趙家的孫子，怎麼跟我沒關係？」

「這是怎麼了？」一早得到消息的牛姨媽匆匆忙忙，連早飯也來不及吃就趕來了。
章清亭哭得泣不成聲，指著婆婆手中的木棍無聲控訴，她的肚子可不是餃子皮啊！
牛姨媽老於世故，「妳婆婆也是一番好意，不是要害妳。不過，大姊，妳那什麼表情？」
牛姨媽雖幫趙王氏說了句好話，可也不贊成她來動手，「還是等穩婆來吧，別把成材媳婦嚇著了。」
就是就是！章清亭縮在牛姨媽後頭，「讓她出去，出去！」
牛姨媽對趙王氏擺擺手，「大姊，妳就先出去吧，別再嚇唬她了。」
「不行！」趙王氏脖子一梗，「成材不在家，我這做婆婆的怎麼能不管？這可是我們趙家的孫子，不是你們姓牛的！」
牛姨媽氣得一跺腳，「妳愛待就待著。明珠、小玉，都別撒手。」她轉身在床沿坐下，安撫著驚魂未定的章清亭，「妳別怕，姨媽在這兒陪著妳，不讓她靠近。」
章清亭鬧上一場，肚子又疼得難受，委屈得眼淚直流，「姨媽，好痛，真的好痛！」
「這個可沒法子。」牛姨媽再心疼也幫不上忙，只能握著她手，「做女人就是生孩子最遭罪，好孩子，忍忍，忍忍就過去了啊！」
「我不要忍，怎麼這麼痛？唔唔……」章大小姐哭得一塌糊塗。
趙王氏聽得越發著急，「哭哭哭！妳光是會哭有什麼用？讓我過來幫妳呀！」
「我不要妳幫……」章清亭哭得更厲害了。
趙王氏是真生氣，「那妳就哭吧，一會兒更受罪！」
正鬧得不可開交，下頭吉祥叫嚷：「穩婆來了！穩婆來了！」
這一嗓子總算是讓大夥兒的心都安定了下來，吉祥半拖半拽著矮矮肥肥的穩婆一口氣拉上了二樓，穩婆半天都沒喘過氣來，好不容易定住了心神，上前掀開被子一看，「妳怎麼連褲子都還沒脫？快脫了讓我看看。」

章清亭還真是羞於在陌生人之前做這等私密之事，磨磨蹭蹭，有點不好意思。

「生孩子妳還怕什麼醜？」趙王氏見不慣章清亭忸忸怩怩不痛快樣兒，「方才不讓我碰，一個勁兒叫穩婆，現在人家來了，妳還不快點？敢情這麼鬧著好玩呀？」

章清亭噎得心裡直翻白眼，不信妳頭一次生的時候就能大方得起來。

章大小姐在牛姨媽的幫助下，把褲子在被窩裡脫了。

那穩婆是慣於此道的，也不管她害羞不害羞，一下就把她兩腿分開，瞧了一眼就道：「這還早著呢，起碼還得大白日的工夫。你們家東西準備得齊全嗎？先打一盆熱水來，拿個乾淨帕子，我先給她敷敷，疼得就沒那麼難受了。」

章清亭心下稍定，叫小玉、明珠去幫忙拿東西。

不一時熱水打來，那穩婆擰乾了熱帕子在她肚子上有技巧地按壓著，果然讓章清亭感覺舒服了許多。那穩婆一笑，扶著她安穩地靠著，「現在舒服了吧？妳先養養精神，吃點東西，一會兒有妳出力的時候。」

有這樣的專業人士，章清亭感覺安心多了。見她安靜下來，一家子也鬆了口氣。

趙王氏揮舞著木棍上前，「不用這個嗎？」

穩婆噗哧笑了，「她這時候哪能用得著這個？您別嚇唬她了，快收起來吧。你們一早也沒吃吧？都先吃點東西再說。」

趙王氏收了木棍，只是不肯走，寸步不離守著她孫子。

章清亭便抓著牛姨媽不放手，讓趙王氏很是鬱悶，她看起來有那麼可怕嗎？

方明珠乾脆幫著小玉把早飯都端到章清亭臥室外間的書房裡，請穩婆一起用過。章清亭也吃了點東西，下一次陣痛便又開始了。

這回痛得更密集了些，就在這麼一陣緊似一陣的疼痛中，日頭漸漸掛上正中，老練的穩婆再看一眼，「嗯，這回是真的快要生了。大家趕緊吃飯，養足精神，一會兒好幫忙，希望日落前能生出來。」

章清亭是欲哭無淚，還得折騰到日落？

生產的陣痛一次又一次以超乎她想像的慘烈衝擊著她的神經，那時光的漏壺對於她而言，簡直是爬得比蝸牛還慢。好不容易捱到日頭偏西，夕陽西下，穩婆答應她本該解脫的時辰，依然生不下來。

趙王氏都慌了，「穩婆，妳瞧我家媳婦怎麼這麼難生？」

穩婆忙活了一天，已經累得人仰馬翻，渾身都汗透了，整個人遠看就如一顆冒著熱氣的大粽子，露在外頭的頭面都油亮油亮的。

「你們家媳婦可能遇上『哪吒胎』了。」

什麼叫哪吒胎？陪在屋裡的方明珠和小玉這些小姑娘不懂，但趙王氏和牛姨媽聽著卻是臉色大變。傳說中哪吒三頭六臂，自小翻江倒海，頑劣異常，他生來也極是不順，是以鄉人管難產的孩子叫做哪吒胎。

「不會吧？」趙王氏嚇著了，聲音提高了八度，「我媳婦屁股那麼大，怎麼會是哪吒胎？」

「老嫂子，遇著哪吒胎可跟屁股大不大沒關係。」穩婆也有些力不從心了，一屁股癱坐在椅子上，「瞧她這樣子，一時半會兒還生不下來。你們快去請個大夫來，再找幾個手腳利索的穩婆，我一個人可頂不住。那丫頭，有水給我倒一口。」

這下全家可慌了神，方明珠都快急哭了，拚命搖著章清亭的手，嗚咽著喊：「大姊，大姊，妳快醒醒！」

張羅氏也拉著女兒的手落淚，「閨女，妳別睡，這時候可不能睡！」

章清亭命都快折騰去一半了，光聽著耳畔吵吵嚷嚷，卻什麼也聽不清。任她們搖著，只是闔目昏昏欲睡。

趙王氏心裡說不出的滋味，這個大媳婦雖不是她心愛的，卻也是她兒子的正妻，他們老趙家的人。若是為了生孩子，弄得命都沒了，趙王氏也心疼啊。

牛姨媽也慌了手腳，女人生孩子就跟去趟鬼門關似的，要發生什麼事，誰都無法預料。饒是她素來鎮靜，此刻也不知該幹什麼。

倒是小玉倒了碗涼茶給那穩婆，穩婆一氣喝盡，感覺好過多了。見這一家子六神無主，她更急了，「妳們別發懵啊？難道看著大的小的都不管了不成？趕緊請人去呀！」

這一聲吼總算是把眾人都震得回了神，趙王氏哆哆嗦嗦就往外走，牛姨媽瞧著她神情不好，趕緊扶了一把，陪她一塊兒出來。門外的走廊上，圍著不少人。除了趙老實、趙成棟父子，還有柳芳、楊小桃，聽說章清亭今日生產，她們倆一個牽著芽兒，一個抱著南瓜也來湊熱鬧，也不幫忙幹活，只想看看到底章清亭生的是男還是女。至於她們私心企盼的，當然不問也知。

見趙王氏兩眼無神，面色蒼白地出來，她倆心知可能不好，悄沒聲息把手邊拿的瓜子糕點放下，拿手絹擦擦嘴角，故作擔憂地圍攏過來，「怎嗎？生的是女兒嗎？」

趙王氏拍著大腿，猛地哀嚎起來，「這丫頭怎麼就這麼倒楣，遇上哪吒胎了！」

難產了？柳芳楊小桃面面相覷，震驚過後，俱在眼中掠過一抹狂喜。腦子裡不約而同想著，那殺豬女要是有個三長兩短，可太好了！

趙老實聽著可急了，「妳說什麼？媳婦難產了？那……那可怎麼辦？」

「我哪知道啊？」趙王氏急得放聲大哭，「成材也不在家，你說這媳婦平時乍乍乎乎的，她怎麼關鍵時候一點都不頂事呢。」

「現在是哭的時候嗎？」她這一哭，讓牛姨媽更是直跺腳，「快去請大夫，請穩婆來呀！」

可讓誰去請？趙老實和趙成棟都覺得是該他們動作的時候了，可父子倆都是沒主心骨的，團團亂撞，連東南西北都分不清了。

牛姨媽直搖頭，怎麼一個能用的人都沒有？她自己咚咚咚往樓下跑，打算回家叫夥計。

趙玉蘭正背著阿慈，帶著張銀寶、張元寶兩兄弟和小青、吉祥在廚房裡忙著做飯燒茶，聽樓上吵得厲害，趕緊出來，「姨媽，這是怎麼了？嫂子還沒生呢？」

「難產了。」牛姨媽撩起裙子就要往外跑，「我去請大夫！」

「牛嬸子，妳要請什麼人，我們去吧。」

牛姨媽一抬頭，卻原來是賀玉堂和田福生得著信，都過來幫忙了。她也不客氣了，直接吩咐：「你們來得正好。一人趕緊去請錢大夫，啊，不，再把那許大夫也請來，就說是婦人難產，看有什麼要保命的人參藥材之類，都帶著些來。再去請兩個穩婆，要年紀大些有經驗的。快去快回，我這兒有錢……」

她話音剛落，賀玉堂就拉著田福生往外跑，「大夫就在這市集上，離得近，田兄弟，你去請。我有馬，去找穩婆。」

「行！」他二人迅速消失在門外，動作利索至極。

牛姨媽這才稍稍放下些心，深吸口氣定了定神，吩咐急哭了的趙玉蘭：「千萬別慌，咱們該幹什麼幹什麼，要不就更亂套了。成材媳婦不會有事，一定不會有事的。」

她自己說著也哽咽起來，趙玉蘭忍著心酸，掀起衣角擦擦眼淚，「姨媽，我不哭，您也別哭了。嫂子一定會沒事的，對了，我晚飯已經燒好了，您讓大夥兒下來吃吧。吃了飯，晚上還有得忙呢。」

牛姨媽應著上了樓，趙王氏還蹲地下捧著臉哭得稀里嘩啦，牛姨媽一把將她拉了起來，「姊，妳鎮定點。現在成材不在，妳就是當家主事的。妳這個做婆婆的哭成這樣，讓人聽著多不好想？」

牛姨媽本就身材高大，拎著矮小的趙王氏，那話剛好就在她耳邊炸響，趙王氏被這麼一驚，神智歸位了。再看左右，趙老實和趙成棟還杵在那兒不知所措，氣得她上前一人一腳，「還不快給我請人去？」

「不用了。」牛姨媽把她往樓下推，皺眉厭煩地掃了這些人一眼，「妳先領著他們下樓吃飯去，吃了飯也別在這兒待著了，都回去。什麼忙也幫不上，還淨添堵。」

這話趙王氏可不愛聽了，她吼自己家人是一回事，妹妹吼又是另一回事了，「現怎麼能讓他們回去呢？這節骨眼上，便是不用幫忙，守著也是一家人的情意。」

牛姨媽懶得跟她爭，「是是是，是我說錯了。拜託你們先下去吃飯，在下頭守著行不行？」

趙王氏橫了妹子一眼，再瞟一眼不爭氣的相公和小兒子，也覺有些窩囊，不再吭聲，先領著他們下去了。

楊小桃忙扔下柳芽兒，趁機上來拍馬屁：「嬸子，您可別擔心，大嫂子吉人自有天相，應該不會有事的。」

「就是就是。」柳芳也抱著孩子上前討好，「婆婆，您先下去吃個飯，好好歇一歇，說不準嫂子一會兒就生了。」

牛姨媽很是看不慣她倆那個逢迎做作的樣兒，若說柳芳還算自家人，楊小桃也賴在這兒不走算是怎麼回事？一個女孩兒如此不知尊重，成天賴別人家裡，也不怕壞了自己名聲。

衝她們背影翻個老大的白眼，她進屋了。又將張羅氏和方明珠等人好生安撫了一通，讓小玉陪著穩婆也下去吃飯。再打來乾淨熱水，幫章清亭擦擦身子，讓她好過一點，也養養精神。

這邊剛吃上飯，田福生先請了相熟的錢大夫回來，送進門，連水也顧不上喝一口，他又往外跑，再去請第二家大夫。

趙王氏趕緊放下筷子陪著大夫上去，趙老實雖然憨笨，卻也坐不住地跟去聽信。其他二女倒還罷了，穩婆見趙成棟依舊沒心沒肺在那兒吃吃喝喝，還不住假裝客氣地招呼著她，心中暗自鄙夷，覺得傳言果真不錯。

這個趙家老二就是個表面光鮮，實則缺心眼的貨。旁人都為了他們家的事跑前跑後，他這做叔的還有臉吃得歡暢。

因大夫不便診察私處，只進來診了脈，章清亭是脫力之後的虛弱，便拿了隨身帶的人參切片給她含著補氣，又斟酌著準備開些湯劑催產。

此時，許大夫也請到了。牛姨媽怕他們不悅，忙著賠罪，「大夫，實在不是我們有意怠慢，信不過哪位。只是聽說這一時半會兒的生不下來，鬧不好就得辛苦你們一夜，所以請了二位前來，可以輪流著歇息，也是怕他們母子有個好歹，請千萬見諒。」

「沒事沒事。」見她如此一說，兩個大夫心中芥蒂全消，「我們也知道這難產極是凶險的，多請一人，我們倆正好可以相互商量，反比一人好。」

先來的錢大夫道：「正好，我這兒擬了個藥方，還請許大夫您看看我這方子有什麼不妥。」

「好說好說。」許大夫也坐下診脈，基本結論和錢大夫一樣，只是他想的藥方和錢大夫有些細微的差別，兩人商討了一陣，重寫了方子，趕緊就讓人去抓藥。

田福生一直在外頭守著，接了方子二話不說就跑了。穩婆在一樓瞧見，再看旁邊打著飽嗝剔著牙的趙成棟，不由得撇嘴，這一個外人倒比自己家小叔更靠得住。

到了掌燈時分，賀玉堂跑得滿頭大汗，又請了兩個穩婆回來了。趙玉蘭做事心細，因著人多，她只按人數上飯，讓後來的也不吃前頭剩下的。

田福生只拿兩個饅頭、一碟小菜就打發了。賀玉堂卻不給他們家添麻煩，送來了人，便回去洗臉更衣，用了飯再又過來陪伴。

樓上章清亭服了藥，又鬧騰了起來，叫得是聲嘶力竭，甚是可憐。可這份疼痛是旁人都無法替代的，他們只能聽著心疼，卻不能幫著使上一點力。

天交二更，章清亭的聲音漸漸消了下去，只微聞嗚咽之聲，想是已然筋疲力盡了。這拖的時間越長，就越是凶險。人人皆是愁眉緊鎖，坐臥不寧。當然，也有少數人例外。

穩婆從內間出來，臉色凝重地看著趙王氏等人，「大的還是小的，你們選一個。」

因覺得人多空氣汙濁，自又來了兩個穩婆之後，三個穩婆一商議，便把這些女眷全趕了出去，只在外間幫忙遞水遞帕子，不讓她們在裡頭久留。

雖然知道章清亭生產凶險，但此言一出，還是如晴空霹靂，炸得眾人腦子亂成一團麻。

這個時候，除了趙王氏，誰都沒有資格發言。畢竟是趙家的媳婦，趙家的子孫，要大的活，還是小的活，兩條鮮活的生命，全捏在趙王氏手裡。

趙王氏從來沒覺得自己面臨過這樣艱難的抉擇，明明是八月秋老虎炎熱的天氣裡，她卻只覺渾身冰涼得直打哆嗦，「兩個……兩個不能嗎？」

穩婆搖頭嘆氣，「要是能一起救，我們能不盡力嗎？可是這哪吒胎不比別的，極是凶險，你們主家得有個準話，我們就盡力先顧著那一個。不過醜話可得說在前頭，生死有命，萬一一個也保不住，你們可不能怪我們。」

「這個……自然是知道的……只是……」趙王氏真是不知道為什麼，今天的眼淚就是特別的多，順著眼角就是不停往下留，她的話裡已經帶著嗚咽，「真不能要兩個嗎？」

穩婆也很無奈，「既是哪吒胎，多半是兒子。要是這孩子保不住了，弄不好妳媳婦日後也就沒得生了。大嫂子，妳快想想清楚。」

這讓趙王氏怎麼想得清楚？長子長孫，當然是她最金貴的，可是，那媳婦……她也不能眼睜睜看著她死啊！

方明珠小孩子家沉不住氣，先哭了，「嬸兒，妳要大姊吧，要大姊吧！」

張羅氏也哭了，「她婆婆，咱閨女可沒做什麼對不起你們家的事呀！就是她生不了了，讓妳給成材納妾還不成嗎？」

牛姨媽直接發話了：「要大的。姊，成材媳婦可是個好孩子，妳可不能光顧著孫子，就不顧大的。」

可那穩婆只盯著趙王氏的嘴，民間風俗，這生死關頭，兩條命都得由這婆婆說了才算數。

「到底是要大的還是小的，老嫂子，妳快給個準話吧，要不，到時一個也保不住了！」

趙王氏狠狠擦了一把眼淚，嘴唇都哆嗦著，好不容易才硬下心腸，「要……要大的！」

此言一出，眾人皆是鬆了口氣，卻又忍不住都落下淚來。要大的，就意味著要失去一個懷胎十月，活生生的小生命，而且，章清亭極有可能以後再沒得生了。即使保住了性命，也是個終生遺憾的結局。

「不！」門外忽然有人一把踢開門，衝了進來，「大的要，小的也要！」

趙成材渾身汗涔涔的，衣衫凌亂，猶如從水裡撈出來一般。進了門就一面脫著髒兮兮的外衣，一面吩咐：「快打水給我洗臉，我進去陪她生，我要大小平安！」

一屋子全都傻眼了，趙成材也等不及她們動手，自己就往洗漱間裡走，沉聲吩咐：「小玉，快拿套乾淨衣裳來給我。」

「哦哦。」這下子小玉才回過神來，忙進裡屋從衣櫃裡拿了乾淨衣裳出來。

趙成材把自己簡單快速洗刷乾淨，抬腳就往裡屋走，還喝斥著眾人：「都愣著幹什麼？該忙什麼忙什麼去！」

趙王氏這才反應過來，剛想伸手拉住兒子，卻被穩婆擋在了前頭，「這產房男人可不許進去，髒的。」

「髒什麼髒？我媳婦兒在裡頭為我生孩子，她們都髒了，我還乾淨得到哪兒去，無稽之談！」趙成材很火大，要不是看著穩婆也很辛苦的分上，都想伸手把她推開了。一個側身，硬擠了過去，大步流星趕到床邊，「娘子，我回來了！我沒食言，妳放心生吧！」

章清亭已經被折騰得三分像人，七分像鬼，臉色雪白，蓬頭垢面，跟蠟人似的躺在床上一動也不動，看得趙成材心如刀割，趕緊一把握住她手。

「好娘子，辛苦妳了！」

終於聽到那熟悉的聲音，章清亭勉強睜開一絲眼皮，看著眼前人，似是注入一絲新鮮活力，兩片鼻翼急速翕動著，渙散無神的眼睛裡瞬間漫上了一層委屈的水霧，「你……疼……」

趙成材可真心疼，柔聲哄著：「對不起，都是我不好，回得遲了，讓妳一人受苦了。現在沒事了，咱們好好把孩子生下來，行嗎？」

淚從眼角淌下，章清亭真的安心了，她覺得自己此刻就是死了也沒什麼，虛弱的聲音低低地掙扎著在他耳畔細語：「我……我其實有件事一直瞞著你……我、我不是張蜻蜓，我是……」

「我管妳是誰！我只知道妳是我娘子，我孩兒他媽！」趙成材怒吼著，把她的話全震了回去，「妳現在給我好好生孩子，有什麼話，等妳生完再跟我說！」

章清亭的眼淚卻掉得更凶了，迫不及待想交代清楚，「我不想……死了連個知道我是誰的人都沒有……」

「妳胡說什麼死啊活啊的？妳死了我怎麼辦？孩子怎麼辦？妳都不管了？」趙成材罵著，眼圈卻紅了。

孩子？對，還有孩子！母性的本能讓章清亭又凝聚起一些精神，緊緊抓著趙成材的手，原本黯淡的眼睛也明亮了些，「保住孩子！要小的，不要大的！」

這一刻，她突然想到了馬場裡的那匹難產的母馬，在失去小馬駒後，那雙總是悲傷含淚的眼睛，一遍遍拱著孩子的屍體，怎麼也不肯放棄。

她不要那樣，如果一定要死一個，她寧願把生存的機會留給孩子，而不是讓自己的餘生都活在痛苦裡。她相信，如果那匹母馬有機會選擇，也一定會這麼做。

她其實還很想謝謝趙王氏，謝謝她在最後關頭，仍是選擇了自己。可是，她已經沒力氣說出感謝的話了，只用渴求的眼神看著趙成材，用盡最後一絲力氣交代著：「保住孩子，善待他！」

章清亭以為趙成材一定會答應，因為她已經看見了他眼角的淚光，可趙成材咬緊牙關，忽地把她一把推開，指著她的鼻子大罵：「妳要死就去死吧！妳的孩子生下來，我也不會管，因為我看著他，就會想起他有個這麼不負責任又懦弱無能的母親！等妳一死，我就去再娶，還要納幾個漂亮小妾回來，我就去做陳世美，我就去做薛平貴，妳就等著妳的孩子被欺負死吧！」

聽著屋裡的動靜，趙王氏和牛姨媽都衝了進來，目瞪口呆地看著秀才，「成材，你別亂說話。你媳婦都啥樣了，你還刺激她！」

章清亭完全傻掉了，趙成材臉色鐵青，「我就刺激她了！反正是要死了，說些好聽的有用嗎？難道她死了我就一輩子不娶？恐怕那時妳們還會主動給我介紹人吧！」

這話噎得眾人全都無語了。

趙成材衝到床邊疾言厲色地繼續罵：「妳睜開眼睛看看，這是妳辛辛苦苦掙回來的胡同，我要讓它住滿三妻四妾！還有妳辛辛苦苦掙回來的馬場，我就要用它賺來的錢娶一堆的女人，再跟她們生一大群孩子，天天讓她們吃香的喝辣的，給她們穿綾羅綢緞，讓妳的孩子受她們指使，受她們欺負！妳要是願意那樣，那就去死吧！到了陰曹地府，可別怪我無情無義！」

他當真一甩袖子頭也不回地出去了。章清亭大張著嘴，看著他的背影，忽地眼睛越來越亮，越來越亮，亮得幾乎要噴出火來。

「趙成材，你做夢！」

一句話吼得中氣十足，卻牽動了胎氣，又痛了起來。

不過穩婆一聽她這聲音，卻是臉現喜色，多少也明白了些趙成材的用意，趕緊又拿了參片來，「秀才娘子，妳可聽清了，妳要是不咬牙撐過去，這個家可沒妳和孩子的份了。快把這參吞了，咱們養了力氣，再來生。」

還用她廢話？章清亭一口小銀牙咬得那參片咯吱作響，就像是咬著某個人的肉。

被激怒的章大小姐渾身都燃燒著熊熊怒火，腦子裡就一個念頭，她要生！好好地把孩子生下來，揍死那個姓趙的王八蛋！

趙成材出了裡屋，忽地想起從京城帶回來的催生保命丹，趕緊讓方明珠送進去給章清亭服下，他才疲倦地坐在門外書房自己慣常的位子上，一動也不動。

激將法成功奏效之後，眾人也就明白了他的苦心，想來跟他說說話，問他是怎麼單人匹馬回來的，趙成材直擺手，一個字也不想多說。他的全副身心都被隔壁的慘叫聲所牽引，就連趙玉蘭端了特意下的麵條過來，他也是一口也吃不下去。

一大家子人徹夜未眠，到了快天明前，各自支撐不住，歪在各處打磕睡。

天剛破曉，一陣急促的馬蹄忽然由遠至近地傳來，踏破了清晨的寧靜。

噠噠噠噠，在趙家門口停了下來。馬上之人翻身下馬，一推這門，竟是虛掩著的。來人也不管不顧，徑直熟門熟路地往樓上奔。到得趙成材面前，那激動的聲音都在發抖了，「成材，恭喜你啊！」

趙成材正迷迷糊糊，忽地被人驚醒，不加思索就反問：「可是生了？」

「生了生了！」

趙成材連看都沒看眼前之人，似是心靈相吸般，目光就牢牢聚焦在產房門口，幾乎是一瞬間，就聽到裡頭傳來嬰孩的嘹亮哭啼。

來人只覺眼前一花，就見趙成材以迅雷不及掩耳之速衝了過去，激動得聲音都結巴起來：「我的孩子！我的孩子！」

穩婆正在銅盆裡清洗一個渾身血污的小嬰孩，對於他突然闖進也不意外，「恭喜恭喜，終於生了！」

「那大人呢？」趙成材轉頭看章清亭面色雪白，一動也不動，心裡一緊。

「放心。」那個在床邊照料她的穩婆轉頭笑著，「她沒事，就是太累了，已經睡著了，讓她好好歇一歇吧。」

「瞧，有七斤六兩呢，真是個好孩子！」穩婆把小寶寶洗乾淨了，特意秤了一下斤兩，換上乾淨的小衣服，交給趙成材。

趙成材激動得掉起了淚花，看得幾個穩婆掩嘴而笑。

她們相互一使眼色，一起過來說著吉祥話，分明就是要賞錢的意思，可趙成材半天沒反應過來，一雙眼睛只被小寶寶那如薔薇花般嬌嫩可愛的容顏所吸引，怎麼也挪不開。

穩婆只得咳了兩聲，一唱一和：「這麼難生的哪吒胎，都道是個兒子，沒想到是個千金。」

「千金也好。前頭是個姊姊，下頭是個弟弟，一個女，一個子，這就是個花好月圓了。」

「女兒好，女兒貼心又漂亮。」趙成材是真的這麼想。

從這小小的嬰孩交到他懷抱裡的那一刻，這溫熱綿軟的小小身子似乎就一下子融到了他的心裡，直接催化為滿懷的父愛。左親一記，右親一記，怎麼也愛不夠。

小寶寶似也是在生產當中用盡了力氣，只哭了兩聲，便閉著眼睛安穩睡著。拳頭大的小臉依稀看得出眉清目秀，長長的眼線預示著她也將像母親般擁有一雙漂亮的大眼睛。頭上一層烏黑的細細絨毛，還濕漉漉的。在父親眼裡，一切都顯得那麼可愛。

小小的粉紅嘴巴打了個哈欠，把她老爹激動得半死，「她打哈欠了，她會打哈欠，哈哈！」

「恭喜恭喜。趙秀才，你看這……」穩婆們無奈地齊齊把手伸到跟前了，趙成材才終於反應過來，呵呵直笑，「不好意思，多謝各位辛苦了。請到下面歇息，先用些早飯。自當重謝，必當重謝。」

幾個穩婆滿意地往外走了，趙成材還想抱著女兒去娘子身邊說幾句悄悄話，外頭卻有人在不識相地催促：「成材，成材，你快出來！」

趙成材煩死了外頭那隻聒噪的鸚鵡，抱著女兒出來，「你別嚷嚷，小點聲，小心把我閨女嚇著。鴻文，你不是說等放完榜再來的嗎？怎麼這麼快？」

趙成材看也不看李鴻文一眼，依舊盯著他的寶貝女兒。

「成材，你中了！」李鴻文特意花重金收買了內部消息，跑了一夜，趕回來報訊，累得賊死，沒想到就落得這般待遇。

滿以為起了頭，趙成材肯定會急得求著他說，誰知趙成材根本沒往心裡去，反而嫌棄地一把推開他想去摸孩子的手，「瞧這髒得……不許摸！」

李鴻文白他一眼，「不就是個閨女嗎？我日後也生一個。」本想賣個關子的，此時也失了興致，「你中了，二十一名。」

「二十一名關我什麼事？」趙成材是一點都沒反應過來，仍舊笑咪咪地看著女兒。

李鴻文嗤笑，「你就做夢吧，我可累了，走了。」他剛轉身走了兩步，忽然覺得不對，「我家那兩個書僮呢？不是陪著你先回來了嗎？人在哪兒？」

「還在路上。」趙成材頭都不抬地答道：「貪黑走夜路，半道翻了車，我先騎馬跑回來了，他們幾個還在後頭。」

趙成材在考完試的當晚就先租了車回來，李鴻文知他心急，不放心他和保柱兩人趕路，便讓自家兩個書僮帶著行李跟著他們先走，自己單身留在後頭看榜，可一聽到好消息，就趕緊騎著馬往回奔。

「什麼？那你沒事吧？」

「小點聲。」趙成材見女兒不悅地皺起了眉，心裡當即就疼了，捂著女兒的小耳朵才道：「我沒事，他們也沒事，過兩天就回了。幸好我昨兒夜裡趕回來了，要不哪生得這麼容易？對不對，乖女兒？」

李大秀才懶得跟這個一心只有他寶貝女兒的趙成材說話了，反正成績出來，很快就會有人來報喜了。

「那我先回去歇一歇，骨頭都快跑散了。對了，恭喜你和弟妹啊，明兒帶禮物來看你們。」

等李鴻文走了半晌，趙成材這才後知後覺地疑惑起來，鴻文方才說什麼了？二十一名？是我中了嗎？

聽到終於平安生產，一家子都高興壞了，一窩蜂湧上來看小丫頭。趙成材再如何不捨，此刻也只得暫時撒手，把孩子給大夥兒輪流抱抱。

趙王氏很有些遺憾地嘆氣，「不是說是個兒子嗎？怎麼又成個閨女了？為個小丫頭折騰這麼久，真是……」

不值得，這三字到嘴邊了，她又嚥下去了。

趙成材瞟了娘一眼，並未動氣，昨晚聽見娘在媳婦和孫子之間選了媳婦，他還是挺感動的。老人家此時有些彆扭，也屬正常，反正添丁加瓦都是喜，趙成材還是非常高興的，趕緊就張羅起正事來，在門右邊掛上早準備好的漂亮手帕，告訴鄉鄰家裡新添了女兒，又張羅著煮了紅雞蛋給大夥兒分發。當然，更要給幾個勞累了一夜了穩婆和大夫們發紅包。

原先趙王氏準備的他嫌太少，一人足足包了二兩銀子，可把幾人都高興壞了，才知道他是真高興得這個閨女的。

正喜孜孜地想著要打發人去永和鎮報喜，忽一轉眼，楊小桃也施施然到他面前來道喜，「成材哥，恭喜你了。」

趙成材一愣，「妳怎麼來這麼早？」

楊小桃昨晚壓根兒就沒回去。當然，她是故意留下的。大夥兒都在為章清亭擔心，無人關心她的去留，她也故意不提。此刻見到趙成材的神色，楊小桃心中暗自得意，她就知道自己留對了。

她的目的很簡單，一個黃花大閨女在你們家過了一夜，這個無論如何也撇不清了。

昨晚趙成材進門之時，她早在樓下客房裡和柳芳睡下了，根本不知道。因夜裡睡得好，早上李鴻文一進來她就發覺了，沒想到居然聽到趙成材高中的消息。

這可把楊小桃給樂壞了，一顆心狂喜得都要跳出來了，只覺得昨晚留下真是太英明了。她心裡幾乎是立即打定了主意，一定要嫁進趙家門裡來。而得知章清亭忙活這麼久，居然生的還是個女兒，就讓她更加得意了。沒了長子，等於她們又在同一個起跑線上了。

不，自己比她還有優勢，因為章清亭剛剛生產，起碼半年內不宜再孕，而自己卻一定能搶在她前頭懷上長子。

楊小桃已經開始做起了舉人夫人的美夢，根本沒留意到此刻趙成材看著她的神色嚴肅而複雜。不過只一瞬，趙成材就收斂了神色，「昨晚真是辛苦楊姑娘了。」

楊姑娘？怎麼如此生分？楊小桃驀地心中一緊，卻聽趙成材已經大聲招呼起人：「成棟，成棟，你快過來！」

「來啦來啦！」趙成棟一面提著鞋，一面從炕上爬起，睡眼惺松的，臉都沒洗。

很好，就這樣子出門正好。趙成材板著臉訓斥弟弟：「你是怎麼搞的？昨晚你怎麼不送楊姑娘回去，害她在咱們家過夜，這讓師傅和師母多擔心？快，把你那馬牽了，現就送楊姑娘家去。」

趙成棟怔了一下，「哥，那我……桃子姊還沒吃早飯呢！」

「吃什麼吃？去廚房拿兩個包子，給楊姑娘也拿兩個，現在就走，立刻走！」

趙成材吼得趙成棟不敢作聲，趕緊上廚房拿了吃的，牽了馬去預備著。

正好那屋柳芳也起來了，探著頭兒往外一瞧，剛想縮回去，趙成材卻就勢命令：「成棟屋裡的，妳送楊姑娘出去，再拿些紅蛋。楊姑娘，妳也帶回去給師傅師母嘗嘗，沾沾喜氣。」

楊小桃先是怔愣，後又歡喜，想著趙成材這麼大張旗鼓地把她送回家去，是否就表示默認了自己曾在他家過夜的事情？自己很快就要做舉人夫人的，可不能不守規矩，更不能得罪趙成材。

楊小桃嬌笑著向趙成材行了一禮才離去。

趙成材望著她離去的背影冷哼一聲，章清亭之前把家裡的事情全都攔著，不讓他知道，趙成材確實也忙，就睜一隻眼閉一隻眼裝糊塗都放過去了，可並不代表他心裡一點數都沒有。

章清亭才從鬼門關那兒轉了一圈，還為他生了個這麼可愛的寶貝女兒，他不能讓任何人傷害她們母女。就是他親娘，那也不行。

趙成材負著手，想了一會兒，先把手邊的事情都安排妥當了，才回房去陪媳婦和女兒。

章清亭一直沒醒，睡得很沉。怕章清亭醒了找不著孩子著急，女兒給大夥兒看了一回，他便抱了回來，就把女兒放在母親身邊，一同呼呼大睡。

眼見這母女倆睡得香甜，趙成材終於覺得倦意上湧。他也累壞了，長途奔徒了一天一夜，回來又折騰了這麼久，吃了早飯便歪在床邊的榻上也歇下了，寸步不離守著她們母女。

直到下午，驀然被震天的鑼鼓聲給驚醒。趙成材心想，這還真是來了。閉上眼，又靜了靜心，他這才洗了把臉，換了乾淨衣裳迎了出去。

這都是小閨女帶給我的好運呢！小丫頭生的斤兩也好，七斤六兩。養的日子也好，就在八月十六。十五的月兒十六圓，六六大順，有了她，我們家真的是團圓美滿了，那小丫頭就叫喜妞吧。

希望她的一生平安喜樂，和和順順，趙成材很為這個小名得意，微笑著出來迎接屬於他和他們一家的榮光。

整個紮蘭堡都轟動了，趙家大兒子趙秀才，書院裡的趙老師，中舉了！

這可是紮蘭堡幾十年未逢的盛事，人人都湧到趙成材家看熱鬧，把門檻都快踏破了。

鄉親們一來，當然也就都知道了趙成材新添了個小閨女。本來還找不到由頭送禮，這下可好，趙家小妞眼睛還沒睜開，就收到足以讓她吃上幾十年的紅糖母雞，更有那數不盡的小鞋子小衣服，弄得趙王氏一面收一面嘮叨：「這些要是能夠換成大塊布料多好，這點兒孩子哪裡用得了這許多？就是一天一套也穿不了呀！」

趙王氏自從媳婦生產起就一直沒回去，先是想著幫幫忙，照顧媳婦坐月子。雖說生的是個小丫頭片子有些不太滿意，但見識了章清亭生產的艱辛，她這做奶奶的心頭也有幾分憐惜。可沒想到居然等來這麼一個石破天驚的好消息，自己的兒子中舉了。趙王氏簡直是難以置信，自己居然會養出個官出來。這是她的兒子，她的兒子哩。

要是沒有如潮水般湧來的道賀人群，興許趙王氏還能多感慨感慨，可面對紛至沓來的鄉親們，趙王氏可沒時間感慨。作為親娘，她當然比張羅氏更有資格出面接受大家的祝賀。

章清亭再怎麼能睡，到晚上的時候，也被那依舊川流不息的人群吵醒了。眼睛一睜，就見張羅氏和趙玉蘭陪在身邊，一愣神的工夫便想起最重要的事，「孩子呢？」

「在這兒呢。」張羅氏眉開眼笑地把孩子抱給她瞧，像說繞口令似的，「閨女，妳來看看妳自己的閨女。」

「嫂子醒了？來喝點雞湯吧。」趙玉蘭把小瓦罐裡燉得爛爛的雞湯小心撇去厚厚一層黃油，添出一碗湯來。

章清亭看著自己的小丫頭，想著就是這小東西把自己折磨得九死一生，心中是百感交集，不由得又落下淚來。

張羅氏忙按著她的眼角，「可別哭，妳這坐月子呢，哭壞了眼睛就不好使了。」

趙玉蘭吹著雞湯笑道：「嫂子，妳現在可該樂呵才是。」

樂什麼？章清亭收了眼淚，想起那個負心漢了，語氣一冷，「趙成材呢？」

一聽她這咬牙切齒的語氣，趙玉蘭噗哧就笑了，「嫂子，妳可別生哥的氣。他那時不那樣說，妳能這麼順順當當生下小喜妞嗎？」

「就是。」張羅氏附和著，一張老臉也笑成了花，「妳這女婿可真給妳爭氣，考中舉人了。現給衙門請去喝酒了，實在是推脫不掉才走的。怕妳不高興，還特意囑咐，說回來任妳打罵，只讓妳可千萬別動氣。」

章清亭眨巴眨巴眼睛，「他真中了？」

「那還有假？妳聽著下面的熱鬧，都是鄉親們來道賀，妳婆婆領著人在下面招呼著呢，收了一屋子的東西。」

得知相公中了，章清亭倒沒有旁人想像的那般激動，趙成材有多刻苦用功她全看在眼裡，這份榮耀是他該得的，她並不算太意外，只是鬆了口氣，感覺心上一塊大石落了地。

他有了功名，對於他們家來說，未來是更有保證了，可是，也意味著更多的風風雨雨，尤其是……誘惑。

直到第二天早上，章清亭才見到了她要「算帳」的對象。

趙成材抱著他的寶貝閨女從樓下上來，見她醒了，眉開眼笑，「醒了？我才送喜妞去玉蘭那兒吃了奶，妳什麼時候能餵孩子？」

章清亭心中一口氣頓時提了上來，偏趙成材渾然未覺，還大大咧咧在床邊坐下，把閨女抱給她瞧，「原來這孩子吃了奶，還得拍出個嗝來才能讓她睡，妳以後可也記著了。」

真是厚臉皮！還好意思支使我？

章清亭心裡窩著火，就是不理他，只伸手去抱孩子，未料趙成材只是將孩子放在她面前虛晃一槍。章清亭一抱撲了個空，終於怒了，「把孩子給我！」

「妳不說，我怎麼知道妳要幹什麼？」趙成材倒打一耙，這才笑嘻嘻將已經哄得快睡著的女兒送到她身邊，「妳也別抱了，剛生產完，要好好歇歇，以後有得妳抱的時候。」

章清亭轉過臉只看女兒不看他，趙成材也不以為意，就勢在床邊單手撐頭半躺了下來，繼續嘮叨：「喜妞這小名不錯吧？大名叫什麼好呢？她生下來七斤六兩，又是十六，六六大順，我想管她叫順娘，妳覺得如何？」

章清亭本不欲答話，但事關女兒的名字，還是忍不住發言：「俗！」

「那妳說叫什麼？不過我想把順字用進去，圓字也好。十五的月兒十六圓，可是順圓圓順都太奇怪了。要不，咱叫趙圓圓？」

你以為我女兒是球嗎？還圓圓！章清亭裝不下去了，黑著臉發難，「你還好意思來見我？我生孩子時，你怎麼說的？怎麼不去找你的三妻四妾了？」

趙成材笑得直不起腰，坐起來作了一揖，「小生不敢，小生怕怕！」

「你有什麼不敢的？你還要你那三妻四妾來合夥欺負我閨女呢！」

雖知趙成材當晚那些話不過是為了激勵自己的鬥志，但章清亭一想起來還是非常生氣。

「好了好了！」趙成材抓過她手，裝模作樣在自己臉上拍拍，「打兩下消消氣就得了，孩子都有了，還鬧騰個啥？真是的，以為妳還小啊？」

「可你那天說的是人話嗎？萬一我要有個三……」

「打住！」趙成材瞪了媳婦一眼，「再說我可要生氣了！哼，我那天說的話不中聽，也不想想妳說的那叫什麼話？跟交代後事似的。我要不那樣說，妳能好好端端把孩子生下來？真是個強驢脾氣，哄著不走，非要打著走！」

「你說誰強驢呢？」章清亭又火了，這個秀才越來越無法無天了，「別以為你中個舉人就了不起了，就是你中了狀元，本小姐也沒看在眼裡！」

「那妳把什麼看在眼裡了？」趙成材挑眉問：「不是張蜻蜓的章清亭！」

呃……章清亭一噎，想裝糊塗，可趙成材瞥她一眼，下床把他們裡外兩重門全都閂上了，才到書桌邊寫了個名字。

正是章清亭三字，提到她的面前，「這是從前我們第一回中秋去放花燈時妳寫的，這應該才是妳的真名吧，媳婦？」

章清亭怔了怔，這秀才居然一直記得？

趙成材搬張椅子，撣撣袍子，在她面前坐得四平八穩，「說吧，妳到底是從哪來的狐狸精？迷惑我這正義凜然身家清白秉性剛直英俊瀟灑的書生到底是何居心？報恩還是還債？難道真是五百年前我救了妳一命？」

章清亭一張面皮繃了又繃，忍不住放聲大笑，可一笑就扯動還未復原的傷口，直喊著疼。

趙成材也端不住了，趕緊上來幫她揉肚子，心疼得皺眉，「笑什麼笑？好好說話不行嗎？」

章清亭笑出了眼淚，好半天才平靜下來，橫他一眼，「虧你也好意思說出口？你哪兒英俊瀟灑了？真是老王賣瓜，自賣自誇！」

不過趙成材這樣的態度確實讓她安心不少，想想也沒什麼好隱瞞的，當下便把自己和張蜻蜓換魂之事三言兩語交代了。

趙成材皺眉疑惑，「這世上居然還有這等離奇之事？那也就是說，妳其實還是張蜻蜓，卻換了章清亭的魂魄？」

「就是如此！」章清亭還是有幾分擔心的，「你真不介意？」

趙成材忽地兩眼放光，「原來我娶的還是個三品官的女兒！哎呀呀，千金小姐啊！那妳從前長啥樣？漂亮嗎？畫出來給我瞧瞧吧！」

男人！這就是男人！不管何時，最關心的還是美色！

章清亭順手敲他一個爆栗，「做你的美夢呢，才不告訴你這好色之徒！這身子就是個殺豬女，你媳婦還是張蜻蜓！」

趙成材吃痛撫額，「下手也不知道輕點！千金小姐是這麼當的嗎？妳餓了吧？我去端吃的來給妳。」

章清亭愣了，「這就完了？」

趙成材嗤之以鼻，「妳都說了，我媳婦還是張蜻蜓，那有什麼好介意的？或許妳本來就是張蜻蜓，不過做了一場小姐夢而已，現在回來了，做了我趙成材的媳婦，便是如此。」

他一甩袖子走了，章清亭想想，似乎也有些道理。

算了，反正既來之，則安之，現在連孩子都有了，還有什麼好想的？

趙成材端上湯來的時候，章清亭還在冥思苦想孩子的名字，沒留意到後頭跟著的趙王氏，開口就道：「那個順字不好，圓字倒可一用，不如叫圓芷可好？」

「哪有閨女叫圓子的？那不如乾脆叫肉丸子得了！」趙王氏當即沒好氣地嚷了起來，心想這個媳婦學問也不怎麼樣，「還是等成材來取，妳好生養著就是。」

章清亭撇嘴，不懂就別亂說！她對趙成材一瞪眼，意思是你怎麼把婆婆給招惹上來了？

趙成材兩手一攤，表示他也很無奈。奶奶要看小孫女，他總不能攔著吧？

他扶著她起來，「來，先喝點湯，這可是娘親手燉的。」

跟人過不去，也別跟吃的過不去，先把身子養好了，名字的事情可以慢慢商議。

章清亭由著相公親手餵食，很是甜蜜。

趙成材舀了一勺，還細心吹了吹才送到她嘴邊。聞著這味兒還挺香，章清亭張嘴就吞。

趙王氏抱起熟睡的小孫女，笑得慈祥，可是轉頭瞧見章清亭竟連手也不抬讓兒子伺候，便有些不悅了。她兒子現在可是舉人老爺了，怎麼能在家伺候一個女人呢？夫綱不能不振啊！正想開口，卻見章清亭小臉一皺，一口就把剛吃到嘴裡的湯吐了出來。

「怎麼沒放鹽？」還有好大一股腥味，這絕不是趙玉蘭的手筆！

啊？趙成材原還想藉著這湯拉近婆媳感情，這下似乎弄巧成拙了。

趙王氏看章清亭吐出來，可心疼了，當即上前訓斥：「坐月子的吃食當然不能放鹽，沒鹽才下奶呢。這是我昨兒夜裡就幫妳燉上的豬蹄花生湯，妳快吃了，也好早點餵喜妞。玉蘭現在奶水不多，可不夠這麼小的娃娃吃的。」

「可這實在吃不下去。」章清亭一臉嫌棄，「我吃得都要吐了，要不，找個奶媽回來？」

大戶人家本就少有親自奶孩子的，章清亭自小也是吃奶媽的奶長大，自然習以為常。

趙王氏不幹了，「請奶媽？哪有這麼金貴？妳要是實在不肯奶孩子，我就帶她回去，給芳姐兒奶。」

那可絕對不行，別說章清亭，趙成材也不幹了。

「娘，您胡說什麼呢？怎麼能把我孩子給旁人帶？」他自己嘗了一口那豬蹄湯，實在是難以下嚥，「我去加點鹽。」

趙王氏不肯相讓，「那有鹽的不下奶，就得這樣喝！」

「她不是喝不下嗎？」

「喝不下也得喝！難道眼看著孩子餓死不成？哪有這樣做娘的？」趙王氏老著臉憶苦思甜，「像我們從前坐月子時，哪有這樣好東西吃？有點紅糖就不錯了！妳快點喝了，好奶孩子，要不，我就把孩子抱走了。成材，你也別囉嗦，忙你自己的去，女人的事情你不懂！」

章清亭拿眼瞪著趙成材，你敢走一步試試？

趙成材夾在中間左右為難，一時急中生智，有主意了。

「不如我去請大夫，開點下奶的藥可好？這豬蹄湯還是調個味道吧，連我都吃不進。」

趙王氏老大不高興，覺得章清亭就是拿腔作勢，「還請大夫幹麼？老實把這湯吃了不就完了？人家芳姐兒想吃我還不伺候呢！」

章清亭看婆婆只顧孩子，完全不顧自己，臉上也有幾分不好看了。

眼見婆媳倆又要槓上，趙成材趕緊先把孩子抱了回來，放到章清亭身邊，他也真怕娘一發飆就把閨女給抱走了。

「讓喜妞睡吧。娘，明兒就是三朝，可得好好辦一辦。還有滿月酒，這許多正事都沒眉目，這些小事就交給我吧。您放心，就這兩日，一定讓媳婦下奶，行不？」他回頭對媳婦使個眼色，連哄帶拽地把趙王氏拉走了，總算是讓章清亭逃過一劫。

很快，小玉上來，端來一碗奶白魚湯和幾樣章清亭平素愛吃的小菜，「這是玉蘭姊做的，只是趙嬸子先把她那個端來，咱們沒法送。玉蘭姊說這裡頭配了藥膳，很下奶，放心吃吧。」

章清亭這才滿意，「以後機靈著點，婆婆要是再在廚房裡弄些什麼，你們就抽空過去把味調了，再哄哄她就完事了。」

當晚，章清亭果然發出奶來，趙王氏也就沒什麼好言語的了，繼續辦她的「正事」要緊。

翌日，趙成材請了年高有德的吉祥姥姥來，按著全套儀式為閨女辦了隆重的「洗三」慶典。

因是外孫女兒的大日子，張發財特意從永和鎮趕了回來。只是那邊生意才開張，張小蝶實在走不開，便讓老爹帶了份禮來，說回頭有空，必要回來瞧瞧小外甥女的。

三朝的孩子尚小，只請些親朋好友，便在家裡擺了幾桌。趙成材在下頭陪大家用過午宴後，儀式開始了。章清亭也是初次經歷這邊的風俗，看得津津有味。

上香叩拜後，趙王氏領著人將銅盆等用品擺在床邊鋪了紅氈的長案上。此時，吉祥姥姥把嬰兒一抱，「洗三」的序幕就拉開了。

因今日還請了趙族長來，便由他領頭，依尊卑長幼往盆裡添一小勺清水，再放一些銅錢桂圓、紅棗花生之類的喜果。吉祥姥姥隨著眾人添什麼，便說些祝詞，謂之「添盆」，以博歡喜。

添盆後，吉祥姥姥拿著棒槌往盆裡一攪，念念有詞：「一攪兩攪連三攪，姊姊領著弟弟跑！」然後把脫得光溜溜的小喜妞往水裡一放。小丫頭受涼水一浸，哇哇大哭，聽得章清亭心疼不已。可這叫「響盆」，寓意吉祥，不可打斷。

吉祥姥姥一邊洗，一邊念叨祝詞，又在小丫頭臉上滾了美麗漂亮蛋，打了聰明伶俐蔥，又拿起秤砣、鎖頭各自三比劃，無非是祝願日後行事穩重謹慎。最後用香油泡過的繡花針，把妞兒左右耳朵眼兒一扎，大功告成。

章清亭鬆了口氣，趕緊把抽抽噎噎的小妮子抱回懷裡安撫著。

趙成材請眾人出去吃洗三麵，有些親近女眷便留在房中幫著收拾。

正忙亂著，有個紅衣女孩特意微笑著走上前來，「表舅母，我來幫喜妞換衣裳吧，免得著涼，那可不是好玩的。」

章清亭正想著這事，她因坐月子，不方便動彈，感激一笑，「那就麻煩妳了。」

「不客氣。」那姑娘微笑著坐在床邊，從懷裡取出一件小小的粉色肚兜，「這是我自己繡的，能給喜妞穿嗎？」

章清亭心裡一動，這丫頭是早有準備啊！她好像是趙族長家的什麼人吧，怎麼如此殷勤？難道是得了族長的吩咐，有所要求？

她也不點破，依舊笑著，「當然可以。」

小姑娘笑得梨渦淺淺，很是甜美娟秀，一面動作麻利地幫喜妞穿著小衣裳，一面落落大方地自我介紹：「我叫江巧雁，表舅母叫我巧雁就行了。表舅母，您真是好福氣，嫁了表舅舅，可不知多少人羨慕呢！」

章清亭但笑不語，心中卻很是不屑，現在羨慕，可我跟那窮秀才從前熬過的苦又有誰知道？就算是福氣，也是我自個兒辛辛苦苦掙出來的。妳們看看可以，可別想著來沾光！

江巧雁見她笑了，以為是自己馬屁拍得好，便探起了話，「表舅舅既中了舉，日後肯定是更忙的，這家裡少不得也得要幾個人來幫襯吧？」

這話什麼意思？難道趙族長想在我們家塞什麼人不成？章清亭心中警鈴大作，虛意應承，「可不是嗎？妳瞧家裡這亂得，偏我現在又動不得。眼下洗三還好，若是滿月，指不定亂成怎樣呢。要是親戚們肯上門幫忙，自然最好不過。」

江巧雁聽著話裡有門，忙應承下來，「表舅母要是不嫌棄，滿月時，雁兒也來給您做個端茶遞水的小丫頭可好？」

這話可不是能隨便說的，要給她章清亭端茶遞水，那是什麼身分？

章清亭心中冷笑，面上裝傻，「好啊，不過就是太委屈妳了。看妳如此聰明伶俐，定是讀了書又有見識的，正好那日還要請些貴客，可得妳費心張羅。」

江巧雁喜不自勝，「那可一言為定！我也想在表舅舅家學學接人待物呢，改日來了還請表舅母不要嫌棄。」

「怎麼會？」章清亭笑得溫婉，心中卻在腹誹。當我家是學堂嗎？還教妳學接人待物？當自己什麼人了？有問題！絕對有問題！

等忙完了，客人都送走了，章清亭正想著如何盤問趙成材，他卻進來商量起一件正事，「我既是中了，那郡裡的鹿鳴宴是一定要去的，還得拜會同年，感謝座師等等，這一走怕是又得鬧上好些天了，只能盡量在喜妞的滿月酒時趕回來。現在有些事，我已經交給娘去弄了，但妳也知道她那性子，總是怕花錢，能省則省，怕是最後咱們花了錢，反辦得各種不如意。妳現在坐月子，論理不該要妳操心，只是我又脫不得身，有些能辦的我先緊著辦了，可有些大事還得妳操著心才是。」

章清亭點頭，趙成材中舉，是十里八鄉多少年都沒遇到的一件盛事，所以此次女兒的滿月酒，不僅得辦，還得大辦。不是為了炫耀，而是要給鄉親們看一場熱鬧，沾沾喜氣。

趙成材的意思，是在他們胡同口搭上戲臺，擺上一天的流水席，管鄉親們送幾文錢的禮，都讓人能來吃個盡興，可趙王氏卻無論如何也捨不得，道理也講不通，趙成材只好拜託妻子。

章清亭明白相公的心意，「這事就交給我了，錢的事……」

「錢的事也不用妳操心了。」趙成材取出個包袱給她，「妳瞧瞧這些夠不夠？」

章清亭吃了一驚，那是一包雪白大銀，竟有三四百兩之多。

「你哪來這麼多錢？」

趙成材很是感慨，「我現在才算明白妳當年要我上進時所說那番話的用意。妳瞧瞧，我如今才中了個舉人，就有這麼多人上趕著來送禮，居然還有人送了兩畝地的地契來。要是等到中了進士，那還得了？」

他也知道，這些送禮的人也不是要求回報，只是看他有了當官的可能，所以就先來套個近乎而已。可這之於從前的秀才，真是兩重天了。

章清亭斜睨著他笑，「現在知道我的好了？」

「這我早知道了，只沒想到這麼立竿見影。這些錢反正是意外之財，我就想著這回藉著給妞兒擺酒，花用出去算了。只不敢告訴娘，否則不定怎麼鬧騰呢。我知道馬場裡明珠、金寶都抽不出來，阿禮又去扶靈了，便想託鴻文來料理外頭的事情。他於這些吃喝玩樂最是擅長，況且也不算是外人，妳覺得行嗎？」

「當然行。只是鴻文這回沒中，他爹不生氣？」

「有什麼好生氣的？他爹還不了解他啊！不過，他和小蝶的親事他們家倒是允了，只是怕這個時候提出來，倒顯得上趕著巴結咱們似的，便想緩一緩。鴻文說想年下來提，辦酒就等明年了。」

章清亭點頭，「這樣很好。過年鋪子也要收檔，爹和小蝶都能回來歇歇，那時一家人都在，下定過禮都方便。」

此事說畢，趙成材又說起一樁要事，「等我回來，咱把分家的事辦了吧。」

難得他主動提起，章清亭倒是詫異，「你真想好了？」

「妳都開始行動了，我還能不想好嗎？」

趙成材刮了一下她的鼻子，卻是嘆了口氣，「成棟的婚事我是真覺得鬧心。高不成低不就的，拖到哪日是個頭？現在我中了，算是咱們家又進了一步。妳這些天在家養著不知道，可有不少人家明著暗著遞了話，想結這門親，弄得娘又有些挑花眼了，嫌三嫌四的。可這樣趨炎附勢的親戚結回來，以後的日子怎麼過？所以我想來想去，還是早些把家分了，也讓那些人死了這份心。」

「給成棟的東西我已經想好了，一是馬場，把咱家那一份的分他一半。具體是哪些，妳看著給吧。讓他自己也建個馬廄，學著料理，要不，眼下這樣，我看著都愁。再有這胡同，除開賣的和自住的，咱們和方家各有七套半，我想乾脆給他四套得了。咱們吃個虧，回頭把咱們現住的這套加後頭鋪子給岳父，娘也未必好意思來說什麼了。」

「本來他是弟弟，我是大哥，平分是不可能的，可誰叫我現在中了舉呢？若是不寬著點他，那可真要有人說閒話了。咱們拿點錢能換日後安寧，也算值得，妳說呢？」

章清亭想想，似乎也只得如此。馬場她已經打了埋伏，京城那一塊更是瞞得滴水不漏。若是從長遠來看，現在分家雖然要吃點虧，可越拖日後才損失越大。

不過，她也有點意見，「若要分家，我倒寧可把那些馬多分些給成棟，但那馬場我卻不想分給他。那地方雖大，但是分割開來卻不好管理。你不是剛收了兩畝地嗎？給他餵馬總是夠了。要是覺得不夠，我再買幾塊地給他，只那地方，我實在不想分出來。」

趙成材覺得也行，「不必再買，我家還有兩畝老田，他要爭的話，把那個給他就算了。」

「不。」章清亮對那兩畝地卻另有想法，「你這回中了，雖是喜事，可上上下下也不知多少雙眼睛盯著，尤其是族裡，恐怕日後想來打秋風的不少。我想乾脆把你家那兩畝老地捐去做族產，堵一堵旁人的嘴。要是現去買來的，人家還未必領咱們的情，唯有那兩塊老的，他們恐怕還記得牢些。」

趙成材頓悟，「妳真聰明！」

既然夫妻倆就分家意見達成基本一致，章清亭追問：「你打算什麼時候跟婆婆說？」

「就這兩天。我走前先跟他們都通個氣，等回來給喜妞辦了滿月酒就分。對了，還有老宅。按說那老宅該是我們的，成棟分了家就該出去另住，可妳那胡同新一年的租約也出去了，那家裡的老房子還是給他們住吧。等明年他的那幾套到了期，再讓他搬出去。他現住在家裡，肯定得占些便宜，妳就大方一點，不要計較了好不好？」

「我是那小氣人嗎？」章清亭白他一眼，「不過話可得說清楚，若是明年此時，他還賴在家裡不走，我是一文錢也不會給你娘的。要是婆婆願來和我們住，或是讓我們回老宅，都可以，只讓她別管我就是。她要實在看不慣我，要去成棟那兒，我按月給她家用也行，只是不許再拿我們的錢貼你弟了。」

趙成材卻有個更好的主意，「這兒妳爹住著，娘可能不願意來。咱們不如把家裡老宅改改，做成兩進院子，中間連著，又分隔開來，各自有門出入，豈不兩全其美？」

這樣最好，章清亭很是高興，「那咱們可說好了，這錢我願意花。」

「妳也別老想著我家，你們家那老房子雖然是糟朽無用了，但地方還在，等有了錢，讓岳父把房子重新建起來。日後不管是他們二老回去養老，還是給金寶這幾個兄弟成親，都是用得著的。」

此事章清亭早有計劃，此刻聽得秀才說起，心中自是歡喜，卻故意問他：「這銀子誰出？」

「當然是我們出唄！」趙成材可不小氣，「咱們能建這個家業，岳父和岳母也出了不少力。日後咱們要是蓋新房，索性再多建一進院子，把他們接來同住也是無妨的。妳瞧孟府，那麼大個宅子，自己家正經人不住，倒養那麼多奴僕，真是本末倒置。咱們家要是能置個大院子，這麼分門別戶住一起，那才叫熱鬧呢！」

章清亭白他一眼，「那要這麼說，咱們乾脆也甭分家了，繼續攪一個鍋裡吧。蠢材！太近了也不好，就是要這麼三不五時走動才顯得親熱。」

趙成材想想也是，「那妳趁著岳父這回在，趕緊把鴻文的事跟他招呼一聲。對了，我還讓娘去廟裡布施了些香油錢，算是感謝神仙保佑，讓妳們母女平安，也替妳和喜妞積點福祉。還有給妞兒打的那長命鎖、手鈴腳鈴什麼的，我也讓娘送到廟裡去開個光，回頭給小丫頭戴上，保佑咱們妞兒平平安安，健健康康！」

章清亭很滿意，「算你還用了點心！現在有了你這筆錢，不用動家裡的都夠辦事了。」又忽地想起一事，「那江巧雁到底是什麼人？」

趙成材一噎，有些心虛，「怎麼了？」

「那丫頭好生奇怪，老想往咱們家裡湊。」章清亭似笑非笑瞟了趙成材一眼，「該不會看上你了吧？」

「哪能呢！」趙成材堅決否認，「妳可別瞎操心，輩分都不對！」

章清亭懶得追問，卻提起件更重要的事，「楊小桃怎麼辦？」

趙成材心裡一凜，「妳這話什麼意思？」

「少打馬虎眼了！你既知道我要分家，難道就不知那丫頭最近的動靜？」

章清亭略帶幾分醋意，「她可跟婆婆好得不得了呢，成天跑前跑後的，比親閨女還親。聽說我生那晚還在咱們家歇了一宿，一早是你打發成棟送回去的吧？可別以為我躺在這兒就什麼都不知道。說吧，你到底安的什麼心？」

聽她這麼一說，趙成材反倒放下心，嘿嘿笑道：「我安的什麼心，妳能不知道嗎？妳倒是說說，妳安的什麼心？」

章清亭一笑，找個舒服的姿勢靠著，「我只是想著，既然婆婆這麼喜歡她，就把她接進門來給婆婆做媳婦得了。反正她和芳姐兒也好，正好作個伴。」

趙成材聽出一點弦外之音，「妳是說……」

章清亭冷笑，「是她自己不要臉，那就別怪旁人不給她臉，反正你那個弟弟也是來者不拒，多一個少一個有什麼差別？」

趙成材皺眉思忖半晌，「娘子，這不大好吧？畢竟是師傅的親生女兒，怎麼能讓她跟芳姐兒似的？」

章清亭白他一眼，「那你就讓她跟我平起平坐了？跟她做妯娌，我都覺得丟臉。你也不好好想想，那丫頭是個省事的人嗎？花那麼多心思鬧這麼多事，接進門來若是沒個人壓著她，非翻了天不可。你若是一時心軟，讓她做了成棟的正妻，往後的日子才有得瞧呢。我這可是一片真心為了成棟好，上回那丁姑娘家裡，我也打聽過了，確實不錯。你現在中了舉，身分不比從前。若是你肯親自再去他們家求親，再把分得的家產交到人家姑娘手上，人家看你面子，未必不會應允。有那樣姑娘當家主事，成棟以後才能真正讓我們省心。」

「這個……妳讓我再想想，等我回來再說好嗎？」

趙成材還有一事說不出口，想當年他可是上楊家下過聘的。從前楊家隱而不發，可現在楊小桃是明明白白動了心思，若是她不顧臉面，揪住這個把柄鬧起來，可又得平添許多麻煩事。

趙成材倒是不在乎自己的名聲，誰沒有年少輕狂的時候呢？又沒有文書在手，僅憑二十兩銀子能說明什麼？他只怕惹章清亭生氣。再者說，楊秀才畢竟是自己的啟蒙恩師，他並不想做得太過分，還是想和平解決這件事情。

在發覺楊小桃那日故意留宿之後，趙成材起初很生氣，可隨後見到那麼多趨炎附勢的嘴臉，他反倒釋然了。人往高處走，水往低處流。見到你好了，想跟著雞犬升天的人自然就多了。

趙成材明白，楊小桃的做法其實也有其可憐之處。這麼大了，老是找不到婆家，也難怪她病急亂投醫。他現在中了舉，認得的人面也寬了，幫她選個青年才俊還是機會很大的。

他不說，其實章清亭也明白秀才得饒人處且饒人的心思。

她也不是天生的惡人，只是實在不忿楊小桃的所作所為，要平白放過她，有些不甘心。

趙成材也明白楊小桃的言行頗過分，要讓娘子就這麼大方帶過也著實難為人，於是就勸：「妳這還是坐月子呢，別操太多心。只管照顧好自己和喜妞，其他的事情都交給我回來處理好嗎？」

章清亭勉強同意，趙成材親親媳婦和女兒，忽地生出個主意：「明年春天我要上京城趕考，到時妳們和阿禮都隨我去逛逛可好？」

他想讓她們過得開心，而不是成天陷在這些亂七八糟的事情裡。

章清亭有些心動，可看看女兒卻道：「妞兒還這麼點小，我捨不得帶她到路上去折騰。帶阿禮去倒很是應該，有你幫著，好歹求個平安，也不枉咱們相識一場了。」

趙成材有點失落，想想也是。以後出門還有機會，春闈前還是先把家裡的問題解決。

「什麼？」趙王氏不敢相信自己的耳朵，「成材，你要分家？」

堂屋裡，關起門來只有趙氏夫妻和兩個兒子。

趙成材瞧了娘一眼，「這事兒我也不是頭一回說了吧，娘，您至於這麼吃驚嗎？」

「可是，你……」一貫伶牙俐齒的趙王氏此刻卻是不知該說什麼好。

是，大兒子是不止一次提過分家，可那不都是七七八八拖延過去了嗎？怎麼今日他倒慎重其事地又提起來了呢？這大兒子剛中了舉，未來飛黃騰達是指日可待，莫非他是官升脾氣長，不願意提攜弟弟，所以這麼急著要分家？

「我不同意！」趙王氏老著臉拒絕，「成棟還沒成親呢，哪有分家的道理？」

她不提這碴還好，一提這碴趙成材心裡就有氣，「他沒成親？他沒成親哪來的兒子？還是您老趙家的長孫呢，這可都是您自己說的！」

這話不僅把趙王氏噎了回去，也把正要求情的趙成棟堵了回去。

大哥眼看就是要做官的人了，這些天他走出去，那奉承巴結的左鄰右舍著實不少。雖說分不分家都是兄弟，但要是能不分，還是更親近一層，所以趙成棟是不願意分的，可大哥都說出這話了，讓他怎麼回？

趙成材見兩人都不吭聲，他表態了，「娘，這事就這麼定了吧。樹大要分叉，人大要分家。我和成棟也都是有兒有女的人了，老這麼攪和在一起有什麼意思？不如分開過，大家自在。再有，就是分了家，又不是老死不相往來了。成棟還是我親弟弟，不過是分開過日子而已，有什麼大不了的？」

「既沒什麼大不了，那就別分啊！」趙王氏不講理起來。

趙成材嚥下這口氣，不跟娘夾纏，「橫豎我是下定了決心，娘，您同意也好，不同意也罷，等喜妞滿月酒辦過，這個家勢必是要分的。我現在跟你們說一聲，別到時又說些有的沒的，鬧得大家沒意思！」

「你——」趙王氏未料一向溫和敦厚的大兒子居然強硬起來，倒是沒了轍。畢竟是舉人了，她不好太過違拗大兒子的意思，免得日後更影響他們兄弟和氣，反倒不美了。

趙老實坐在那兒看了半天的地，此刻抬頭插了一句：「孩子他娘，成材說的對，孩子們都大了，這家還是分了吧。」

趙王氏正一肚子火不知往哪兒撒，見趙老實出聲，頓時找到靶子了，「分分分！合著你不是這家人啊？你這個當爹的怎麼就不盼著孩子們好呢？」

趙成材惱了，「娘，您這話是怎麼說的？難道我分家就是待成棟不好？那天下不好的兄弟未免也太多了。就是您自個兒，不也早早地跟叔伯他們分了家？」

「我們那時情況能一樣嗎？」

「怎麼不一樣了？您不能只許州官放火，不許百姓點燈吧？雖是一個家，可兄弟大了，遲早都是要分的，憑什麼我就不能分？」

趙王氏理屈詞窮了，擰著脖子在那兒耍橫，「你讀了書，我說不過你，可你弟弟又沒讀書，又沒娶妻，你讓他分了家怎麼過？」

趙成材當真火了，「他沒讀書、沒娶妻也是我的錯嗎？那依您這麼說，他要一輩子不娶妻，一輩子不讀書，就合該我養活一輩子？您講講道理行不行？」

「我怎麼不講道理了？」趙王氏實在是找不到話了，扯那唯一的由頭，「要分家，可以，等他成了親再說！」

趙成材嗤笑，「我也不瞞您，實話說了吧，我就是要在成棟娶妻之前分家，別讓有些人以為跟咱家攀上親戚了，以後就能有事沒事找上我！」

趙王氏一驚，臉色也變了。自成材中了舉，她還當真尋思著要為小兒子結門像樣的親事，萬不能落在人後，尤其是章清亭。可趙成材把話都撂下了，那就是不願意在弟弟的親事上出力。沒了他的支持，趙王氏又怎麼幫小兒子尋到好親家？

趙王氏火了，口不擇言道：「成材，你幹這樣事情，就不怕別人戳著你的脊樑骨罵你不講兄弟情義嗎？」

趙成材氣得額上青筋爆起，「怕！我怎麼不怕？可我雖怕人來戳我脊樑骨，更怕您日後慣出個無法無天的二世祖來，那才真是要一家子的性命！」他長長吐了口氣，平復一下胸中翻湧的抑鬱之氣，斬釘截鐵道：「我趙成材行事上無愧於天，下無愧於地，就是分家，也按著規矩，請族中長老來作見證！娘，您要實在不樂意，就把我趕出家門吧！」

這話可太重了，趙王氏也有些後悔，方才不該把兒子逼得這麼狠。現在把這話都逼出來了，恐怕趙成材是再不肯回頭的。

既然要分，那就得盡力為小兒子多爭取些利益才是。她心思一轉，便道：「成材，你要分家也可以，但所有家產都得跟你弟弟平分。不光是馬場，還有那胡同的房子。」

趙成材氣結，這話自己和媳婦關起門來說可以，可娘憑什麼這麼理直氣壯地要東要西？

「娘，這話是您逼到這個分上，關起門來只有咱們四人，我才說。您也摸著良心想想，咱們趙家到底有什麼家產？您和爹到底有什麼東西可以分給我和成棟？不是我誇自個兒媳婦，咱們實事求是說一句，咱家要不是有娘子進了門，最早是誰請來的方老爺子，開起的絕味齋？又是誰四處奔波弄起來的胡同？要沒有前頭這些，咱們家這馬場又是打哪兒來的？這當中您有出過一文錢嗎？」

他越說越氣，本來想好的要跟成棟平分的話也不肯說了，只道：「甭管您高不高興，總之這家產要分，就得按著規矩來！您和爹是我的責任，兩個妹妹的嫁妝也歸我管，您這些天不妨好生算算，我跟成棟該怎麼個平分法！」

他說完抬腳便走，趙王氏被他說到弊處，不禁又羞又惱，也不肯出言挽留。

趙成棟心慌了，不知道該怎麼辦，守在娘身邊，等著她發話。

趙老實覺得不妥，將大兒子送出門外，「成材，你娘就是那個脾氣，你可別放在心上。」

出來透透氣，趙成材覺得心胸開闊了許多，「行了，爹，我知道娘心裡不痛快，可這家是一定要分的。您也勸勸娘，成棟不是三歲兩歲的小孩了，能由著她護著一輩子的。遲早他也是要自己過日子的，看開些吧。」

趙老實雖然木訥，但這道理還是懂的，「你娘啊，就是太寵你弟弟了。玉蓮不在家，他就是老么，捨不得放手也是有的。既然你要分，那就分吧，等日子長了，總會好的。」

但願如此！趙成材走了，回到家門口，看著樓上溫暖的橘黃燈光，被嘔得一肚子怨氣也漸漸平息了下去。媳婦還在坐月子，妞兒那麼小，自己可別把壞情緒帶給她們。努力深呼吸，再深呼吸，趙成材微笑著走進家門。

又在家待了兩日，他便上郡裡去了。等他走後，章清亭才面露淡淡憂色。

雖然趙成材面上什麼形跡都沒露，可自打他前兒回了趟家之後，婆婆他們兩天都沒上門了。由不得章清亭會想，想順順當當地分家，只怕不太容易。

乍聞分家，柳芳倒沒有多大的不高興，她只關心，「我們到底能分多少家產？」

「我哪知道？」趙成棟是滿臉的不耐煩，歪在炕上憂心忡忡，「要是娘沒跟哥把話說得這麼絕，哥應該要跟我平分的，可娘說了那些話，估計哥就不肯了。還有姊和妹子的嫁妝，最後能分我三分之一就不錯了。」

「憑什麼？」柳芳當即就叫了起來，「你姊不是早嫁人了嗎？憑什麼還要再出一份嫁妝？她現在自己也做生意賺錢呢，再說了，她還有兒子，那孫家將來的銀子不也全歸她，憑什麼再來跟咱們分？還有你妹，都姓牛了，自然是你姨媽出嫁妝，干咱們什麼事？」

「話可不能渾說。」趙成棟翻身坐了起來，雖然柳芳說話不中聽，可他現在也想找個人商量，耐心解釋著，「姊那婚事辦得亂糟糟的，娘心裡也不好過，她要再嫁給福生哥，自然是要補一份嫁妝的。至於妹子，就更不同了，當年要不是她去給姨媽那傻兒子當媳婦，咱們一家都得餓死，她這份嫁妝也是該出的。只是這些哥說了，全著落在他身上，跟咱們干係不是很大。」

「怎麼不大了？」柳芳是一千一萬個不樂意，「你哥說得好聽，這兩份嫁妝都著落在他身上，可也是給了她們再跟咱們分家的，這樣算下來，不等於那錢裡也有咱們出的一份？好名聲還歸他撈了去，你再想想，是不是這個理？」

趙成材撐著下巴一想，倒也是這個理，「可錢全在哥嫂手上，他們要怎麼分，咱們能有什麼法子？這也不是什麼太大的事情，就是分出她們的嫁妝，嫂子肯跟我們平分，就已經是阿彌陀佛了。」

「你怎麼這麼傻呀？」柳芳見他這樣，可真急了，「咱們分家就這麼一次機會，當然得想法子多弄些東西在手上。要不，咱們往後的日子可怎麼過？你哥還有個功名呢，日後還能當官兒，你有什麼？」

「那也不能越過他們去吧？總沒個他們拿得少，反咱們拿得多。能有一半，就該知足了。」

趙成棟沒那麼貪心，可柳芳不滿足，「現在瞧著是同樣的東西，可往後生起利息來卻是不一樣的。比如說吧，你家那兩塊地，要了也沒用，不如給你哥，咱們多要幾匹馬才更實在。就是那胡同的房子，一年也生不出多少利息，不如全換成馬場才好呢！」

趙成材頭搖得像波浪鼓似的，「妳以為旁人都是傻子？那馬場最能賺錢誰不曉得，恐怕嫂子也打的這個主意呢。到時只把那胡同給我們，不給馬場，咱們又能找誰說去？」

「找你娘啊！」柳芳急紅了眼，「公公是個頂沒用的，只有婆婆還向著你，你去找她，把這個道理說給她聽。你想想，你哥他將來還要做官，日後進項少不了，何苦跟咱們爭？只要婆婆肯幫著咱們鬧，畢竟是親娘，你哥好意思撕破臉？他們讀書人可是頂要面子的。到時把族中長輩，左鄰右舍全都請了來，咱們光腳的可不怕他穿鞋的！」

「那卻不好，畢竟是我哥，往後他要是做了官，妳不跟他來往了嗎？真是婦人見識！」

「所以我讓你去找你娘嘛！」柳芳忽地心生一計，「就趁著你哥現在不在家，讓你娘跟你嫂子鬧去。只要你娘鬧得你嫂子不得安生，等你哥回來，就是為了不讓外人看這婆媳笑話，也必是要退讓的。這樣既不用咱們鬧到你哥跟前了，回頭咱們還可以做個好人，也略退讓著些，你哥不還得承咱們這個人情啊？你說，可是這個理？」

趙成棟想想，似乎也有些道理，「讓我想想。」

「你就別再想了！」柳芳把他從炕上拉起來，動手就幫他腳上套了鞋，「現就去找你娘好好說說，商議個對策出來。要不，等你哥回來，那可就黃花菜都涼了！」

趙成材被她推搡了出去，只得去找娘抱怨了。

柳芳坐下來，自己也開始琢磨心事。既然分家是必須的，那她也得早作打算。趁著趙成棟現在還沒有正妻，她得想法牢牢地把分得的家產霸在手裡才行。

現在合在一處，自然沒她說話的份，可分了家，可就不一樣了。各人自掃門前雪，就是趙王氏再厲害，也是跟著章清亭他們過日子，可插不了手到他們家裡來。

若是如此一來，這分家倒是便宜她了。

柳芳心中暗喜，可自己畢竟勢單力薄，就是弄來了馬場，沒人照管也不行。她眼珠一轉，決定明兒就回家一趟。跟家裡人都通個信，到時讓他們都來幫忙，安插進馬場裡，那就再不怕旁人進來攪局！

趙王氏心裡本就沒好氣，被小兒子這麼一撩撥，更是火上澆油。

趙成材走前的話，實在是刺激到她了。

其實有些道理，不是趙王氏不明白，而是這麼多年潑辣慣了的人，拉不下臉去深思。

一深思，她就得承認這個家確實是章清亭做起來的。承認了章清亭的功勞，就是變相承認她這個婆婆比不上媳婦。這樣的現實，顯然是趙王氏無論如何也接受不了的。於是，她便把那滿腔的羞惱化成了怨懟。不僅是對趙成材的怨懟，更是對章清亭的怨懟。

要不是那個殺豬女在後頭挑撥離間，她一向最孝順懂事的大兒子會對她說出這樣絕情的話，做出這樣絕情的事？還是小兒子說得貼心，要是沒有她，就沒有他們兄弟幾個，還哪來的媳婦，哪來的家業？

所以這個家最勞苦功高的是趙王氏，最有權威和發言權的也必須是趙王氏才對。

趙王氏聽得舒心，要是大兒子能有這覺悟，這個家哪有這些糟心的事？

再想起阻礙這個家的罪魁禍首，趙王氏是越想越恨，越想越氣。

妳這個死丫頭，既然不讓我好過，我也絕不讓妳好過！挑唆著我兒子分家，挑唆著我們母子不合，當妳賺了幾個臭錢，有什麼了不起的？不過生了個丫頭片子就抖得人五人六的，要是日後成材當了官，豈不是更不把她這婆婆放在眼裡了？

不行！趙王氏暗下狠心，為了這個家的美好前程，為了兄弟和睦，家業興旺，她堅決要給章清亭一個深刻教訓！讓她知道，這個家，究竟她趙王氏排老幾！

❁ ❁ ❁

這日，章清亭一覺睡到自然醒。梳洗畢，用過早飯，才打發了張銀寶去李家請李鴻文過來，商討滿月酒之事，忽地喜妞醒了，對著娘親咿呀直叫，顯然是肚子餓了。

章清亭忙把女兒抱到掛著紗簾的窗前，就著秋日麗陽給小喜妞哺乳。

因未滿月的媳婦和閨女都不能出門，是以趙成材想了個心思，挑了最好的紗料，走前親手幫她們掛好了門窗。

紗簾選的是輕柔的秋香色，能阻隔外人視線，尤其當陽光透進來之後，便映得整間屋子像點起柔柔淡淡的燭光，溫馨一片。

小妮子這幾天小臉長開了些，胖嘟嘟圓鼓鼓的，比剛生下來時那紅通通皺巴巴的模樣更俊俏了些。此刻，小傢伙正張大粉嫩嫩的小嘴巴，努力吮吸，可惜力氣太小，吃不了幾口就得歇口氣。

怕陽光刺傷她稚嫩的雙眼，便是有紗簾擋著，章清亭還是側著身子，替女兒擋住了頭部的光線。可那漏過來的側光，卻越發勾勒出小傢伙可愛的容顏，就連臉上那一層細密的絨毛也根根清晰可見。

章清亭忍不住又親了女兒一記，這孩子怎麼就這麼招人疼？

似是感受到娘親對自己的愛，喜妞仰起小臉看著她，一雙無邪的大大黑眼裡，竟有了幾分笑模樣。

「小喜妞會笑了是嗎？再笑一個給娘看看？」

章清亭滿心是身為人母的柔情愛憐，母女倆正沉浸在這溫馨的小氣氛裡，突然砰地一聲門響，不速之客來了。章清亭嚇了一跳，趕緊先護住孩子。掩起前襟，再抬眼一看，來的正是憋著一肚子火的趙王氏！

這時候張羅氏帶著小玉買菜去了，趙玉蘭正是鋪子生意最好的時候，張元寶在下頭看店，故此家裡也沒什麼人，趙王氏一路橫衝直撞就衝了上來。

一見婆婆這陰沉的臉色，章清亭就蹙起了眉頭。大早上的就擺起臉色，給誰看呀？臉上自然也就淡淡的，「婆婆來了，坐吧。」

趙王氏見她這不冷不熱的態度，更是氣不打一處來，老著臉坐下，也不客套了，開門見山地道：「成材鬧著要分家，是妳的主意吧？」

章清亭輕笑，「婆婆這話是什麼意思？相公是一家之主，分家的事情自然由他作主，媳婦能有什麼主意？再說了，這本也是人之常情……」

「妳別跟我淨扯那些沒用的！」趙王氏在兒子面前還要顧念著母子之情，可對媳婦就沒什麼好顧忌的了，極不耐煩地打斷了她的話，「我知道就是妳！容不得成棟，非得把他趕出家門才甘休！」

章清亭冷了臉，扭過頭去，不看趙王氏了。

趙王氏等了半晌，見她不言不語，連解釋也沒一句，更加惱火，「說話呀？妳啞巴了？」

「我有什麼可說的？」章清亭拿小被子捂著女兒的小耳朵，免得孩子受到驚嚇，「我說什麼婆婆會信嗎？您既然都認定了是我挑唆著成材分家，我再解釋也是多餘。」

「妳說妳這女人怎麼就這麼狠心？」趙王氏正在氣頭上，指著章清亭的鼻子就罵，「成材統共就這麼一個兄弟，就算成棟占他哥一點便宜又怎麼了？妳怎麼就這麼小心眼，容不下他？妳倒是說說，難道非得要弄得成材跟親兄弟都不來往，成個孤家寡人才好嗎？」

章清亭微惱，聲音也凜冽了幾分，「婆婆，您要教訓媳婦，自是應當，可說話也得講道理吧？什麼叫我狠心，容不下成棟？我又怎麼弄得成材成孤家寡人了？不過是分家，難道成棟離了我們就活不下去？您要是不高興，可以等相公回來跟他理論。喜妞還小，經不起吵鬧，請婆婆自重！」

「我怎麼不自重？說妳幾句就回一堆的話，妳這媳婦怎不自重？妳別事事往成材頭上推，他都被妳的迷魂湯灌得暈了頭了，哪裡還把我這個做娘的放在眼裡？」趙王氏氣得失去理智，甚至遷怒到小喜妞的身上，「一個小丫頭片子，還經不起吵鬧？不過是個賠錢貨，比不上南瓜一根手指頭！」

此言一出，章清亭臉都氣白了。

「婆婆！」章清亭抱著喜妞霍地站了起來，手指著門外，臉色鐵青，「妳給我出去！妳既是喜歡孫子，就回家抱妳的孫子去，以後別來我家，我們喜妞高攀不上妳這樣的祖母！」

趙王氏其實說完那個話，自己也有些後悔。喜妞雖是丫頭，畢竟是大兒子的長女，她再如何也不至於這麼偏心，把孫女完全不當一回事。

一時氣頭上說了那個話，滿以為可以殺一殺章清亭的氣焰，起碼把她氣得哭鼻子也好啊，卻沒料到這個媳婦竟如此剛強，還趕她走。趙王氏火氣也上來了，坐得更穩，「我走什麼？這兒是我家，我愛在這兒坐到什麼時候，就坐到什麼時候！」

章清亭被激上了真火，毫不示弱，「妳家？妳也好意思說這個話，這個房子關妳什麼事？是妳出的磚瓦還是家具？」

這一句話可真真戳到了趙王氏的痛腳，那天趙成材的話還言猶在耳，沒想到這個媳婦也說出同樣的話來，肯定全是她挑唆的！

趙王氏劈手一個耳光就往章清亭身上招呼過去，章清亭躲也不躲，一手就抓住了她的胳膊，眼神冷得像結了一層冰，「妳憑什麼打我？」

趙王氏怒不可遏，另一手又要招呼過來，「就憑我是妳婆婆！」

章清亭另一隻手還抱著女兒，這下無法可擋了，只得把她往後一推，趙王氏更怒，「妳竟然敢對老娘對手？全是妳這潑婦攛掇著我兒子要分家，我好好的一個兒子全被妳教壞了，好好的一個家全被妳拆散了！看我今天不打死妳，妳才知道到底誰是妳婆婆！」

章清亭那眼神冷得都能殺死人了，趙王氏今兒要敢動手，她就敢豁出臉跟她徹底決裂。

「快住手！」衝進來的李鴻文那表情說多尷尬就有多尷尬，「趙嬸子，您這是何苦？」

他被張銀寶請來有一會兒了，剛上來就聽見裡頭婆媳吵架，又是為的家務事，他一個外人，不好進來相勸，可眼見著就要大打出手了，他可不能不管了。

見有外人進來，趙王氏氣焰稍平，可仍是臉色鐵青，「李公子，這是我們家的事，沒你的事，出去！」

李鴻文自知此時可萬萬走不得，張家夫妻都不在家，張銀寶、張元寶又小，家裡沒個主事的，他要是走了，趙王氏當真鬧了起來，吃虧的還是章清亭。

「嬸子，您且容我說兩句話。」李鴻文大家子出身，這些吵架爭鬥之事見得不少，當即就道：「這雖是你們家事，但成材卻是我兄弟。他媳婦不管怎麼惹您生氣，現在還在坐月子，您就是不給她面子，多少也得給成材個面子不是？他這剛出了門，您就動手教訓他月子裡的媳婦，這讓成材回來怎麼想？」

見趙王氏氣稍平了些，李鴻文陪笑著又道：「您且回家消消氣，天大的事情等成材回來再說行不？您瞧，孩子都嚇哭了，您就大人有大量，算了吧！」

喜妞雖小，但小孩子的感覺還是非常敏銳的，當章清亭與趙王氏爭執的時候，小妮子就已經嚇哭了，這會兒更是張著小嘴，把剛剛吃下的幾口奶哇哇全吐了出來，煞是可憐。

趙王氏瞧著也不忍心，可到底不願意輸了這個氣勢。最後脖子一擰，冷著臉對章清亭道：「既然妳這做媳婦的這麼不待見我這婆婆，那我就接個待見我的回來！」

章清亭正拍哄著女兒，沒留意這話，直等她走了，才眼淚直流，「這日子叫人怎麼過？」

李鴻文也同情，可他一個大男人，拉又不好拉，勸又不好勸，只得道：「弟妹，妳就想開點吧，誰家過日子沒有個牙齒咬到舌頭的時候？萬事等成材回來再說，妳現在還坐月子呢，當心愛惜自己身子，可別哭壞了眼睛。」

話雖不錯，可章清亭此時此刻哪裡聽得進去？心裡又是生氣又是委屈，自己嫁進趙家，就算沒有功勞也有苦勞，結果卻換得婆婆這般對待。

這麼對待她倒還罷了，可婆婆憑什麼這麼說喜妞？就因為是個丫頭，就連南瓜的一根手指頭也比不上？這句話當真是深深刺傷了章清亭的心。

可成材不在家，她要是去跟婆婆鬧，豈不是打他的臉嗎？這份委屈除了嚥下，又能如何？

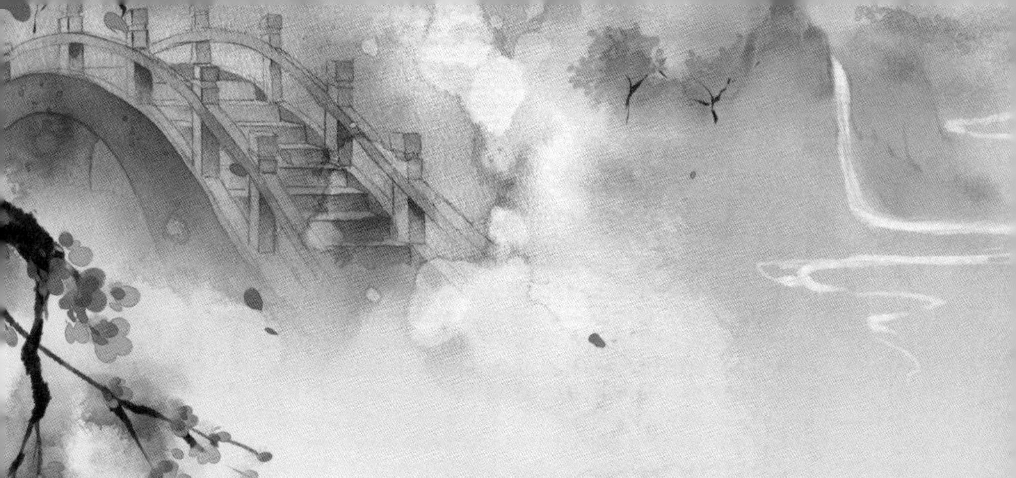

參之章 ❀ 秀才發威施巧計

楊家今兒迎來了一位貴客。

趙王氏親自登門提親，「……你們都知道，我家那個大媳婦性子刁蠻，潑辣又不講理，現在成材中了舉，往後是要做官的，身邊可不能沒個像樣的人服侍。我也知道，說這話有些委屈你們家小桃了。這也怪咱們從前家窮，本來好端端的一門親事硬是就給耽誤下來。我今兒是誠心誠意來求親的，雖說是妾室，但我保證，絕不會委屈你們家小桃。只要有那個媳婦的，就你們小桃的。不過是個名分，可不管在家裡還是外頭，都讓小桃跟她平起平坐。」

怕她們不允，趙王氏還放下一句重話：「等小桃進了門，先生下兒子，那就是長房長孫，誰都不能越過他去！」

這話說得楊小桃是心花怒放，沒想到這麼快就守得雲開見月明。

楊秀才不知其中內情，聞言大吃一驚，乾張著嘴半天才道：「這……這樣好嗎？」

他到底是讀書人，尚存三分理智，頭一個念頭便是，這樣做，算不算寵妾滅妻？

楊劉氏見相公這個木訥樣，急得把他往旁邊一拉，附耳低聲道：「你倒是快應承呀！成材可是要有大出息的，咱們把桃兒許給他，不冤！況且他們家現在家計又好，日後有多少可以幫襯得到咱們的地方？還有玉成，有他姊夫拉拔著，怕是沒幾年，也是個舉人老爺了！」

這些話，聽得楊秀才腦子裡一個驚雷接一個驚雷似的，可是每個雷似乎又聽上去特別美好，尤其是最後一個，自己的兒子做舉人老爺？這可是光宗耀祖的大好事！

「那……」他還想細問兩句，楊劉氏已經等不及，笑容滿面地應承了，「那我們家也同意了，只趙嬸子妳可要說話算話喔！」

「那是當然！」趙王氏拍著胸脯作了保證。

楊小桃聽得婚事已成，自覺心滿意足，女孩兒家此時多少總要適時表現一下她的嬌羞，低頭嬌笑著就出去了。

楊秀才一看女兒這個表情，還有什麼好說的？想想畢竟是舉人家的妾，萬一成材當了官，說不好也有封誥命的時候呢，於是也就欣然同意了。

「既是定了，那就置辦些東西，挑個好日子，把事情辦了。」

趙王氏也是這麼個意思，「我瞧了下老黃曆，這個月的二十八就是個好日子，只要你們允了，我就把小桃接進門去！」

「這……會不會太急了點？」楊秀才有些猶豫，「還是等成材回來再說吧。」

「不用了！」趙王氏生怕夜長夢多，就是要趁著兒子不在家，敲定這門親事。任章清亭再怎麼鬧騰，也不得不接納這個妾室。

「成材不在家，可我們公公婆婆全都在啊，有了父母之命，可比什麼都管用。原先那東廂給趙成棟準備的新房可一色全是新的，比他們正房那邊的東西還要好。先給小桃住下，等成材回來，正好藉著給喜妞辦滿月酒的時候，讓小桃也一起出來招呼客人，又風光又有面子！」

怕他們不信，趙王氏還扯了個彌天大謊，「其實呀，這事是成材求我上門來說的。他早嫌那媳婦不懂事，惦記著桃兒的好了。只是他如今有了功名，自己來提這事多少有些不好，便讓我趁他不在辦了。要不，他幹麼為個小丫頭片子的滿月酒鬧那麼大的動靜？這其實全是給小桃預備的！你們這些明眼人，怎麼就沒看出來？」

這話聽得楊秀才也不禁喜笑顏開，楊劉氏更是合不攏嘴，稱呼立即就變了，「親家母，還是成材想得周到！行，那這事就這麼定下來了！」

楊小桃一直在隔壁豎著耳朵聽呢！心中更加歡喜。不過想想自己出嫁也就這麼一回，既是做妾，省下了三書六禮，可該要的聘禮卻不能少。當下把弟弟喚來，讓他去把娘叫了出來。

「跟她說，要接我進門，須得打全套的金頭面首飾，四季衣裳都不能少，一切鋪蓋用具都得按最好的置辦。咱家一文錢別出，還要找他家多要些彩禮。娘，妳就是不用，也可以替我收著！」

楊劉氏素來聽自家閨女的，過去跟趙王氏一說，趙王氏咬牙應承了。她就是豁出去把棺材本拿出來，也要把這親事辦得漂漂亮亮，氣死那個殺豬女。

❁　❁　❁

胡同，張家。

屋內靜悄悄的，連根針掉到地下都能聽得分明，那沉悶的氣氛壓得每個人都覺得喘不過氣來，而掀起這場風暴的趙王氏卻是十分得意，將手上的東西一樣樣打開顯擺著。

「成材媳婦，瞧瞧，這是我給桃兒新打的金首飾，可漂亮嗎？這一套有個名頭兒，叫做春喜上眉梢。還有這新鋪蓋，瞧見沒？這叫百子圖，共有九十九個娃娃，只等再生一個兒子，就是百子之數了。還有這春夏秋冬的四季衣裳，料子可全是最好的，就在你們後頭這鋪子裡做的。知道我是妳婆婆，那掌櫃還特意給我個折扣呢。我也沒付錢，就記在妳那房租上了。」

趙玉蘭氣得渾身直哆嗦，「娘，您實在太過分了！嫂子還在坐月子呢，您怎能這樣氣她？」

「我怎麼氣她了？」趙王氏的嗓門陡然高了八度，「是她自己說的，不樂意見到我這個婆婆，那我這個婆婆就給自己娶個中意的媳婦回來，有什麼不對？哼！別以為會掙幾個臭錢就了不起了，妳可要記住，我是妳婆婆！我既然可以接妳進門，也能接別人進門！怎麼樣，媳婦，我給妳接的這個妹妹，妳還滿意嗎？」

章清亭歪在床上，低頭看著女兒，臉上看不出是悲是喜。趙王氏逼問到她眼前時，她才抬起頭來，一雙墨黑般的眸子裡冷清至極，就連趙王氏都覺得有些觸目驚心。

「婆婆喜歡就好。」

淡淡的一句話，就如一根小小的繡花針，一下子把趙王氏用盡全力抖起的威風輕輕戳破，漏了個乾乾淨淨。現下輪到趙王氏氣結了，她弄這麼檔事可不是要聽章清亭這麼輕飄飄的一句話的。她要看她急，看她氣，看她跟自己大吵大鬧，痛哭流涕，然後跪下來求自己不要接小妾進門。

可章清亭如此反應，讓趙王氏覺得自己用盡全力打出的拳頭盡數落到了棉花堆裡，一點也不起反應，那她還折騰個什麼勁？

趙王氏心下著實無趣，偏偏鴨子死了嘴巴硬，「滿意，我自己揀的媳婦我當然滿意！」

章清亭甚至微微笑了起來，「那就好。」

可看著那樣的笑容，趙玉蘭卻哭了。

她又是心疼，又是生氣，一向柔順的她居然衝到了趙王氏面前質問：「娘，嫂子有什麼對不起您的地方，您要這麼折騰她？您就是嫌棄喜妞，也得看在住的房子分上……」

啪！重重的一巴掌打在趙玉蘭的臉上，頓時起了五個通紅的巴掌印。

趙王氏的新仇舊恨全被勾起來了，歇斯底里地指著女兒鼻子大罵：「你們一個兩個都翅膀硬了，會跟我頂嘴了是不是？只會記得她的好，你們怎麼不想想，到底是從誰的腸子裡爬出來的？又是吃誰喝誰，由誰養大的？」

她哆嗦著手指，指著章清亭，「這個女人，不過養了你們幾天，就一個兩個全都偏向著她，連娘也不要了！好像沒了她，你們就全都沒了命似的！她到底有哪點好？不就是會賺幾個臭錢嗎？一群有奶就是娘的白眼狼，我真是白養你們一場了！」

趙玉蘭受不了了，還掉著眼淚就憤而跟她爭執了起來，「我們什麼時候不要您了？是您自己不講道理！嫂子養活咱們兩大家子人難道還有錯嗎？難道我就不能為她說句公道話？」

啪！又是重重一巴掌打在趙玉蘭臉上。

「娘，您就是再打我，我還是得說！這事就是您辦得不道地！」

又是一巴掌。

「玉蘭，算了！」章清亭無論被婆婆怎麼氣都不掉一滴眼淚，可看著小姑高高腫起的面頰卻禁不住滾滾落下淚來，拚命搖著頭，「算了！」

趙玉蘭臉上劇痛，卻淚眼朦朧地著看著娘親，「寧拆十座廟，不毀一門親。娘，您這是硬生生要拆了哥嫂的家啊，您於心何忍？」

還是一巴掌，趙王氏煞白著臉，看著女兒嘴角被自己打出來的鮮血，渾身抖得厲害，卻依舊固執地叫囂：「我沒錯！我給妳哥納妾，這也算是錯？玉蘭，妳走開，再說，我還得打妳！」

趙玉蘭倔強地往前更近了一步，「那您索性打死我算了！可這個理，我就是不服！」

章清亭使勁把小姑往回拖，「算了！婆婆，妳要給成材納妾就去納吧，一個不夠，十個行不行？要打首飾要做衣服妳就去，統統記下我名下，行不行？」

「我當然要納！」趙王氏梗著脖子，可不知為何，就是不敢看章清亭含淚的眼睛，「玉蘭，妳看，是妳嫂子自己同意的，妳就別犯倔了。」

她用眼角餘光掃過女兒那被打得通紅高腫的臉，心中一疼，卻不肯低頭，只拿著自己顯擺的東西轉身走了。

小喜妞不知道發生了什麼，可母女連心，她能感受到章清亭那麼悲傷、那麼憂鬱的心情。小丫頭做不了什麼，她只能陪著娘一起傷心，一起痛哭。

章清亭緊抱著女兒那溫熱的小身子，又是難過又是失望，又是憤慨又是傷心。

成材，成材，你快回來好不好？回來看看你娘幹的好事，告訴我到底該怎麼做？

翌日，趙成棟照常去了馬場，才進門，方明珠就大大方方走到他面前，「聽說你們要分家了，那我得跟先大姊分一次。等我們分好了，你們再關起門來自己分去，免得你們家仗著人多，欺負我這小姑娘。對了，你騎的這匹馬也是咱們馬場的，一樣要分，辛苦你自己走回去吧。」

趙成棟心中不忿，奈何道理在人家那裡，只能悻悻而歸。回去跟趙王氏告狀，她也無法。

「那就等你哥回來吧，橫豎也不差這幾日了。」

柳芳心裡著急，私下問：「那他們要是偷著把馬場裡的馬弄走了怎麼辦？」

趙成棟卻不擔心這個，「馬場裡的馬統共就那麼幾匹，作不了假。只是這個家分了之後怎麼辦，倒是真得好好想一想了。」

柳芳趁機進言：「分家之後，咱們頭一個缺的就是人手。你家那些人全是你嫂子的心腹，給來咱們也靠不住，可要是上外頭請人，既要花錢，還不省心。不如讓我家叔兄弟伯過來搭把手，咱們既省了工錢，還做了事情。等往後有了錢，略分些他們也就是了，你說呢？」

趙成棟見有便宜可占，自然同意。自此安心在家，日日和柳芳算計起來。

八月二十八，黃道吉日。天公作美，秋高氣爽。

一乘八抬大轎，鼓樂手吹吹打打從楊家接來了楊小桃，趙王氏打開大門歡迎。

本想大擺宴席，好生招搖一番，奈何在楊家，在楊小桃身上破費太多，趙王氏後續無力，只得在自家擺了三四桌酒，叫些左右鄰居而已。

只可惜許多人家都覺得這事做得不道地，除了想來打秋風的，稀稀拉拉竟沒幾個人到場。倒是柳家不知從哪兒得知，來了不少人吃白食，趙王氏為了面上好看，只得忍了。

當晚柳家人藉口喝高了，留宿趙家，卻拉著趙成棟絮絮私語，直到三更。

楊小桃倒是不甚在意，她披金戴銀，志得意滿地住進了趙成棟原本要接媳婦的東廂房，歡歡喜喜等著她的舉人相公回來圓房。

章清亭再度睜開眼睛的時候，只看到床前有一個模糊的熟悉身影，「誰？是誰在那裡？」

「娘子，妳醒了？」趙成材驚喜地過來，下一瞬，卻在床前停住了。看媳婦瞇眼瞧他的樣子，心頭蒙上了一層濃重的陰影，「妳看不清了？」

章清亭疲倦的聲音裡帶著幾分委屈：「哭的。」

趙成材心尖一陣刺痛，緊咬著牙關，「我去請大夫！」

「不用了。」章清亭拉著他的衣袖，「月子裡落的病，不是用藥能調理好的。」

「對不起，真的對不起！」趙成材把妻子抱進懷裡，心疼得像被不知名的大手攫緊了，痛得他簡直無法呼吸。

誰能料想，他不過是去赴個鹿鳴宴，家裡已是翻天覆地。坐月子的媳婦眼睛都哭壞了，而家裡居然還多了個莫名其妙的小妾。要不是李鴻文託人給他帶信，讓他趕回來，家裡還不知得鬧成什麼樣。

娘，您這回真的是逼人太甚了！

章清亭沒有哭泣，她是有滿腔委屈，但她更知道眼淚不能解決任何問題。哭過太多，她不會再哭了。

「成材，我只問你一句，家裡的事情你能不能全交給我料理？」

章清亭等他回來，要的就是這句話。

她不是鬥不過婆婆，更不是不敢去招惹趙王氏，而是投鼠忌器，不願意為了和婆婆的糾紛，影響她們小夫妻的感情。

章清亭看得長遠，她和相公是要過一世的人，而婆婆雖然必將存在於他們夫妻之中，卻不會跟他們生活一輩子。相對來說，與相公之間的關係比跟婆婆之間的更重要。

趙成材現在中了舉，日後若是出仕，就絕不能讓人抓住他私生活中的一點弊病。這其中，也包括了自己和婆婆的關係。

若是婆媳不和，不管是婆婆虐待媳婦，還是媳婦忤逆婆婆，都將影響到趙成材的前途。

這個險章清亭不能冒，所以在處理家務之前，她必須要和相公進行溝通，得到他的理解和支持，她才能將事情更加圓滿地解決。

哼，別說趙王氏弄了個楊小桃回來，就是再弄十七八個回來，她又有何懼？甚至可以說，趙王氏最大的敗筆就是將楊小桃接進門！

小妾是什麼？小妾就是主母的丫頭，生死榮辱全在自己手心捏著。趙王氏就是婆婆，也沒聽說哪家的小妾能跟婆婆過一輩子的。況且，這個小妾還沒得到自己的許可，章大小姐有的是法子讓趙王氏和楊小桃啞巴吃黃連，有苦說不出。

「我不保證能讓每個人都滿意，包括你，但我可以保證，讓每個人都得到相對的公平。若是家裡再任你娘這麼折騰，只怕你的功名都得毀了。」

章清亭不是杞人憂天，光聽趙王氏居然拿八抬大轎去接個妾室，趙成材的肺都要氣炸了。這樣尊卑不分，家宅不寧，趙成材就是中個狀元回來又有何用？可事情真的要交給娘子去處理嗎？

不！趙成材下了決心，「娘子，現在我回來了，把事情交給我，全交給我來處理好不好？」

「你有什麼辦法？難道能跟你娘直接對上？」

讀書人名聲最重要，就是拚著自己做個惡人，她也不能讓相公去涉險。

「還是我去處理吧，縱有些不妥，畢竟我是婦道人家，你再回頭做做樣子，訓斥我一頓也就完事了。」

趙成材堅決否定，「娘子，妳相信我。我是妳的相公，哪有做相公躲在後面，什麼委屈都要媳婦來擔的道理？」若是非要有人來做壞人，那就由我來做！

「妳現在的當務之急，就是把身子養好，眼睛養好，其他的什麼都不要想，什麼都不要管。妳就是不為自己想，也要為喜妞想一想。妳要是養不好，她吃什麼？」

章清亭深深地看了他一眼，那眼神既悲愴又無奈，還帶著些莫名的心酸和愧疚，看得趙成材心裡一緊，「怎麼了？」

「我、我心情不好，前些天……已經回了奶，喜妞如今只有米湯喝。」

趙成材的心像針扎似的疼，既心疼孩子，也心疼娘子。章清亭有多愛這個孩子，他比誰都清楚。每回哺乳時，她臉上那身為人母的光彩與幸福是半點也不加掩飾的。眼下妞兒還沒滿月，居然就沒奶了，她心裡得有多難受，孩子得有多可憐？

趙成材雙拳攥得死緊，娘，您做的這些，難道都不怕有報應嗎？

趙王氏顯然不怕，聽說趙成材回來，便打發趙成棟來了，「哥，你回來了，怎麼不回去？」

趙成材看了弟弟一眼，半晌才應道：「我會抽空回去的。」

他那一眼，看得趙成棟心裡毛毛的，雖不懂，卻覺得大哥似乎有什麼地方不一樣了，讓人打心底裡敬畏起來。磨蹭了半天，還是囁嚅著道：「可娘交代了，要你今晚務必回去……」他瞟了章清亭一眼，才低聲吐出兩個字：「歇下。」

趙成材冷笑，「那你就去告訴娘，我今晚是不會回去的。她要是生氣，就等著我明早回去負荊請罪吧。」

趙成棟一噎，進退兩難。

趙成材道：「怎麼？莫非娘還交代了你，我若是不回去，就得把我綁回去？」

趙成棟灰溜溜地走了。

回頭趙王氏聽說大兒子這話，雖是氣惱，但也無可奈何。這小妾本就是背著他娶的，成材要是不待見，她也沒有辦法呀。

可楊小桃不幹了，進門這些天，她是盼星星盼月亮一樣盼著趙成材回來，趙王氏不是說，是他要自己進門的嗎？那人呢？人呢？

趙王氏來寬她的心，「肯定是那個殺豬女攔著不讓回來，但妳放心，妳既都進了咱家門，就已經是成材媳婦了，容不得那女人不認。成棟不說了嗎？他哥明兒就回。妳放心，那女人現在還在坐月子，縱是在家，也伺候不得他的。」

楊小桃聽得心裡這才好過一些，開始準備明日的衣裳首飾。想想到底不甘心，又管趙王氏要了幾個錢說是買珠花，這才作罷。

趙王氏忍了，可心裡卻也有了牢騷，這到底是接了個妾，還是接個敗家子回來了？

那一頭，趙成材打發走了弟弟，開始料理家務。

主要是喜妞的滿月酒，章清亭這一氣，可是什麼心思都沒了。李鴻文也不好去煩她，自己估摸著擬了功能表，也備了必要的請帖，拿給趙成材時便半揶揄半認真地道：「你到底要怎麼辦？你娘可交代了，這不止是滿月酒，還是你納妾的喜酒呢！」

趙成材不加思索道：「我女兒的滿月酒，跟她有什麼關係？」

李鴻文瞧這意思，便知是打定主意不要了，「那你打算怎麼辦？其實要我說，不如乾脆拿去送人。你要往上走，需要討好的人還少得了嗎？」

趙成材擺了擺手，「畢竟是我啟蒙恩師的女兒，這樣不好。等我明兒回去瞧瞧再做定論。」

李鴻文打趣道：「那你不會瞧了，就動心留下吧？」

趙成材輕笑，「那你要不要我跟小蝶說說你從前的故事？」

「怕你了，算我嘴賤還不行嗎？」李鴻文當即討饒，笑過後忍不住打了個哈欠，「現在學堂開學了，可是真累。以後要是再來學生，連教室都不夠坐了。還是你好，躲了清靜。」

趙成材頓時關心道：「今年很多人嗎？要是忙不過來，還得招老師吧？」

李鴻文拍拍他的肩，「你現在就別操這些心了，好生溫書，準備明年上京趕考吧。將來放了官，帶著弟妹和喜妞離開這兒，日子也就清靜了。」

可趙成材突然發現自己捨不得了，學堂是他一手一腳建起來的，那麼多學生他每一個都叫得出來名字，為了當官，就這麼全扔了嗎？

次日一早，趙成材出門沒回家，而是先去了一趟趙族長家裡。

「你要分家？」趙族長有些意外，但很快就表示了贊同，「分開也好，你這既然中了舉，日後定是要走仕途的，還是早些分了家，各自營生，也免得給人話柄。」

趙成材卻不是怕成棟拖累，只是這個弟弟若不放出去經歷些風雨，怕是一輩子都長不大。

當然，更重要的還是趙王氏，若不讓她面對現實，只怕她永遠都認不清真相。

哼，娘不是總覺得成棟貼心，自己自私嗎？等成棟有了自己的小家，他倒要看看趙王氏還說不說得出這話。

這麼多年的兄弟，趙成材實在太了解了。弟弟所謂的好，哪一回不是占了自己便宜再去賣乖？

等到沒便宜可占了，他還能怎麼貼心？

不過這些話也不好跟外人解釋，趙成材只道：「那到時還煩請大伯邀幾位長輩過來作個見證，上回我提過，要把家裡那兩畝地捐出來做族產的，也一併辦了吧。」

趙族長讚賞道：「這樣很好。你剛中了舉，是該表個態，讓族人們看看，你就是出息了，也沒有忘本。對了，聽說你娘給你納了個妾？」

趙成材故作訝異，「大伯這是從何處聽來？我竟是不知。」

趙族長皺眉，「你果真不知？」

趙成材裝傻，「果真不知！怕是以訛傳訛吧，哪會有這種荒唐之事？」

趙族長忽地明白，趙成材是不想承認這門親事了，他反倒呵呵笑了起來，「說得也是。對了，上回巧雁給你做的衣裳和鞋都還合身嗎？」

「挺好的！」趙成材笑得殷勤，「正好有一事是關於巧雁的，想和大伯說呢。」

趙族長心頭大喜，「你講！」

趙成材的笑意有點深，「巧雁生得既好，既工針線又懂詩書，若是配些凡夫俗子實在是太可惜了。這回我在鹿鳴宴上認識了好些青年才俊，想替她尋個好夫婿，只不知大伯願不願意。」

「啊？這樣啊！」趙族長微覺失望，又忽地發覺眼前這個堂侄可不是那麼好擺布的。

他既猜出了自己的用心，卻一直按兵不動，直到此時才提起這話，那就是說有一定把握。

轉念一想，就依著趙成材此話也未必不好。且不說以趙成材今時今日的身分地位，容不得趙族長怠慢。就算不能跟他結成姻親，但若是能靠著他為巧雁另謀一份好親事，對於他們家而言，又有什麼區別？

趙族長迅速變臉，欣然允諾，「那巧雁的婚事，就全仰仗你這個舅舅了。」

「那是自然。」趙成材不著痕跡地先解決了這件麻煩事，而且以婚事為餌，成功拉攏到了趙族長。想來在分家的時候，也能幫他說句公道話了。

外患已除，該解決內憂了。

趙成材騎著馬，向家中急馳而去。

趙王氏瞧著大兒子歸來，並沒有太好的臉色，先殺一個下馬威，「你還知道回來啊？」

趙成材並不動氣，照常請了安，淡淡道：「媳婦眼睛都快瞎了，妞兒也快餓死了。我這不得先緊著她們嗎？娘要怪罪，我也沒法子。」

什麼？趙王氏一個激靈，「你說你媳婦……瞎了？妞兒又怎會餓死？你少唬人了！真有這樣大事，怎不告訴我？」

趙成材冷冷譏諷道：「託您的福，媳婦還沒瞎，只是稍遠些的東西都看不清了。誰讓她不知道愛惜身子，坐月子還天天哭呢？這連病帶氣的，連奶也沒了，喜妞只得喝米湯，眼看瘦成一把骨頭了。不過小丫頭片子嘛，又不是孫子，就是餓死也是少一個賠錢貨，誰敢驚動您啊？」

趙王氏臉上一陣紅一陣白，她可真不知道這情況。自那日從張家賭氣出來，就再沒上過門了，哪裡知道竟會釀成如此嚴重的後果？可她能認錯嗎？不可能！

一下子冷了場，趙王氏找不到話接，只得勉強笑了笑，「成材，你去瞧瞧你媳婦吧。」

趙成材望著她似笑非笑，看得趙王氏心裡直發毛，乾巴巴地道：「你、你不是一直喜歡小桃嗎？所以娘給你接回來了，這也是、也是為了你好。」

趙成材仍是笑，只氣定神閒地看著娘。趙王氏在這樣的目光裡，只能硬著脖子說下去，「成材，你可別光聽你媳婦的。她現坐月子，你身邊可不能沒個人服侍。這男人嘛，三妻四妾很平常，這多一個人開枝散葉，不是比指望她一個人強？你弟弟現在都有兒子了，你才只……」

說到閨女，趙王氏想起小喜妞，想像著胖胖的小丫頭如今瘦成一把骨頭，她說不下去了。到底是自家孫女，她再狠心也不會想孩子不好啊！

靜了一時，趙成材道：「娘，您既然沒話說了，就請爹和成棟出來，咱們說說分家的事。」

趙老實早聽到動靜出來了，見兒子提到自己，才過來招呼：「成材啊，你回來啦！你媳婦和妞兒都不好了嗎？那得趕緊想辦法呀！」

他其實是不贊同娶楊小桃進門的，可他嘴拙，略說兩句，趙王氏就劈里啪啦把他給堵了回去。於是只能成天悶在後院幹活，免得見了心煩。

趙成材心中嘆氣，原想讓娘多內疚一下的，這下子只好說了：「已請了大夫，給媳婦慢慢治著，妞兒也在尋奶娘。」

趙老實這才算是鬆了口氣，「那甭管花多少錢了，把大人孩子養好就成。」

趙王氏少見的沒二話，站門口喊了趙成棟一聲。

不一時，趙成棟瑟瑟縮縮過來了。

不是他不想大大方方走路，實在是柳芳抱著南瓜緊跟其後，他有些拿不準主意，該不該讓她摻和進來。

趙成材端起茶杯，抿了一口，瞧弟弟身後那連體嬰似的一串，輕笑，「喲，到得倒挺齊全的，一家子全都來了？那就坐吧。」

柳芳得了允許，高高興興抱著南瓜坐下，「他大伯……」

趙成材忽地臉一沉，把茶杯往桌上重重一擱，「沒規矩！」

柳芳嚇得哆嗦，趙王氏也瞪著她，「這位子是妳坐的嗎？妳男人沒坐下，妳倒有臉坐了？」

「我、我這不抱著孩子嗎？」柳芳支支吾吾找著藉口。

「妳還知道是孩子啊？」趙成材刺了一句，「不知道的，還以為是這個家的天王老子呢！」

柳芳噎得無語，抱著孩子站了起來，退到趙成棟身後。

見大哥氣色非比尋常，趙成棟不敢玩笑，老實在椅上坐了半邊屁股道：「哥，你說吧。」

趙成材一笑，「聽你這口氣，看來也是想通了，願意分家了吧？那就當著娘的面說清楚，省得又說我欺負你。」

趙成棟不敢接這話，趙成材一笑，「不分？那也行啊！」

趙王氏才自一喜，就見大兒子忽地放下臉道：「從此以後這個家我說了算！長子嘛，既挑了擔子，也總得給口水喝。」

想著要被哥哥管一輩子，趙成棟不覺脫口而出：「分！唔……還是分了吧！」

趙王氏微覺失望，趙成材冷笑道：「那好。娘，您也聽見了，既然成棟也是要分的，往後可別又拿這個話茬來堵我了。我剛才已經去見過族長大伯了，說好等咱們商議定了，就請他們來為分家作個見證，所以，有話呢，你們今兒只管說，省得日後在外人面前爭執起來，可就不好看了。」

趙王氏扯扯嘴角，卻不知該怎麼說，反倒是趙成棟吞了口唾沫，期期艾艾開口了：「那個，哥，我、我是這麼想的……我想啊……」

柳芳急了，在背後擰了他一把。趙成棟閉上眼睛豁出去了，「我想著就不要胡同了！」

趙成材眉毛一挑，心中已經猜出弟弟所求，暗自冷笑，好大的胃口！面上卻不動聲色，「那你要什麼？銀子？」

「不！」趙成棟一急，斷然道：「我想要馬場！」

趙成材卻似聽不懂，故意追問：「馬場當然是要分給你的，你怎麼不要胡同呢？」

柳芳忍不住插話了，「他大伯，可容我說句話嗎？」

「說。」

「我們的意思是不要胡同和其他東西，把那部分全折到馬場來。」柳芳自以為找到了個好藉口，「大伯，您是要做官的，哪有那麼多時間去管馬場？不如拿了胡同穩收利息，那馬場又髒又累的，就交給我們經營得了。」

趙成材呵呵一笑，「你們倒替我想得周全，只是你們要了馬場，以後住哪兒呢？若是分了家，可不能再留你們在家住了。」

柳芳以為他同意了，趕緊道：「我們已經找好地方了，等分了家我們立即就搬！」

家還沒分，房子都找好了？趙王氏很是詫異，「你們已經找房子了？我怎麼不知道？」

她當然不知道，這幾日柳芳已經發動了柳家的叔伯們四處打聽，在鎮上不遠處找好了一處房子。那家雖然房舍破舊些，地方卻足夠大。柳芳的如意算盤是等分了家，就把那裡重建一番，待門一關，自己可不就跟那富家太太似的了？

那房東見他們著急要買，故意把價錢抬得高高的，偏柳家人不懂行，又以為趙成棟能分到不少家產，滿口應承，連訂金都付了。

現在趙王氏問起，柳芳擠出一臉假笑，「這些小事就不勞婆婆費神了。分了家，我們也是要學著單獨過日子的，哪能處處要您操心？您往後跟著大哥大嫂享清福就是。」

趙王氏一噎，這話不是擺明和她劃清界限嗎？虧自己還想替他們照看些。

趙成材見娘熱臉貼了個冷屁股，暗自搖頭，卻道：「成棟，你們有這樣打算，當然最好。只是這馬場可是咱家和方家共有的，就是要分，無論如何也分不了你們一個。」

柳芳忙道：「這個我們知道，只要分一半給我們就行了。不過，他大伯，這馬場當初得來之時，可是咱家出了大力的，怎麼著那方家也該讓著我們點。馬場的夥計我們是一個都不要了，全給她家吧，只把那地方馬廄糧食什麼的多分些給我們就是。」

趙成材睨著弟弟，「成棟，你也是這麼想的？」

趙成棟心虛得不敢答，馬場可是全家最賺錢的買賣了，去年還是五十多匹馬，今年下了小駒，就有七十多匹了，可比胡同賺錢多了。自己一下子全都要過來，會不會太貪心了？

說來，這馬場還是他們辛苦做起來的……心才一軟，卻又在柳芳掐他一把時硬了起來。

柳芳說的對，他們別的時候都能不爭，這個時候無論如何不能心軟。大哥日後是要做官的，要不要馬場無所謂，還是先顧著自己吧。

於是，趙成棟肯定地「嗯」了一聲。

趙成材失望地看著弟弟，心底有些發涼，「好，你們的意思我明白了，就是要馬場，其他的一概不要對吧？」

「他大伯！」柳芳想起一事，自己又不好開口，只得再衝趙成棟遞眼色，望了望東廂房。

趙成棟會意，紅著臉說道：「大哥，那個……」

「有話就說，沒什麼不好意思的。」趙成材有點煩弟弟這不乾不脆的態度了。

趙成棟終於說出口了，「那、那東屋的家具，娘本說是給我的……」

哈！趙成材差點嗤笑起來，既要了馬場，居然連這一點小便宜都不放過。

他看著趙王氏，「娘，您答應的事，您說該怎麼辦？」

趙王氏看看大兒子，又看看小兒子，一時難以抉擇。

要按她的真實想法，這小兒子要了馬場就太過分了，現在居然還來爭這麼一點東西，也太算計了。可是，大兒子不是出息了嗎？日後還要當官，小兒子卻是除了馬場，什麼都沒有了。

如此一想，趙王氏心裡的天平就傾斜了，「成材，你是大哥，就吃點虧吧。要不，東廂的東西就別動了，等他們搬了家，你再補一套新家具給他吧。」

趙成材不置可否地應了一聲，「娘，您對分家之事還什麼要說的？」

趙王氏思來想去，確實有些對不住這大兒子。他一手一腳弄來的馬場就這麼白送給了弟弟，可畢竟也是親兄弟，白給了成棟，也沒便宜外人不是？

「成材，成棟不像你有本事，讓他守著馬場也好。你畢竟就這麼一個弟弟，讓著些他吧。」

「那就是說，娘，您也同意了？馬場裡咱家的那一份全歸成棟？」

趙王氏有些為難地低了頭，「誰叫你是大哥呢？就這樣吧。」

趙成材心裡直發酸，他娘怎麼能偏心到如此地步？那馬場不僅是他的，還有娘子、娘子一家人在裡面花費的無數心血，她這輕飄飄的一張嘴便讓他拱手相讓，他這大哥當得可真是好大方啊！

「我不同意！」誰都沒料到，此刻趙老實站了起來，頗為激動地道：「沒這個分法的！那馬場能生小馬，胡同能生小胡同嗎？這麼分，太欺負成材了！」

「爹！」趙成棟急了，這好端端的哥都沒反對，他跑出來鬧什麼鬧？

柳芳口齒可快，當下就道：「婆婆都同意了的。」

趙王氏也惱，「你瞎摻和什麼？」

趙老實一急，那話更說不清楚了，「我才不是瞎了，這事是你們不對！」

「爹，您不用說了。」趙成材緩緩站起身來，望著趙王氏和弟弟一家子，「雖說你們都商議好了，但因為此事涉及到方家，而且馬場裡還有岳父一家的血汗，該怎麼分，我還得回去跟他們商議一番。你們也別著急，就這兩天必有個準話回來，你們就安心等著吧。」

他抬腳往外，明明肩頭未負一物，兩腿卻似灌了鉛似的有千斤重，每一步都格外的艱難。

眼看他跨出門檻，趙王氏看著東廂門口，打扮得花枝招展的楊小桃，驀地在後頭喊道：「那個，成材，你這不、不去陪陪你媳婦嗎？」

趙成材回頭一笑，笑容裡有了些悽楚，「我這就是回家陪媳婦啊！」

「不是那個，是這個！」趙王氏急急追了出來。

趙成材輕輕一笑，卻什麼話也不想說，就這麼走了。

這啥意思啊？趙王氏弄得個雲裡霧裡。

楊小桃見趙成材不打招呼就走了，頓時俏臉一黑，進屋把茶杯啪的往地下重重一砸，什麼態度！想想不甘心，轉身要去尋人理論，卻不防趙王氏聽到動靜，心下不安，想著到底是她弄進來的人，陪笑著進來解釋：「小桃，妳聽我說，才說了分家的事情，成材趕著回家商議去了。妳別急，他也是重視妳，才會等收拾好了再來見妳，對不對？」

好吧，分家確實是大事。楊小桃氣鼓鼓地坐下，聽趙王氏跟她細說。

可一聽說趙成棟要馬場，楊小桃當即就怒了。

趙成材回家的時候，章清亭才剛剛午睡。

她這個月子可消瘦多了，孕期養圓的下巴尖的只剩一點點。那秀眉輕蹙，就是夢中也不能舒展，趙成材心疼得伸手指溫柔地替娘子撫平那擰在一起的疙瘩，冷不丁床邊的小喜妞並未睡熟，見爹回來，好奇地睜開眼睛，叫得咿呀有聲。

趙成材忙把女兒抱了出去拍哄著：「乖妞兒，娘親累了，咱們不要吵著她，妳去睡覺覺，好不好？」

小丫頭睜著烏溜溜的眼珠子瞧著他，似是聽懂了他的話，肥肥短短的小胖手揮舞著，在他臉上無關痛癢地撓了幾下，小腦袋便貼在他的胸口磨蹭著，沒幾下，就漸漸合攏了眼皮，進入香甜的夢鄉。

趙成材整顆心都要被稚氣可愛的小女兒融化了，貼著她嬌嫩的小臉喃喃低語：「爹的小乖乖，爹的心都要被妳和妳娘挖去了，可是現在有人要欺負妳們，妳說爹怎麼捨得？」

章清亭真的是疲倦至極，她這個月在趙成材走了之後，一直沒有好好休息過。直到他回來，才算是鬆了口氣，直睡到天交黃昏才醒。

抬眼一看都掌燈時分了，她自嘲地笑道：「我怎麼睡到這時候了？」

趙成材聽到動靜，笑吟吟抱著女兒進來，「醒了？我去把晚飯端上來給妳。」

章清亭也心疼他，「我不餓，你在下頭吃了再上來吧，免得等我吃了，你的都涼了。」

「那我要是先吃了，妳的不也涼了？妳說我們倆是有多傻，端來一塊吃不就得了？」

他搖頭笑著，下去把飯菜端上來了，兩人一起吃過，妞兒也醒了。

奶媽暫時沒找到，趙成材先弄了頭奶羊來，請教了老人，拿杏仁煮過去膻，再去餵女兒，倒也能湊合了。伺候好了老婆孩子，趙成材和媳婦說起正事。

先把如何解決巧雁的婚事和尋求族長幫助說了，然後把成棟關於分家的想法也說了。

章清亭聽得冷笑，「虧他好意思說出口！光是馬場那塊地，我現在拿出去就值幾千兩銀子，還有那些房舍全是新的，又值好幾百兩銀子。光是這些，胡同裡能分給他的，可換不出這麼多東西來。」

趙成材道：「那妳打算分成棟些什麼？」

章清亭很是公道，「胡同裡的鋪子我可以分他四套，但是馬場他一根草皮也休想！我可以把手上的現銀和馬匹、你收的那兩畝地多分些給他，這也不算虧待他了吧？」

憑什麼只因為攤上了他們這對兄嫂，就想這樣占便宜？真惹毛了，她寧可全拿出來跟趙玉蘭和趙玉蓮一起平分，也絕不給他。

趙成材點頭，「妳也別動氣，他想他的，不是還得咱們說了算？對了，既然決定分家，家裡的帳應該都理清了吧，能給我看看嗎？」

章清亭指著梳妝檯，「你去拿鑰匙，就鎖在那個箱子裡。那帳本雖是對外的，可錢我卻沒有藏私，只是跟方家約定的四六之數不在其中，那個詳盡的在明珠手上，你要看就去找她。」

趙成材過去拿了帳本，「我看看這個就行了，等把妞兒的滿月酒辦了，咱們就來分家。妳放心，這回我絕不會再讓妳受委屈的。」

章清亭忽地覺得今天的趙成材有些古怪，「你怎麼了？是不是有什麼事瞞著我？你娘擺明了要護著你弟弟，你也不要做得太過了。」

「妳呀，就別操太多心了。」趙成材明顯不欲多談，「好好養著身子，否則等到妞兒的滿月酒上，妳還是這副模樣，鄉親們不得說我虐待妳？行了，我去打水上來洗漱。」

看他要走，章清亭到底忍不住，「你還沒跟我說她怎麼辦呢！」

趙成材故作詫異，「哪個她？」

章清亭怒了，「你別給我裝糊塗！」

趙成材笑得蔫兒壞，「我真的什麼都不知道啊？妳讓我辨什麼？」

章清亭驀地明白過來，心中一喜，「你是說……」

趙成材作個噤聲的手勢，「隔牆有耳，慎言！」

章清亭嗔他一眼，嘴角卻忍不住往上翹，「那你到時要讓我親自去出這口氣。」

趙成材文縐縐作了一個揖，「娘子吩咐，敢不聽命？」

他轉身走了，章清亭捂嘴笑瞇了眼，像隻得意的小狐狸。

次日，書院裡，李鴻文聽完趙成材的話，皺著眉頭，半晌不語，「你這是兵行險著，搞不好就賠了夫人又折兵啊！」

趙成材苦笑，「若不如此，怎能一勞永逸？長痛不如短痛，不如趁著這個機會把事情一次解決，也免得日後尾大不掉才悔之晚矣。我可是拿你當親兄弟才跟你說，你要不幫我，我可真就一點沒轍了。」

李鴻文很苦惱，「可此事若是東窗事發，我不被人拿著亂刀砍死才怪！」

「不會的。時間一長，他們總能明白我的用心良苦，你就幫我這一回吧。」

李鴻文被他纏得無法，狠狠一跺腳，「好，我豁出去了！不過，成材，你可記好了，此事可全是你逼著我幹的，要是將來大夥兒全怨我，你可得出來為我洗刷清白。」

「你放一百二十個心，我是那過河拆橋的人嗎？你就放心大膽地幹吧！此事解決好了，日後少不了你的好處。」

「你這是把我往虎口裡推呢！我哪還敢想你的好處？」李鴻文嗤之以鼻，卻算是應承了下來，只仍有些不甘心地抱怨著，「你說我這麼一個善良淳樸為人師表端方有禮的人，怎麼生生被你逼著去幹那小人行徑？」

不過，李老師最後還是一挑大拇指，「你這招釜底抽薪，高！」

生活暫時平靜，一如暴風雨來臨的前夕。

趙成材抽了幾天空，專心看帳本。他現在中了舉，衙門裡自然另有補助，但書院仍是掛名院長，只是不用幹活，專心備考便是。

紮蘭堡幾十年裡難得出一個舉人，有他在書院坐鎮，更加激發了鄉親們送孩子上學的熱情，這個院長就是他要推辭，怕也是不易的了。

喜妞滿月之前，恰好晏博文也扶著孫俊良的靈柩歸來，趙成材心中又多一份底氣。只是除了李鴻文，誰都不知秀才心裡打著什麼主意。

九月十六，秋高氣爽。

趙成材一早起來，就抱著小喜妞在院子裡玩。看著藍藍的天空，大雁往南遷徙，忙指給她看，「妞兒，快看，是大雁！大雁到了冬天，是要到南方去過冬的。爹再告訴妳一個小祕密，那邊還有妳娘的另一個老家呢！」

小喜妞不明所以地盯著她爹，吐了兩個口水泡泡。

章清亭樂不可支，上前想接過女兒，「你傻不傻？她那麼小，聽得懂什麼？她奶也吃了，讓她先睡一會兒吧，午時再起來好出去見人。」

她這些天沒操什麼心，著實養好了些，下巴漸漸圓潤，臉上也有了光澤，可趙成材仍覺得心疼，「妳快去歇著，我哄妞兒睡就行。」

章清亭卻嗔道：「都跟你說多少回了，別老成天這麼抱著她睡，都把孩子寵壞了。現在放在床上都不肯好生睡覺，非要人抱著不可。」

趙成材把寶貝女兒摟得越發緊了，「我不累！就這麼一個寶貝疙瘩，我不寵她寵誰去？是不是呀，妞兒？」

剛滿月的小丫頭已經有了一些細微的表情，粉紅的小嘴微微揚起，似在附和她爹的意見。

趙成材瞧得心裡比吃了蜜還甜，一連親了女兒好幾口，「我家妞兒真聰明！」

章清亭直搖頭，「你往後可別叫累。我下去招呼客人，不能總讓姨媽一人忙著，只是爹和小蝶回來不了，過幾天你抽個空陪我們去永和鎮瞧瞧他們……你聽見沒有？」

「聽見了，聽見了！」趙成材應著，更加專心地拍哄著女兒睡覺。

看他這二十四孝的老爹模樣，章清亭又是欣慰又有些吃醋，「心裡就只有你的寶貝閨女！」

等她嗔著下了樓，趙成材才抬起眼來，眼睛裡竟有了幾分潮意。再低下頭，戀戀不捨地親著小喜妞，低聲囑咐：「妞兒，爹要是離開妳幾天，妳可千萬別把爹忘了。要是妳忘了，爹會好傷心的，回頭還會打妳的小屁屁！」

喜妞小小的腦袋瓜消化不了太複雜的訊息，打了一個大大的哈欠，聞著她爹身上熟悉的味道，抽抽小鼻子，蹭蹭小腦袋，睡她的大頭覺去了。

只餘趙大舉人一顆心晃晃悠悠，落不到實地。

萬事今晚見分曉，娘子，我做這些可全是為了妳好，妳可千萬別生我的氣！

因趙成材執意要為女兒辦個風風光光的滿月酒，新胡同那條街上是張燈結綵，兩邊全擺上了流水席。靠胡同這邊的福興樓分店，也被趙成材包下，招待貴賓，就連縣太爺也親自過來捧場。看在舉人面子上，本地的富紳大戶，幾乎悉數到場，極是熱鬧。

這本該是趙王氏最風光得意的時候，可趙成材卻把母親、弟弟一大家子安排在了一個包廂裡，尊貴是極尊貴了，卻不好出去炫耀顯擺。

外頭他只請了族長及趙家幾位德高望重的長輩，和趙老實一起出去待客。

趙王氏很不甘願，可趙成材說得在理，「這拋頭露面本就是男人的事，咱們家從前小家小戶，可以不講這些規矩，可日後我若要做官，可不能授人以柄。娘，您就好好在這裡待著，可千萬別出去惹人笑話。」

一番話，堵死了趙王氏爭強好勝的心。

當然，還有楊小桃，她好不容易有機會正正經經出來見人了，卻只能老老實實在這兒坐牢。

枉她煞費苦心一大早起來打扮，趙成材忙得只來此和大夥兒照了一面，就領了趙老實走了，把她扔在這兒，連去和章清亭攀比的機會都沒有。

身為正妻，又是為她女兒辦的滿月酒，想也知道那個殺豬女今日的風光。本想好了幾個主意要去寒磣她一番，卻是被趙成材一句話就釘牢到了這裡。

楊小桃心裡憋屈，連帶著也記恨上了趙王氏。

從前對自己的允諾全是一紙空文，只要跟趙成材有關的，一樣也沒做到。

不過，別急，楊小桃暗暗告訴自己，反正已進了趙家門，她就不信趙成材能晾她一輩子。

如今橫在眼前的分家是大事，在這個重要立場上，楊小桃覺得自己一定得站穩立場，堅決倒向趙成材那邊，也好博一個賢名。

這麼一想，眼下倒是聽話的好，既是趙成材不讓出去，她索性連爹娘也不去找，安守在此。她露不了臉，楊秀才今日倒是被奉為了座上賓。

啟蒙恩師，定是要看重的，只是瞧著左右都是官場之人，楊秀才未免局促，也不敢亂說話，不過陪個笑臉，說幾句客套話而已。看著趙成材中了舉後，給女兒辦個滿月酒都如此風光，想著若是自己的兒子日後有了出息，該是怎樣風光？或者，楊小桃再給他生個兒子？

不急不急，楊秀才按捺著喜悅，告訴自己來日方長。

趙家的酒席辦得很豐盛，鄉親們吃得也很滿意，從日上正中直到落下西山才漸漸散去。

旁人都好，只是李老爺很生氣，自家兒子那個平素總是跟趙成材稱兄道弟的李大秀才跑到哪裡去了？連個人影也不見，實在是太不像話！

幸好人家不計較，還對他恭敬有加，否則這要怎麼說？

把李老爺和一眾貴客送走，剩下的便多是本家親戚了。趙成材估摸著時候也差不多了，下定決心走到媳婦跟前，「正好趁著族長他們都在，咱們去把分家的事情說了吧！」

章清亭覺得奇怪，「怎麼挑到今日？外頭還有客人呢！」

就是人多才好辦事。

趙成材藉著三分酒勁，拖著媳婦的手就走，「遲早都是要說的，不如早些了結的好。」

章清亭越發疑惑，「成材，你別是喝多了吧？咱們等明兒再談好嗎？」

等不了了！趙成材決定，今晚就是拚上自己的名聲，也要解決此事。

一聲招呼，所有人齊聚張家大廳。

趙族長怕有些不好聽的，只帶了關係最好的一位族兄過來作見證，然後是趙王氏一家、章清亭一家，還有個身分未明的楊小桃，全都齊聚一堂，分左右列坐。

關了門，趙成材挑頭說了句話：「大伯、七叔，趁著您二位在，今兒我們兄弟就把分家的事說一說。」

他一句話音剛落，那邊廂，楊小桃忽地撲通一下跪在廳中，暗地裡使勁掐一把自己大腿，硬生生逼出幾滴淚來，帶著哭腔叫屈：「按說在此，沒有我說話的份，可是這事……實在是太不公平了！」

趙成材哂笑，這倒好，不用自己出聲，先有人跳出來演戲。也罷，那就等她先撲騰去。他遞了個眼色給媳婦，示意她先靜觀其變。

章清亭當然沉得住氣，她也想看看楊小桃要耍些什麼花槍。

楊小桃嗚嗚咽咽開始訴苦，「家裡這胡同和馬場，明明是成材辛辛苦苦賺回來的，可現在小叔一張嘴，就要把馬場整個拿了去！婆婆偏心，非逼著咱們認下這筆糊塗帳！成材現在中了舉，是有身分的人了，當然不好意思爭，可是讓他拿了馬場，我們往後怎麼過？他雖是中了舉，可也沒授官，一月能有多少出息？日後還要打點他進京趕考的盤纏，準備他做官的花銷，那些可都是大數目，可婆婆一句話，非叫我們吃這個虧，這也太不公平了！」

章清亭暗笑。趙王氏，聽見沒？妳挑的媳婦可是第一個反了妳的陣營，且看妳如何應付！

趙王氏氣得臉上一陣紅一陣白，她當日在家可是跟楊小桃提點過的，這丫頭當時一聲都沒吭，未料居然當著族長的面來揭她的短，這才真正是養虎為患！

她沉下臉怒斥：「長輩說話，哪有妳插嘴的份，快給我起來！」

楊小桃可絲毫不買她的帳，她打定了主意，自己日後是跟趙成材過日子，又不是跟她過日子，怕她何用？

「路不平人人踩，婆婆，妳行事不公，如何就說不得？」

柳芳可氣壞了，這女人怎麼如此狡詐？這不是一家人，當真就不是一條心！既然妳是小妾能出來說話，她如何就說不得？

於是，她也跳了出來，「大夥兒都答應的事情，妳憑什麼來爭？就算是不公，可只要他大伯願意，干妳什麼事？再多的家產也不是妳掙回來的，妳有什麼臉說？」

「那這家產有妳掙回來的嗎？妳又憑什麼有臉在這兒說？」

「就憑我為趙家生了個兒子，妳有嗎？」

「哼！就妳這個帶著拖油瓶的娘，他這輩子也光彩不到哪裡去！」

這話可真真踩著柳芳的痛腳了，她臉漲得通紅，口不擇言地回敬道：「那妳就光彩了？一樣是做小，一個核桃兩個仁，不過都是一路貨色罷了！」

章清亭見她倆在那兒狗咬狗，而趙王氏在一旁束手無策，拚命叫停也無人理睬，不覺含了一絲嘲諷的笑意。這就是妳招回來的兩個人，妳自己可好生看看，到底是些什麼東西！

「夠了！」趙族長聽不下去了，把桌子重重一拍，總算是制止了楊柳二女的爭鬥，「成材，你來說說，這家到底是個怎麼分法。你是大哥，這家業也是你掙回來的，你說了算，你們誰也別多嘴！」

這一下，眾人的目光齊齊聚在了趙成材身上。

「哥……」趙成棟終於忍不住出言叫了一聲，眼中滿是懇求之意。

趙成材深深地看了弟弟一眼，「成棟，你想要馬場……」他停頓了一下，斬釘截鐵地道：「那是不可能的！」

此言一出，滿座皆驚。

唯有楊小桃心中歡喜，覺得自己賭對了寶，她提早擺明立場，肯定是遂了趙成材的意。

趙王氏又驚又惱，「可，成材……你不都答應得好好的嗎？」

趙成材看著娘，臉色平靜，「我什麼時候答應過了？我只讓成棟說說他想要些什麼，看能不能給他，可是這帳一算，我怎麼也分不出半個馬場給成棟，這讓我怎麼辦？難道讓我這個做哥哥的去偷去搶？」

趙王氏被大兒子一番話噎住，她很想說，你就不能讓著你弟弟，幫他想想法子？可這話關著門她可以說，當著人面，她無論如何也說不出口。她要是說了，就等於明白承認我就是偏心，我就是向著小兒子，那她以後還怎麼有臉跟著大兒子過活？

「那你……到底打算怎麼分？」

趙成材取出早備好的清單，交給趙族長，「這是我家的房產田契馬場等物，分出方家的一半，我大概羅列了一下。家中的兩畝地是早說好要捐作族產的，不在此列，那地契我稍後奉上。成棟，你若是不信，可以來清點一番。」

「這說的什麼話？」趙族長頓時沉了臉，「咱們全族就你這麼一個舉人，難道你還會騙人？誰若是疑心他，我先扒了誰的皮！」

趙成棟聽得心驚，唯唯諾諾，低頭不語。

趙成材話說得很清楚，「馬場的地是一整塊，方家不願意和成棟你分，即使大哥退一步把自家這份全送給你，你也沒這個能力修牆挖溝，把那麼大塊地完全隔絕開來，所以這馬場的地，是絕不能分的。但你若是少要些胡同的房子，我可以多分些馬給你。另再給你置幾畝田地，你自己也能一樣養馬。這樣可好？」

「不行！」楊小桃心疼了，那麼多馬可得來不易，憑什麼多分給趙成棟？

「行行行！」柳芳卻是滿口答應，悄悄在趙成棟耳邊低語幾句，將他推上前去。

趙成棟猶猶豫豫著，根本不敢抬頭看大哥的眼睛，「哥……那、那我把胡同的房子全給你，你能把馬場的馬全給我嗎？那個……那個方家不是跟你們關係挺好的，你們有馬場，日後再買便是。」

章清亭半天沒吭聲，此時也忍不住刺了一句：「趙成棟，一匹馬都沒有的馬場，你讓我們留著幹麼？養草嗎？」

趙成材看著弟弟，同樣失望透頂。這人一關係到切身利益，怎麼就變得如此面目猙獰？

偏趙王氏還火上澆油，「成材，要不，就這樣吧。你們有了錢，日後再買馬也行。」

趙成材氣得說起反話：「好啊……」

「好個屁！」大門忽然被人一腳狠狠踹開，一人如旋風般衝到廳中，插腰指著趙成棟的鼻子尖聲喝罵：「做你娘的春秋大夢！這馬場是我大姊辛辛苦苦做出來的，憑什麼你想要就給你？趁早死了這條心！」

眾人愕然，定睛細看，卻是一身男裝的張小蝶，滿身大汗，猶如剛從水裡撈出來似的。腰裡還別著根馬鞭，應是長途奔馳而至。

趙成材眉毛微微一挑，幾不可察地露出一絲淡淡的笑意。

終於到了！鴻文，辛苦你了！

章清亭愣了，「小蝶，妳怎麼回來了？」

「我怎麼能不回來？」張小蝶本就是個爆脾氣，在外歷練這些時候，越發潑辣，反而訓起了大姊，「妳也真是的，家裡發生這麼大的事情，怎麼都不讓人跟我說一聲？娘和金寶也沒用，眼見妳被這老虔婆欺負成這樣了，怎麼連聲也不吭一聲？」

趙王氏惱羞成怒，「妳這是罵誰呢？」

「罵的就是妳！」門外頭，風風火火衝進來的是張發財，看著章清亭眼淚就下來了，「妳這傻孩子，怎麼被人欺負得眼睛都瞎了，也不跟爹說？爹就是豁出這條命，也要幫妳討回這個公道！妳坐著，看爹替妳出氣！」

張發財掄圓了胳膊，先就狠狠搧了趙成材一個大耳光。

「趙成材，你別以為你中了舉就不得了，你自個兒說說，我這巴掌打得你冤不冤？」

「不冤。」趙成材低下頭，這巴掌確實是他該挨的。讓媳婦受了這許多的委屈，難道就不該讓岳父打一巴掌出氣嗎？

他倆這一進門，張羅氏等人也跟著進來了。

李鴻文也是一身的汗，躲在門後悄悄探了下頭，眼見鬧起來了，順手幫著把大門掩上，在外維持秩序。火他已經幫忙點上了，燒壞了他可不管。

張發財眼見張金寶進來更是火冒三丈，連接踢了兒子兩腳，「混帳東西！你姊這樣受氣，你怎麼還有臉在家坐得住？我從前怎麼教你的？你那飯都吃到牛肚子裡去了？」

張金寶被打得不敢還手，「我一直在馬場，從前是真不知道，可知道了，大姊又……」

「你還頂嘴！」張發財打得越發凶了。

那邊廂，張小蝶已經衝到了趙王氏跟前，「妳說天底下有妳這麼惡毒的婆婆嗎？媳婦命都快沒了才生下孫女，妳倒好，不說管管幫著孩子，倒給妳兒子弄個小老婆回來！妳說妳是不是腦子有毛病？還是有弄小老婆的癮？給妳小兒子弄一個還不夠，現在又給妳大兒子弄，那妳怎麼不自己弄幾個小老婆回來取樂？」

「妳……」趙王氏氣得渾身直哆嗦，抬手就對著張小蝶搧去。

張小蝶側身躲過，腰一沉，頭一頂，撞得趙王氏蹬蹬蹬連接倒退幾步。

「妳這個死丫頭，居然敢跟我動手？」趙王氏火冒三丈，再不客氣，當真去追打張小蝶。

張小蝶今兒聽了李鴻文「特意」來訴說的冤情，早就憋著一肚子火，哪能讓趙王氏打著？但她還是有分寸，知道自己是晚輩，不能對長輩動手。只仗著年輕，身子靈活，左閃右躲，引得趙王氏追得團團轉，再不時推搡一把，占點便宜。

趙王氏越發惱怒，可畢竟是年紀大了，怎麼也追趕不上張小蝶，倒似被這丫頭戲弄一般。

那邊，張發財打完了兒子出了氣，就老著臉拉扯著趙老實，衝到趙族長面前要評理。趙老實本就覺得趙王氏做得不公，他又不擅言辭，任親家說什麼就是什麼。

張發財義正辭嚴地提出要求：「一，要趙王氏跟我閨女賠禮道歉！二，分家只能由我閨女說了算！三……」

還沒等第三條出口，趙王氏跑得鬢歪衣斜地過來了，她實在追不上張小蝶，這頭又聽到張發財的話，於是給自己找了個臺階下，放棄了追打張小蝶，過來爭理。

「要我跟那丫頭道歉，做夢去吧！」趙王氏喘了口氣，跳著腳嚷：「這個家要怎麼分，是我們老趙家的事情，關你們屁事，要你們來狗拿耗子多管閒事！」

「呸！妳還有臉說這話？你們家要是不是靠我們閨女，統共就那兩畝地、一個破房子，妳就分去吧妳！」

「要是沒有成材，哪裡置得出這家業？」

「哼！就當著成材的面，我也把話放在這裡。若不是有我閨女替他打點家裡，他哪裡能安安心心讀書上進？他上郡裡讀書，妳出過一文沒有？妳再撒泡尿照照鏡子，看妳這身上穿的戴的，哪一樣不是我閨女掙回來的？」

「我們家成材中舉，那是我們成材自己有出息！你這死老頭子，瞧我不撕爛了你的嘴！」

「我忍妳也不是一天兩天了，妳想動手是不是？來啊！誰怕誰啊？別說我欺負女人，成材他爹，你也一起上啊！」

成材他爹抱著頭蹲地下了，大廳裡亂糟糟吵成一鍋粥，趙王氏跟張發財吵，張金寶揪著趙成棟理論，柳芳當然不幹，於是張羅氏也加入了戰局。

趙老實只覺得被吵得頭昏腦脹，也不知怎麼勸，而趙族長他們更不好插手，章清亭卻只看著趙成材。今兒這事分明透著蹊蹺，不說別的，爹和妹子回來得就極為古怪，他到底想幹什麼？

趙成材一反常態地保持沉默，臉色雖然陰沉，但並沒有上前勸解的意思。

章清亭心想，他挑起的事情都不管，那自己也靜觀其變吧。

說實話，章清亭覺得自家人鬧得痛快！她是做媳婦的，光一個孝道壓下來，就讓她很多手腳無法施展，而此時爹和妹子的無所顧忌，著實幫她出了一口惡氣。

楊小桃見勢頭不對，早躲一邊去了，眼看著張趙兩家人鬧得不可開交，她的心裡卻是幸災樂禍。他們鬧得越凶，關係弄得越僵，對她就越有利。

眼看趙成材黑著臉，她靈機一動，嬌怯怯打點起百般溫柔，上前討好賣乖，「相……」

「相什麼相？妳這女人，真不要臉！」張小蝶失了趙王氏這個對手，正自寂寞，見楊小桃有所動作，氣呼呼地衝上來，「趁著我姊夫不在家，就厚著臉皮哄著那老太婆讓妳進了門！妳說妳怎麼就這麼犯賤，非得給人做小老婆不可呢？」

「妳胡說什麼？」楊小桃臉都氣綠了，怒視著張小蝶，渾身直哆嗦。

張小蝶不依不饒，「難道我說錯了嗎？妳不是要死要活地賴給姊夫做小？」

「張小蝶！」趙成材忽然低喝了一嗓子，「妳不知道情況就不要亂說話！」

「我怎麼亂說了？」張小蝶還以為是姊夫得了新人忘舊人，幫著楊小桃說話，不由得又是生氣又是傷心。方才和趙王氏打架都沒落淚的小辣椒，此時卻紅了眼圈，嗚咽著質問起趙成材來：「姊夫，你是讀書人，我一直覺得你從來都是家裡最講道理的人，可這女人到底是怎麼回事？你說你對得我大姊嗎？」

楊小桃本是被她氣得夠嗆，可見趙成材出了頭，卻是歡喜無比，瞬間就躲在趙成材身後，拿腔作勢的模樣說多氣人就有多氣人。

趙成材深深地看了妻子一眼，「我對不對得起妳大姊，她自己心裡清楚，用不著旁人來說三道四。」

章清亭本想出言喝止妹子，不管楊小桃是什麼身分，趙成材始終沒有親口承認過，可小蝶這麼一鬧，逼得她不得不出言說話了。再聽到趙成材陡然說了這麼一句，她心中也生出怨氣來。

對於趙王氏、趙成棟，那是她婆婆和小叔，她若是指責什麼，都會落人話柄，可趙成材是她最親近的相公，張小蝶是她的親妹子。親妹子就算是說錯了什麼，也絕不是什麼不相干的「旁人」。

再看著楊小桃笑得得意，更像是扎在她心頭的一根刺。趙成材雖說要處理掉她，可到底什麼時候處理、怎麼處理，他始終沒有和自己明確說過，章清亭不可能一點都不介意。

當下，她也冷了臉，「我心裡清楚什麼？小蝶是外人嗎？她不過問你一句話，你怎麼就不能好好跟她說了？」她的意思很明確，你要料理楊小桃，那就趁現在把話挑明。

「難道連妳也不信我？」趙成材似是被激怒了，聽不懂她的弦外之音，反倒跟她吵些沒有油鹽的話，「咱們夫妻一場，我待妳如何，難道妳心裡還不清楚？」

「我不清楚！」章清亭也火了，直接撕破臉，盯著楊小桃，「你要是想讓我清楚，現在就把話說清楚。」

「原來妳竟是這麼想我的！」趙成材的表情無比憤怒，可那目光裡好像還隱藏著什麼莫名的情緒，讓章清亭有些看不懂，他今天到底想幹什麼？

而楊小桃更得意了，抽抽噎噎拿帕子捂著臉哭天嚎地，「這日子可怎麼過喲！」

「不過了！」趙王氏驀地驚天動地發出一聲大吼，總算蓋過了這廳中所有的聲音。

張發財一怔，隨即也爆發了，「不過就不過，誰還稀罕你們啊！」

趙王氏正在氣頭上，鼻子不是鼻子，眼睛不是眼睛地衝到趙成材面前，「成材，你自己看看，這鬧得像什麼樣子？聽聽你老丈人說的什麼話？你全是靠你媳婦養活著呢！我們老趙家八輩子可沒出過一個吃軟飯的，怎麼偏偏到你這兒就讓人指著鼻子罵呢？這口氣，你娘嚥不下去！這門親戚，咱沒法做了！」

終於來了！趙成材閉上眼睛，深深地吸了口氣，才問：「娘，您想怎麼樣？」

大廳裡瞬間安靜了下來，連根針落在地上都聽得見。

趙王氏指著章清亭，咬牙切齒道：「休了她！我不信咱們家離了她就不能活！」

章清亭臉上似結了一層寒冰，居然要休她？做夢！

她挑眉冷笑，「婆婆，請問您憑什麼休我？我犯了七出之中哪一條？」

「妳不孝！忤逆公婆！」

「是嗎？」章清亭笑得眼中寒意更深，「這條全由婆婆您說了算，做媳婦的也無法反駁。不過，有件事我可得提醒您。即使您把七出之條全給我安上，相公也休不了我，知道為什麼嗎？因為律法裡還有『三不去』，指的是指妻子曾經替公婆服過喪的不去，休棄後無所歸依者不去，當然，這兩條媳婦都沒做到，那就只剩最後一條了。」

章清亭冷靜明澈的嗓音一字一句地響起：「娶妻時貧而今富者不去！很不幸，我就符合這最後一條了，所以莫說是相公，就是您再不滿也休不了我。」

「妳……」趙王氏氣得是暴跳如雷，連楊小桃都傻了眼，還有這規定？

「成材，她說的是不是真的？」趙王氏追問自己的兒子。

趙成材輕輕閉著眼，嘆息，「除非娘子願意和離，否則，我確實不能休妻。」

「那就和離！」趙王氏根本不加思索就脫口而出，忿忿地盯著媳婦，「我們趙家不要妳了，難道妳還好意思賴著我兒子不成？妳但凡有一分志氣，就給我滾！」

「娘，您真的要我們和離嗎？」趙成材忽地睜開眼睛，目光清冷地看著娘親，「和離可不比休妻，若您提出和離，這家產得先分給娘子，讓她滿意了才行。」

「那就分給她！」趙王氏正在氣頭上，說起話來也就沒了顧忌，「老娘拚著不要這個家當了，也非把這女人趕出去不可！」

不行！趙老實騰地站了起來，卻因蹲得太久，腿麻得又坐了下去。他阻止的話還沒出口，卻聽趙成材斬釘截鐵應了一個字：「好！」

這一下，兩家人都傻眼了。

趙成材看著母親，忽地滿目悲愴，「娘，這個媳婦是您幫我娶的，現在也是您讓我們和離。您是我的親娘，我不能忤逆不孝，所以我答應您，但是，自此之後，我的事情全由我自個兒作主，再不敢勞您操心。」

趙王氏看著兒子的目光，猶如兜頭一盆冰水潑下，那過度發熱的腦子一下子冷靜下來，似乎此時才明白自己到底說了什麼。

她要兒子和離？天啊！她怎麼……

怎麼也沒個人出來勸勸？兒子怎麼會這麼輕易就答應？

趙成材轉過身來，看著妻子，眼中淨是留戀與不捨，還夾雜著痛徹心扉的歉意，讓人心碎，「娘子，事已至此，我們還是……分了吧！」

章清亭看著丈夫眼睛，震驚之餘，更是濃重的疑惑。為何？為何他突然會說出這樣的話？

趙成材輕輕搖著頭，似是疲憊至極，卻是無比決絕地道：「別再爭了。妞兒還小，自然是跟著妳。分家時，妳想要什麼，儘管拿去。」

什麼？柳芳和楊小桃兩個急了！章清亭要是把家產全都帶走了，她們還折騰個什麼勁兒？

「這可不行！」兩個女人同時叫了起來，突兀地打破了屋子裡的寧靜。

見有人出聲，二女膽子都大了些。

柳芳低頭嘀咕：「就是和離了，這個家也不能全給她帶去，還有我們的東西呢！」

楊小桃心中無限歡喜，走了礙眼的殺豬女，她不就是現成的舉人正妻？她得意忘形地上前道：「夫為妻綱，就是和離，這家產也該由相公你來分才是。」

章清亭一張臉寒若冰霜，盯著楊小桃，「妳是個什麼東西，敢來這裡撒野？」

楊小桃嗤之以鼻，「都要做寡婦了，妳……」

啪！乾乾脆脆的一耳光，打得楊小桃嘴裡頓時嘗到了鹹腥味。

「妳……妳敢打我？」楊小桃又驚又怒。

「我打了又如何？」章清亭反手又一個大耳刮子上去。

她想這麼做已經很久了，這個死女人，老虎不發威，當她是病貓嗎？從前是給趙成材幾分顏面，可現在都要和離了，她還有什麼好顧忌的？

楊小桃被打懵了，待反應過來，就要上前撕打，可章清亭的身體底子卻是張蜻蜓殺豬時練下的，比楊小桃結實多了。再說旁邊還站著她親妹子張小蝶，當下一把揪住楊小桃，讓章清亭很順利地左一巴掌，右一巴掌，直打得楊小桃兩頰迅速紅腫一片，痛哭求饒。

趙族長在一旁看了暗自驚心，沒想到這殺豬女發起狠來竟是如此剽悍。虧他從前還想著把外孫女送進來，這不是羊入虎口嗎？成材就算是和離，也是極偏向這媳婦的。要不，你看他，怎麼勸也不勸？

趙成材在一旁袖手旁觀，可趙王氏站不住了。

開頭那幾下子她沒動，是因為她也很痛恨楊小桃的「叛變」之舉，讓章清亭教訓教訓也好。再是她指望趙成材因此去跟媳婦鬧彆扭，可沒料到大兒子理都不理，像沒事人似的，那她怎麼能不管？

楊小桃縱有千般不好，畢竟是她弄進來的人，當著這麼多人的面如此痛打，分明是不給她面子，趙王氏只得上前維護，「妳憑什麼打人？」

「我憑什麼打不得？」章清亭就等著婆婆跳出來呢！

既然妳不給我好過，我就讓妳更難過。妳不是要幫忙嗎？我馬上就讓妳哭！當著婆婆的面，她再度重重給了楊小桃一耳光。那清脆的巴掌聲，直接就撞進了趙王氏的心裡，似是打在她的臉上一般，讓她的眼皮子都禁不住顫動了一下。

章清亭這才心滿意足收了手，挑眉望著趙王氏一笑，笑得她心裡直發毛。她此時才驀然想起，這媳婦從前是怎樣一個潑辣的女子。近年來，她只不過是在自己面前披上了一層溫和柔順的外衣，而骨子裡，她還是那個紮蘭堡排名第一的殺豬女。

趙王氏背心裡不可扼制地冒出一層冷汗，自己是不是真的做得太過分了？

章大小姐很滿意這樣的效果，直視著她笑得森冷，「婆婆，我現在還沒和離呢，那我還是你們老趙家的兒媳婦。現在，我這個做正妻的，教訓一個來歷不明的小妾，有什麼不行？」

「她才不是來歷不明，她……她是成材的人！」趙王氏梗著脖子理論。

「是嗎？」章清亭嗤笑，「既是給相公收的小，怎不來跟我這個大婦敬茶？連茶都不敬，我憑什麼讓她進門？」

「可她跟我敬了！」趙王氏沒話找話，硬是憋出了一句。

「哈，這可真是太好笑了！」章清亭沒了顧忌，說起話可比針尖還鋒利，「那難道是媳婦會錯意了，這其實是婆婆給公公收的小？」

趙王氏這一下可氣得不輕，「妳亂嚼什麼舌頭根子？明明是給成材的！」

章清亭不緊不慢地繼續盤問婆婆：「那她跟相公圓房了沒？」

這……趙王氏賭氣道：「今晚就圓房！」

「那就是還沒圓房了。既然沒圓房，沒敬茶，我憑什麼認她？我若是不認她，她憑什麼跟我的相公圓房？」章清亭逼視著趙王氏，一點一點露出自己收藏許久的爪牙，「婆婆，這個家只要我一日沒有答應和離，妳就一日別想把這些亂七八糟的女人送到我相公的床上。」

趙王氏被逼得無路可退，強自辯駁：「那就等你們和離，我立即給成材另娶！」

章清亭撇了撇嘴，「可是，婆婆，您又忘了，您要幹這些的前提必須是我同意和離。換句話說，只要我一直不同意和離，一直就這麼拖下去，您又能奈我何？」

趙王氏徹底無語了，趙成材也有話要說：「娘，您難道忘了方才我說的話了？即使和離，以後我的事，也請您不必費心。」他厭惡地看了楊小桃一眼，「至於她，我也以為是您給爹收的小。」

什麼？趙王氏驚得嘴都合不攏了，「成材，你別是糊塗了吧？這是給你的人啊！」

而更加震驚的卻是楊小桃，她做夢也沒有想到趙成材居然說出這樣的話來，她怎麼可能給趙老實做妾呢？

趙成材看著娘，一臉的莫名其妙，「難道不是嗎？您把她接回來，又一直安置在家裡，難道不是您給爹預備的？」他微笑著，說出的話卻狠辣無比，「都在家裡住了這麼長時日了，爹還不老，成棟又年輕，這翁壯叔大，瓜田李下……」

這可比自己打那些耳光還狠！章清亭稍稍順氣了些，這個秀才，算他有良心！

趙老實也急了，這關他什麼事？他都一把年紀了，可不想臨老入花叢，惹人笑話。

正想說點什麼，卻被張發財低聲威脅了回去：「他們說事，你瞎摻和什麼？一邊待著，不然咱們出去打一架。」

他一瞧這架勢，就知道女婿另有打算。不管是不是真塞給趙老實，此時都不能搗亂，得等他們處理。

得，趙老實繼續裝聾作啞，不吭聲了。

趙王氏臉都急白了，她怎麼料得到自己的兒子居然玩了這麼一手。

「成材，你……你這是說的什麼話？」

「相公，我真的是清白的！」楊小桃也嚇傻了，發了瘋似的衝上來。她怎麼也想不到，趙成材居然用這樣的話來說她，那即使他和章清亭和離了，又關她什麼事？

「這相公可不能亂叫，是明媒正娶的妻子才能對丈夫這般稱呼，我跟妳有什麼關係？可別亂認。」趙成材嫌棄地躲開，對她也是深惡痛絕了。真不知道自己從前是怎麼瞎了眼，竟然喜歡過這樣一個心思歹毒的女子，真是讓人倒足了胃口。

「成材，你這到底是想幹什麼？」趙王氏急紅了眼，就是兒子同意與章清亭和離，也沒帶給她這麼大的刺激呀？

「小桃已經進了門了，她就是我們趙家的人，你怎麼能不認她呢？」

「笑話！我有說她不是咱們家的人嗎？」趙成材看著娘，振振有詞：「人既然是娘接回來的，當然是要您給她個名分。至於我，那是不可能的。」

章清亭在旁聽著，真是解氣。

趙王氏、楊小桃，妳們可是搬起石頭砸自己的腳了。不過，她還是要跳出來添點油加點醋，打得她們永世不得翻身。

「婆婆，相公這才剛中了舉，您就讓他跟我和離，即便我迫於無奈同意了，可這個節骨眼上，您給他弄什麼小妾，難道您就不怕日後御史參他一個寵妾滅妻的罪名？若是那樣，不僅功名會被革除，一大家子性命保不保得住還很難說。」

趙王氏哪知道什麼玉屍乾屍，不過聽起來好像很嚴重的樣子。

趙族長此時也發了話：「這話說得很是，這女人斷不可塞給成材。弟妹，妳可千萬別胡鬧，斷送了大侄子的前程不說，難道妳想連累全族？」

御史再厲害，畢竟隔得遠，當務之急是這個女人怎麼辦？

趙王氏真是騎虎難下，這還真是給自己弄了個燙手山芋回來了！

章清亭望著婆婆，心裡樂開了花，臉上卻作出一副極其惋惜的表情，「婆婆，您要早說是給成材納小，怎麼也該先跟媳婦通個氣。接了人進門，也該交到媳婦手上才是，可您這麼不聲不響地弄到自己屋裡，又放了這麼些時日，誰還敢要啊？既然您相信她是清白的，就自個兒收進房裡得了，也多個人幫您服侍公公，開枝散葉啊。這男人三妻四妾本是尋常之事，咱家現在既有了錢，也不在乎添雙筷子。您瞧瞧，您給小叔都弄了個妾回來，怎麼就不能給公公弄一個？」

這些全是趙王氏當日刺她的話，現在盡數還了回去，實在痛快！

趙王氏氣得血往上湧，腦子一陣暈眩，站都站不住了。

趙成材眼疾手快地把娘扶著坐下，卻是幫著媳婦給娘添堵，「娘，您看看，您自個兒的身子也不好，我倒覺得媳婦說得有理，您就當多個人伺候您也行。」

「不行！」趙王氏這輩子也沒受過這種窩囊氣，要她接受和別的女人共事一夫，那她寧可不要這個丈夫！

趙成材瞧著已經氣得渾身亂顫的娘，低語：「娘，您還記得之前是怎麼勸我來著？怎麼放到自己身上就不行了？」

己所不欲，勿施於人。您自己也知道納妾是傷害夫妻感情的，又為什麼偏偏要弄來給我？

趙王氏聽及此，才算是回過些味來，「成材，你……你是故意的？」

趙成材淡然一笑，笑容卻無比苦澀，「娘，人是您弄回來的，您在弄回人之前，有沒有問過我的意思？您什麼都不問，什麼都不理，只為了讓自己痛快，就把人接了回來，弄成如此局面，如今您要怪誰去？」

他的聲音陡然冷了下來，「娘，您聽好了，我再說一遍，我與娘子和離之後，我的事不用您操心。這個女人是您弄回來，就由您自己處理吧。」

「不要啊！」楊小桃哭叫著撲上來，甚至對趙成材跪下了，「虎子哥，我求求你，求求你收下我吧！」

趙成材將她緊攥著的自己的袍子一點一點揪了出來，冷漠中也包含著一絲痛心，「楊姑娘，請自重。妳素來自詡聰明過人，為何早想不到今日的結局？與人作妾便是與虎謀皮，我自問從來不曾有負恩師，卻不料妳竟作出如此行徑。枉費我還想認妳為義妹，替妳另作打算，遂了妳要飛高枝的心。妳若是覺得我虧欠於妳，大可以來找我理論，可妳怎能如此待我的妻子？妳捫心自問，釀成今日之事，難道就不是妳咎由自取？」

楊小桃哭得不能自已，她真是後悔。

自己為何錯信趙王氏，要進來蹚這樣的渾水？男人的心變了就是變了，他再不是從前那個對自己溫情脈脈的虎子哥，他早就是別人的相公，別人的爹，他的心裡怎麼可能還容得下自己？

「那你放我回去，我要回去！」

「對，對對！」趙王氏像是溺水之中突然抱住了一根浮木，滿心只想把楊小桃送得遠遠的，「我這就送她走，回她家去！」

「晚了。」趙成材回答得異常無情，「她既進了趙家的門，就是趙家的人。若是想來就來，想走說走，那讓整個趙家顏面何存？楊姑娘，妳既然不過是想進我們家來做個姨娘，那做誰的，又有什麼區別？」

「不！」楊小桃哭得撕心裂肺，讓她去給趙老實做妾？她還不如去死！

趙王氏也哭了，真的哭了，眼淚像決了堤的河。

她怎麼就老糊塗地為自己弄了這麼個大麻煩回來？要是讓這小妖精給趙老實做妾，那她才是不要活了。

「成材，你就收下她吧，算是娘求求你。就是現在不能收，等個三五年再收不行嗎？」

趙成材已經退讓過太多次了，這件事他是堅決不讓步，但是看著娘哭得如此傷心，他也有些不忍，卻不說話，只看著媳婦。

章清亭心裡明白，讓楊小桃給趙老實做妾只是他們嚇唬趙王氏的，畢竟趙老實歲數大了，就是真給了他，楊小桃也必定不安於室，日後做出醜事來，也是丟家裡的臉。再說，當姨娘也算是個半調子的長輩，她楊小桃還不夠格。

如今趙成材不點破，卻把這機會給她，擺明是要給她一個出氣的機會，也是為了讓趙王氏得個教訓，看她以後還敢不敢隨便往家裡弄人。

章清亭出聲道：「相公，若是當真把她放在公公屋裡，好像確實也不大妥當。」

趙王氏現在顧不得臉面了，似撿著根救命稻草，「妳快來勸勸成材，妳說話他一定會聽！」

章清亭冷笑，求人還這副口氣？她端起了架子，「我一個馬上要下堂的妻室，還有什麼好說的？還是少操點心吧，免得又落得婆婆您的一番數落。」

這擺明是要談條件了，可趙王氏此時已經急瘋了，根本無力思考，「妳說，妳要怎麼著才肯勸成材？最多……最多我不讓成材跟妳和離。」

「可別！」章清亭才不是為了這個，好像她多巴著趙成材似的。再說，她已經猜到幾分趙成材要和離的用意了，當下夾槍帶棒地道：「既然相公孝順，要聽您的話跟我和離，那就離吧。只不過，和離之前，有些事該了的也必須了結了。」

她臉色驀地一冷，開出第一個條件：「婆婆，妳要當著大夥兒的面跟我道歉。不是為了我自己，是為了喜妞。妳憑什麼說我的喜妞連南瓜的一根小手指頭都比不上？就算我跟相公和離，可喜妞永遠是趙家長房的嫡長女。一個二房的庶子憑什麼壓得過她去？妳要是不肯收回這句話，咱們什麼都免談！」

章清亭別的可以忍，就是這句話無論如何都不能忍。她做媳婦的可以受婆婆的氣，可她的女兒卻不能受任何人的氣，親祖母的尤其不能，否則，這句話會壓得她女兒一輩子都抬不起頭來。

趙族長可不知還有此一齣，沉下了臉，「嫡庶有別，長幼有序，別說成材現在是舉人，便是從前，他一個長子的嫡出，難道還比不上弟弟家的庶出？弟妹，妳這話說得太不應當了！」

其實這句話，趙王氏早在脫口而出的時候就後悔了，確實太傷人了。

只是她總以為自己是婆婆，章清亭奈何不了她，就是受了氣，也活該忍著，可沒想到章清亭把這句話記得如此清楚，還在這樣的場合下逼她認錯。

如果認了，那她這個婆婆的權威何在？不認，那章清亭肯定現在就會撂挑子，撒手不管楊小桃之事。難道自己偌大個年紀，還得去跟個小丫頭片子爭寵不成？

趙王氏抬眼去看兒子，可兒子根本不往這兒看，對於這句話，趙成材也是異常介懷。哪個當爹娘的能容忍旁人這樣侮辱自己的兒女？偏那侮辱人的是自己的親娘。

趙成材無法去爭，但他可以支持章清亭去爭。

多年夫妻，趙老實實在不忍心看著爭強好勝了一輩子的老伴如此為難，上前道：「媳婦，我替妳婆婆跟妳賠禮行不？」

趙王氏滿懷希冀地抬頭，章清亭卻冷冷吐出兩個字：「不行！」

「公公，您是心地仁厚，可有時卻也是非不分。這一人做事一人當，婆婆說的話，跟您有什麼關係？婆婆，我還想問一句，您當日說這話，怎麼就不想著，等到喜妞長大了，得知自己的親祖母竟是如此說她，她會怎麼看您？今兒在座的全是至親，我也不怕說句大逆不道的話，婆婆，您要不把這話收回去，日後我就不讓喜妞來認您這個祖母！」

話已至此，趙王氏咬著牙，忍著氣，不情不願飛速嘟囔了句：「這話是我錯了。」

章清亭可不是這麼輕描淡寫就能打發的，「婆婆，請把話說清楚。您說錯了什麼話？這道理又該是怎樣的？請一一講明。」

趙王氏真是覺得羞愧難當，可又不得不把話說明，「我不該說喜妞比不上南瓜的小指頭。」說出這話，她自己卻也覺得好過多了，像是壓在心裡的一個大石頭終於被搬開，下面的話就順理成章了，「其實我真是沒這麼想過的，就是一時氣憤才這麼說。妞兒雖是丫頭，但也是我的親孫女。成材，娘真的不是有心的。」

趙成材終於看向了她，「娘，這話您應該跟娘子說。您也替娘子想一想，若是有人當著您的面這麼說玉蘭和玉蓮，您聽了心裡就不難受嗎？」

趙王氏一噎，看來今兒到底還是繞不過這個彎去，只得嘆息一聲，正式對章清亭認了錯，「媳婦，這話確實是我不該說的，對不起了。」

章清亭只覺心裡一酸，眼淚差點下來了。我的喜妞，娘終於為妳討回公道了！

趙成材提高嗓門，打了個圓場，「現在娘道了歉，那麼此事以後不許任何人再提。要是往後再有人敢輕視我的妞兒，那就是瞧不起我。既是瞧不起我，那也沒什麼好說的。不管是誰，我趙成材便跟他一刀兩斷，再無瓜葛！」

這樣的重話放下，各人心頭滋味自是不同。

見此事已了，章清亭又提出第二個條件：「婆婆，您既然要相公與我和離，那分家之事得由我說了算。您放心，是我的東西我會拿走，可該給相公的，我也會留給他。至於您，就請不要在其中摻和了。」

這個……趙王氏一時還真不敢答應。

張發財也急了，上前低語：「閨女，妳怎麼就當了真？難道真要跟女婿和離啊？」

「爹，您就別管了。」章清亭冰雪聰明，早就想了個明白，卻也負氣於趙成材瞞著她的所作所為，故意道：「說出去的話，潑出去的水，想收也收不回來了。和離就和離吧，您從前不也說過，我們老張家的閨女可不是死乞白賴求著別人要的。」

趙成材一聽媳婦這話，就知道她已想明白了。這事是他主動鬧出來的，媳婦就是怨他氣他，也是沒辦法的事情。趙大舉人已經在苦惱，日後要如何補救？

趙王氏眼巴巴地看著兒子，就盼著他說幾句軟話，把和離之事帶過，可是趙成材一反常態地保持了沉默。

他不吭聲，有人可著急了，柳芳把趙成棟往前一推，「大哥，你就別跟嫂子鬧了吧！」要是大哥大嫂分了，那家產立時就得讓大嫂帶走大半，他們再分家，還能落得多少好處？

趙成材心下腹誹，你們這會兒知道著急了？那從前獅子大開口的時候怎麼就毫不含糊？當下一句話就把弟弟堵了回去：「這是娘的意思，也是我和你大嫂之間的事情，你少插嘴。」

趙成棟無法，看著趙王氏，怨懟非常。

你說這個娘，鬧什麼不好，非鬧著大哥分家。若是在他們分家之後，他才懶得管這個閒事。可這是在他們分家之前，可確實影響到自己的利益了，他不能不上心，「娘，您快勸勸大嫂，再向她認個錯吧。」

趙王氏頓時癟了嘴，大兒子大媳婦都說要和離了，她要是道了歉，他倆還不答應，那她才真是把一張老臉全都丟光了。

「你倆要是想好了要分，那就分吧。」趙王氏拉長著臉，把這個皮球又踢了回去，她不信章清亭真的敢和離，寡婦再嫁可不是那麼容易的。

章清亭氣樂了，瞧這婆婆把她家鬧著要和離了，這會兒又說這話，敢情她要真和離了，還沒她的事了？這也太會推脫了！

「婆婆有命，我們哪敢不從？」章清亭刺了一句，迅速把皮球踢回去，並不給趙王氏反駁的機會，「正好諸位長輩都在，那就一起作個見證吧。不過，在此之前，有件事也該料理了。」

她一雙美眸似笑非笑地打量著楊小桃，看得楊小桃寒毛直豎，只聽她道：「婆婆，您怎麼忘了，自己還有一個兒子跟楊姨娘年紀既般配，樣貌也合適。橫豎小叔屋裡已經有了一個，再多一個，湊成一雙也好啊！」

趙王氏一愣，順著章清亭笑盈盈的目光看去，忽地轉過彎來。這不是還有成棟嗎？乾脆把楊小桃塞給他！

「不！」這回三人同時叫了起來。

趙成棟嚇了一跳，楊小桃是長得不錯，他可從來只當大哥的女人看待，冷不丁塞給他，那不跟吞個蒼蠅似的？

柳芳更不幹。她費了半天的勁，幫著把楊小桃弄進門來，是給章清亭添堵，可不是給她自己添堵的。

楊小桃也不願意，她能看上趙成棟嗎？何況還有個柳芳在那兒虎視眈眈，要跟她共事一夫，那可有得亂子瞧了。不過，她如今已經明白，趙成材是絕不會要她的，當下只有施展苦肉計，跪下抱著趙王氏的大腿哀求，「嬸子，妳行行好，收我做乾閨女吧，我願意伺候妳一輩子。」

章清亭冷冷道：「哪家認個乾閨女是要用大紅花轎接回來的？還梳著婦人髻在我們家進進出出，鄰居也不知看了多少回了，這時才想起來裝姑娘，哄誰去啊？依我說，桃姐兒，妳不如就跟了趙成棟吧，反正妳和芳姐兒也好，從前不就成天在一處有說有笑，稱姊道妹的？這下可是真姊妹了，往後同在一個屋簷下，多好啊？」

柳芳不冷靜了，衝上前道：「我們家的事不用妳管！妳自己不要，休想把她塞進來！」

章清亭輕笑，「我現在坐在這兒，就還是趙家的大媳婦，有什麼管不得？他們兄弟還沒分家呢，這事又是婆婆託我的，妳一個小妾跳出來嚷什麼你們家我們家的？婆婆，您那家法不是挺厲害的嗎？怎麼也不治治這等無法無天的小賤人？」

柳芳氣得七竅生煙，「妳罵誰呢？」

「我就罵妳了，怎麼，不服？」

「我當然不服，妳才是賤人，妳全家都是賤人！」

這話打擊面頗大，趙族長臉也青了。

章清亭眼下還是趙家的人，她的全家，豈不是包括趙氏全族？

「夠了！老趙家的，這等蠻橫無禮、目無尊上的貨色還留在這裡做什麼？一封切結書，趕回她家去！」

柳氏像被人掐著脖子的鴨子似的消聲了。

趙成棟嚇了一跳，「大伯，她就算說錯了話，可到底給我生了兒子……」

這個蠢材！趙族長氣得不想跟他說話了，旁邊七叔道：「她罵你嫂子全家，豈不是連咱們一起罵了，這樣的賤人還留著幹什麼？」

趙成棟呆了呆，柳氏倒是反應快，跪下嚎開了：「是我錯了，可那不也是話趕話才說上的嗎？還請大伯責罰……」

「好！」趙族長難得發了一回火，眼瞧著趙張小蝶腰間的馬鞭道：「你去，抽她一百鞭子，讓她長點教訓，否則還以為咱們趙家的門楣是任她罵著玩的！」

喲呵，這可比章清亭預想的還狠。她也不吱聲，只看趙成棟怎麼辦。

可趙成棟平日裡嘴上賭狠可以，這時候哪裡敢接鞭子？

趙王氏也不敢，趙老實更不敢。

趙成材捋捋袖子，站起來了，「我是大哥，這個壞人我來做吧。」

「成材，你坐下。」趙族長為人精明，才不會讓族裡的舉人老爺為了個賤人就壞了名聲，指著趙成棟道：「你不去，這一百鞭子我就抽在你身上，你自己選吧。」

所有人打都不合適，只有男人打老婆，天經地義，還沒處說理。

趙成棟被逼得無法，到底哆哆嗦嗦接了鞭子。

柳芳白著臉尖叫，「趙成棟，你可不能呀！」

趙族長沉著臉低吼：「利索點！」

趙成棟眼一閉，刷的一鞭子抽在了柳芳身上，打得她是鬼哭狼嚎。

可趙族長卻道：「你沒吃飯嗎？鞭子下去不見血的不算。」

趙成棟無奈，掄圓了胳膊就往柳芳身上抽。

旁邊七叔幫忙記著數：「一、二、三……」

十鞭子下去，趙成棟也麻木了，任柳芳叫得再慘，往哪裡翻滾，都不再停手。

五十鞭之後，見柳芳已被打得跟個血人似的，趙族長這才開口叫了停，「這國有國法，家有家規。芳姐兒，妳以後可記好了，自己到底是什麼身分，別再錯了規矩！」

柳芳嗚咽著應了，身上痛極，心中悔極，自己為何去招惹章清亭？

不過，對於趙成棟，她也生出絲絲恨意來，這樣打老婆的男人，也太狠心了！

教訓完了這一個，章清亭繼續方才未完之事，「桃姐兒，妳既進了我們老趙家的門，就是老趙家的人，自然得聽家裡的。眼下婆婆要妳跟著小叔，妳就去。這不聽話的妾室是怎樣下場，妳也看到吧？」

楊小桃當然看到了，雖是大勢已去，可她還不死心，想為自己最後一搏，「到底我也是好人家的女兒，還請嫂子作主，讓我給他做妻。」

想和我平起平坐？沒門兒！章清亭微微撇嘴，「這我可是愛莫能助了，誰叫妳已經以妾禮進了門呢？行了，收起那些不切實際的想法，往後就踏踏實實過日子吧。」

楊小桃憋屈不已，給趙成材做妾她也就忍了，可是給趙成棟做妾算是怎麼回事？

偏章清亭還說：「今兒十六，日子不錯，妳和小叔就圓房吧。反正那屋子也是給小叔準備的，妳用也是一樣。」

這下連趙成棟都要哭了，他這一個妾都那麼不好找老婆，弄兩個，往後可怎麼辦？

趙成材見大事已定，出來打了個圓場，「今日天色不早，諸位就先請回吧。等我與娘子辦完了和離，再請大家前來見證我們兄弟分家。」

他起身跪下，對岳父和岳母恭恭敬敬磕了三個頭，「岳父、岳母，小婿與娘子情深意篤，奈何母親有命，小婿實在是迫於無奈，只得跟娘子和離。但你們二老永遠是我的爹娘，你們一家也永遠是我的親人。」

趙成材領著頭先走了。

關上門，只剩張家人時，大家都有些傻眼，最後還是張發財發問：「閨女，這可怎麼辦？」

章清亭怔怔地看著燈火出一會兒的神，才反問：「爹，您和小蝶是怎麼回來的？」

「是鴻文特意來向我們報信的。」

果然如此！章清亭心下雪亮。

定是趙成材不忿分家不公，所以要藉著和離幫她把家業保住。雖是一片好心，但這番行事實在讓人生氣。和離是多大的事情？連招呼也不打一聲就擅自決定，把她當什麼人了？

她當下冷著臉道：「既然他要和離，那就和離。你們離了鋪子，生意怎麼辦？」

張小蝶忙解釋：「臨走時有交代夥計。因怕趕不及，我們船也沒坐，連夜騎馬趕回來的。」

「胡鬧！」章清亭一拍桌子，「那麼遠的路，就是妳受得了，爹也受不了，出事怎麼辦？明兒一早妳就坐船給我滾回去！金寶，你跟著她，鋪子裡的事情你也該接上手了。」

張金寶還問：「那馬場怎麼辦？」

「這個用不著你操心，快把鋪子裡的事情弄清楚，回頭我可是要親自過去查看的！」

弟妹倆齊齊吐舌，迅速閃人。

張發財不甘心地問：「閨女，妳真打算跟女婿和離啊？」

章清亭語氣稍稍和緩，「爹，沒事的。你多留幾天，幫我把這事辦了，歇歇再去鎮上不遲。放心吧，快去歇著。」

看爹娘還躊躇地望著她，章清亭眼睛一瞪，「怎麼？你們還怕我離了那秀才活不下去？」

她這一發威，張發財兩口子反倒安下心來，趕緊走了。

章清亭有些好笑，這家人是習慣了殺豬女的剽悍嗎？好言好語的沒用，非得發威才成？

及至回了房，她一人在燈下費心思量，既然要和離，那這個家該怎麼分？

小喜妞渾然不知家中即將遭逢大變，依舊睡得香甜，只是少了老爹的懷抱，有些不悅地在夢中皺起小眉頭，睡不安穩。

章清亭只得把女兒抱起來拍哄，咬牙低罵：「死秀才，回頭有你好看！」

那一頭，趙家上空，一片看不見的烏雲密布。

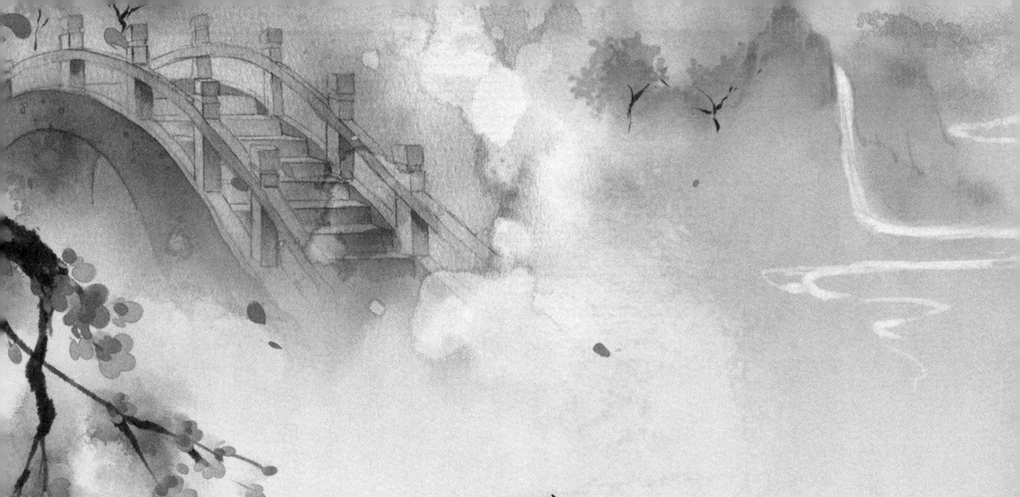

肆之章 巧辯決絕情意濃

趙成棟在大哥房門外徘徊，半天不敢進去。

趙成材半晌才拉開門，冷冷地問：「有事？」

趙成棟瞧瞧東廂，再看看堂屋裡趙王氏緊逼的目光，盯著腳尖不吱聲。

趙成材又問：「你覺得大哥會將一個跟自己不清不白的女子塞給你？」

「不是。」趙成棟抓耳撓腮，「只是，我……」

「你不知道該怎麼應付，對嗎？」趙成材無奈搖頭，「成棟，你已經長大了，若是分了家，就得自己出去遮風擋雨了，不能老是指望我，指望娘。那兒有老虎嗎？會吃你嗎？不過是個女人，你怕什麼？雖說她來得可能不如你的意，但若是追究起來，難道你和芳姐兒就沒有責任？」

趙成棟被說得又羞又愧，越發不敢抬頭。

趙成材嘆道：「有些事哥不說，並不是哥心裡不明白。成棟，你記好了，當你算計旁人的時候，旁人也未必不會算計你。大哥言盡於此，你去吧，以後拿她當柳氏一樣看待就好。」

他砰地關了門，趙成棟糾結半晌，到底還是進了東廂。

＊　＊　＊

和離，以出乎所有人預料的方式順利解決。

章清亭和趙成材這對小夫妻似乎都是吃了秤砣鐵了心，當旁人的勸告還沒來得及出口，他倆已經坐在一處，和平而又迅速地辦妥了這情。剩下眾人關注的焦點，當然在家產分割這塊。

雖然趙成材已經允諾由媳婦說了算，但章清亭做得並不過分，甚至非常公平。

胡同裡的房子分給了趙成材四套，馬場的地是盡歸章清亭了，但有一半的馬匹，大小共計四十餘匹，歸趙成材所有。另有那兩畝地，以及一千兩白銀。

趙成材別的都收下，卻把銀子退一半回去，「妞兒跟著妳，這錢就算我給她日常家用的。」

對此，喜妞她媽二話沒說，冷哼一聲就把錢收了回去。

陳師爺是辦慣的老手，聽他們談妥，就提起了筆。

坐了若干人的屋子裡，一片寂靜，只聽那毛筆落在雪白箋紙上的沙沙之聲，如春蠶食桑，轉瞬落定成文。

趙王氏心中像是壓著千斤巨石，沉甸甸的莫名難受。她是始作俑者沒錯，可事到如今，兒媳真的被她趕出家門，她卻沒有半分得意，反而覺得心裡發慌，渾身說不出的空洞與乏力。

寧拆十座廟，不毀一樁婚，可她把自己親生兒子的婚事給毀了，這真的好嗎？

趙王氏頭一回對自己沒有自信起來。

很快和離書寫好了，送到兩家人面前。

要按紅手印的那一刻，章清亭終於按捺不住，落下兩滴淚來。紅著眼睛狠狠剜了秀才一眼，重重將玉指按了下去。

趙成材看著和離書上忽然落下來的淚痕，連頭都不敢抬，閉著眼按上了指印，隨即癱坐在椅上，整個人似是三魂七魄都被抽走了一半。

趙族長站起身來，嘆息一聲，「你們也算是好聚好散，希望各自日後都能過得稱心如意。成材，咱們走吧。」

趙成材卻搖了搖頭，極為艱澀地吐出話：「既然已經驚動各位，那就順便將家也分了吧。」

趙族長想想也是，趙成材不日就要上京趕考，若是得中，恐怕會外放為官，說不好什麼時候才能回來，不如早些分了，各自好過日子。於是，他又坐了下來，「也好。你想怎麼分？」

趙成材深深吸了口氣，打起精神，將自己手上剛分到的東西，又一一分派出去，

「成棟，你從前就說過，不想要胡同裡的房子，只想要馬。那這兩畝地和四十餘匹馬就全部歸你，你好生經營。胡同裡的四套房子，一套給玉蓮，一套給玉蘭，算是大哥送你們的嫁妝。還有兩套，一套給爹娘養老，一套給我的妞兒。」

「哥，你……」怎麼什麼都沒給自己留下？

趙玉蘭聽得眼淚撲簌簌直落，哥嫂要和離，她兩頭都去勸過，可誰都不理，只讓她別管。她的眼淚背地裡掉了一缸，可又有什麼用？

趙成材此時聽不得哭聲，只覺喉頭發緊，心如刀絞，強繃著面皮，才能說下去，「至於這五百兩銀子，我得拿走兩百，以作上京的盤纏和使費。這一百給娘，算是我給您二老這一年的贍養之資。你們以後的養老，當然也歸我管，不必擔心。另有一百給玉蘭，妳一個人帶著阿慈度日不易，雖說現在做生意也能賺幾個小錢，畢竟辛苦，分了家還得自己請人幫工，拿點錢防身吧。再一百兩成棟拿去，原本哥答應幫你成親立室的，可現在看來，你的事我也管不了，就拿銀子補償吧。你既連房子都找好了，家裡東西兩廂的家具也任你帶去。往後自己也學著盤算些，好生把日子過起來。行了，我這麼分，你們可有意見？」

所有人都鴉雀無聲，趙成材分得非常公允，真正像個大哥模樣。

爹娘弟妹全都照顧到了，自己除了二百兩銀子，什麼都沒落下，誰還好意思說有意見嗎？

趙王氏忍不住捂著臉嗚嗚哭了起來，她真是後悔極了。若不是她一時衝動，怎麼會害得兒子兩手空空，連個家也保不住？她再如何針對章清亭，也從來沒有想過要拆散兒子的家呀！

「成材，咱不分了……你、你也別跟你媳婦和離了……」

章清亭別過臉，不去看婆婆，眼淚卻在眼圈裡直打轉。早知今日，何必當初！

趙成材努力控制著情緒，「娘，現在說這些有什麼用？既然大家都沒意見，那就……」

「等等！」急匆匆闖進來的是田福生，他一手拖著李鴻文，後頭跟著的是賀玉堂，跑得滿頭大汗。進門後，擠個比哭還難看的笑容，田福生道：「嫂子，妳可千萬別生氣，這其中應該是有什麼誤會！」

他本就不擅言辭，乾脆把李鴻文用力往前一推，「我打聽過了，都是這小子壞事，妳打他一頓出出氣吧！不解氣的話，打我也行，我皮粗肉厚，耐打！咱別鬧了，好好過日子，行不？成材，你快跟你媳婦認個錯呀！」

李大秀才尷尬至極，兄弟做到他這分上，還得當沙包，他容易嗎？

賀玉堂也是突然得到的消息，非常震驚，來了此處還不太敢相信，「成材兄，你們這……」

趙成材苦笑，「多謝諸位的好意，可是，我們已經和離了！」

「啊！咳！」田福生驚呼一聲，又重重一跺腳，用力蹲了下去，抱著頭，難過至極。這麼好的兩口子，怎麼就弄到如此境地？

趙成材不想多說，陳師爺好心地藉口要回府衙辦分家文書，把人帶走了。

趙成材留在最後，章清亭也沒起身。旁人見此，都知趣地離開，給他們小夫妻最後留一點時間話別。

糾結了半天，趙大舉人開了口：「妳……有沒有打算出門逛逛？」

章清亭不語。

他也不覺得沒趣，在那兒自言自語：「現在天兒還不算很冷，秋高氣爽，出去轉轉其實不錯。」

章清亭還是不語。

趙成材左顧右盼，繼續嘮叨：「雖然妞兒還小，但滿月的孩子走慢些，也還是可以出門的，呃……要不，再等一個月？」

章清亭仍舊不語。

趙成材盯著自己在地上劃來劃去的腳尖，「老在一個地方過年也挺沒意思的，聽說京城過年可熱鬧哩，正月十五還有皇家擺的燈市，與民同慶，何況那兒還有方老爺子不是？荷月塢的生意也要人照管的……」

章清亭起身，自顧自走了。

趙成材頓時洩了氣，看樣子，娘子是真的生氣了，還很火大！

不一會兒，保柱探頭探腦地進來，「大爺，走不？」

這就開趕了？趙成材鬱悶至極，耷拉著腦袋準備回去，卻見門口拴著兩匹馬，還馱著行李，他眼前一亮，「這是……」

保柱也不知該不該笑，那嘴角咧得十分生硬，「夫人說，我往後還跟著您，這些全都是您的東西。」

「那這馬呢？」

保柱撓頭，「這個……夫人沒有交代，只是一早讓我從馬場挑了兩匹腳力最好的出來。」

趙成材笑了，笑得心滿意足，回頭還對著二樓呵呵一樂，拍著保柱的肩，大聲地道：「走，咱先回家，再陪我喝兩盅去！」

他還能笑得出來？保柱真是佩服。

趙成材當然笑得出來，簡直想仰天長笑。

知我者，娘子也！既然還有情，那就一切好辦了。

章清亭躲在樓上，忿忿地看著趙成材眉開眼笑地離去，砰地一掌拍在桌子上。還笑？他還有臉笑？

小喜妞不知發生何事，驀地一下受了驚，哇哇亂叫。她娘意識到不妥，趕緊過來拍哄著寶貝女兒。小喜妞癟著小嘴，在她娘懷裡磨蹭了好一陣子，才委委屈屈地重新進入夢鄉。

章清亭哄好了女兒，心思活泛開了，到底要不要去京城？

哼，她為什麼要去，如那死秀才的意？可要是不去？那秀才一人孤零零上京是不是也太慘了點？還有，若是那秀才真是走了狗屎運，中了進士怎麼辦？再中個狀元怎麼辦？會不會有達官貴人看上了他，要把女兒許他為妻？

雖說趙成材根基淺薄，但畢竟年輕，長相也算過得去。要是哪個不長眼的在達官貴人看上了這死秀才，許以高官厚祿，再仗勢欺人，他也拒絕不了啊！

那她好不容易培養出的一個趙成材，憑什麼剛出息就便宜別人？看看喜妞，才這麼點大，難道就讓她爹另結新歡？

不行！她都替那死秀才生孩子了，他憑什麼再去招惹別人？就是她跟這男人和離了，也不許別的狐狸精來覬覦！

這京城又不是他家開的，憑什麼他去得，她去不得？

章大小姐瞬間做了決定，恰巧此時，一封書信輾轉千里，送到了紮蘭堡。

方明珠一臉激動地飛奔而至，「爺爺來信了，爹的骸骨有消息了！」

章清亭初上京城時，路遇喬仲達在翠屏山捉了夥劫他貨的盜匪。賊人中有一個叫陸大勇的人，被一個死囚告發，曾幹過綁票的勾當，據說還勒索了一位御廚不少金銀。

這事當時就引起了章清亭打點過的那個小吏注意，幾經盤問，那陸大勇終於受刑不過，承認了綁架殺人的事實。但他並不是當年那樁案子的主謀，因何要綁架方明珠她爹的緣由也並不清楚，只知道綁來的青年確實姓方，也曾把人頭送還了回去。

如今，方德海最想知道的不是當年的是是非非，而是兒子的屍骨下落。

也算是不幸之中的萬幸，當年那夥強盜殺了人後，並未棄屍荒野，而是裝了麻袋，深埋在了翠屏山中的一個山洞裡。只是事隔幾十年，陸大勇也記不太清楚具體的地方了。

方德海便求著喬仲達幫忙打點，讓官差押著陸大勇出來，親自隨著他進山去尋兒子骸骨。又讓趙玉蓮修書一封，請章清亭趕緊安排人送方明珠上京。

來得正好，章清亭都不用找藉口了，「我陪妳上京城去。」

「可家裡的馬場怎麼辦？」

章清亭想想，有主意了。

「什麼？妳要把妳家馬場交給我家經營一年？」賀玉堂愣了，沒想到章清亭親自帶著方明珠過來，跟他說的會是此事。

章清亭點頭，「除了下的小馬駒，我們什麼也不要，剩下的糧食夥計隨你家用，若有什麼天災人禍，大家一起承擔，如何？」

這實在是太讓他家占便宜了，但章清亭要上京城，確實打理不了。

賀玉堂低頭思忖一陣，「那行，我接下了。不過，來年我家在妳那下的小馬駒，也分一半給妳。妳要是不同意，我就不接了。只是你們要上京城，還有誰跟去？」

趙成材都跟妳和離了，沒個男人，路上無人照應怎麼辦？

章清亭笑道：「我帶阿禮和金寶一起去，再有幾個丫頭小子，有這麼些人作伴，路上也就不怕了。」

賀玉堂在屋裡轉了幾個圈，「我陪你們上京走一趟吧。」

「這可不行，太麻煩你了！」

賀玉堂一笑，「舍妹不日即將完婚，等辦完她的喜事，我那妹夫也是要上京趕考的。家父對他期望甚高，本打算讓三弟陪他過去，現在不過換作是我而已。」他又給她們提了個醒，「既是要去接方大叔的骸骨，你們少不得也要做些準備吧？京城裡什麼東西都貴，有些可以置辦的，在這兒置辦了，帶過去更方便些。」

方明珠連連點頭，「爺爺信上也有交代，讓我備了這些東西再走。」

賀玉堂一笑，「那就正好。妳們準備東西要時日，我妹子成婚也要時日，咱們就在十月末挑一個黃道吉日上路如何？那時妳家喜妞也有兩個月了，帶在路上也方便些。」

章清亭想想覺得甚好，賀玉堂此舉實在仗義，心下感念，「那就多謝賀大爺了。」

這頭章清亭忙忙碌碌，那頭趙成材也在緊鑼密鼓地催著弟弟搬家，讓趙王氏有心想把小兒子留著過個年都不成。又到小兒子那房子一看，地方是夠大，屋舍也還齊整，只是價錢委實太貴了。

趙王氏當即就要去找人理論，可是房東冷笑，「嫌貴就不要啊，反正說好的，那訂金我可是不退的。」

趙王氏氣得倒仰，待要趙成棟去理論，他卻息事寧人道：「反正又不差這點錢，算了吧。」

趙王氏一急，就訓斥他不當家不知柴米貴，趙成棟反怨娘多管閒事，摳門小氣。

趙王氏跟他說不通，希望大兒子能出面管一管。

趙成材嗤笑，「難道我好不容易掙個功名，就是拿來給你們出爾反爾的？」

趙王氏被堵了回去，只得眼睜睜看著小兒子付錢過契，收房搬家。

趙成材待他收拾妥當，才去看了一回。

這房子原是房東祖上發家之時置下的，門臉和前院都修得不錯，可隨著家計中落，後頭卻是慘不忍睹。趙成材看著直搖頭，這樣的房子若不花大錢修整一番，根本無法居住。不說別的，光安全就是個大問題。

到底是自己的親弟弟，他也不能不出言提醒：「你這屋子要修也不是一天的事，不如就先在這院子後頭紮個籬笆就安穩了，再請兩個人，把這地上的坑平一平。大人走得舒坦些，孩子們也不容易摔跤。」

趙成棟卻想得比他還美，「哥，你讓衙門裡的衛管事帶人來幫著把院牆一起修起來唄。再把後院跟咱家似的也鋪上花磚，那多齊整？」

這還真會得寸進尺啊，趙成材挑眉一笑，「好啊，估摸著五十兩銀子，看我的面子，應該差不多了。」

趙成棟不吭聲了，他光買房子就花了一百二十兩，把手頭剛分到的一點錢全都用盡了，哪裡還有多餘的閒錢？另有楊柳二女，成天相互攀比，拚命跟他要錢想要管家，吵得他頭都大了。人人都以為他在享齊人之福，他覺得簡直是齊人之禍。

有心想說能不能請嫂子家的夥計來幫幫忙，到底沒好意思張這個嘴。

趙成材也不多說，話已點到，他就要走了。

可趙王氏捨不得，看著小兒子這裡處處不如自家，心裡很是難受。

趙成材卻笑，「娘，您要是不放心，可以留在成棟家住一陣子，幫著他料理料理。」

趙王氏心中才自一喜，不料楊小桃和柳芳有志一同地開了口。

「不用了，這個家我們會自己料理好的，怎麼能讓婆婆受累？」

「不就是差些鍋碗瓢盆嗎？我們現去買就是。倒是剛搬過來，也沒什麼好招待的，還請大哥陪著婆婆回去歇著吧，等我們料理好了再來。」

「就是就是！」連趙成棟也不想留他娘，「難道我們離了您就不吃不喝了？不過是些雞毛蒜皮的小事，哪裡就用得著您了？」

趙成材但笑不語，趙王氏默然無語。

虧她還想留下幫忙紮籬笆的，人家都這麼明白不歡迎她了，還留著幹麼？

弟弟家看過了，趙成材盤算著，他也該去看看閨女了。

不過，和離後頭一次上門，待遇可真沒怎麼樣。茶沒一杯不說，閨女她媽還板著一張臉，打著官腔：「何事？」

趙成材低眉順眼作小媳婦狀，「我請了個奶娘給妞兒，是個實誠人家的好媳婦，也願意跟上京城去。只她那小兒子才半歲，丟不開手。若是要去，她也須帶著孩子，這便得有人幫她洗衣照看些才行，妳覺得行不？」

死秀才，他怎麼知道自己要上京城？哪個叛徒告訴他的？

章清亭心中腹誹，卻道：「你請的奶娘，那是你付錢嗎？」秀才的便宜，不占白不占！

「當然！」趙成材才自一喜，要拍拍胸脯表表豪氣，誰知人家當即道：「那就不送了。」

這就又開趕了？趙成材憂傷地問：「我能看看妞兒嗎？幾天不見，怪想的。」

章清亭面無表情，「妞兒睡了。」

趙成材可憐兮兮地求：「我不吵她，我就看一眼。就一眼，行不？」

章清亭睨著他，「萬一你那一眼把她看醒了怎麼辦？」

趙成材敗了，垂頭喪氣出來，迎面卻見李鴻文喜笑顏開地來了。

「你怎麼來了？」二人皆是有此一問。

趙成材是傷心人遇失意事，李鴻文卻是喜上眉梢，「弟妹應允我和小蝶的婚事了，剛讓銀寶帶了話給我，讓我家請媒人上門來提親。我這不就趕緊來了，拜見岳父岳母，也問下有什麼交代的。」

她居然這麼容易就原諒了李鴻文？趙成材再一想，明白了。

她定是怕上了京，家裡無人照應，所以要早些幫小蝶訂下婚事，也好有人幫忙照看。可看著娘子對別人如此寬容，趙成材更覺自己淒慘悲切，有氣無力地抬手拍拍連襟的肩，「恭喜。」

李鴻文笑得賊眉鼠眼，還他二字：「節哀。」

混蛋！趙成材踹他一腳，滿腔悲憤地走了。

不過，從犯都赦免了，主謀是不是也有希望了？

這個估計還有點遠，不過新任連襟那邊倒是諸事順利。

李大秀才此人，讀書不怎麼樣，但於人情世故卻是通透得很。

章清亭這樣給面子，他也做得很道地。才請媒人上門提親，轉頭就把自己的奶媽及兩個心腹小廝派到永和鎮上去給未婚妻使了。又攛掇著老爹，剛訂親就下了份厚厚的聘禮。這倒不是怕張家悔婚，而是怕章清亭剛和離，家裡周轉不開，給張小蝶備嫁無力。

章清亭明白他將功贖罪的誠意，便也不客氣地收下，把禮單拿著，預備上京城時，也為妹子準備一份像樣的嫁妝。只是心裡不忿，還是逮了個機會，把李鴻文結結實實罵了一頓：「……別以為我允了你和小蝶的婚事，就是既往不咎了。打量我不知道你那些裝神弄鬼的把戲嗎？從前倒也罷了，日後你要是敢在小蝶跟前也整這些花花腸子，信不信我拆了你家屋子？」

李大秀才乖乖受訓，末了差點就要指天誓日，「嫂子……大姊，妳放心，我以後只唯妳馬首是瞻，絕不再與某人同流合污！我們家人雖多，可沒那些亂七八糟的事。小蝶日後進了門，我保證她過得開開心心，絕不讓她受半點委屈。」

「記得你說的話就好！」章清亭出了一口惡氣，把那個傻妹子交給他，還算能令人放心。

小女兒終身有託，當爹的不能沒有表示。

張發財捧了錢匣子出來，交到大女兒手上，「這些是我平日零零碎碎積攢下來的，也有好幾百了，原是打算日後給孫兒們派紅包的。妳既要上京，還要辦小蝶的嫁妝，便拿去使吧。」

章清亭知道張發財手上攢了點錢，沒想到居然攢出這麼多來。

不過，想想小女兒的婚事如此風光，張發財實在有些內疚，「妳成親那會兒，家裡著實太寒酸了。都是爹不好，才讓妳攤上那樣的婆婆……」

章清亭忙把老爹的話頭打斷：「行了行了，真要過意不去，日後替我多賺些錢來。你女兒就是沒人要，也不在乎了。」

張發財可當真了，心底暗暗立誓，一定要替大閨女掙出份像樣家業才罷。

這邊是當爹的主動給女兒銀子，那邊趙成棟一番花言巧語，也從趙王氏手裡討到那一百兩。只是，趙王氏把醜話放在了前頭：「借錢可以，娘送你也行，可怎麼花用得由我來作主，不能放你手上，免得三兩下又花了乾淨。」

趙成棟和楊柳二女雖不情願，可錢在人家手上，怎能不低頭？只好允了。

趙成棟得了錢，趕緊去辦兩樁急事。一是擺酒，請親朋好友來熱鬧熱鬧，算是正式分家開伙了。二是把那兩畝地收拾出來，搭建馬棚，方便餵養。

這都是正事，趙王氏也同意，卻道：「既然請的人也沒那麼多，何必出去買酒席？你屋裡有兩個女人，就買些菜來，讓她們做就是。至於馬棚，你不是說柳家兄弟願意來幫工嗎？就讓他們來做活，若是各自家中也有些木頭能帶來，這不是又省下好些銀子？」

趙成棟見又能省錢又不用自己幹活，他有什麼不樂意的？

可楊柳二女反應激烈，各扯由頭，誰都不願意幹活。

趙成棟夾發了狠，「愛做不做！反正我是請了，到時不像樣子，也是妳們自己的事！」

這下二女無法了，咬牙痛恨趙王氏愛財如命。

到了擺酒那天，楊家才知女兒給趙成棟做了小，可此時已是悔之晚矣。

楊小桃把家人請進自己的廂房，「從前那些事都別提了，只想著往後怎麼過好吧。」

楊秀才心酸不已，全怪自己一念之差，生了貪念，這才斷送了女兒一生。

柳家人倒是挺高興，只是一聽要他們幹活，就不樂意了。只慫恿著趙成棟趕緊把大屋建起來，好招待親戚，最好把馬也分給他們各家去。

趙成棟狠狠瞪著柳芳，這就是你們家願意來幹活的叔伯兄弟？

他不願搭理這幫人，躲進東廂，可楊劉氏見了他，也是一通好說。話裡話外都是一個意思，她閨女做妾已經夠委屈了，你若是給不了她正妻的名分，起碼得讓她當家主事。

趙成棟一頓飯吃得極是鬧心，好不容易尋了個藉口，灰溜溜地回了爹娘家。當著大哥的面，也不好意思說是在自家待不下去，只說要找娘商量點事。

趙成材也不點破，心知他要沒個主意，日後還有他煩的！

聽小兒子私下抱怨，趙王氏很是不悅，怪他臉皮薄，遇到問題就躲，可想想活兒不能耽誤，就打算叫上趙老實，一起幫兒子幹活去。未料一貫言聽計從的趙老實寧可跟自家的驢作伴，也堅決不去。

他口拙，說不明白，卻知道他們老兩口是要跟著大兒子過活的，跑到小兒子家摻和什麼？這老實人一旦倔勁上來，趙王氏也無法，只得自跟了趙成棟去忙活。

趙成材裝著看不見，暗想也不知娘要等撞了幾回南牆才知道回頭。

出行的日子將近，有些事他也要逐一交代了。

先找田福生，拜託他一件事。

照看趙玉蘭母子自不用說，唯一要叮囑的就是要他替趙玉蘭看好她自己手上分得的東西，和阿慈名下的那幾塊地。別被人一忽悠，就心軟送了出去。

田福生嘿嘿憨笑，「你放心，玉蘭現在可不是沒心眼的人了。她說等嫂子和明珠走了，她和阿慈就搬去方家，既看房子也方便看鋪。我讓秀秀去跟她作個伴，有什麼事情也好來尋我。」

趙成材道：「那要真有什麼事情，你該管就管，別怕人說。等我明年回來，玉蘭這三年也守滿了，到時就幫你們把事情辦了，你也先準備著。」

田福生臉上微紅，「我家也是這個意思。這些年有你和嫂子幫著，家裡日子好過太多了。等玉蘭過了門，雖不敢說能待她母子多好，但飯是有得吃的。再說，咱家這麼多人，以後幫著她做什麼生意也方便些。不過你放心，玉蘭和阿慈現有的東西全是他們的，我們家絕不要一分一文。就是阿慈來了，也該我養活。要不信，咱也可以先立個文契。」

「那倒不用，難道你的為人我還信不過嗎？行了，我現在還趕著去賀家一趟，走時就不來辭行了啊！」

「你等等！」田福生轉身進鐵匠鋪取了一把小匕首出來，「上回你們上京，我就想打一對送你們的，可那時東西不夠，就先只打了一把給嫂子，這是給你的，現在一對總算是湊齊了。」

趙成材接了謝過，卻暗自嘆氣。匕首湊齊了，他們這一對，啥時能湊齊呢？

賀兄弟，千萬要幫我這個忙啊！

外事已畢，還有一件內務急需解決。此事趙成材比較慎重，暗中觀察了好些天。

就算是和離了，可老爹每日照常去伺弄張家那塊菜地。摘的新鮮瓜菜，還有自家下的雞蛋，做的豆腐，都是一天不落地送去給章清亭。

趙老實其實並不糊塗，他心裡明白，就是一輩子習慣了退讓，才會那樣懦弱無用。

趙成材想了許久，終於做了決定。這日趁娘不在家，把爹請到屋裡來了。

趙老實難得和兒子獨處，有幾分忸怩，半晌才憋出一句話來：「成材，是你娘對不住你。爹也沒用，勸不住她。」

「爹，那些事咱們就別提了。我這回上京，恐怕得有些日子才能回來。現有一事想要拜託您，您能幫我嗎？」

趙老實一愣，「什麼事？你說！」

趙成材取出幾份文契，「這是胡同那些鋪子的房契，玉蓮的那份我已經給了姨媽，玉蘭的她自己收著。喜妞的和給您二老的在這裡，還有咱家這套房子的屋契。您能答應，等我回來之時，仍是原封不動交給我嗎？」

趙老實怔了，難道他擔心有人打這房子的主意？

趙成材微嘆，「我這也不是刻意防著娘和成棟，但您也瞧見了，成棟完全不懂得過日子，娘又總是偏疼他，所以這東西我無論如何不敢給她。按說我把這房契給別人也行，像是鴻文，誰會知道？只我若這麼做了，讓人怎麼想？連一點值錢的東西都不敢放，這還像個家嗎？」

他將房契慎重地交到老爹手上，「爹，兒子這輩子沒求過您什麼事，就這一樁。求您替我，替您孫女，也替您二老看好這點東西，可以嗎？」

趙老實臉漲得通紅，額上青筋爆起，終於說了回硬氣話：「成材，你放心，爹就是死，也不會讓你娘和弟弟動這幾張房契！」

有這句話，趙成材放心了。

轉眼到了十月下旬，諸事齊備，別離日近。

賀玉華穿著當年章清亭設計的新娘嫁衣，風光嫁了。杜家雖是清貧，但杜聿寒中了舉，就是極大光彩。又在賀家的幫襯下，置了新宅，添了僕役，整個氣象一新。

聽賀玉堂說，賀玉華婚後和夫家相處融洽，過得很是甜蜜。現在她一心要好好孝順相公寡母，還拜託兄長幫相公早就錯過了花信之期的長姊尋一門合適的親事。

章清亭私下不厚道地想，這賀玉華倒也不笨。婆婆已老，應該孝順，可留一個孤清的大姑子在家，日日看著自己甜蜜，時候一長，不酸才怪。

準備妥當，只等著賀家擇定的良辰吉日出行。

臨行前，章清亭去了一趟馬場，剛好碰到趙成棟來領馬。

為了修馬廄，他幾乎累脫了一層皮，顯得憔悴不少，而楊柳二妾也是又黑又瘦，原本柔嫩的手腳，全都打起血泡，磨出老繭，苦不堪言。這全因趙王氏怕花錢，什麼事都要親力親為。

等到最後可以去接馬的那一日，別說楊柳二女，就連趙成棟心裡都打定了主意。一等事情理順，立刻把趙王氏打發回家去。有她盯著，一點懶都偷不成，那他還分的什麼家？比從前在馬場幹活還不如！

章清亭不想見他，賀家馬場派來的金管事負責招待趙成棟。

如數交了馬匹，連走時的健康狀況、體重個頭都做了詳細的記錄，然後讓趙成棟按手印確認，讓他日後想來找碴都找不到。

看著這麼多膘肥體壯的馬兒全歸了自己，趙成棟還是挺高興的。正想離開，金管事把他叫住，「你是不是還忘了一事？」

「什麼？」趙成棟隱隱猜到了，卻裝糊塗。

可金管事不是張家人，可以不講情面，「這馬場已經包給我們賀家了，你這麼多馬，自包來的那日起，天天在這吃啊喝的，能不給錢嗎？算了，也不收你多，就五兩銀子吧。這兒是帳目，不信你自己算。」

趙成棟養過馬，知道人家這還是客氣了，可他現在通身上下哪有一塊帶銀的東西？沒奈何只得回家要錢。

趙王氏聽著嚇一跳，原來養馬竟是這麼貴，那她手上這點錢，不是兩個月就吃沒了？往後這馬歸了自己，可不能像章清亭那樣富養，得窮養才行。

等趙成棟拿銀子來交了錢，領著馬走了，一直在隔壁冷眼旁觀的方明珠問：「大姊，妳說他能養得好馬嗎？」

章清亭嗤笑，「要不要賭一把？不出三個月，他必將賣馬！金管事，您幫著多留著點心，到時能收就收回來。咱們辛辛苦苦養好的馬，可不能讓人白糟蹋了。」

沒問題！金管事能來這麼大個馬場幹活，那可是真有幹勁。幫東家賺了大錢，他的小錢能少得了嗎？

章清亭四處查看妥當，等到黃道吉日，放心上京了。

先到永和鎮，跟杜聿寒、張金寶會和，歇息一夜，次日便換船上京。

張小蝶見她們來了，還有些不大相信章清亭真的跟趙成材和離了。抱著小喜妞，覷著大姊的神色問：「妞兒，妳真沒爹啦？要不要小姨幫妳找一個？」

「少胡謅！」章清亭沉著臉訓斥，「在這裡好生掙銀子，否則到時可沒嫁妝給妳。還有，看好妳家那口子，那也是個惹禍的主。」

看她這麼精神的樣子，張小蝶放心了，嬉皮笑臉地道：「再能惹禍，誰還比得上喜妞她爹？乖妞兒，妳以後還是給小姨當女兒算了，省得跟著妳那麼凶的娘，嫁出去也得跟人和離！」

章清亭氣結，這丫頭生來就是為了跟她作對的嗎？等從京城回來，立即把她嫁出去！

次日一早，賀玉堂帶人來接她們，賀玉華也送夫婿到了這裡。

見新婚小倆口依依不捨，章清亭有些觸景傷情，心中微酸。

那個死秀才跑哪兒去了？成天打發保柱回來串門子，就不信他不知道自己上京的日期。可他人呢？難道和保柱兩人先走了？那行李帶的夠不夠？銀錢帶的夠不夠？要是萬一遇到翠屏山那樣打劫的，他可怎麼辦？

正鬱悶地進了船艙等開船，忽聽外面有個熟悉的聲音：「不好意思，我來晚了！哎呀呀，杜兄，怎麼是你？」

甲板上，那個正和杜聿寒打著招呼的，可不正是趙大舉子？

「真巧，原來你也是這艘船！那大家正好作伴，咱們一路還能說些詩文！」杜聿寒書生氣十足，還當真以為是「偶遇」，很是欣喜。

「那是當然，當然！」趙成材眉開眼笑，似是沒看到後頭快速露了個頭又縮回去的前妻。

這死秀才，原來早就打好了埋伏，虧自己還替他擔著心，看來這一路是要賴上她們了。章清亭努力地想要撇嘴，可嘴角卻一個勁兒向上彎起，怎麼都按不下去。

船行不到一盞茶的工夫，方明珠笑嘻嘻地來了，「大姊，這船艙裡怪悶的，要不，我抱喜妞出去曬曬太陽吧，妳也歇會兒。」

章清亭暗暗翻了個白眼，卻還是幫女兒加了件斗篷，「小心些，別摔到河裡。」

「放心吧，就是摔了姊……姊姊我，也摔不著她啊！」

章清亭剜她一眼，「妳還姊姊？那是不是得管我叫姨了？」

「妳若不嫌老，我就管妳叫姨。」人到手，方明珠沒了顧忌，吐吐舌頭，抱著喜妞走了。

喜妞正好醒著，睜著無邪的大眼睛，不明所以地四處瞧，這是要把我帶到哪兒去？

小妮子的大紅斗篷剛一露頭，趙成材立即撲了過來，「哎喲，我的小寶貝，想死妳爹了！」

粉嫩嫩的小臉蛋上登時落下了口水無數，小丫頭瞪著眼前這位「登徒子」，愣了愣，忽然小嘴一癟，哇地一聲哭了。

小丫頭認出人來了，所以更加委屈。我的枕頭，我的床，你怎麼不打招呼就不見了？

「是爹不好，爹該打！」趙成材心疼壞了，舉起女兒的小肉手啪啪打著自己的面頰，全不在意女兒的鼻涕眼淚糊了自己一身，「小妞兒想爹了吧？爹也想妳。」

好不容易把女兒哄好了，喜妞在他懷裡拱了拱，找到自己最喜歡的位置，心滿意足地吐了兩個口水泡泡，睡著了。

章清亭在後頭站了老半天，趙成材都沒發覺，非得清咳兩聲，他才一下反應了過來。

章清亭冷著臉，只將手一伸，意思要帶女兒回屋睡覺，可趙成材才抱一會兒，哪裡捨得？

「這會兒太陽正好，又沒有風，就讓她再曬曬吧。要不，我抱她回房？等醒了送來給妳。」

章清亭心頭醋意橫生，你就不會說點別的？心心念念就只想著你女兒！

「不用了。」就不給你帶，饞死你！

趙成材無法，只好撒手。

未料小丫頭原本睡得香噴噴的，突然換了個懷抱，不高興了。在夢裡哼哼唧唧皺起了眉，小手小腳揮舞著反抗，人家不走，人家還要睡！

趙成材連忙把女兒抱回去，理直氣壯道：「瞧瞧，一鬧她就會醒了，還是就這樣吧。」

「醒了就不能再哄嗎？」章清亭一把將閨女從前夫懷裡挖出來，火冒三丈地抱著這個小叛徒走了，鬱悶得秀才直想撓牆。

在後頭看著的賀玉堂忍俊不禁，上前拍拍他的肩，「成材兄，慢慢來吧。」

趙成材轉身謝他，「賀兄，真是謝謝你了。」

走前他特意去找賀玉堂，就是要他一路通風報信。

賀玉堂一笑，「君子有成人之美，客氣什麼？要是能讓你們夫妻破鏡重圓，也是我的功德一件。走，咱們去喝兩杯，再叫上聿寒，你們讀書人也有話說。」

二人說笑著離開，卻不經意瞥見獨立在船頭，孤瘦伶仃的黑色身影。

無遮無擋的風肆無忌憚吹起他的衣袍，上下翻舞，卻又掙脫不得。就像是被縛住雙腳的鳥兒，任憑如何扇動翅膀，都無法自由飛翔。

趙成材心中輕嘆。

此去京城，於他們或是趕考，或是扶靈，雖也會有坎坷，但都不至於如晏博文一般，將面對難以預知的狂風暴雨。擺在他面前的人生，就好比前方那茫茫的水天一色，除非走過去，否則永遠也渡不過那層迷霧。

大船上的日子過得悠閒平靜，而紮蘭堡的家裡就沒這麼太平了。

一大早，趙成棟家裡就鬧騰開了。

楊小桃畢竟年輕貌美些，當她放下身段一力籠絡趙成棟，自然比個二鍋頭的柳芳要得寵。

柳芳深覺不忿，可有兩個小孩子纏著她，怎麼去跟楊小桃爭？於是，這一大早的，就藉著芽兒，指桑罵槐地吵了起來。

趙成棟昨夜被楊小桃服侍得很銷魂，是以聽著吵嚷，推開窗子就罵起柳芳：「妳打這拖油瓶是做給誰看？再鬧，就把這丫頭送回她家去！」

自己的孩子自己打罵可以，但別人這麼說，柳芳可不幹了，「什麼拖油瓶？芽兒怎麼說，也是南瓜的親姊姊。」

趙成棟不屑道：「南瓜是我兒子沒錯，芽兒可跟我半點關係都沒有。」

楊小桃還唯恐天下不亂地出來挑撥：「芳姐兒，妳這麼護著這丫頭，是不是還惦記著從前那個小木匠？」

這麼一說，趙成棟心裡更加不快，「要嫌我們家待妳女兒不好，帶著她走啊，我憑什麼幫人白養著這個賠錢貨？」

柳芳沒想到趙成棟居然說出這樣絕情的話，不由得眼淚掉了下來，「趙成棟，你難道一點也不念著我往日待你的好處……」

趙成棟越發冷笑，「妳的好處？是妳家那群只想從我身上刮油水的親戚們嗎？我告訴妳，妳以後好生幹些家務，我念在南瓜的分上，還能收容你們母女，否則我縱是把妳們趕出去，又有誰能說半句不是？」

柳芳心中氣極，可到底只得含羞忍辱地拉著女兒進廚房了。不僅對趙成棟生出怨懟之意，更是恨極了楊小桃。別得意，這事沒完！

用過早飯，趙成棟帶著楊小桃去找趙王氏談買糧食的事了。

楊小桃早串通了一家米鋪老闆，買糧只是幌子，把趙王氏手中剩下的錢全哄出來是真。

趙王氏當然信不過他們，表示要買糧還是去找牛姨媽。她現在手頭緊，打的是賒欠的主意。

誰料牛姨媽對她破壞了趙成材和章清亭的婚事十分不滿，連帶著也不想做趙成棟的生意，所以張口就說，往後必須現錢交易，分文無少。

趙王氏很是不滿，「那妳從前給成材他……喜妞她娘不也賒欠嗎？怎麼我們就不行？」

牛姨媽輕笑，一句話把人堵了回去：「喜妞她娘每回還給利息，妳給嗎？」

趙王氏悻悻地住了口，到底去了楊小桃串通的那一家。

米鋪老闆果然報價低廉，還建議他們用些更便宜的糧食，「馬又不是人，管牠吃飽就夠了，吃那麼好幹什麼？」

這話很是合趙王氏的心意，挑挑揀揀，擇定了幾種，當即就拍板定了下來。

等趙王氏爽快地付出了所有的錢，楊小桃遞個眼色，趙成棟有話要說了。

「娘，您看現在天越發冷了，您成天跑來跑去的多辛苦？爹在家也沒人照顧……」

趙王氏聽得開頭還心裡暖融融的，可最後一句卻是「以後您就別來了吧」。

趙成棟鼓動起三寸不爛之舌，拍起馬屁，可無論他說是想自己學著管事，還是想向哥哥看齊，趙王氏心裡都明白，自己是被過河拆橋了。

沒了人來管束的趙成棟，立即賣了一匹馬，換了銀子又買了奴僕。有錢又有了人伺候，這日子極是快活。

冷眼旁觀了幾日，趁趙成棟心情不錯，柳芳炒了幾個他愛吃的小菜，說起一事：「我家那個小兄弟很老實，年紀小，家裡又窮，你隨便給幾個小錢，賞口飯吃就行……我看晚上守夜，也還是要人的。就是請人，也再沒有這樣便宜的……」

趙成棟覺得她這回的提議還不錯，當下允了。自此更是樂得三天打漁兩天曬網的不管事。

而楊小桃也不說。她想著，若是馬兒養得好，是自家的好處。若是養得不好，錯全是柳芳的。橫豎她家沒人手能來幫忙，不如冷眼旁觀。

可柳芳那小兄弟不過是個十五六歲的半大孩子，豬是餵過，哪懂養馬？成天就把馬圈在馬廄裡餵些吃的，就什麼都不管了。

這樣光吃不動，馬是胖了，但全是虛膘，偏趙成棟瞧了很滿意，還賞了他些小錢，誇獎道：「幹得不錯！」

柳芳暗暗冷笑，等趙成棟慢慢放鬆戒心，她就好開始活動了。

只要有她兄弟在裡頭看著，那這賣馬的差使是不是就該落到她的頭上？楊小桃從馬糧裡摳幾個小錢算什麼？她要的可是更大的出息！

再說回船上，旁事俱無，唯有一樁小小的麻煩讓章清亭很是鬧心。

自小喜妞見到親爹沒兩日，就堅決認起了床。每天一到睡覺的時候，小腦袋就東張西望，找她的專用「搖籃」。

章清亭強壓了兩回，皆以女兒放聲大哭而不得不妥協。

於是，喜妞她爹終於有了名正言順過來帶女兒的機會，順便也就蹭蹭飯什麼的，等到了京城，章清亭就是想跟趙成材分道揚鑣都做不到了。

閨女在人家懷裡笑得咯咯響，誰敢把她抱走，她就哭給誰看。

章清亭暗自磨牙，偏趙成材還腆著臉問：「妞兒她娘，上哪兒去住啊？」

章清亭聽到這稱呼就惱火，明明沒有關係了，被他這麼一叫，仍像是他媳婦似的。讓她應也不是，不應也不是。

賀玉堂、方明珠一干人等看得無不掩嘴而笑，就連杜聿寒現在也看出些門道來。

章清亭陰沉著小臉不答趙成材的話，只讓吉祥亮出一張寫著「荷月塢」三個大字的紅紙，這時有個小夥計跑了過來，「請問是紮蘭堡的張夫人到了吧？快請！」

決定上京前時，章清亭就去了信給喬仲達，還是想借住在思荊園裡。一個清靜，二個在他的地盤也能讓晏博文更加安全一些。

賀玉堂一路送她進京，自然不能落下，至於那個厚臉皮的妞兒她爹，不帶著又能怎麼辦？思荊園雖在城郊，但從碼頭過去，必須從京城之中穿行。

昨夜京城剛下過一場大雪，處處銀裝素裹，似是穿上雪白的毛茸外套，透出一股可愛勁兒。喬家夥計會說話，說是瑞雪迎佳客。章清亭想著自己上回走時，也是下了場雪，回去就有了身孕，不知這回會應到什麼事情上頭。

車至城中，忽然迎面跑來許多家丁，捧著白幔白幡等送殯之物，急匆匆往一個地方趕去。他們的馬車已經減速，可那些家丁跑得太快，一時避讓不及，到底撞到了一人，也沒有受傷，只是跌了一跤。

喬家小夥計見狀，立即下車去賠罪，但那家丁卻極不領情，跳起來就指著鼻子罵：「不長眼的東西，連晏太師府上都敢衝撞，不要命了嗎？」

晏博文霍地跳下車來，揪著那家丁的衣領厲聲質問：「晏府裡誰過世了？」

死的不是一個，是一雙。

當朝太師，晏博文的親生父親晏懷瑾病逝，而晏夫人，也就是晏博文的親生母親裴靜也因夫死子散，生無可戀，服毒殉夫了。

晏博文設想過無數次重回家門的場景，可從來就沒有想到會看到這樣的霜山雪海。入眼全是刺目的白，與天地似是融為一體，肅穆蒼涼得讓偌大的晏府幾乎成了個冰窟窿，只一眼，便凍得他連全身的血都涼透了。

而這一切，就發生在昨夜。不過是短短幾個時辰之前，晏博文就父母雙亡，一無所有了。

「讓我進去，讓我進去！」在沒有看到雙親的遺容之前，他絕不能接受這樣的事實。

把喜妞往章清亭手裡一塞，趙成材拉著賀玉堂也跟了進去。

正廳之中，已經擺起了奠堂，並排放著兩口黑漆漆的棺材。

在這白得讓人發狂的寂靜裡，添了尤為沉重的兩筆。

「不！」晏博文一看見棺前分別羅列著父母之名的牌位，情緒崩潰了。撕心裂肺地慘叫一聲，衝上前去就要開棺。

「你幹什麼？」旁邊那些生面孔的家丁一擁而上，攔住了他。

「讓他去！」驀地，從靈堂後頭匆匆趕來，渾身縞素，披麻戴孝的晏博齋，揮手攔住了下人，反而命令：「讓他見爹娘最後一面。」

正式下葬前，棺木不會釘死，只拿木楔虛掩著，就是為了給至親好友最後瞻仰遺容的機會。

掙脫開來的晏博文紅著眼睛衝上前，一把推開了父母的棺蓋。

他那博學多才的父親，他那端莊美麗的母親，靜靜地躺在那兒，沒了呼吸，沒了溫度。

「啊——」彷彿是從心底深處爆發出的哀嚎，晏博文像是受了致命傷的獸，痛苦地揪著自己的胸口，撲通就跪了下來。

那種血脈相連的痛，如同千刀萬剮的酷刑，把他整個人都擊倒了，痙攣得縮成一團。什麼也聽不見，什麼也看不見，只是不停流淚。直到眼前一紅，整個人猶如掉進了喧囂的血海，徹底昏厥了過去。

不知道過了多久，當他再度睜開眼睛的時候，周遭的一切全都奇異地安靜下來。四周很黑，但屋子裡有一盞燈仍在搖曳著暖暖的微光。定一定神，外頭隱約還有人壓低了聲音在說話。

「你醒了？」守在床邊的是吉祥，見他醒來，便伸手在他眼前晃晃，「這是幾？阿禮哥，你還看得見嗎？」

怎麼會看不見？晏博文很奇怪他為什麼會這麼問：「二啊，我……我這是在哪兒？」話一出口，才覺得嗓子乾澀得難受。

吉祥鬆了一大口氣，「你在靈堂上流著血淚就暈過去了，嚇死我們了，幸好沒事。你等著，我吃的來給你端。」

晏博文忽地想了起來，他的爹娘！

待要起身，卻是陣頭暈目眩，又重重倒了下去。

趙成材在外間聽到動靜，挑簾和喬仲達進來，「阿禮，你別急，先吃點東西，聽我們慢慢跟你說。」

溫熱香甜的紅棗小米粥很快就端了來，幾口下肚，晏博文感覺有了些力氣，嗓子也不那麼難受了，目光裡多了一份沉痛過後的冷靜，「說吧。」

趙成材和喬仲達對視一眼，「你爹娘確實都已經過世，你那日在靈堂昏倒之後，昏迷了一天一夜，現在已是第三日的傍晚。我們都在喬公子的思荊園裡，很安全。雖然你父親生前曾將你逐出家門，但你大哥允你在出殯那日披麻戴孝，前去送行。」

人都死了，他才做好人，讓自己去盡孝，會不會太做作了些？

晏博文在被中掐得自己的手都快要滴出血來，臉上卻淡淡的，「還有什麼？」

他最想知道的是，父母究竟是怎麼死的？還偏偏死在自己進京的頭一夜裡！

喬仲達微微嘆息，「博文，你要知道，你父親自你走後，就一直纏綿病榻，此次不幸亡故，也在情理之中。至於你母親做此行徑……也不是不能理解，你懂嗎？」

便是懷疑事有蹊蹺，但又如何能冒著大不敬的罪名去驗屍？想要破解真相，除非能找到強而有力的旁證，否則根本說明不了任何問題。

「我懂！」晏博文咬緊牙關，他自小就在這朱門繡戶中長大，當然懂得其中的種種禁忌和規矩，「仲達，煩你幫我問問，我這些天能回府上守靈嗎？」

喬仲達面露難色，「這個……我已經問過了。你大哥說，現在家中人多，你一進門就暈了，他怕到時你再出事，他照管不來。」

晏博文輕輕閉上了眼睛，連守靈都不讓他去，出殯時還讓他露面幹麼？顯示你的手足情深？從前他怎麼就沒發覺，原來這個大哥竟是如此的工於心計？那爹娘的死是巧合，還是跟他有關？

待晏博文再度睜開眼睛時，已經恢復了理智，「仲達，可以麻煩你幫我另闢一間淨室好嗎？我想供奉上爹娘的牌位，給他們盡孝。」

「可以，東西我都準備好了，你先好好睡一覺，養養精神，明兒再開始吧。」

晏博文感激地點頭，「我還想請你去幫我找個人……」

思荊園的那一頭，章清亭也在嗟嘆晏博文的苦命。不過，她更加認定，若說晏家二老的死沒有鬼，她都能把章字倒著寫。

喬仲達為她們安排得非常妥當，住得很是舒心，可方明珠聽說爺爺去接爹的屍骨還沒回來，也想著要去盡點孝心，章清亭便讓張金寶帶著小青、保柱，並向喬家借幾個家丁一起去了。

包世明和閻氏兄弟皆不在此，又上南康國販貨去了。看那商船往來便利，章清亭忽生了個念頭，想回去看一眼，總得瞧著那個正牌的張蜻蜓過得好，自己才能心安理得在此生活下去。

才出著神，趙成材自動送上門來交代事情了。

聽說晏博文沒了大礙，章清亭暫且放了心，「等著事情了了，還是把他帶回去吧。沒娘的孩子是根草，這又沒了爹，那就更可憐了，留在京城也是被人欺負。」

趙成材拚命附和：「就是就是，這沒爹的孩子連根草都不如！」

章清亭一下會過意來，悻悻地不吱聲了。

趙玉蓮適時進來，「飯菜都好了，哥嫂過來吃吧。」

多時不見，她可出落得越發標致了，亭亭玉立，便是荊釵布裙，站在那兒也如一朵稀世名花，耀眼至極。

她已知曉哥嫂和離之事，卻還是按著從前的稱呼，趙成材自然高興，章清亭也不好計較，只是有些發愁，這樣出色的小姑子，要嫁到哪裡去？

趙成材也是一樣憂心，好不容易說服了牛姨媽放了妹子自由，可她的將來要怎麼辦？畢竟是兄妹，有些話不大好說，那就找妞兒她娘。

吃過飯，趙成材抱著女兒跟章清亭私下開了口，可她卻板著臉一口回絕：「你們家的事，關我什麼事？」

「怎麼叫不關妳的事？她也是妞兒的親姑姑啊！」

無賴！章清亭待要不應，可趙成材抱著女兒更加無賴地倒在她的炕上，「妳若是不答應，我就不走了。」

他早想這麼幹了！愛答應不答應，反正都對他有利。

偏那個傻女兒還覺得這樣很好玩，費勁地吭哧吭哧翻了個身，趴在趙成材胸前，大臉對小臉，傻呵呵地笑了。

章清亭怒不可遏，氣紅了臉，「出去！」

「那妳就是答應了。」趙成材才不給她機會抵賴，這事就算定了。

這死秀才，書越念越多，人越學越壞！

章清亭忿忿地瞪了他的背影一眼，卻還是得管起「別人」家的閒事。

其實章清亭心裡早有一個合適的人選，只是不願意明說，卻提點趙成材：「眼光不要放太遠，往你左右看看吧。」

趙成材也不笨，盤在炕上把身邊的人一個一個拎出來掂量一番，想到了。

對啊，賀玉堂不是還單身嗎？他弟弟也是個不錯的選擇。從前賀玉峰不是還想對玉蓮提親來著？不過兄弟兩個比起來，趙成材更看好成熟穩重些的哥哥，但這事要怎麼說？

還是章清亭有辦法，她藉口要幫妹妹辦嫁妝，約了賀玉堂和趙玉蓮一同逛街去了。趙成材嘿嘿一樂，那自己就別瞎摻和，他也趕緊去婁大人府上拜會一番吧。

當然，他也捎上了杜聿寒。

娘子說過，在官場上混，學問只是敲門磚，人脈才是奠基石。趙成材深以為然，賀家明裡暗裡幫了他們家不少，帶著杜聿寒入這個圈子，也算是投桃報李了。

先去禮部掛個號，又去太學院轉了一圈，開過眼界之後，趙成材把杜聿寒帶進婁府來了。

婁家二位公子卻是雙雙落了第，見了兩位新出爐的舉人，自覺低人一頭，甚是慚愧。

趙成材其實是有一點預感的，這京城官中子弟，條件優渥，甚少能狠下苦功。從前在京師廝混在一處，就能多少看出點究竟來。不過場面話還是要說，恭維他們不過是一時大意云云，讓他們也有個臺階下。

因婁大人今兒衙門有事，回不了這麼快，本說坐坐就走，可婁夫人見他二人皆中，很是盛情地非留下他們用了午飯，又坐了好一會兒才放他們離開。

隨後趙成材看時日尚早，又帶著杜聿寒去了孟國公府。剛到孟家門口，就見一頂八抬大轎前來，趙成材認得，那是孟尚德的轎子，忙拉著杜聿寒就地等候。

孟尚德在轎中就看見他們了，讓轎子在他們面前停下，笑著打了個招呼：「恕老夫托大失禮，就不下來了，一會兒到書房來見吧。」

他地位尊崇，能這樣停下打個招呼已經算是夠給面子的了。

趙成材忙稱不敢，恭送他先進去了，才入了孟府。

進了待客的書房，孟尚德換了身常服過來，樂呵呵地張嘴就道：「果然是中了，春闈時可需更加努力才是。」

聽聽這話，好像趙成材能中，全是他的栽培之功似的。

趙成材雖然明白，嘴上卻不得不順著竿子爬，直把馬屁拍得響，又引薦杜聿寒與他認識。現在年輕的舉子，可能日後都會是他的朝中助力，老謀深算的國公大人不會不懂這個道理，是以對杜聿寒很是禮遇。

趙成材又問起孟子瞻，才知他升了五品吏部郎中，掌管著天下官員升貶獎罰，極有實權。

孟尚德略帶幾分得意地嗔怪著：「他還是年輕，做事著三不著兩的。只是陛下還算信任，放手讓他去做，是以成天忙得昏天黑地，回家也沒個準數。我剛才已經打發人去請了，只要不是宮中傳喚，一會兒就能回來。」

「那是小孟大人家學淵源，您指點得當，所以才能深得陛下器重。」趙成材自己做了爹，當然就更加能夠體會到，當著人家父母的面吹捧人家孩子，那絕對是一點錯也不會出的。

果然，孟尚德聽得面帶微笑，極是受用，「今晚就留在府中用個飯吧，也去見一下老夫人，她怪想你們的。」

這話說得，趙成材就是不想見也不成了。

孟老夫人自從經由章清亭牽線，跟喬仲達做上生意之後，家中生計好過了許多，對這小夫妻自然也頗有好感。聽說章清亭帶著女兒上京了，孟老夫人當即就發出邀請，「過兩日可一定要把孩子帶來我瞧瞧。」一時又感慨，「這日子過得真快，去年你們這時候才走，現在都帶著孩子來了。瞧我們子瞻，至今還是光棍一個。」

這話說得眾人都笑了，趙成材只得打趣：「那是府上要求高，哪像我們，隨隨便便湊合一個就過一輩子了。」

眾人又笑，孟老夫人就著這話卻道：「那你可不許給玉蓮瞎湊合了，那孩子當真不錯，得找戶好人家才是。」

趙成材心中警鈴大作，這是何意？難道她們打起了妹子的主意？這可不能由著她們亂來！

「老夫人說的是，不過我這妹子已經過繼給姨媽家了，她的婚事當由姨媽作主才行。」

孟老夫人很是意外，「怎麼從前沒聽你們提起？」

「這是我們上次回去之後才辦的事。」

「原來是這樣啊！」孟老夫人神色複雜，也不知在想些什麼，忽然又半開玩笑地道：「仲達那孩子在忙什麼呢？他什麼時候打算續娶？」

趙成材心裡一緊，難道這孟家也惦記著喬仲達的婚事，還想要他傳話？那可不是他應該摻和的。才想找藉口推脫，有丫頭進來回稟：「大少爺回來了！」

一語未了，就聽外面腳步微響，孟子瞻連朝服都沒換就趕過來見客了。

見了趙成材，當胸擂了他一拳，笑道：「我前些天在各地送來的舉子名冊中查了有你，便想著你何時能到，沒想到竟是這麼快！走，隨我過去，咱們好生聊聊！」

趙成材很高興，快走快走！

等出了門，孟子瞻才重新跟二人見禮，並道：「年紀大的人總喜歡說些有的沒的，若有不妥之處，還請不要見怪。」他又一笑，「你們既然是來考試的，不如去我家的藏書樓瞧瞧有什麼用得著的書。我去換件衣裳，一會兒就過來說話。」
杜聿寒眼睛亮了。他是愛書之人，方才被孟家中老年男女們煩得幾欲告辭，如今聽到有書可看，倒願意留下來了。
孟家的藏書樓共有三層，數百年的世家傳承，非比尋常。
杜聿寒一進去就喜得心花怒放，兩隻眼睛都不夠瞧了。
趙成材覺得孟子瞻不會無緣無故把他們帶來看書，正覺奇怪，孟子瞻就來親自告訴他了。
看一眼被書僮特意引開的杜聿寒，他把趙成材帶上了三樓，「小姑娘，出來吧，妳要找的可是他？」
角落裡窸窸窣窣一陣輕響，一個瘦削的小身影鑽了出來。
趙成材瞧著那雙黑白分明的大眼睛，忽地一下想了起來，「是妳！」
思荊園。
晏博文拜託喬仲達打聽的事情有結果了。
「祝嬤嬤死了，府上說她是自縊殉主，都已經下葬好幾日了。我趕去你說的她家，卻是已經什麼都清空了。」
只要不是個傻子，都能查覺到不對勁了。
晏博文咬牙問：「祝嬤嬤有個小丫頭，她去了哪裡？」
喬仲達才自搖頭，忽地趙成材從外頭進來，一臉肅然道：「她在這裡！」
當晏博文從脖子上取下母親給他的信物戒指，那個叫靈雙的小丫頭也將身上一個荷包解下，拆開夾層，抽出裡面暗藏著的一方絲帕交給他。
「祝嬤嬤說，這是夫人臨死前拿在手裡的，她要我一定要親手交給少爺您。她還說，若是她死了，那一定是被大少爺害死的，老爺也是。少爺，您要為嬤嬤，為老爺和夫人報仇啊！」

晏博文心中又痛又慌，嘴唇都哆嗦起來，「他們果然是……那我爹娘到底是怎麼死的？」

靈雙難過地搖了搖頭，「這個我也不知道，嬤嬤沒跟我說。她只是讓我告訴您，夫人知道大少爺的祕密，老爺的病也是大少爺害的。本來夫人是有證據的，可是上回，就是大少爺想害您那回，夫人只得交給他了。」

那證據交換了晏博文的平安，卻令裴夫人失去了為兒子翻盤的機會，更是失去了自己最有力的護身符。那麼現在，只有它了。

晏博文抖著手，展開手中的絲帕。

這是一方紅色的絲帕，在絲帕的角上，用同色的紅絲線隱蔽地繡了一朵如血的小花。繡工精湛，栩栩如生，晏博文當然認得出，是他母親親手所繡。

若不細看，很容易將此花當作一般的薔薇月季忽略過去，可細看才發覺此花美麗而妖豔，與尋常不同，卻是誰也不認得。

章清亭猶豫了一下，「我覺得姜姑娘說不定認得，她是刺繡裡的大行家。只是，方便嗎？」要真讓姜綺紅看出點端倪來，晏家的祕密就多一個人知道了。

晏博文淒然一笑，「我爹娘都沒了，難道還怕什麼家醜外揚？煩請她過來相看，若能瞧出究竟，我倒是應該謝謝她的。」

很快，姜綺紅過來，剛展開那方絲帕，只看了那朵小花一眼，就神色大變，「這東西你們是從何處得來？」

「妳認得？」

「我太認得了！」

姜綺紅雙手捧著那絲帕，渾身哆嗦著，眼淚如斷了線的珠子般滾滾落下，「就是這東西害死了我的夫婿！你們等等！」

她急匆匆跑了出去，沒一會兒工夫，又捧著個包袱回來。包袱裡收著一件帶血的男人舊衣，前胸後背皆有多處刀砍劍刺的痕跡，一望即知死者的痛苦。

姜綺紅掀開舊衣內側的下襬，那兒赫然用血也畫著一朵花。年代久遠，花已變成黑褐色，雖是寥寥幾筆，卻是十分傳神，與絲帕上的那朵花正是一脈相承。

姜綺紅流著淚，第一次說起往事。

原來她是北安國天下第一繡，姜氏的傳人，自十三歲起便入宮供奉。本來二十歲時可以出宮嫁人，但她卻因貴人喜歡，多留了五年。

而就是這五年，讓她與青梅竹馬的未婚夫天人永隔了。

「……他有一手製香的好手藝，可也就因如此，讓他惹來了殺身之禍。」憶起往事，姜綺紅眼中充滿了痛苦之色，「他真傻，便是要多等我五年，也能納個通房啊，最後也不至於連個後也沒有留下……」

她哽咽著說不下去了，章清亭過去輕拍她的背，無聲安慰著。

姜綺紅深吸了一口氣，才接著說下去。

「那年，我好不容易等到出宮，正準備成親，可是一天夜裡，突然有官府中人說是要提取香料，把我未婚夫帶走了。三天後，他的屍體被送了回來，說他意圖逼姦婢女，被婢女所殺，所以他們家不僅得不到任何賠償，反而因此獲罪抄家，最後留下的只有一具冷冰冰的屍體。」

她咬著牙說完這段辛酸往事，眼神一凜，「那些人簡直是一派胡言！我未婚夫一向老實忠厚，他都肯等我五年，怎會無緣無故去逼姦人家的婢女？再說，一個小小的婢女，又如何能手執刀劍，在他身上留下這麼多傷口？在葬他的那日，我就在他墳前立下重誓，一定要查清當年的真相，為他報仇雪恨！」

姜綺紅指著衣角的那朵花道：「那些人想來瞧著他死了，就沒有留心搜查他的衣服。他們不知道，我未婚夫為了製香，還有一門繪花的手藝。這朵花應該是他臨死之前留下來的，若我猜得不錯，他要製的香料也應該與此花有關。只可惜，我查了好些年，還是沒有線索。除了知道帶走我未婚夫的是燕王的下屬，剩下的什麼都沒有了。」

不，這已經夠了！

晏博文握緊手中的絲帕，天網恢恢，疏而不漏。他相信，只要是人做的事情，就一定能找出破綻。

「多謝各位相助，可要追查也是等我父母下葬之後。姜姑娘，相信我，我們的心願都會有實現的那一天。」

冷靜下來的他，真正展現出了一個世家子弟應有的氣度和風範，看得章清亭暗自點頭，這才當得起晏博文這個名字的內涵。

章清亭陪著姜綺紅先回去，趙成材留在後面，有一事要說：「阿禮，子瞻想見你。他總覺得當年的事情不是那麼簡單，兼之你大哥的所作所為令他非常懷疑他弟弟的死另有隱情。所以有些事，他想當面再問問你。」

晏博文當然應允，卻也有一事要說：「趙大哥，以後我的事你們就再不要管了。你前途正好，嫂子又帶著孩子，我實在不想連累你們。」

趙成材的神色中多了幾分正氣，「凡事有黑白曲直，若是見到不公平的事，誰都不聞不問，袖手旁觀，這個世道還有什麼希望？說到連累，咱們相交已久，只怕早脫不開干係了。我幫你，也是自保呢。」

晏博文甚是感動，「大恩不言謝，我銘記於心了。」

「言重。」趙成材把靈雙交給晏博文，回去找娘子。她今天帶妹子出去相親，結果如何啊？

結果就是沒結果。

章清亭早審問過了，趙玉蓮卻紅著臉，藉口說要撚羊毛幫他們織襪子，跑了。

那到底是同意還是不同意啊？趙成材糾結了。這姑娘家的心事也太難猜了，要不，乾脆去問問賀玉堂？

章清亭白他一眼，「要是玉蓮不喜歡人家，你開了口，人家還以為玉蓮喜歡他怎麼辦？這種事急不來的，橫豎還得在京城待好幾個月，等等再說吧。」

趙成材便也不急了，把今天去婁家和孟家的事情說了，「……那些禮物裡頭，筆墨什麼的，我就收著了，那些布匹就給妳收著，改日妳帶喜妞也去他們家走動走動吧。」

章清亭不客氣地收下，又扔了個包袱出來，「十二兩五錢，我會從東西裡扣。」

啥意思？趙成材抖開一看，包袱裡是幾身新衣裳，全是他喜歡的顏色。

章清亭斜睨著他，「你可別多想，我是怕有人穿得太次，丟了喜妞的臉。」

趙成材心裡美滋滋的，順嘴就道：「那妳也打扮打扮，別丟了咱閨女的臉。」

章清亮頓時色變，「你是什麼意思？」

趙成材忙解釋道：「不是那意思，就是讓妳也好生打扮打扮。」

「你是說我不打扮就不能見人了？」

「我錯了。」

趙成材沒話好講了，夾著包袱就想開溜，卻被章清亭一嗓子吼住，「回來！」

趙成材縮在門邊站住。

章清亭狠狠剜他一眼，心不甘情不願地道：「阿禮這事，你能幫就幫，不能幫就別亂逞英雄。我可不想等喜妞長大，也對著一個破血衣！」

趙成材弱弱道：「我曉得。那個，我好歹是個舉子……」

「舉子了不起啊？舉子就刀槍不入啊？」章清亭搶白兩句，消了些火氣才道：「看看阿禮如今的下場，就知道他那個哥哥不是善碴。咱們幫忙是應該的，可也得長幾個心眼，別傻乎乎的把自己也搭進去了。」又看一眼女兒，「喜妞還這麼小，你可別想全甩給我。」

趙成材如小雞啄米狀狂點頭，「我會為了妳們好好保重的。」

「不是我們，是你的心肝女兒！」章清亭帶著醋意又白他一眼，才放了人。

翌日，趙成材帶著晏博文去一家茶樓赴孟子瞻的約。等了不一會兒，孟子瞻匆匆趕來，張嘴便道：「我查過卷宗，當年出事那日，你和子眭喝的是一罈杏花白。那酒的勁雖大，可須得等上好一陣子，你們卻只飲了半罈便都醉了，所以，我懷疑那酒會不會事先就被人動過手腳？」

晏博文搖頭，「不可能。那酒是我舅舅送來的，一共有四罈，其中三罈當場就喝了，我特意留了一罈下來，埋在家中的桂花樹下，子眭生辰之際才挖出來。」

他忽地臉色大變，想起一件舊事，「當時，我大哥失手磕壞了那酒罈上的泥封，他便說要賠我一個新酒罈，後來那酒便是用他給的罐子裝的。」

當年沒有深思過的事，如今想來竟讓人冷汗涔涔，莫非晏博齋那麼早就開始算計他了？

孟子瞻拳頭漸漸收緊，晏博齋明知道這罈酒是晏博文要與弟弟共飲的，卻仍在其中動了手腳，那就是早就想好了要借刀殺人了。

可時過境遷，想來晏博齋也不會留下那個瓦罐讓他們追查。

晏博文取出絲帕，「這是我母親的遺物，應該與這案有關，你可認得這是什麼花？」

饒是孟子瞻見多識廣，也搖了搖頭，「我記下這樣子了，改天想法子去查。倒是你，後日便是你父母出殯的日子，你能忍得住嗎？」

不能忍也要忍，晏博文眼中一片肅穆，「在沒有找到真憑實據之前，我不會白白送死。」

孟子瞻這才告訴他一事，「你還記得你從前的未婚妻嗎？吳郡朱家的那位小姐，你出事後，這門親事就轉到了你哥哥身上。他們現在已經有了一個兒子，前些時日才辦抓周。」

晏博文心中泛苦，弒母之仇，奪妻之恨。大哥，你還當真是對我一點都沒有手下留情。

❀ ❀ ❀

章清亭一早把小喜妞打扮得非常亮麗，準備去孟府做客。

喬仲達把兒子也送了過來，「有勞了。」

他又不傻，豈不知道孟家那幫婦人想打他婚事的主意？那種狼窩最好有多遠躲多遠。

章清亭會意地一笑，轉身就去抱起女兒。

可喬仲達先她一步抱起小喜妞，「走吧。」

他是當慣了爹的，甚是熟練，喜妞在他懷裡很是舒服，也不鬧騰，章清亭就牽起喬敏軒。

才出院子，晚來一步的趙成材眼見自己的女兒在別的男人懷裡，自己的媳婦牽著別人的兒子，心裡頓時泛起酸意。偏章清亭跟喬仲達正滔滔不絕談起育兒經，以致於完全忽略了趙大舉人憂傷的眼神。

好半天，趙成材才找機會插進一句：「你養的是兒子，我們的是閨女，到底不一樣的。」

所以你的經驗不一定正確。

「那可不一定。」喬仲達隨口就道：「男孩女孩要大了才有分別，六七歲前，基本是一樣的調皮搗蛋。現在你們家的女兒只是尿布餵奶的磨人，等她大些，會走路時才累人呢。到時你們記得做個長布兜提著，否則你帶上一天，腰都要斷了。」

真的假的？

眼看秀才那副吃了酸葡萄似的表情，章清亭頓時就知道他在想什麼了，她故意對喬仲達道：「還是像你這樣自己養過孩子的有經驗，那我以後可得多請教著些。瞧您一個人，把敏軒帶得多好？我還想問問，我家妞兒老想翻身可翻不好，這沒事吧……」

趙成材又被甩出話題外了，心中醋意更濃，他吃虧就吃虧在當爹比人晚了。在後頭眼巴巴瞧著女兒在別人懷裡乖巧的小模樣，秀才算是明白章清亭看不得女兒跟他過分親近的心。

送她們娘兒倆上了車，趙成材本待說就回去了，可喬仲達說他也要上京裡的鋪子去巡查巡查，跟著上去了。

這下趙成材坐不住了，雖說他不是不相信自己媳婦和喬仲達的人品，可作為一個一直還把章清亭當作自己媳婦的男人，他無論如何也忍受不了媳婦跟別的男人過於親近，尤其這男人還這麼出色，關鍵是，他也沒媳婦。

趙成材突然警覺起來，在那車剛要起步時，他也爬了上去，「等等，我也去！」

「你去幹什麼？」章清亭沒好氣地白他一眼，可瞧他滿臉醋勁，心下又莫名竊喜。

「我去、去書肆逛逛。」趙成材眨眨眼，義正辭嚴道：「看看能不能找到那花的線索。」

要是滿大街的書上都印了，還算是祕密嗎？

章清亭懶得戳破他的謊言，自顧自和喬仲達說話。

兩人一路從育兒經談到了生意經，有許多想法不謀而合，越談越投機。

趙成材懷裡似是揣著隻小貓，抓心撓肝得難受，偏偏什麼話也插不進，只能看著自己的前妻和別的男人言笑晏晏，相談甚歡。

這樣不行，趙大舉人生出濃重的危機感，他開始琢磨該怎麼盡快把孩子她媽再拐回來。事不宜遲，遲恐生變啊！

眼看今兒只有章清亭單獨領了喜妞和喬敏軒來做客，孟家上下多少都有些不悅。

趁人家還沒問起，章清亭笑著先代喬仲達賠起了不是：「二爺本是要一同來的，可臨出門，偏趕上鋪子裡出了點急事，非讓他去。二爺實在無法，才隨人去的。敏軒，還不快去替你爹磕個頭？」

喬敏軒伶俐至極，立刻甜笑著下跪行禮，孟老夫人忙讓丫頭把他拉了起來，笑道：「我就知道仲達那孩子最懂禮，若不是實在無法，絕不會如此失禮。這大節下的，他那兒忙些也是常事，快叫他別往心裡去了。」

「老夫人真是體諒人。」章清亭趕緊奉承又幾句，漸漸沖淡了她們心頭的不快。

因這屋子暖和，在路上玩了好一時的喜妞打著哈欠想睡覺了，孟老夫人忙讓人把她抱進暖閣，又讓人帶喬敏軒出去玩。

這是要談正經事了，章清亭的神經立即繃了起來，她來前雖給秀才喝了半瓶醋，不過更早之前趙成材可把孟家上回的意思說給她聽了。

一是趙玉蓮的婚事，二是喬仲達的婚事。不過，這兩樣，可全都不能被人拿捏。

此時就聽孟夫人讚道：「妳家這小丫頭長大了，肯定也是個美人胚子。」

章清亭謙虛著踢回去：「鄉下丫頭哪管美醜？真正的美人胚子，還是府上幾位小姐。」

孟老夫人終於點上正題：「說起美人，妳家小姑真正出挑。」

孟夫人接過話來：「就那模樣，宮中也不多見，更難得的是那份溫柔伶俐的勁兒，真真的人見人愛。」

章清亭聽得心中一緊，趕緊陪笑道：「我們玉蓮就是略生得好些，可那儀態氣度，別說跟府上的小姐們比了，就是老夫人身邊的碧桃姑娘都比她強上許多。」

孟老夫人連連擺手，「這妳可就太謙虛了，怎麼能拿舉人家的小姐跟一個下人相提並論？玉蓮那丫頭是不是真好，明眼人心裡都有數。對了，聽說你們把她過繼到姨媽家了？」

章清亭忙道：「可不是？姨父走得早，玉蓮從小就在姨媽家長大，多少年的感情了。這回把事訂了下來，姨媽還說，玉蓮的婚事都由她來操辦呢！」

這是擺明她們作不了主，不要來談了。

孟老夫人意味深長地看了她一眼，「其實只要人好，嫁妝那些並不重要。」

章清亭見招拆招，「老夫人說的是，我們也盼著她能有個好歸宿。旺兒還小，以後姨媽家裡，還指望這個女兒多多幫扶些呢。」

我們玉蓮日後可是要回去的，別打主意了。

可孟老夫人似乎沒聽懂，反而附和：「那是應該。雖說嫁出去的女兒是潑出去的水，但心裡惦記著娘家也是人之常情。若是能找個好夫婿，不也是個半子嗎？」

「誰說不是呢。」章清亭索性不接了，開始裝傻。

孟老夫人遞個眼色給孟夫人，孟夫人便道：「趙家娘子，從前子瞻在你們那兒，我們家的事情妳可能也聽說了一些吧？」

孟夫人落下兩滴淚來，「我的眭兒命苦，沒能娶個妻子就走了。這些年來，我們一家人著實是心裡難安。」

這是幹麼？章清亭防備地寒毛豎起，忽地想到一種可能，心中大驚。

孟夫人似看出些究竟，忙道：「小娘子放心，我們家可不做那種結陰親損陰德的事情，而是想讓子瞻兼祧兩祠，替他弟弟也結一門親，日後有了子女，便歸在子眭名下。讓我那苦命的孩兒也不至於孤墳一座，無人拜祭。」

她說著，還當真掉下幾滴淚來。

孟老夫人嘆息著道：「我們也曾四處留心來著，可左瞧右瞧，也是跟妳家玉蓮投緣，就看上她了。子瞻妳是見過的，也不是我們做長輩的自誇，在這京城的年輕小輩當中，想結親的那真是數不勝數，必不至於辱沒了你們家玉蓮。」

章清亭感覺就像活活吞了個蒼蠅，這也太欺負人了！

孟子瞻是很好，可我們不稀罕。說得好聽是什麼兼祧兩祠，說白了還是門陰親。認真說起來，還不如結陰親。

人家結陰親多少還能博個名聲好聽，可這個呢？生兒子之前自然萬事好說，可等生下一男半女，那邊正妻進了門，不許再來往了，讓小姑找誰哭去？畢竟名分上，還是個死鬼的妻。

有一句話，章清亭很想說，卻礙於禮數，生生噎在喉嚨裡，半晌她才勉強冷笑著道：「承蒙老夫人妳們瞧得起，可妳們這樣的門第，豈是我們這些莊戶人家高攀得上的？」

她頓了頓，在孟老夫人要開口前，果斷地道：「而尤為重要的是，我和趙秀才已經和離了。雖說和玉蓮的情分仍在，但這種事我可作不得主。」

這下輪到孟老夫人和孟夫人驚呼出聲了，「你們和離了？」

不管在民間還是官宦人家，這可都是極其罕見的。

章清亭作出一副傷心表情，「我不討婆婆喜歡，著實沒法子再過下去了，只得和離。」這……孟老夫人和孟夫人面面相覷，心中不悅，這樣的事也不早說？害她們白白浪費半天的嘴皮子。

這下對章清亮的態度也冷淡下來，勉強寒喧幾句，章清亭就很知趣地告辭了。

送別了他們，孟夫人才對婆婆道：「娘，看來仲達是真的不想娶咱們家的姑娘，要不，就算了吧。倒是子瞻的親事再不能拖下去了，萬一皇上真把公主嫁來，那家裡可就全亂套了。」

孟老夫人點了點頭，「妳說得很是，不過趙家那丫頭弄不上手，我卻不甘心。哼，不過是個小小的舉人之妹，我們堂堂國公府放了話，就是門陰親，也得趕緊把人送來。要不是看那丫頭著實漂亮，又會管帳理財，我才懶得費這心思，直接要來給子瞻做丫頭都是抬舉了她。」

「誰說不是呢？」孟夫人附和著，婆媳開始商議著要怎麼辦了。

等章清亭回來，趙成材迎了出來，卻見娘子氣色不善，忙讓人把孩子領到隔壁去給趙玉蓮帶著，過來追問：「這是怎麼了？」

「欺人太甚！欺人太甚！」章清亭劈里啪啦把在孟家的事情一說，趙成材聽完就火了，「這是又當婊子又想立牌坊啊？無恥！」

章清亭老早就想罵的，就是這句話！

別說是給個死鬼結陰親了，就是要給孟子瞻當正妻他們還要考慮考慮哩！

不過，牛得旺還要留在京城醫治，趙成材還想走仕途，萬一孟家真的仗勢欺人起來，他們可怎麼辦？

趙成材想想道：「這事兒是孟老夫人和孟夫人的意思，未必就是子瞻的意思。他為人不錯，說不定知道了，還會第一個反對，我現就找他去！」

他說完這話，抬腳就走了。

章清亭心頭一鬆，秀才這人還是很顧家的。不管是做相公，還是做大哥，都是很合格的。

「嫂子，我是不是給你們惹禍了？」未料趙玉蓮隱約聽到幾句，等趙成材出門，便紅著眼睛從隔壁過來了。

章清亭忙把小姑拉著坐下，「不關妳的事，是孟家太欺負人了。不過，玉蓮啊，嫂子說句實話，妳的年紀也真是不小了，又長得這麼標致，老這麼耽擱著可不是個事兒。就是不想馬上成親，也得先訂個名分了，否則難保不招人惦記。上回嫂子跟妳說的賀家大爺，妳覺得可以嗎？要行的話，嫂子讓你們再接觸接觸？」

趙玉蓮囁嚅著看她一眼，半晌才艱澀地道：「嫂子，妳讓我想想，再想想。」

她失魂落魄地走了，可章清亭卻覺得有些不對勁。小姑這樣子，似是心裡有人啊！

趙成材找到孟子瞻，把事情一說，氣得孟子瞻當時色變，連連道歉，表示自己絕無此意，然後火速趕回家去了。

趙成材回家路上，漸漸冷靜下來，開始反思。

自己從前沒中舉人，門第寒微，孟家若早就看上玉蓮，何不早說？如今有了些許功名，倒是各種麻煩事都來了。他擋了這一樁，日後還會有多少？

趙成材早不是懵然無知，一心只知讀聖賢書的秀才了。他在衙門裡混過，也跟孟子瞻、婁瑞明這樣的官宦人家結交過，多少也算摸著些官場的邊。

像孟子瞻，要動一個薛子安就得前思後想，琢磨大半年的工夫。而喬仲達作為侯府的庶子，論身分地位，可比一般人強許多吧？偏偏連自己的妻子都保護不了，還要掩人耳目地出來經商。再看晏博文，那就更慘了，手足相殘，同室操戈。

而自己這麼一個毫無根基背景的鄉下人，要怎麼保證自己能在波譎雲詭的朝堂之上，始終站穩腳跟，又跟那些老奸巨滑的官宦人家打好交道，不被拿去填坑？

冬日的寒風輕輕吹過，趙成材忽覺背後驚出一身的冷汗。

他開始認真思考自己未來的人生之路，到底要何去何從……

而此時回了家的孟子瞻，正與祖母和母親大吵。

「……咱們這麼幹，是會讓人戳脊樑骨的。祖母和娘的心情我能理解，我答應妳們，等我日後有了孩子，過繼一個到子眭名下行不行？」

「那不是一回事嗎？」孟老夫人很不理解孫子的想法，「咱們家能看上她趙玉蓮，已經是很給她面子了。就算你弟弟已經過世，可她能嫁進國公府是多麼的榮耀風光？怎麼說也是孟家響噹噹的二少夫人。」

孟夫人也道：「子瞻，你就當多置一個屋裡人罷了，你爹也同意了的。」

孟子瞻真心覺得沒法跟她們溝通，急得紅了眼，「我一個做大伯的，還霸占著弟媳婦做屋裡人，這傳出去，能不讓人笑話嗎？」

「誰敢？」孟老夫人老眼一瞪，面沉似水，「子瞻，你也想得太多了。這種事情各家多的是，你怕什麼？」又放緩了語氣道：「子眭命苦，他走得早，咱家人丁又單薄，你這做大哥的本來就該娶多娶幾房回來開枝散葉，可你呢？東挑西揀，你說你對得起我們孟家的列祖列宗嗎？」

做娘的還是心疼兒子，孟夫人怕婆婆責備太過，忙道：「子瞻，宮裡已經有消息放出來了，咱們不得不急啊！現在的幾位公主，哪一個是好相與的？所以不光要給你弟弟娶一房回來，你自己的婚事也要抓緊辦了。真別再挑了，差不多就行了。其實，那趙玉蓮你也見過，又美麗又聰明又賢慧，實在比許多千金小姐都強。娘不會看錯人的，娶她沒錯，聽話，啊？」

孟子瞻本來滿面憋屈，可此時聽了娘這話，冷不丁冒出一句：「若是妳們真這麼喜歡她，那我娶她做正妻行不行？行，我就二話不說，立刻同意！」

這小子竟然還敢反將她們一軍！孟老夫人氣得手直哆嗦，「你、你怎麼能說出這種話來？咱們兩家什麼門第？娶她做正妻，也虧你說得出口！」

孟子瞻冷笑一聲，當即反唇相譏：「門第？當真理論起來，我們孟家先祖也不過是個獵戶出身，連北安國的開國皇帝也就是個放牛娃，又比人家高貴得到哪裡去？」

「你、你這大逆不道的混帳孩子！氣死我了，氣死我了……」孟老夫人雖是生氣，卻無話可說，只好撫著胸口裝病。

孟夫人怕鬧得太僵，趕緊把兒子往外推，「還不快滾？留著還想惹你祖母生氣嗎？」

孟子瞻怒氣沖沖地走了，孟夫人繼續勸婆婆：「小孩子口沒遮攔，您可千萬別往心裡去。」

可孟老夫人等孫子走遠，忽地嗤笑起來，「我說他怎麼東挑西揀的一個也看不上，原來是看上那丫頭了！」

啊？孟夫人一怔，還有些不明所以。

孟老夫人道：「妳聽他說得光冕堂皇，可有一句不願意娶嗎？不過是不願意作為子睦的亡妻來娶。說不定，早在那兒當官時就看上人家了。怪不得還那麼熱心寫信回來，讓咱們好好招待她們一家，恐怕他心裡早就有些想法了。」

孟夫人聞言傻了眼，「那難道能讓他去娶那丫頭？」

「不可能！」孟老夫人餘怒未消，「就算孟家從前是獵戶出身，可如今興旺了一二百年，早已是名門望族。這事妳就放心地張羅吧，我還不信把人接進門來，他能忍得住不碰。」

孟夫人卻遲疑了，「娘，若是子瞻對那丫頭沒什麼想法倒還罷了，若他對那丫頭動了心思，只怕日後家宅不寧啊！」

孟老夫人篤定地一笑，「妳怕什麼？子瞻的正妻自然是門當戶對，又是大嫂，難道還怕彈壓不住那寒門丫頭？再說，還有咱們呢！如今他這一鬧，我還非把那趙家丫頭接進來不可。既是綁著子瞻的心，往後他為著能讓那丫頭過得好，也不能不聽我們的話了。」

孟夫人點頭大讚：「還是婆婆想得周到，此事便交給媳婦來辦吧。」

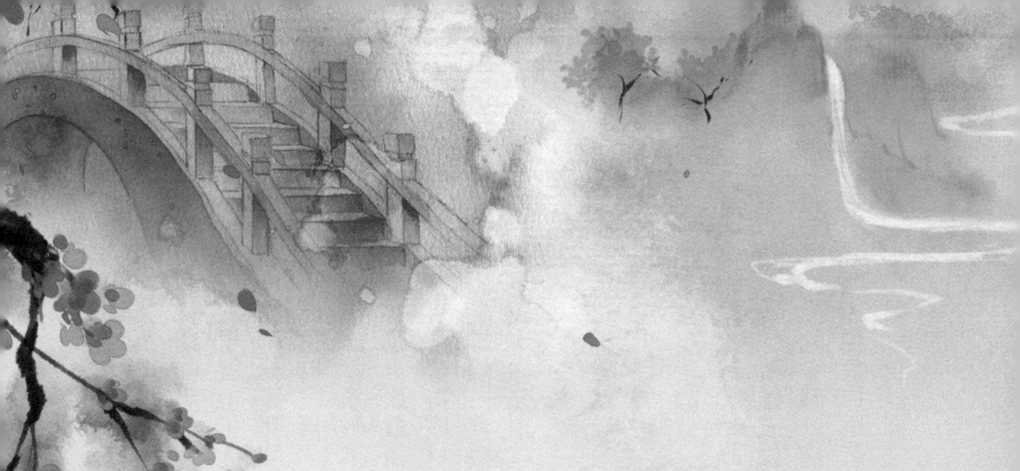

伍之章　塵封往事掀波濤

年關將近，就算是在異鄉，章清亭也採買了許多過年的應景之物，把小院布置得喜氣洋洋。可在紮蘭堡，趙王氏正在為過年發愁

趙成材給她的一百兩銀子早被趙成棟花光了，眼見家家戶戶都開始買魚買肉，趙王氏坐不住了。這天一早就上了衙門，去領她大兒子那每月五百文的縣學補助。

管錢的師爺笑咪咪告訴趙王氏一個好消息：「那可不是五百文了，漲到二兩了！」

趙王氏才自一喜，馬上又聽到一個壞消息：「可那錢趙舉人早來說了，他從前蒙岳父岳母照顧頗多，這份錢就孝敬給張家作養老錢了。」

什麼？趙王氏最後一絲希望也落了空，回家未免找趙老實抱怨。

趙老實卻覺得成材做的沒錯，「一月二兩，一年才多少？他走前可給咱們留了整整一百兩。那些錢還不夠妳用，非得去爭這個？」

趙王氏不好說那一百兩已經沒有了，想想，抓了隻大肥雞，「我到成棟那兒看看去。」順便借錢。

看她騎了驢就走，趙老實氣得乾瞪眼。自分家後，成棟可一根毛也沒拿回來過，偏這老太婆還執迷不悟，上趕著給人送好處。

趙老實生了悶氣，再看自己餵的那些雞，怕趙王氏又送，乾脆留兩隻自吃的，餘下全裝雞籠裡，拿扁擔一挑，給張家送了過去。

趙王氏想著趙成棟這時候應該是在他那養馬的地裡，便趕著驢往那兒去，可到了那兒一看，只有一個面生的小夥計傍著火爐在睡大覺，壓根兒不見趙成棟的身影。四下裡一查看，赫然發現馬也少了幾匹，糧食也不齊整，全摻了沙粒，氣得她揪著小夥計就要打罵。

那小夥計正是柳家堂弟，被無緣無故鬧醒了當然沒好氣，反拿了棍子要打她。趙王氏跟這小夥

計講不清，轉頭匆匆趕著小毛驢到了趙成棟家裡。卻見這兒可熱鬧得很，大魚大肉堆了一院子的年貨，兩個面生的小廝丫頭正在收拾，還有楊劉氏和柳芳她娘也提籃拎筐的過來了。

這是來幹麼，不明顯是來打秋風的嗎？

趙王氏一見就跟拿了自己東西似的心疼，「成棟呢？叫成棟出來！」

趙成棟在屋裡，就跟個財主老爺似的，吃得紅光滿面，端坐廳中。左右坐著楊小桃和柳芳，殷勤伺候，而兩個丈母娘也是一個勁兒巴結奉承，極是愜意。

趙王氏登時就火了，可趙成棟見娘拎著隻雞來了，有些不悅，「娘，您怎麼不多拎幾隻來？過年正要用呢！還有雞蛋呢？」

趙王氏張口就問：「你馬場的馬怎麼少了好幾匹？糧食也摻了沙子，你是怎麼管事的？」

趙成棟不以為然道：「賣了唄。這年下家裡花用大，不賣馬怎麼怎麼過？」

趙王氏到底怒了，抬手就拍了兒子一記，不過不太用力，「你這才分家幾天，怎麼就幹起了敗家的勾當？」

趙成棟火了，「我怎麼敗家了？這靠山吃山，靠水吃水，我弄個馬場當然要靠馬過日子。要不，您給我家用？」

趙王氏被噎得無語，她哪有錢再給他？可仍是苦口婆心地勸道：「你就是賣馬，也少賣幾匹，等日後有了多的再賣也不遲啊！你瞧瞧你家裡，放著兩個女人不用，還買什麼丫頭小廝？還這一屋子東西，有必要嗎？」

趙成棟近來有錢，當大爺當慣了，聽不得這些嘮叨，「咱們都分家了，您就別管這麼寬了。有這話，跟您大兒子說去。」

趙王氏氣得半天說不出話來，她掏心掏肺地為他好，居然換來這個結果。

趙成棟見她不吭聲，乾脆把話挑明，「娘，您來幹麼？就為了送隻雞啊？」

趙王氏這才想起自己的來意，本不欲張口，可實在是沒辦法了，只得忍氣吞聲，「你手上有多少錢？借娘幾兩。」

趙成棟一聽就不樂意了，「娘，您不是跟大哥過嗎？找我借錢幹麼？」

趙王氏也火了，「我那錢不都給你花了？這辦年總得要錢的吧？」

她生平最是要強，甚少跟外人借錢，便是張口也硬氣地道：「也不要多，你拿十兩銀子來便罷。要不，把這院子的年貨分我一半。」

沒想到柳芳她娘道：「哎喲，親家母，妳這話可太好笑了。別說妳不在乎這點銀子，就是真的一時短了手，也該找老大要啊！分家時可說好你們歸老大養的，關成棟什麼事？」

楊劉氏也道：「秀才中了舉人，官學裡的補助聽說就有二兩呢！您哪裡會短了錢用？」

趙王氏被搶白得臉上一陣紅一陣白，她難道能說大兒子不把那錢給她了，反給了岳家？那不是惹人笑話嗎？

趙成棟聽她們這麼一說，也不相信趙王氏真是沒錢了，還以為她是看自己賣了馬不高興，故意找碴，便道：「我的錢全辦了年貨，自家還不夠吃呢，哪裡有多的能分給您？銀子更不可能了，除非賣馬，可您豈不更得罵我敗家？」

趙王氏被噎得說不出話來，腳一跺，轉身就往外走。

等她走得遠了，再回頭看，就見楊劉氏和柳芳她娘說說笑笑的被送出來，還提著滿滿當當的魚肉。

趙王氏突然很想哭，她不明白，自己最心疼的小兒子怎麼會這樣？

她可是他親娘，含辛茹苦把他拉扯大的親娘啊！為什麼他連塊魚肉也捨不得，寧願孝敬旁人也不孝敬她？

◎ ◎ ◎

臘月二十二，是晏府出殯的日子。

別說沒有停夠七七之日，甚至也不在三七、五七這樣的日子裡

因為明日就要過小年了，晏家雖然願意把兩副棺材擱在家裡，可棺材裡的不是皇上的老師嗎？這樣長的時間不能出殯，豈不是讓皇上也無法安心過年？

雖然晏博齋找了一個如此合情合理的藉口，並且也把喪事辦得場面宏大，但章清亭卻在暗自冷笑。這樣的孝子，還是太師之子，真是一個絕妙的諷刺！

身為晏府唯一名正言順的長子，晏博齋自然走在送殯隊伍的最前列，而晏博文不疾不徐跟在一旁。如行走的雪松，挺拔剛毅。那種風采和氣度，確實是讓前頭的晏博齋相形見絀。哪怕是晏博齋的衣衫再華麗，派頭擺得再足，可那種從骨子裡培養出來的世家子弟的傲氣，卻是遠遠遜色於這個弟弟的。

越來越多的目光投到這個被趕出家門的晏家二少爺身上，人人心頭都是兩個字：可惜。

而這樣的目光，讓晏博齋如芒刺在背。多年未曾湧現的自卑與嫉妒再次翻湧上來，而這些，在晏博文的外祖家，河東裴氏出現時到達了頂點。

為首的一對頭髮花白，神情悲慟卻傲氣十足的老夫妻，正是裴靜的親生父母，也是晏博文的外祖父母。

晏博齋恭順地在他們面前停下，想要說點什麼，拉拉關係，可裴家外祖的目光卻始終只看著跪

在地上的晏博文，然後咬著牙，一雙蒼老如樹皮的手，揮舞起拐杖，重重落在這個女兒留下的唯一骨血身上。

晏博文紋絲不動，如木頭人一般生生承受了外公的這一杖。

然後，裴家二老轉身，走了。

由始至終都沒有發一言，說一語，直到最後一個中年男子在晏博文面前停下。

這是裴靜的大哥，晏博文的大舅。

裴晟看也不看外甥嘴角滲出來的殷紅，只淡淡說了句：「你爹把你趕出了家門，可你娘沒有。真正知錯的時候，回來領罰吧。」

夠了！就這一句話，讓晏博文挨打時都沒有任何動容的表情，此刻裂開了。

顫抖著對大舅深深一拜，晏博文知道，就算外公他們也懷疑裴靜死得不明不白，但出於對死者，也是對家族聲譽的維護，他們不能妄動屍體，所以他要帶著為爹娘討回的公道回去，那時，才是裴家真正原諒他的那一天。

晏博齋眼神陰鬱，殺機湧現。涼薄的唇緊緊抿成一條線，他不會給晏博文重回裴家的機會，甚至不會給他太久活下去的機會。

送殯是辛苦的，尤其是小孩子，大冷的天，也不許坐車，北風一吹，凍得直咳。

章清亭雖也來送殯，卻不帶喜妞來受這份苦，此時聽到小孩子難受的咳聲，心下不忍。循聲望去，卻是晏博齋的妻子朱氏，正焦急又無奈地拍哄著手中的嬰孩。

章清亭悄悄走過去，把自己手中的小暖爐暗暗塞給了她。

出殯是不讓帶這些東西的，為了披麻戴孝，裘皮也不能穿，大人能忍，小孩子如何受得了？

朱氏感激地看了章清亭一眼，接了手爐也沒吭聲，悄悄捂在孩子胸前。有了熱度，孩子凍僵的小身子很快暖和起來，不再犯咳，而是伏在母親懷裡懨懨欲睡。

章清亭忙伸出手，「妳應該也累了，我幫妳抱一會兒吧？」她身上穿得暖和，且有厚厚的披風，可以替孩子擋風。否則這樣的風口，孩子若是在朱氏懷裡睡著，肯定會病得更重。

朱氏的感激之情無以言表，把孩子交到她的懷裡。可睡著的孩子特別沉，章清亭抱一會兒就沒力了，一個眼神把趙成材召上前來，不客氣地把孩子塞他懷裡。

見朱氏有些不放心，她輕輕道：「放心，他抱得很穩。」

趙成材瞬間心花怒放，媳婦稱讚他了，那他還不得好好表現？

於是，孩子被他一路抱到城郊才喚醒。睡足了，孩子有了精神就好帶多了。

朱氏趁著同來送殯的賓客道別之際，忽地對章清亭低低開了口：「我這兒收拾了幾件婆婆的遺物，請您帶個話給二爺，讓他今晚來拿。要不，您來也可以。」

章清亭看著她溫柔誠懇的眼睛，點了點頭，心中卻在嘆息，這是一個好女人，奈何卻沒嫁給一個好男人。

可惜，她給來的東西雖是裴靜的舊物，卻沒有半點用處。不過幾件首飾，外加一些銀兩，想是她給的補償而已。

不過晏博文也沒想把她拖進兄弟倆的事情中來，朱氏既然已是人妻，當以夫為天。就算朱氏知道什麼，他也不會去問。只收拾了衣物，藉口要守孝，便搬去他父母陵墓不遠的義莊裡住了。

章清亭知道他是怕他大哥報復，連累他們，也不好勸，只準備了許多應用之物，讓趙成材把他送了過去。

沒兩日，這兒又來了一對兄弟，扶著口棺材過來說是寄靈，也在這兒租了房子住下。這是喬仲達派出暗中保護他的，晏博文心中感激，把這些恩情一筆筆記在心裡。

年關將近，舉國上下都在為了過年而忙碌，而趙王氏這個年卻忙不起來了，因為她病了。也說不出所以然，就是全身不得勁，整日無精打采，悶悶不樂，人看著就老下去。趙老實忙要去請大夫，可趙王氏死活不肯，手上正沒錢呢，請了大夫，拿什麼付診金？

時候一長，趙老實悟出些道道來。他也不說，只把大兒子給的房契捂得更緊了。家裡存糧早被趙成棟拿去餵馬了，眼看漸漸見底的米缸，趙王氏心裡發慌，「病」得越發厲害了。菜自家種的有，可等到糧食都吃光了，這日子要怎麼過？

正在這兒發愁，忽聽見張家的張銀寶、張元寶小哥倆來了。

拿根扁擔抬了只超大的竹筐，裝滿了已經做好的風雞臘魚、鹹肉鹵菜，還有半隻羊。這本是李鴻文給張家的年禮，張家也分了來給趙家。

趙王氏聽著小哥倆一面說，一面把東西拿出來放下，是越聽越難受。

這都不是親家了，人家還這樣大方，虧自己還嗔怪兒子把那官學補助給了張家，眼下看看，這滿屋子東西值多少錢？可別人都能這麼對她，她最疼愛的小兒子為什麼會那麼絕情？

小哥倆放下東西，連口茶水都沒喝就走了。

趙王氏坐不住了，鄉下人有些禮節是刻在骨子裡的，人家送這麼多東西，你好意思什麼都不表示？滿屋子尋摸半天，她翻出趙成棟娶親時喝剩下的酒，捧了兩罈沒開封的，又把那豆醬嚴嚴實實裝了兩罐，勉強有個回禮的樣子了，叫趙老實晚上一起送去。

當然，她是不會去張家的，但她可以去張家隔壁看看趙玉蘭，順便借錢。

要不是逼到山窮水盡了，趙王氏真不願意向寡居的女兒開這個口。

趙玉蘭可比弟弟痛快多了，趙王氏才張口說要借錢，就問她要多少。

趙王氏估摸著有了張家那些東西，二兩銀子也就足夠了。

趙玉蘭立即拿了給她，只是奇怪，「娘，您怎麼會沒錢呢？」

趙王氏沒臉說，只含糊帶過就想走了，可看著女兒忙得總也養不圓的下巴，還有疲累的神情，兜裡的錢也覺得越發沉重起來。心疼地交代她幾句愛惜身子，趙王氏又心酸又慚愧地走了。

趙玉蘭卻覺得有些不對勁，想想，交代了秀秀一句，要是回頭再看到趙老實過來，叫他來找自己。借錢是沒問題，可家裡的事情，她也得問問清楚。

年關漸漸近了，這日章清亭正和趙玉蓮等人說說笑笑講著年飯的事，方明珠提著一罐爺爺新製的醬料過來，光是那味兒，就香得不得了。

方德海尋遍了大半個翠屏山，到底還是沒有找到兒子的屍骨。他原想一鼓作氣找下去，可官差們眼看要過年，都不肯出力，只得暫且回來。

還是章清亭會安慰人，說既已尋了大半，那明年肯定能找到。這才讓祖孫倆心情好轉，也有興致過年了。

聽她們這邊熱鬧，趙成材忍不住探個頭進來，「要不要我幫忙？」

「去去去！」章清亭像趕蒼蠅似的往外揮手，「好生溫你的書去，過了年就要考試了，要考不中，到時又怨我們。」

趙成材悻悻而退，想湊近媳婦討好獻媚的願望再一次落空。

京城。

方明珠躲角落裡學著他夫妻倆的樣兒，逗得趙玉蓮吃吃而笑。

章清亭沒留意，一轉頭看著那調料，忽地想起一事，忙拿了張從晏博文處臨摹來的紅花去找方老爺子了。

「您總誇口說這世上沒您沒見過的，那我今兒可要考考您，您可認得此花？」

章清亭想著，他既精研調料，想必對花卉也有所了解。又在宮廷侍奉多年，說不定見過些稀罕東西。可沒想到方德海只瞧了一眼，便搖頭道：「不認得。」

但章清亭卻留意到，他抓在手裡一把瓜子，漏了幾粒。

於是，她又多說了句：「這是阿禮他娘臨終前留下來的，要是連您也不認得，那可真是沒什麼希望了。」

方德海沒吱聲，低頭嗑著瓜子。

章清亭本想再追問幾句，可看著他那滿是滄桑的面容，又不忍心地嚥了回去。

老爺子這一生甚為坎坷，如今風燭殘年，只想安穩度日。這回來京城尋兒子的遺骨，他都絕口不提報仇之事，還時常勸姜綺紅放下往日，重新開始。

要逼這樣一位老人家說些不願意提及的事情，未免太過分了。章清亭也不強求，橫豎老爺子心裡有了數，若是哪天他願意說了，自然會說的。

等她離開，方德海慢慢把瓜子放下，默然半晌，眼神複雜而糾結。

劈里啪啦的鞭炮聲裡，除夕到了。

熱熱鬧鬧吃了一頓年夜飯，趙成材抱著小喜妞出來，看牛得旺那些大孩子放煙火。怕嚇著寶貝閨女，他拿了個花花綠綠的小風車給女兒，帶著小妮子遠遠瞧著。

沒想到小喜妞壓根兒不怕，反而對那些煙火表示了極大的興趣。小屁股在老爹一拱一拱的，小手往前指著，催促她爹上前，再上前。

這躍躍欲試的小表情，看得她爹憂心不已，「妞兒，咱是小姑娘，要乖乖地做淑女，可不能像那些皮小子似的，懂嗎？」

不懂。小喜妞看了她爹兩眼，仍是目光灼灼地望向那些玩得歡快的大孩子們。

趙大舉人一咬牙，抱著女兒回屋了。眼不見為淨！

可小喜妞不幹了，咿哦亂叫著，在她爹懷裡撲騰，明顯還要出去玩。

章清亭覺得奇怪，「大過年的，你帶她在外頭多玩會兒又怕什麼？」

趙成材沒好氣地道：「咱這是養閨女，不是養小子。淘成那樣，有什麼好的？妞兒，聽爹說。凡為女子，先學立身。立身之法，惟務清貞……」

章清亭翻翻白眼，抱過女兒，「妞兒才多大，就玩會兒怎麼了？走，跟娘出去，咱們往後長大了也是想幹什麼就幹什麼，只要大禮上不錯就行了，知道嗎？」

小喜妞見娘又抱著自己出去，頓時高興了，咧開小嘴，笑得流出亮晶晶的口水。

章清亭站住了腳，「她怎麼最近這麼愛流口水？」

「水喝多了。」趙成材嚴肅地指明：「成天光喝奶，又不吃乾的，當然口水多。」

章清亭白他一眼，「那她小時候怎麼不這樣？不懂就別亂說，一會兒去問問喬二爺……」

「問我什麼？」說曹操曹操到了。

喬仲達也剛吃過飯，帶著喬敏軒過來玩。小孩子都愛熱鬧，早瘋一堆去了。

章清亭又問一遍，喬仲達頓時笑了，「妞兒怕是要長牙了吧？四個多月也差不多了。這些時日晚上可能還會有些發熱，又喜歡啃東西。你們做幾個乾淨的小布玩意兒給她，別讓她亂咬東西。」

趙成材恍然，「我說這兩天怎麼一抱她，她就趴我肩上啃衣服，原來是要長牙了啊！」

章清亭更加鄙視地看著前夫，趙成材趕緊把女兒抱回來，戴罪立功，「妞兒，妳要啃就啃爹吧，別把妳娘的新衣裳啃髒了。」小心遭妳娘嫌棄！

章清亭挑挑眉，一副算你識相的表情，又同去看煙花了。

末了，大人們也忍不住過去放煙花。小喜妞也在老爹的嚴格把關之下，終於就著他的手親自玩了一回，樂得小姑娘咯咯咯笑得滿足無比。

有爹，有娘，有歡樂，這就是她眼中最大的幸福了。

除夕過去，初一起來又是一番熱鬧。

不過章清亭也沒忘了晏博文，除了昨天送了頓全素的年夜飯，一早又打發張金寶去向他拜年送禮。方明珠本想跟去，可在方德海嚴厲的目光下，到底只敢偷偷拿了自己新做的羊毛襪子，託他帶去，「你去幫我說，讓阿禮哥保重身子，別太難過了。」

張金寶與她漸熟，未免打趣：「我幫妳這個忙，妳是不是也送我一雙？」

方明珠爽快應了：「你幫我這忙，我做兩雙給你都行。」

「那我還賺了。」張金寶笑笑走了，方德海瞧著他的背影，卻是若有所思。

晏博文一切安好，只是方明珠那雙襪子有些不願收。

小姑娘的心意他不是不明白，可越是明白，才越不能糟蹋。

想了想，他把那襪子接下，對張金寶道：「回去幫我謝謝她，並跟她說，以後別再做這樣費心的東西了。只可惜我沒福氣，否則一定認她做妹子。」

張金寶不傻，聽懂了，可這種事也不能勉強，只能默默替方明珠嘆了口氣，走了。

回去的時候，剛好遇到婁夫人來拜年了，張金寶忙打起精神，熱情地把人往裡請。

章清亭頗為奇怪，就算她們還算交好，可大年初一，婁家有多少官宦人家的親朋好友要走，怎麼偏偏跑她這兒來了？

奉上香茶，客套幾句，婁夫人一臉苦笑地張了口：「我知道我這趟來是找罵的，可是……」孟國公府硬壓了下來，她不得不來。孟夫人親自跟她放了話，要是她不想法把趙玉蓮給他們家子眭娶進門來，婁大人這官兒，只怕就當不穩當了。

章清亭頓時氣不打一處來，孟子瞻不是說回去解決了嗎？怎麼反把事情越鬧越大了？送走了婁夫人，趙成材要去孟家理論，「我就不信了，我拚著不做這官，不要這份功名了，他們孟家還能強娶民女不成！」

「你別衝動！」看他正在氣頭上，章清亭哪敢讓他出門？才把人拽住，就聽外面院子裡，牛得旺在喊：「孟老師！孟老師，您怎麼來了？」兩人同時從窗戶往外看去，就見喬仲達正陪著孟子瞻，說笑著進來，而趙玉蓮在院外不防撞個正著，一時間臉紅到耳根，低垂著粉頸，那嬌羞的模樣，竟是在旁人面前從未有過的。

章清亭心中微驚，眨了眨眼，轉念間迅速先跟趙成材道：「上門就是客，大過年的好生說話。」然後率先堆起笑臉迎了出去，「難得貴客上門了。玉蓮呀，快去泡個茶，準備幾樣點心來。旺兒，你去幫個忙，你也該給你們老師敬杯茶的。」

趙玉蓮紅著臉帶表弟走了，而孟子瞻看著她的倩影，微微掠過一絲溫柔，看不出情意深淺。

章清亭還在心中盤算要不要旁敲側擊一番，沒想到趙成材卻是快刀斬亂麻在寒暄過後，告罪請喬仲達離開，然後把婁夫人剛來的事情說了。

孟子瞻聽得霍地起身，向他夫妻二人鄭重道歉：「我真不知家母竟會如此行事，既如此……」他一跺腳，「要是二位信我，請把趙姑娘的生辰八字借我一用，我保證從今以後，永絕後患！」

他要幹麼？趙成材還沒想清楚，可章清亭已經滿臉喜色，「稍等，馬上來。」

可等到出了門，被那寒氣一激，章清亭忽地有幾分忐忑，小姑她會同意這事嗎？

趙玉蓮聽說之後，沒什麼反應。自己拿了筆墨，在一方小小的素箋上寫好了自己的生辰八字，交給大嫂。章清亭突然有些吃不準了，「玉蓮……」

「嫂嫂，妳別再說了，我都明白，能早些解決此事……也好。」趙玉蓮把素箋塞她手裡，轉身走了。可她的手，那一瞬間是冰涼的。

天一神廟。

大年初一，自然香火鼎盛。

孟子瞻從思荊園趕到這裡來的時候，正好看到一對青年男女紅著臉，在親友們的簇擁下離開。他們的衣著樸素，卻在髮髻上各自別著一朵毛茸茸的合歡花。一望而知，便是因家貧無力操辦婚禮，到寺廟來祈求免費祝福的新婚夫婦。

在北安國，神廟的婚禮也是被官府認可的，只要有法師出具的文書，連家中父母也不能反對。反之，若是不被神廟法師看好的八字，就是雙方都願意，這樣的親事也不能成。

來到相熟的永春真人面前，孟子瞻恭恭敬敬行了禮，然後遞上兩張素箋。

一張是趙玉蓮的，一張是孟子瞎的。

把原委簡單說了，孟子瞻忐忑地看著這位鶴髮童顏的永春真人。

老真人是前朝皇帝的替身，有當今御賜的正三品頭銜，整個天一神廟，除了那位年過百歲，早已閉門不出的老觀主紫陽真人外，就數他的身分最為尊貴了。

孟子瞻想來求他成全，還得看他的心意。

永春真人淡笑著看著那兩張素箋，良久才問：「你不後悔？」

如當頭棒喝，孟子瞻忽地心下一片茫然。

他會後悔嗎？他不知道。

或許，他是喜歡趙玉蓮的，可是，他怎能因為自己的喜歡，就害了一個那麼好的姑娘？眼下，他不過是稍稍露出些意思，家裡都是這麼大的反應，如果他硬是把她迎進門來，她的日子能好過嗎？孟家複雜的關係網，還有網中那些家族成員們，會編成一張無形的，帶著鉤刺的巨網，把她籠罩其中，弄得遍體鱗傷。

他不忍心，也不能把趙玉蓮網到這樣複雜的環境裡來，除非……除非是那樣一種情況，或許還有可能。可那樣的機會，實在太渺茫了。

若不能確定給人帶來幸福，放手才是對她最好的祝福。

孟子瞻眼神漸漸堅定，雖還帶著一抹他自己都不知的傷感，可他還是說：「求真人成全。」

永春真人忽地笑了，似是想說什麼，門外突然冒個頭出來。

雖是一閃即逝，卻被他眼尖地看見了，「真是緣分。玉茗，你進來。」

年輕的小道士眨巴著一雙清澈透明的眼睛，掛著無害的笑容，可不正是喬仲達那位神祕的合夥人，在天一神廟掃了十幾年地的玉茗小道長？

孟子瞻原也認得他的，可許久不來，今日猛然見到又長大不少的玉茗，竟是愣了一下神。從前只覺這道士小時粉雕玉琢的甚是可愛，可如今漸大，怎麼覺得眼熟起來？

玉茗略帶幾分撒嬌地道：「真人，今天好像是我生日吧……」

長春真人呵呵笑了，「想出去玩了？好，幫子瞻批個八字就放你走。」

「我？」玉茗指著自己鼻子，滿臉愕然。

長春真人卻是意味深長地一笑，笑得孟子瞻莫名不已。

孟府。

拿著批好的八字進門，孟老夫人和孟夫人無語了。

雖說只是長春真人讓身邊的一個小道童批的，可這也是從天一神廟批出來的，說孟子眭和趙玉蓮的八字不合，誰還敢結這門親？

孟子瞻什麼話也不必說，走了。他已經想起玉茗長得像誰了，可那相似卻不是他能深思的。所以，他只能默默放在心裡。

就好像那個女孩，自此之後，永遠只能被他放在心裡了。

京城的初一是忙碌的，紫蘭堡的趙王氏也是。

一早回族裡拜了個年，才回來，就見鬍子花白的縣太爺，敲鑼打鼓地帶著衙役們上門來了。

閻輝祖笑咪咪地道：「你們生了個好兒子啊，為咱們紫蘭堡增了光添了彩，這些禮物是本官代表縣衙送上的。一是恭賀新禧，二也是嘉獎二老教子有方。」

他一聲令下，衙役就把禮物取出，還拿大紅彩綢給趙家大門紮上了。

這真是有錢也買不到的體面！

趙王氏只覺光彩萬分，渾身上下充滿了幹勁，腰板挺得筆直，和左鄰右舍們談笑風生，彷彿從前那個自己又回來了。只是眼看著各家各戶都聽完她的顯擺，回去張羅飯菜，招待親友了，她家小兒子怎麼還不回來？

等到趙玉蘭帶阿慈去孫家拜過年，跟牛姨媽來了，還是不見趙成棟的蹤影。

趙老實不高興了，「開飯！這都什麼時候了？」

趙王氏才想說再等一等，終於，小兒子一家打扮得花紅柳綠，大爺闊太太般的晃回來了，卻是進門就道：「娘，您還真有錢，拿那麼好的綢子掛門上，嘖嘖，虧您上回還來跟我借錢。」

趙王氏臉色一變，忙把他打斷：「這是縣太爺送來的。」

趙玉蘭心中暗氣，她早問過趙老實了，知道娘的錢全給弟弟花了，末了竟然連幾兩銀子也不肯借，實在是太小氣了。才想說他幾句，未料趙成棟又打起縣太爺禮物的主意來。

趙玉蘭再寬厚，也忍不住嗆了一句：「那禮是人家謝謝爹娘教子有方，你也教子有方了？」

趙成棟臊得臉上一紅，訕訕換了話題：「噯，快來拜年，祝爹娘健康長壽。姨媽，也祝您生意興隆，姊姊妳也一樣啊！」

他這一張口，趙玉蘭也不好冷著臉了。拿了紅包，給了芽兒、南瓜，而趙成棟只用派阿慈一個，卻也輕薄得很，拿手上一掂量，頂多三五文錢。

趙玉蘭有些不悅，沒想到弟弟還腆著臉上前討要，「桃兒有喜了，你們還得再添個紅包。」

添丁雖是好事，可這樣討錢也太厚臉皮了吧？

看趙王氏礙著面子，又想拿錢，牛姨媽遞個眼色給趙玉蘭，示意她別出聲，自己道：「連沒出生的都要錢，那我是不是也得幫喜妞討兩個啊？」

趙成棟頓時尷尬了，「這不是她不在嗎？回來再說。」

牛姨媽嗤笑，「連不在跟前的嫡親孫女都沒有，這還沒成形的庶出卻有了？姊姊，妳還真是教子有方啊！」

趙王氏老臉有些掛不住，只好把掏錢的手縮了回來，打圓場道：「時候不長了，開飯吧。」

可這飯吃得也不消停，楊小桃仗著有了身孕，拿腔作勢地對著一桌子菜說油膩，偏要吃芝麻核桃糊。她還記恨著當年曾幫章清亭搗芝麻糊之恥，想扳回一城，卻把趙老實也惹毛了，硬邦邦地道：「想吃不會自己買啊？嫌油膩，回妳家吃去！」

楊小桃碰了一鼻子灰，趙成棟看風頭不對，說了她兩句，轉而拍起馬屁：「這鮮魚肉，娘您做真好吃！」

趙王氏到底一副慈母心懷，見兒子喜歡，習慣性的就要把整碗都端他面前去。

趙老實沒熄的火又冒上來了，「這還有客呢，有妳這麼幹的嗎？他是沒長胳膊，還是三歲兩歲，要妳這麼護著？」

趙王氏看看牛姨媽，再看看阿慈，到底也覺自己不對，可又怕小兒子鬱悶，補了句：「你要是喜歡，走時給你帶一些。」

「算了，爹，吃飯吧。」趙玉蘭挾了塊肉給趙老實，趙老實悶頭吃飯不吭聲了。

等到飯畢，號稱沒胃口的楊小桃也撐了個肚圓。

飯後閒話，牛姨媽不想跟趙成棟一家說話，只跟趙玉蘭閒聊，說起阿慈的新衣裳好看，趙玉蘭便開心笑道，這是張小蝶過年特意送回來的。

趙成棟聽得酸溜溜的，不想自己這個親舅舅沒給外甥買點什麼，反而怪罪張小蝶不記掛著他，故意在那兒潑冷水，「任他什麼買賣，總沒有販馬的高。」

趙玉蘭不高興地道：「那也得看買賣大小。聽小蝶說，年前她們生意最好的一天，可賣了足足三百兩銀子呢。像那在張大叔家賣文具的小夥計，這次過年連工錢都不要，全抵在小蝶那兒拿了批衣服走了，回鄉下一轉手，怕也能翻個幾分利出來。」

趙成棟聽著有些眼紅了，趙王氏也怦然心動，「若是這麼好賺，妳不如也改行做那個得了，何必辛苦地做點心？」

趙成棟心說這種好事，自己可不能錯過，忙道：「姊，那妳回頭幫忙說說，給咱們個最低價，到時把芳兒、桃兒都帶上。娘不是也閒著嗎？正好都找點事做。」

他怕光說自家顯得私心太重，還把趙王氏給劃拉上了。

可趙玉蘭卻嗤笑一聲，「這樣白撿錢的買賣，我可沒臉去說。再說，人家張大叔早打算好了，讓小蝶今年在那邊再辛苦一年，回頭在集上給她開間鋪子，就當是給她成親的嫁妝了。」

趙王氏倒還罷了，趙成棟大覺可惜，忍不住發了句牢騷：「這生意還是從前沒分家時置辦的，竟白便宜他們家了。」

牛姨媽當即沉了臉，「你便宜誰了？誰又占了你的便宜？你嫂子做這門生意用了你一文錢沒有？那可是你們家全都同意給張家，如今你又來說這話，也不怕人笑掉大牙。這不是姨媽大過年的非要說你幾句，你能分得手上那些東西已經夠不錯的了，也別太不知足了！」

趙成棟被說得臉上一陣紅一陣白的，趙王氏忙打了個圓場，「就是就是，你把馬養好，也是門大生意。對了，你家人懷了，那馬兒懷了多少小駒子？」

她想起從前章清亭管馬場時，好像馬兒懷得很容易，便也揀了這個輕鬆話題，沒想到趙成棟支支吾吾竟是答不上來。

畢竟是當慣了姊姊，趙玉蘭也有點著急了，「成棟，你自己也多操點心吧。除了會賣馬，你怎麼就什麼都不知道了呢？」

趙成棟被說得下不了台，反嗆了一句：「我不知道，也輪不到妳操心。姊，妳放心，妳弟弟再怎麼沒用，橫豎總是吃不到妳家去的。」

這說的什麼話？趙玉蘭就是個泥人，也有三分土性，「得，算我多管閒事，往後你家的事，我再不多問了！」

這才對嘛，趙成棟才撇了撇嘴，未料趙玉蘭卻道：「可有一事，我卻要弄個明白。你從娘那兒拿了一百兩銀子，打算什麼時候還？」

趙成棟臉色一變，趙王氏也有些坐不住了。

趙玉蘭冷著臉道：「娘，您別打馬虎眼了，這事必須說清楚。那是哥哥給你們一年的使費，要是沒了，你和爹要怎麼過日子？」

趙王氏不吭聲了，她實在吃到了沒錢的苦頭，也想把這個事提一提，也不要多，只要成棟一月還她個二兩足矣。

沒想到這話還沒出口，趙成棟就老著臉道：「那錢是娘自己拿給我用的，又不是我要來的。我哪知道是哥哥給的，還是娘的積蓄？姊，妳才說不管我的事，怎麼又問這些？到底我才是姓趙的，妳個外嫁女管這些事做什麼？莫非妳還惦記著那銀子？」

趙玉蘭氣得快吐血了，趙老實火冒三丈地抄起根扁擔就要打，趙王氏嚇得忙把他攔著，「算了算了，那錢就算我借給他的行不？」

趙成棟躲到門邊，也不高興地道：「娘，話可要說清楚，借錢得有借據，咱們之前也沒過這話呀？」

「那算我給你的行不行？」趙王氏心頭積壓多時的火也爆了出來，「成棟，你摸著良心想一想，娘把銀子都給你使了，回頭上你家連塊魚肉你寧可給外人，都捨不得給你娘，你做得像話嗎？」

趙成棟嘟囔道：「那您也不是沒錢啊？瞧這年辦得，還有鮮魚肉呢！」

趙王氏氣得不想說話了，頭一回指著這個兒子發了火，「滾！」

趙成棟翻翻白眼，帶著妾室兒女走了。

趙王氏渾身一陣無力，她怎麼就養了這麼個兒子？

京城，大年初五。

思荊園中午得到消息，出海跑船的包總管和閻家兄弟平安回來了。包總管正領著人卸貨，閻家兄弟會押著精貴貨品先一步回來。

這可是大喜事，海船平安歸來，就代表大家半年的生意都有了保證，連準備考試的趙成材也扔下書本，幫忙做起接風的準備。而此時的閻家兄弟已經來到京城熙熙攘攘的大街上，當經過一輛外表樸實無華的馬車時，閻希南驀然停頓了一下。

「哥，怎麼了？」後頭那匹馬也跟著停下了，厚厚的皮帽下露出一張質樸的臉，正是弟弟閻希北。

閻希南皺著眉頭，左右嗅嗅，「我好像又聞到那東西的味道了。」

閻希北的神情頓時也嚴肅起來，一樣地用力抽著鼻子，可是那輛擦身而過的馬車早已消失在了人山人海裡，不見蹤影。

「是不是你聞錯了？」閻希北有些不敢置信，「那東西都這麼多年沒出現過了。」

閻希南被弟弟說得也有些不敢肯定了，「算了，先回去吧。」

閻希北提馬上前安慰著他，「別著急，如果那種東西再出現的話，咱們一定能找到的。」

閻希南重重嗯了一聲，「若讓我抓到那個人，非將他繩之以法不可。否則，怎麼對得起我白白死去的十七個兄弟？」

閻希北勸道：「當年的事，也不是你想的，都這麼些年了，你就別放在心上了。」

閻希南慘然一笑，「你讓我如何不放在心上？算了，不說了。阿北，我知道你一直挺喜歡姜姑娘的。這次回去，讓大哥幫你把親事辦了吧，然後你帶著她回去侍奉二老，別再跟著我浪跡天涯了。」

閻希北卻搖了搖頭，「她夫仇未報，不會肯的。娘在家裡有小弟侍奉，爹再過幾年也能告老還鄉，更不會寂寞了。我雖無用，但好歹能陪你說說話。就是爹娘知道，也不會同意我扔下你一人回去的。」

閻希南很是自責，「我這個做老大的，不說在他們二老膝下盡過一天孝道，怎麼還能再扒拉上你一個？我是沒臉回去的，但你不一樣。」

「大哥，我都勸了你多少年了，你怎麼就是放不下呢？爹也未必不會原諒你，回頭咱們去見見他，行不？」

「不！爹一世英名，怎麼能讓我這個不長進的兒子帶累了？你別勸了，我這輩子除非是死，否則絕沒有臉回去見爹娘的。」

兄弟倆仍是誰也說服不了誰，只得各退一步，沉默著回了思荊園。而兩人都沒有留意到，之前那輛有著特殊氣味的馬車，也隨後來到了離荊園不遠處的一處僻靜之所。

久別重逢的歡樂中，沒人留意到，有個小廝進來遞給了方德海一個荷包。老頭子看過後臉色大變，當即就拄著拐杖，急匆匆顫微微地出去了。

按著信上的指示走了好一時，方德海看見那輛孤零零的黑色馬車了。似是被看不見的繩索套著脖子，老爺子步履蹣跚地走向那輛車。

「大爺，方德海來了，請問這個……」

他剛舉起荷包裡的金鎖片，那車廂裡就傳來一個冷冰冰的聲音：「上來。」

方德海費勁地爬上了車，那車夫就駕著車，不緊不慢繞起圈子。

老爺子低著頭，眼皮都不抬地問：「大爺這是要我做什麼？」

黑漆漆的車廂裡，裹得嚴嚴實實的的那人涼涼笑了，「你這老兒倒是識趣。看到你兒子的金鎖片了吧？是，他的骨頭在我手上。」他信手拋了一物到方德海面前，「認得這個東西是什麼吧？說來聽聽。」

方德海渾身一顫，這東西他光是聞就知道是什麼了，啞著嗓子道：「大爺……這個……」

那人嗤笑，「別這個那個的了，我這人脾氣不好，沒什麼耐心。說吧，從前的燕王怎麼會找到你？而當年宮中第一得意的方大御廚又是怎麼弄得家破人亡的？」

方德海渾身抖得如篩糠一般，在車廂裡跪著磕起頭來，「大爺，求求你可憐可憐我這糟老頭子，放了我吧……我如今，連菜刀都拿不動了啊！我給錢，我拿錢來贖行嗎？」

那人好整以暇地笑了，笑聲中卻透著一股狠辣與陰毒，「既然如此，看來你是不打算要回你兒子的屍骨了。行啊，我一會兒就讓人去挫骨揚灰，你也不必心疼了。」

可憐方德海偌大年紀，被逼得眼淚都落下來了，「大爺！」

「別叫了，你知道我要的是什麼。」那人如盯著獵物的毒蛇般寸寸逼近，「再配出當年的天下第一香，當然是比十里香更加讓人欲罷不能的東西，我就把你兒子的骨頭還給你。」

方德海哆嗦著唇，內心糾結，半天沒有說話。

那人等了一時，又輕輕一笑，「方明珠。小姑娘似乎長得還不錯，要是好好打扮一番，送到青樓著力調教，說不定也能當個小小花魁，每日客似雲來，風光無限啊！」

方德海猛地直起身子，乾澀的聲音顫抖道：「大爺，您、您若是只有這個，那是無論如何也配不出可食用的調料。」

這話分明就是屈服了。

那人滿意地追問：「那要什麼？」

「要這種花的果殼。」

那人微怔，忽問：「那你能養得活這種花嗎？」

「不能。這種東西原產於南方極熱之地，我試著種過多次，無一成活，這話我絕不哄您。」

那人輕輕哦了一聲，倒是有幾分好奇起來，「那這種東西到底叫做什麼？」

方德海咬了咬牙，無比艱澀地說起這讓他深惡痛絕的東西，「此花叫做米囊花，還有個別名叫罌粟。花大而豔，開三日而謝，留下的果殼入藥，可驅邪熱，治瀉痢。若是混入食材，能有異香，久食及過量食用會讓人上癮，欲罷不能。」

黑暗中，那人把玩著手中的黑色膏藥，「那這又是什麼？」

「這是從果實乳汁裡提煉出來的東西，原是白色，遇風則化為黑色，有人管他叫南夢膏。意思是吸食這個，會讓人感覺做了南柯一夢般迷醉。只是長久吸食，會比那御米殼更易上癮。若是大量吞食，立時斃命。」

那人這才恍然，「看不出你還挺懂門道的。」

方德海低下頭，不願回應。

從前他在宮中之時，被燕王派人遊說，讓他在先皇的食物中添加這食材，可他為人謹慎，舉凡上貢之物，都要先餵家中幾條試食的狗吃上一段時日。後來發現那些狗漸漸不思飲食，鎮日發狂，只想著吃這個，發覺不對，在查清始末後，當即就斷然毀去了此物，卻也因此得罪了燕王，以致才給兒子招來殺身之禍。

這是他埋在心中最深的痛，從未提及，而不願意告訴章清亭她們，也是不願意惹禍上身。只是沒想到，無論他再怎麼躲，這朵名為罌粟的花，就像是陰魂不散的幽靈，到底還是纏上他了。可身為一個父親，他能怎麼辦？他難道能坐視自己兒子的屍骨不理，坐視自己的小孫女被人凌辱嗎？所以，他只能妥協。

那人扔下一句，三日內會把御米殼送來，就揚長而去了。

方德海滿面悲愴地站在冰天雪地裡，無聲淌下渾濁的老淚。

他不是過是個尋常的廚子，他只想太太平平地過日子，怎麼總是不能如願？

蒼天啊，他到底是做錯了什麼，要這麼樣一次又一次折磨他？

晚上擺酒，給閻家兄弟接風洗塵時，趙成材留意到方德海的不對勁了。晚飯後照例藉口哄女兒睡覺之機，尋媳婦私話：「妳看老爺子這是怎麼了？滿腹心事的樣子。」

章清亭想了想，「可能是沒尋到兒子屍骨，心裡難受吧？你沒看初一那日，玉茗小道長來拜年時，他還親手下了一碗冬筍香菇麵給人家？平常我若求他煮點東西，他都三推四推的，倒是對個出家人這麼殷勤，想來也就是這原因了吧？」

趙成材覺得應該還不止如此，可他也想不出個所以然，便不再問了，反倒藉著玉茗，說起一事來，「我記得那天玉茗說，他明年就滿二十，想離觀出海，遊歷天下，說真的，我也挺想去的。」

章清亭小嘴一撇，「你想去，我還想去呢！」

趙成材怔了怔，忽地眼睛一亮，「對哦，要不，咱倆一起去，也應該陪妳回回娘家嘛！」

「誰要跟你回娘家？趙舉人，我跟你現在沒關係！」

趙成材一臉哄小孩似的表情，「行啦，媳婦，咱倆別鬧了。回頭把事辦了，咱倆還是一家人，不好嗎？」

呸！章清亭翻個大大白眼，「你以為你是誰呀？想和離就和離，想湊一塊兒就湊一塊兒！這天底下哪有這樣的好事？」

做小伏低了這麼多天，還是沒消氣，趙成材也覺委屈了，「那時的情況妳又不是不曉得，我要不那樣做，能替妳保住家產嗎？鬧一時就夠了，妳還沒完沒了了。」

章清亭肚子裡的火瞬間被勾起來了，「什麼叫我沒完沒了？和離這麼大的事情，你怎麼不事先跟我商量商量？連個風兒也不透。你以為你很偉大，可你有沒有想過我的感受？人家剛生了妞兒，相公突然就要鬧著跟我和離，你怎麼就那麼肯定我不會多想？你怎麼就那麼肯定我不會當真？又或者，你們家馬上給你討一房新媳婦，你要怎麼收場？」

趙成材極力辯解，「我不是早跟我家說了，再娶得由我嗎？再說，咱們這些年的夫妻，妳還能不知道我嗎？」

「我不知道！」看他這還不知錯的樣子，章清亭委屈得眼圈都紅了，「你若知道我，會做出這種事來嗎？是，你娘給你弄小妾，又偏心你弟弟，我是很生氣，可我是那種為了幾個錢就斤斤計較的人嗎？我章清亭既然有本事掙出這份家業，就有本事掙得更多，縱多給些她又如何？你在做事之前怎麼就不能跟我商量商量，問問我有什麼打算呢？虧你還是讀書人，這成親和離是小孩子過家家嗎？能這麼拿來胡鬧的？」

趙成材這回真被噎得無語了，他千算萬算，卻沒曾想，偏偏漏算了最重要的一條。

再好的夫妻，該說的話還是要說明白的，誰又不是誰肚子裡的蛔蟲，哪能想得到那麼多？

眼見媳婦是真的傷了心，趙成材後悔莫及，囁嚅著道歉：「妳當時身體又不好，我那不是怕妳操心嗎？真沒想到那麼多……」

章清亭聞言，狠狠把眼淚逼了回去，指著他的鼻子痛罵：「怕我操心，那你就早些把話說明白，別讓我去猜呀！你又不是不知道我的來歷，在這北安國，除了妞兒，就你一個最親最知心的人了，可你呢？你都幹了些什麼？我的委屈你有沒有想過？」

她到底忍不住，抽抽噎噎落下淚來。

這竭力隱忍比號啕大哭更傷人心，趙成材看得心都疼了，左一個揖，右一個揖地誠心道歉，「好娘子，妳快別哭了，是我錯了，是我渾，是我笨，全是我的不是。妳揍我吧，要不，妳說，要怎麼才肯原諒我，我這就去做！」

章清亭抹了把淚，瞪著他道：「當然全是你的錯！要我原諒你，下輩子吧！」

這下趙成材知道，是徹底把媳婦惹毛了，想要化解，恐怕還路漫漫修遠兮咧！

沒兩日，方明珠發現爺爺不知從哪兒弄來了一套小石磨、石杵等研磨工具，旁邊還堆了一大堆的八角、桂皮等物，不由得好奇道：「爺爺，您又要做新調料啊？」

不料，方德海一下就沉了臉，「不該問的別問！」

方明珠嚇了一跳，方德海意識到不妥，又放緩了語氣，「爺爺也不是凶妳，只是最近想到一個新方子，想再琢磨琢磨。我這兒的東西妳可別亂動了，知道嗎？」

方明珠應了，卻著實覺得有些不解。

等到第二天，方德海就把自己鎖在屋子裡，叮叮砰砰搗鼓那些調料，門窗緊閉，似是生怕有人看見一般。

這不像是老爺子的作風啊？連章清亭都覺得奇怪起來，可無論誰去問，他都是一句話：「大過年的，你們玩去，老圍著我這老頭子幹什麼？」

章清亭忍不住了，覷了個空悄悄問他：「老爺子，您是不是遇到為難的事情了？說來聽聽，興許我還能幫您出個主意。」

方德海知道她是一番好意，反倒勸起她來：「我能有什麼事？妳呀，也別太跟成材較勁了。夫妻吵吵鬧鬧都得有個限度，要真離了他，妳上哪兒再找這麼好個人去？誰受得了妳那脾氣。就是不為自己，也得為喜妞想一想。差不多就行了，人家給個臺階妳就下來吧，別等到想下來時，都沒了梯子。」

章清亭沒勸著人，反挨一頓數落。不過想想最近那秀才的表現，著實可圈可點。像夾著尾巴的小媳婦似的，滿京城搜尋好吃好玩的給她，還惴惴不安生怕她不領情。

那，要不要對他好點？

等到趙成材晚上回來，又帶回一盒據說是宮中御制脂粉給媳婦時，章清亭近日繃著的冷臉終於放下了，「不是你特意給人討來的吧？」

話雖冷，但裡面的關心，趙成材瞬間就聽出來了，忙討好地道：「不是，是婁大人今兒帶我去做客，梁府因跟宮中嬪妃有親，今兒剛好得了一批賞賜，不止是我，連婁大人也拿了的。」

章清亭這才不多說地收了東西，然後斜他一眼，「你們今兒去，就談了談脂粉？」

當然不止，看媳婦終於給了個好臉色，有談話的意思，趙成材忙告訴她，因晏太傅過世，原本早就該定下來的春闈主考官遲遲未有定論，惹得官員們議論紛紛。

章清亭頓時就明白了，「晏博齋不能服眾？」否則，這個職務就應該給他。

趙成材點頭，「他雖是晏家長子，但到底沒什麼建樹，又沒有有力的朝臣支持，想得到這個職位並不容易。」

從這裡也能看出一個人身家背景的重要性，如果是晏博文，恐怕事情就會順利許多。說來確實不公平，可是沒辦法，在這個時代，世家大族的影響就是這麼巨大。他有一個好外家，就勝過晏博齋無數。而晏博齋如今還沒能搶到這個職位，證明他的能力實在有限。

章清亭撇了撇嘴，「那種心術不正之人，確實不配為人師表。」

趙成材一笑，揭開這個話題，說起件有趣的，「聽說皇上還想藉這次春闈給幾位公主選駙馬，妳說，我會不會有機會？」

章清亭一怔，這秀才什麼意思？

趙成材笑得有幾分靦腆，偷偷瞟著她，「那個，妳說過，以後有事不許瞞著妳。我今天去梁府的時候，梁大人問起我的事情……」

章清亭心一沉，這是要幹什麼？

只聽趙成材低低道：「我跟他說，我雖然那個……和離了，可髮妻對我有再造之恩……她一日未嫁，我是不會再娶的。」

章清亭一愣，隨即卻是心頭一燙。趙成材說的不是什麼動人的甜言蜜語，卻意外地打動人，像是有什麼熱流破冰而出，竟是要從眼裡湧出來了。她忙轉過臉去，用力眨了眨眼睛。才想著要說點什麼，可喉頭一陣陣發緊，實在不知道說些什麼。

瞟著那個低頭站在那兒，像是孩子罰站般的秀才，心中有氣有怨，卻也有著無法割捨的種種感情，像是已經揉進了血脈裡，一旦觸及，就是傷筋動骨的疼。

夫妻倆正在這裡相顧無顧，忽地方明珠抱著喜妞進來了。她們幾個女孩子下午沒事，就抱著喜妞一起出去逛了逛。喜妞手上拿著一個色彩鮮豔的小香囊，興奮得咿咿呀呀，衝著爹娘獻寶。

趙成材一見閨女，先自收起情緒笑了，把往身上撲的小閨女抱過來，「喲，這麼漂亮的小香囊，是誰給小喜妞的呀？」

喜妞伸出小手往方明珠一指，樂得方明珠道：「妞兒真好！妳小姑姑付錢，妳只當是我送的，這樣的好事哪裡找去？」

章清亭也展開笑顏，「你們別太慣著她了，小心把她慣壞了。」

方明珠笑著告狀：「這個小壞蛋，一去到人家攤子，看見人家荷包好看，抓起來就往嘴裡送，我們攔都攔不及，就咬了滿嘴的口水上去，不買還能怎麼辦？」

章清亭剛嗔了喜妞一眼，小丫頭似有所感地把小臉轉到她爹懷裡，假裝沒看見，高高舉著小荷包，對秀才笑得諂媚。逗得眾人啼笑皆非，這個小妞，還長心眼了。

趁著氣氛好，方明珠把一對香囊取出，「喜妞，拿去給妳爹娘，就說是妳送的。」

喜妞很高興地接受了這個任務，一個扔在他爹懷裡，另一個就扔給章清亭。

章清亭看著那香囊上繡著的大雁，很是瞅了方明珠兩眼，卻只說：「她已經很喜歡亂扔東西了，妳還引著她！」

方明珠覷她笑得別有用意，「沒事兒，只當練手勁唄，大不了我來揀！」

正說笑間，趙玉蓮也進來了，把買給哥嫂侄女的小禮物取出。

方明珠把喜妞放下，拉著她走，說讓他們「一家」慢慢整理。

章清亭卻遞個眼色給趙成材，「你先把喜妞抱出去玩一會兒，玉蓮妳幫我描個花樣子，有這小東西在，什麼事也做不成。」

趙成材會意，趙玉蓮近來和賀玉堂頗多接觸，也該問問她怎麼想了，只是他忽地想起一事，「過幾天就是元宵，婁大人約了我們一起進城看燈的。我答應了，難得來一回，都去看看吧。」

章清亭應下，拿了花樣子給趙玉蓮，轉頭等清靜下來了，才拉著趙玉蓮道：「這裡沒有外人，妳也不必害羞，跟嫂子說實話，妳對那賀大爺有沒有一點好感？」

趙玉蓮掩嘴而笑，清麗的眉眼笑得溫婉而俏皮，「嫂子承認還是我嫂子了嗎？」

章清亭耳根微紅，佯怒道：「妳再打趣，我現就去把妳的婚事定下！」

「別！」趙玉蓮臉上的笑容漸漸收起，垂眸看著自己的雙手，「其實有件事，我早想跟你們說了，我、我想自梳。」

什麼？章清亭震驚了。

可這個小姑雖然語氣溫柔，但語意堅決，「在姨媽沒有過繼我之前，我就是這麼打算的。旺兒是我從小帶大的，我不可能嫁他，要是姨媽逼著我，我就自梳。她表面雖凶，雖然心地很軟的，我要是堅持，她會同意的。」

章清亭急道：「可妳現在不用了啊！」

「不，還是要的。旺兒現在雖學懂事了些，到底比常人還是差了不少。他心地又好，以後若是身邊沒個得力的人幫著，恐怕要吃大虧。我如今既是他姊姊了，自然要擔起這份責任。等旺兒將來成了親，若是他媳婦兒能接過去，那便最好。若是不能，我就一直幫著他管下去。」

她轉而一笑，「橫豎妳和哥還給了我間鋪子，這就足夠我一輩子吃用了。我這些時跟著紅姊也學了不少手藝，或者留在京城，或是回去之後，開個小小的繡坊也可度日。所以，嫂子，妳就別勸我了，若是真的為了我好，就讓我依著自己的心意過吧。」

不可能，章清亭斬釘截鐵道：「妳想自梳，這不現實。就算我們不逼著妳嫁人，可妳一個好端端的姑娘家，又不是嫁不出去，幹麼要自梳？左鄰右舍會不會問？親朋好友們會不會問？如果問了，妳以為還能用旺兒的藉口搪塞過去嗎？不可能的。妳要是這麼說了，就是要陷姨媽和旺兒於不仁不義了。好像把妳過繼出去，就是為了替她家賣身似的，這讓別人怎麼想姨媽？怎麼想旺兒？」

趙玉蓮一噎，似是沒想到這個，被駁得說不出話來。

章清亭幽幽嘆了口氣，「玉蓮，我知道這些年妳在姨媽家是捱了不少苦的。雖說姨媽心善，可妳那麼小的年紀，一個人突然離了家，又是那樣不明不白的身分，有多少話妳憋在心裡，能跟誰說？」

趙玉蓮似是想說什麼，可喉頭哽咽著，半晌都說不出一個字來。章清亭撫過她黑鴉鴉的雲鬢，目光憐惜，「這話我們從來不說，不是因為我們不知道，而是大家心裡內疚，都不敢說。上次姨媽回來，說願意解除妳和旺兒的婚約，收妳做女兒。妳哥回去剛說完這話，妳娘就哭了。妳哥說，他長這麼大，頭一回看妳娘哭得這麼傷心，連妳爹都哭得像小孩兒似的，直說對不住妳。」

趙玉蓮低下頭，一雙小手不住顫抖著，在衣襟上落下一片濕痕。

章清亭頓了頓，才緩緩道：「玉蓮，跟嫂子說實話，妳心裡……是有人了吧？」

趙玉蓮渾身一震，章清亭拉過小姑冰涼的小手，放在自己溫暖的手心裡摩挲著。

趙玉蓮生得好，手生得也好。雖指間有薄繭，指甲也從未留長染紅過，卻是白白淨淨，清清雅雅的，如她的人一般，惹人憐愛。

章清亭忽地想起，曾聽老人說過，手生得漂亮的女人，大多會嫁得很好，但她可憐的小姑，卻註定是達不成心願的吧？

她的眼淚也忍不住落了下來，低低地道：「要是旁的人家，嫂子說什麼也要替妳爭一爭。可是他……他那樣的人家，嫂子不敢，也不能替妳去爭啊！」

趙玉蓮渾身抖得厲害，在章清亭在她掌心劃下一個孟字時，徹底崩潰了。

「哭吧，痛痛快快地哭出來，哭出來就好了。嫂子不會告訴別人的，連妳哥也不會。」章清亭伸手攬著小姑單薄的肩膀，任她失聲痛哭，心裡的難過並不比趙玉蓮少。

情竇初開的愛慕最為真摯而動人，所以它的凋零，也最為讓人刻骨銘心，痛徹心扉。

章清亭忽覺幸運，她和趙成材這樣的兩情相悅，實屬不易。

許久，趙玉蓮才漸漸平靜下來，依舊倚在長嫂溫暖的懷裡，悄悄坦露出自己的心跡：「嫂子，妳會不會笑我？」

怎會？章清亭心疼地捧著小姑哭過之後越發美麗的小臉，「他那樣的人，喜歡也是應該的。若是我未嫁時遇到，說不定也會跟妳一樣。」

「不！」趙玉蓮可以肯定，「大嫂是個很聰明的人，知道自己什麼該要，什麼不該要，妳不會像我這麼傻。」

憶起往事，她美麗的眼睛裡顯出少女的嬌羞與夢幻，「我、我第一次遇到他，他幫我趕走了薛紹安。我去謝謝他時，他問我『以身相許好不好』，我知道不應該，可就是笑了……後來，他又說什麼『三笑之後，必結姻緣』，我知道是瘋話，可忍不住就開始胡思亂想了……大嫂，我是不是很壞？是個壞女孩，好姑娘不應該是我這樣的。」

章清亭捉住她的手，「傻丫頭，妳自責什麼？妳是好姑娘，他那樣的人才是禍害！」

趙玉蓮還是既矛盾又痛苦，「我知道，我不該對他有非分之想的，後來知道了他的家世，就更不應該了。我真的有很努力不去想他，不再看他，我、我真的很努力的！」

「我知道，嫂子信妳，真的信妳！」看著她急迫的雙眼，章清亭心疼無比。要壓抑一份這樣純真而熱烈的感情，有多麼艱難？那個孟子瞻，為什麼要來禍害她這麼好的小姑？

趙玉蓮感激地看著她，隨即又垂下了頭，怯怯說著心事：「我知道我是配不上他的，我不想嫁人，是想、想能把他放在心裡，一個人清清靜靜地惦記著他……也不要他知道，只要自己記得，偶爾想想他，就……就很好了。嫂子，這樣真的不行嗎？」

章清亭說不出話來，在最美好的年華，遇上一個最出色的男子，可能是幸，也可能是不幸。

他好像一束光，驟然照進女子單純蒼白的生命裡，這讓她怎能不如飛蛾投火般撲上去？

可趙玉蓮說的對，章清亭不是她，她就算對孟子瞻再有好感，也不會放任自己陷入一段沒有結果的愛情。所以，她只跟趙玉蓮講事實：「妳如今年輕，可以不嫁，可等妳老了，生病了，要怎麼辦？是的，妳有我們，也可以請丫頭小厮，可那些能取代一個相濡以沫的老伴，和一群孝順妳的子女嗎？玉蓮，聽嫂子一句，好好找個人嫁了吧。妳可以不愛他，但要好好對他，對妳自己。時間長了，總會有感情。至於那個人，就像妳說的，一輩子把他放在心裡，偶爾想一想，這樣也就足夠了。」

章清亭以為她不會同意，沒想到趙玉蓮瞧著她，那烏黑的眼睛裡有什麼東西慢慢沉了下去，然後對著她，很輕卻是很柔順地點了頭。

「其實，我也覺得賀大爺人不錯，他要願意，我就嫁他吧。」

章清亭想說好，心裡卻一陣揪心的疼，忽地大力把她緊緊抱在懷裡，什麼話也說不出來。

孟子瞻怎麼就攤上那樣複雜的家庭？若是稍稍簡單一點，就是拚上個攀附權貴之名，她也要想方設法成全小姑的心願，可那註定只能是一場夢。是夢，就遲早會醒。

可就算她嫁給賀玉堂，這輩子能舉案齊眉，到底也意難平吧？

❁　❁　❁

北安國，翰林院。

合上書卷，孟子瞻只覺心頭有些沉重。他剛剛看到一段塵封已久的歷史，記錄著一個女人短暫的一生。

「孝成許皇后，瑯琊人。年十六，選入宮中。因德行出眾，上甚喜之，立為后。次年，誕育一子，為世宗十八子。因生於正月初一，故名玄元。又三年，天降大疫，此子為國祈福，染病身卒。後不勝傷悲，亦於同年十二月亡故。」

這世上的事有這麼巧的嗎？

同樣都是大年初一的生日，一個在三歲時亡故，一個就在三歲時進了天一神廟修行。

孟子瞻忽地想起，小時曾聽說過的一些傳聞。

今上的生母，先帝第一任皇后素與先帝不和，這從她的封號孝烈二字便可見一斑。傳說孝烈皇后極是要強，尤其善妒。宮中凡有姿色出眾者皆被放置冷宮，若皇上寵幸他人，便大吵大鬧，甚至憤而離宮出走。而當時孝烈皇后娘家勢大，先帝不得不作出諸多妥協。終於，先帝慢慢掌權，而孝烈皇后在丈夫越來越多的新歡中氣鬱難解，香消玉殞了。而僅僅是在半年之後，先帝就同意了大臣奏請另立新后的摺子，可見帝后感情淡漠到了何等程度。

瑯琊許氏就是在那一年被先帝看中，並納入後宮封為新后的。

同樣是出身名門，但瑯琊許氏明顯就比孝烈皇后溫柔可意多了。雖得聖寵，卻不專寵。先帝被河東獅吼了多年，終於有一朵解語花相伴，那份愜意可想而知。

在許氏正月初一誕下十八皇子的那一天，京城上方突然出現了紅霞滿天的異景，有人還說看見了雲中有金龍下凡，直奔坤寧宮而去。所有人都說新皇子的誕生，乃是大吉之兆。當時，要立這位小皇子為太子的呼聲日高，先帝也曾非常動心，卻終因顧及到孩子太小而暫且擱下。

直到這位小皇子三歲那年，一場馬瘟在京城附近傳播開來，並且蔓延極快。

北安國的經濟是以馬來支撐的，如果這場馬瘟在全國蔓延開來，那後果不堪設想。當時就有人提議，說十八皇子命格極強，福澤深厚，如果有他親自去祈福，這場災禍一定可以避免。

雖然明知祈福會是個極其辛苦的過程，可先帝迫於無奈，只得同意了此舉。

等到七天冗長的祈福儀式結束之後，三歲的小皇子已經奄奄一息了，但困擾京城的馬瘟神奇的解決了，可小皇子卻很快為此獻出了性命。

孟子瞻是個好奇的人，但卻更是個懂分寸的人。現下江山已定，又為何要再度挑起爭端，讓手足相殘？起碼，他還活著，也很快樂，這就夠了。

長長吐出一口氣，孟子瞻放下了手中書卷，又抽出一卷燕王舊事。說來那也是個英雄人物了，奈何時不利兮，最終只落得慘澹收場。不過，他要關注的不是這些，仔細翻看，他忽地留意到幾個字：「私製秘藥，豢養死士……」

孟子瞻心頭一動，再往下翻，終於在一處不起眼的角落裡明明白白記載著，當年負責查抄燕王私邸，找出證據的，正是晏博齋。

朝中上下都知道，晏博齋正是在此次查抄中立了大功，是以才得到皇上重用。而那時，晏博文早就被送去流放了。兩事看起來，毫無關聯，可是，不對！

孟子瞻忽地注意到，書冊上記載的是私邸，並不是府邸，那就是祕密窩點了。

可晏博齋是怎麼找到那裡的？那麼，燕王府的祕藥，又會不會跟他有什麼關係？

數日後，晏博齋下朝時，被孟子瞻攔住了。

因品級較低，孟子瞻從容自若地隻身來到晏博齋的轎前行禮，晏博齋很是享受地受了他的禮，才說：「小孟大人，何須如此多禮？」

孟子瞻微微一笑，「人不知禮，無以立也。尤其春闈在即，對著晏太師府上，下官這禮數可不敢有缺。」

晏博齋聽出話裡的譏諷，心火不覺冒了出來。

自老頭子死後，皇上沒把太師一職加到他頭上不說，連歷任春闈主考官都猶豫起來。這其中，就數孟尚德那老狐狸跳得最凶。現在孟子瞻來找他談這個話題，是故意羞辱他的嗎？

「此事自有聖裁，你我都不必枉自費心。鹿死誰手，還未有定論。」

孟子瞻臉上笑容不變，「眼下春闈在即，可這主考之人遲遲不定，不止會讓一干莘莘學子揪心，也讓朝臣不寧。若是大家都退讓半步，或許能並駕齊驅，為國效力，晏大人覺得可好？」

晏博齋明白了，孟家這意思是要弄個雙主考，甚至三主考出來，可自己碗裡的肉，憑什麼要分給別人？

「春闈大事，本該一人裁決，若是考官眾多，讓學生何去何從？小孟大人若是有心，不如回去勸勸令尊，或可隨後照顧一二。」

這是他的妥協。把主考官的位置讓給他，他照應幾個孟家關係戶就是。

孟子瞻一笑，「這不過是下官的一點愚見，若是大人覺得說得不對，也請不要見怪。」他拱一拱手，似是要走，卻忽地又道：「說來我前日到翰林院翻查舊史，無意中瞧見晏大人竟如此的明察秋毫，連燕王私邸也能尋到，當真讓人佩服。」

晏博齋臉色一沉，「這自然是上仰天恩，下仗眾人出力。任他智者千慮，也總有百密一疏，不必多想。」

孟子瞻點了點頭，卻是又道：「只不知那燕王到底是用何等祕藥豢養死士，我去尋時，才知那些東西全被銷毀了，不知晏大人可知道究竟？」

「小孟大人，你未必也太好奇了。此事皇上早已定案，難道你還有何異議不成？奉勸一句，這皇家的事情，咱們做臣子的還是少操些心好。」

「多謝晏大人金玉良言，下官一定銘記於心。只這做臣子的，操不操心且兩說，但這忠心卻是第一位的。若是欺君瞞上，那才最要不得。呵呵，時候不早，下官也不耽誤了，告辭。」

孟子瞻不再多說一字，轉身走了。留下晏博齋在那兒，雖然表面竭力保持平靜，但心頭已然掀起驚濤駭浪。

該死！這傢伙竟然去翻查以前的舊帳了。他當年在查抄的燕王私邸時，鬼使神差地截留了那批御米殼和南夢膏。因為他用過，所以當然知道這東西的妙處。他原本以為自己做得天衣無縫，可現在孟子瞻卻起了疑心，這可怎麼辦？

晏博齋眉毛緊擰，甫一回府，就進了庫房密室。將那些打著燕王府印記的瓶瓶罐罐盡數砸個粉碎，想想又砸了幾只古董瓷器，混在一堆，叫管家邱勝進來收拾。

看他那一臉的陰狠，邱勝眼中閃過一抹異色，躬身領命，收拾東西走了。

陸之章 元宵死別亂政潮

元宵將至，這日包世明管家終於押著最後一批貨物回來，章清亭也過去清點了自己的，正與喬仲達他們商議明年的生意，就見喬敏軒蹦蹦跳跳地過來了。

他手裡提一盞小兔子花燈，高興地顯擺：「這是蓮姨做給我的，爹爹，你看好看嗎？」

「好看！」喬仲達滿是憐愛把兒子抱到懷裡，對眾人道：「你們這一路也都辛苦了，十五那日就由我做個東，請大夥兒到京城喝杯水酒，晚上正好也逛逛燈市。」

眾人都豪爽地應了，閻世南卻嗅到喬敏軒衣衫上與眾不同的味道，不覺微微皺眉，「敏軒，你上哪兒了？身上怎麼這麼香？」

喬敏軒一個孩子，自然毫無心機地道：「是方爺爺那兒在做東西，好香好香的！」

閻世南心頭起疑，使了個眼色給弟弟。等散了出來，二人悄悄來到方德海所居的小院外。

空氣裡依稀殘留著那股奇特的香氣，閻氏兄弟面面相覷，不約而同點了點頭。雖然摻了其他的香料，但他們還是聞出了那一抹特別的存在。

要去問嗎？兄弟同時猶豫了。跟人家又不熟，要怎麼說？

忽地瞥見章清亭把自家小廝吉祥偷偷叫到外頭交代：「明兒老爺子又要出去，你到時揣一袋小米，沿途撒下，我到時會跟在你們後頭，可千萬別讓他發現了，知道嗎？」

吉祥應下，章清亭正待回去，卻見閻氏兄弟悄悄在那兒對她招手。

章清亭微怔，這二位素來寡言少語，找自己所為何事？

閻希南說話素來不喜歡拐彎抹角，開門見山地道：「張夫人，有件事我們想請妳幫忙查一查，方老爺子到底弄的是什麼調料？」

說實話，章清亭也覺不太對勁，才想要跟蹤方德海，「二位如此問，莫非是知道了什麼？」

閻希南點了點頭，「此事事關重大，還請張夫人一定幫忙。」

章清亭臉色一變，「到底怎麼了？」

閻希北臉色凝重，「方老爺子所用的調料當中，可能有一味非常禍害的東西！」

❁ ❁ ❁

在章清亭的再三堅持下，方德海只得讓吉祥趕著馬車，陪他上京城了。

章清亭把喜妞塞趙玉蓮手裡，囑咐她和方明珠好生看家，轉身就去到喬仲達那兒，換上身俗豔新衣，又濃妝豔抹，借了幾件誇張金飾戴上，跟閻希北的馬車走了。

根據他們的安排，由她二人打頭炮，閻希南和喬仲達在後頭作接應，以防不測。

有閻家兄弟在，當然就不用吉祥再撒小米了。一路追蹤至京城瑞華樓附近，方德海打發吉祥去買點東西，自下車上樓了。怕打草驚蛇，二人不敢上樓，就在底下守著。而進了酒樓的方德海，在樓上再度見到了晏博齋，上回給他金鎖片的人。

將提煉出的調料遞上，方德海知道自己沒有任何討價還價的本錢，只低聲下氣地哀求：「大爺，您讓我做的事情，我都做了，您就把我兒子的屍骨還給我吧！」

晏博齋意外地好說話，指著桌上備好的筆墨，「你把這調料的配方及製作方法寫下，我自然就把你兒子的屍骨還給你。」

方德海二話不說，坐下來默寫，鼻尖流轉著淡淡的墨香，寧人心神，這心一靜，方德海忽地意識到不對勁了。

晏博齋怎麼突然變得好說話了？自己寫完了這配方，他就能把兒子的屍骨還來？萬一他只是想卸磨殺驢呢？

方德海心中分神，手上筆一抖，頓時就花了一個字。

他卻靈機一動，裝作驚慌失措想要來擦，卻把那墨台都給打翻了。

晏博齋看得眉頭深深擰起，方德海哆嗦著求饒：「大爺，我真的不是故意的！我重寫，我馬上重寫！」他又忙忙開始寫配方，一筆一劃，比方才還要認真。不多時，配方寫好。

晏博齋檢查了一遍，覺得沒什麼問題了，隨口就給出了句話：「你到城東五里坡處接你兒子的屍骨，然後該怎麼做，你知道了吧？」

「知道。」方德海恭謹地答：「小人接到兒子的屍骨之後，馬上就收拾回家。從此一生一世，再也不踏足京城半步。」

很好，晏博齋給了個讚賞的眼神，「去吧。」

「多謝大爺成全。」

方德海離開後，晏博齋卻走到一旁，撿起角落裡剛被丟棄的那張紙，對照了一下。

雖有部分被墨蹟汙淖，但露出來的地方，兩張方子卻是一模一樣的。

晏博齋很是滿意，終於相信方德海沒有騙他，所以他也沒有什麼用處了。

遞個眼色給邱勝，邱勝點頭，知道該怎麼做了。

於是，章清亭見方德海出了瑞華樓不久，旁邊小巷裡就出來幾個漢子，上了輛車追蹤而去。

閻希北戒心頓起，「這些人恐怕不尋常，咱們得趕緊跟去！」

章清亭動了個心眼兒，「你去保護老爺子，我留在這兒，看能不能碰上那個正主。」

閻希北有些猶豫，「你一人行不行？」

章清亭一笑，「妳放心，這光天化日之下，又這麼多人，我一個婦道人家，沒事的。等著這頭事畢，我自雇個車去喬二爺的店鋪便是，出不了岔子。」

閻希北想想也是，萬一打鬥起來，帶著她一個女流之輩也甚是不便，便讓她下車，自己駕車跟了上去。

章清亭下車後假意到瑞華樓對面的一家脂粉鋪中流連，但那眼角餘光卻是頻頻回顧，等了一時，就見樓中出來一位戴著帷帽的男子。

女人戴帷帽也就算了，男人這樣不是太奇怪了嗎？

她眼珠一轉，快手丟錢拿了一盒香粉就往那人面前奔去，假作失手，卻將那盒香粉摔了男人一身。

「哎呀，大爺，對不起，真對不起！」她一面手忙腳亂幫忙拍打，一面蹲下來撿拾香盒，仰著臉往上一瞧，章清亭頓時僵在那兒了，原來竟是他！

晏博齋卻沒能認出章清亭，嫌惡地拍著身上的香粉，不悅地瞪了她一眼，便匆匆離開了。

章清亭緩緩站起身，全身的毛孔似乎都在颼颼地往外冒著涼氣。

晏博齋這人心狠手辣，對自己的父母兄弟都毫不留情，他找上方德海，絕對沒有好事。

可是老爺子為什麼要為他所用？聰明如章清亭，當即就想到了緣由。

這世上能讓方德海掛心的事情不多。一是他兒子的屍骨，二是他孫女的安危。晏博齋肯定是拿這兩樣來威脅他了，老爺子才會替他做那害人的東西吧？

閻家兄弟已經告訴她了，他們雖不認得那朵神祕的小紅花，卻知道有種特殊的香料是會讓人迷失本性，繼而上癮的。當年的閻希南就是因為著了別人的道兒，才會誤入歧途，後來若不是他那十七個好兄弟捨命相救，他可能早跟他們一起命歸黃泉了，是以閻希南才會對那種香料深惡痛絕。

而把整件事情串起來，一切就有答案了。

姜綺紅的未婚夫當年應是被抓去煉製這種香料才死於非命，而晏博文也是因為飲了含有這種香料的酒，才會神智大亂，錯手殺人。

裴靜應是知道了這種花跟某種神祕的香料有關係，才會留下這條線索給兒子。而如今晏博齋又想逼方德海，用這香料煉製特殊的調料，控制更多的人。

可是，她就算知道這些有什麼用？沒有證據，要靠什麼來扳倒晏博齋？

章清亭心事重重地走在大街上，渾然沒有留意到其他，可有人卻留意到她了。

杜聿寒皺眉看著樓下那個花枝招展的婦人，「我怎麼……怎麼好像看到嫂夫人了？」

他今日和趙成材來太學院聽課，此時才下課，出來找個地方喝茶吃點心，一會兒還得接著回去上課。

「哪裡？」趙成材也探出頭來，卻只見到章清亭的一個背影。可就是這一個背影，也讓他一眼就認定了是自家娘子，不會有錯，可她那樣的打扮是怎麼回事？

才自納悶，忽地見到一輛馬車追了上來。馬車上下來一個男子，那不正是喬仲達嗎？

也不知說了什麼，章清亭立時就笑笑上了車。轉過來的側臉，那濃妝豔抹的樣子嚇了趙成材一跳，卻也讓他更加確信是自己娘子無疑。

杜聿寒心下暗悔，方才不該多言。

一個男人最忌諱的就是被戴綠帽，就算趙成材和章清亭已經和離，但他心心念念裡，還是拿章清亭當他的夫人的，可現在陡然看見自己的夫人打扮得如此花枝招展，還上了個男人的車，這讓趙成材怎麼想？

乾咳兩聲，他硬著頭皮打圓場，「興許嫂夫人找喬二爺是有什麼事吧？」

趙成材眼神沉了沉，卻也不好多說什麼，勉強笑笑，附和兩句也就罷了。可接下來的一天裡，他都心事重重，太學院裡講了什麼，完全沒聽進去。好在杜聿寒替他抄了筆記，回頭送了他一份。

趙成材接過道謝，趕緊回家了。

不是他要疑心什麼，而是他對自己實在沒什麼自信。

喬仲達那樣好的條件，要是當真對他娘子有點什麼，讓他怎麼跟人爭？更何況上次那番懇談，他也知道了媳婦心裡的委屈，自己還想討回她的歡心呢，要是姓喬的趁虛而入……趙大舉子不敢想下去了。

而屋子裡，章清亭卻已經在打點行李了。當然，她臉上的鉛華早已洗去，衣裳也換了家常穿的，可這樣卻讓趙成材心中更驚。

「娘子，妳這是要幹什麼？」

章清亭想著他春闈在即，把到了嘴邊的話又嚥了回去，「明珠爺爺說，過了十五就回去。我也記掛著家裡的生意，要不，就讓金寶和玉蓮一起走吧？」

今日方德海去到五里坡，沒拿到兒子的屍骨，卻是遇到暗殺。要不是閻家兄弟跟在後面，恐怕老爺子就回不來了。可方德海經此番變故，卻是更加什麼都不願意說了，只催著要走，連兒子的屍骨都不尋了。

章清亭私下跟喬仲達他們一商議，覺得這樣也好，先把家裡的老弱病殘送回去，他們行動起來也更加便利。本來喬仲達的意思是讓章清亭跟著走的，可她放心不下喜妞，藉口要照顧牛得旺，讓趙玉蓮先收拾了回去。

這當中也是想把她跟孟子瞻隔開，興許時間和距離能讓她慢慢淡忘。

趙成材不明所以，心裡更急，偏偏嘴上不知該怎麼問，此時喬仲達又過來了，「妳要的東西我已經收拾出來了，還有一些，妳列個單子，我著人辦去。」

趙成材聽著臉色大變，這是什麼意思，要辦什麼？

卻聽章清亭張口就道：「南康國這回新販回的合歡錦裡的海棠、蘭花、芙蓉三色，我各要一身。還有累絲金鳳釵和斜鳳掩鬢釵要一對，另有……」

趙成材聽不下去了，這些不全是成親的東西嗎？難道，娘子她……

「妳、妳怎麼可以如此對我？」

章清亭才盤算著還要些什麼，被趙成材冷不丁這麼一打斷，嚇了一跳。轉頭看見他鐵青的臉，更加詫異萬分。

只見平素那個斯文有禮的秀才怒氣沖沖走到喬仲達跟前，對著他的下巴就是一拳。

「有你這樣趁虛而入，勾引人家媳婦的嗎？她就是跟我和離了，還是我閨女她娘呢！」

章清亭愣了半天，忽地臉上浮現起大片潮紅，不是羞的，而是氣的。

「趙成材，你嘴巴放乾淨點！在這胡言亂語的，說什麼呀？」

趙成材滿心又氣又急，又酸又苦，不覺就脫口而出了：「我說什麼，妳自己心裡明白！虧我還一門心思想要把妳娶回來，妳早找尋好下家了吧？是啊，他有錢有勢，有這個錦那個金的，我拿什麼跟人家比？可妳既早有了此心，還哄著我幹什麼？」

他們吵得這麼大聲，早把隔壁收拾行李的方明珠和趙玉蓮全驚動了，她們忙忙地跑過來，卻不知發生了何事。而原本好好坐在炕上玩的喜妞見爹娘吵架吵得這麼凶，早嚇得不會說話了，此時呆了呆，才撲向趙玉蓮懷裡，嗚嗚哭了起來。

倒是喬仲達先會過意來，苦笑著道：「成材兄，你可能是誤會了。尊夫人說的這些，是要給令妹她們準備嫁妝的。」

趙成材一噎，似是給人潑了盆冷水似的，滿腦子的火也降下不少，不禁又問：「那你們今天在街上做什麼？我親眼她穿成那樣上了你的車。」

喬仲達揉著烏青的嘴角，笑得更苦，「此事說來話長，不過我可以保證，我和尊夫人絕沒有什麼苟且之事，不信回頭我慢慢與你細說。」

啊？看他如此坦蕩，趙成材最後一絲火氣也消失了，反而惴惴不安起來。

天啊，自己怎麼就昏了頭，一下子就這麼衝動了？

再看章清亭，已經氣得臉色發白，渾身直哆嗦，玉手往外一指，「滾！」

趙成材無法，只得狼狽地滾了出來。

聽媳婦在屋裡氣得直哭，只恨不得有個地縫能鑽進去，再或者讓時光倒流吧。

患難時刻，只有方德海過來了，「你這書讀得不錯啊，都會給媳婦亂扣帽子了。軟刀子殺人不見血，果然厲害！」

趙成材被奚落得無地自容，「求您了，我知道錯了。您看不過眼就揍我一頓吧，別說了。」

方德海嗤笑，「一句知錯就完了？那這世上當個壞人也太容易了。」

趙成材聽著有門，精神一振，「要不，您老指點指點？」

方德海斜睨了他一眼，「光指點有什麼用？做不到也是白搭。」

趙成材指天誓曰，「您說，就是上刀山下油鍋，我也去做！」

方德海這才悠悠道：「那你能考個功名，讓你娘三媒六聘地來向你媳婦提親嗎？」

趙成材怔了怔，忽地猶如醍醐灌頂，瞬間明白了。

章清亭最大的心結在哪裡？是他，也是趙王氏！

當年，她那麼憋屈地嫁過來，難道心裡沒有遺憾？看她如今，為張小蝶操辦婚事都如此賣力，就知她心裡的遺憾有多深了。而趙王氏說成親就把人強娶進門，說和離又把她趕出家門，換作自己，會不會因為對方示示弱求求情就答應再嫁？

趙成材徹底明白了，明白之後迅速跑到媳婦屋外，也不怕醜地高聲賠禮：「娘子，我知錯了！是我混帳，是我小心眼，錯怪妳了！我、我這就去讀書，爭取考個功名，就是考不中，我也會讓我爹娘重新置辦一份聘禮，上妳家提親的！一定要風風光光，體體面面地把妳娶回來，妳等著我，等著我啊！」

他倒著身，一面走，一面說，不防自己絆了自己一跤，摔了個咕咚，極是狼狽。

方德海再板著臉，也忍不住噗哧笑了。

而屋子裡的章清亭，瞅著咬牙切齒，活該！這泡醋罈子裡的死秀才，她可沒這麼容易原諒！趙成材要回去用功，發奮圖強了，不過那之前，他還要找是喬仲達賠個不是。

喬仲達不是個小氣的人，很大度地揮了揮手，表示不必介意。

不過，在趙成材以為沒事，要走之時，他卻說出自己的心事：「本來，我是打算私底下問下尊夫人，願不願意考慮我的。不過，成材兄，你這一拳把我打醒了。我喬仲達雖談不上君子，但要做也做真小人。我打算去向尊夫人求娶，你同意嗎？」

趙成材呆了，再看喬仲達的眼睛，沒有半點玩笑之色，他是認真的。

次日便是元宵。

章清亭已經徹底收拾好了情緒，喜妞也早忘了昨日的不快，咯咯在娘懷裡笑得開心。隨著喬仲達等浩浩蕩蕩一行人，進京城去大採購。不過，趙成材沒跟來，他說要在家裡看書，等到晚飯前再來跟他們會合，晚上一起看燈去。

這個秀才，用功起來，比誰都自覺。章清亭懶得管他，抓著趙玉蓮和方明珠沿街掃蕩。

眼看她花錢如流水，一眾弟妹都心疼了。家裡的錢大半是她領著頭兒辛辛苦苦掙來的，能這麼花嗎？

沒幾下把章清亭惹急了，「這又不是買給妳們平時用的，都是婚嫁的東西，一輩子也就這麼一回了。這會兒拿腔作勢的不肯要，等回去了可有後悔藥吃？別說妳們，沒看連小蝶、金寶的我都置辦下了嗎？」

她這麼一訓斥頓，幾人都老實了，開始挑選合心意的東西。只要章清亭覺得不錯，統統拿下，很快就把馬車都堆滿了。怕弄亂了，索性又買幾口漂亮的大箱子，貼上各人名字，免得弄混淆了。

方德海早把錢都交給章清亭了，他只負責在車上看箱子，眼看東西越來越多，打趣著道：「這才叫衣錦還鄉呢！」

老頭子說歸說，笑歸笑，可眼裡那一抹遺憾是藏不住的。特意跑來尋兒子屍骨，卻是功虧一簣，心裡能好受嗎？

覷了個空，章清亭悄悄跟喬仲達說：「二爺，您的門路廣，日後看能不能想個法子，收回方大叔的屍骨？便是要花大價錢，也不是不能商量的。」

喬仲達點頭應下了，「我會放在心上。」他忽地望著章清亭一笑，「其實，我原本有一事也想跟妳說，可怕說了，日後連朋友也沒得做。可若是不說，只怕又是終生的憾事。」

章清亭怔了怔，「那就說啊。只要喬二爺拿我當朋友，我就拿你當朋友的。」

喬仲達笑得有些異樣，「那如果我說，其實我想求娶妳呢？」

章清亭錯愕了半晌，才慢慢紅了耳根，結結巴巴地問：「不、不會吧？」

喬仲達閱人無數，當即看出，她會臉紅，只是覺得羞窘與尷尬，而不是對自己有半分情意，不覺嘆了口氣，「我就知道妳從未把成材兄以外的男人放在心上過。」

章清亭這輩子頭一回遇到這種事，面紅耳赤得不知道該怎麼解釋，「我不是……那個……」

喬仲達笑意更重，「妳知道我昨天把這話告訴成材兄時，他怎麼說嗎？」

章清亭止住了臉上發燒的趨勢，睜大眼睛看著他，那表情有緊張，也有急迫，這才完全是陷於愛戀中的人應有的表情。

「成材兄真是好福氣！」先感慨了一句，喬仲達才道：「他昨晚來向我賠罪，聽我說有求娶之意後，居然很認真地跟我說，可以，但是，他還是覺得自己比較有希望。如果我不信，就儘管來試一試。就當給自己一個機會，也給妳一個機會。」

他頓了頓，「我當時問他，你就不怕她答應我？可成材兄說，我的條件比他好，妳若是嫁我，定也能過得很好，所以他沒什麼可說的。不過，他又說，他相信你們之前經歷的一切，不是那麼容易就被人取代的，所以他還是覺得妳會拒絕我。」

章清亭慢慢低下頭，耳根又開始紅了，不過這回是真正泛著情意的紅。

喬仲達沒什麼可說的了，「趙夫人，咱們往後還是朋友嗎？」

章清亭抬起手背，赧顏按了按自己滾燙的臉，「是，一直都會是的。」

「那我就放心了，就算娶不到妳這麼好的妻子，有個這麼好的紅顏知己也很不錯。當然，得讓成材兄別那麼愛吃醋，否則我可受不了了。」

他抬手摸了摸自己還帶著青紫的下巴，說笑著走開了，可心裡卻不是不遺憾的。

自從亡妻故去之後，這還是他第一次動心，有娶妻的念頭。章清亭是個好女人，她會做一個好妻子，好母親，只可惜，註定是別人的。

而此刻在晏府，晏博齋恨恨地把按照方德海的方子配出來的調料砸在地上，心中怒火騰騰。他要了方德海，方德海也擺了他一道。

他給來的調料烤的東西沒有任何問題，可他給來的方子配好之後，烤出來的東西卻是苦的。這老頭留一手，還想跟他談判嗎？不可能！

晏博齋眼中厲色閃過，索性一不做，二不休，就在今晚了！

當章清亭帶著全家人在京城愉快地過元宵時，紮蘭堡的趙王氏情況卻不太妙，她生病了。

這回不是裝的，是真的病了。

大年初一被趙成棟那樣氣過之後，她的心情難免抑鬱，原本還指望著小兒子能想通，回來道個歉，可直到十五都不見人，趙王氏心灰意冷，受了點風寒，徹底病了。

虧得趙玉蘭忙著自己的小生意，又要請大夫抓藥的來回折騰。趙王氏數次看不下去，叫女兒別來，可趙玉蘭卻說：「生兒養女做什麼的？可不就是這時候用的嗎？」

趙王氏聽得心裡又酸又暖。平心而論，她在四個孩子當中，對兩個女兒都不怎麼樣。趙玉蓮不在家，倒也看不出好壞，可趙玉蘭從小長這麼大，真是吃虧吃太多了。讓著哥哥，讓著弟弟，家裡家外什麼重活累活都是她幹，可有點好處卻得靠邊站。後來還是自己賭氣給她尋了那麼個爛人做相公，趙王氏想想，都覺得羞愧難當。

可趙老實卻道：「妳要過意不去，就趕緊把身子養好，別讓玉蘭跟張家人一起受罪了。」

趙王氏聽著一愣，「這關張家什麼事？」

趙老實難得有機會也鄙視了老伴一回，「要是沒張家幫忙，玉蘭哪騰得出手來給妳熬湯抓藥？給妳燉的紅棗桂圓那些還全是從張家拿來的呢，人家可半個字也沒多說。妳也好好想想吧，從前成材媳婦再怎樣，可有這樣扔下妳不管嗎？」

趙王氏聽得別過頭去，拿被子蒙著頭，悄悄哭了。

章清亭再潑辣再彪悍，真的從來沒虧待過誰。有她在的時候，家裡一年四季的新衣裳新鞋子，從來沒斷過。還有紅棗銀耳花生綠豆，什麼節氣該吃什麼，她早早想到了，添置了，然後一份份送來給她。

那時候，她還看不上這個大媳婦，覺得她浪費，窮講究。收下什麼也只覺得是理所應當，從來不覺得那個媳婦有什麼好。可等到如今，如今又有什麼好說的？

趙王氏想著想著，迷迷糊糊睡過去了。

等到醒來，屋裡靜悄悄的。她身上似是發了一層汗，只覺輕快多了。披了衣裳下了床，看看天色，太陽還沒落山，趙老實不知上哪兒忙活去了。

到底是勞作慣了，趙王氏一覺有了些精神，就忍不住挽起袖子想幹活，可才出了院子，忽地聽到院牆下似有婦人在閒話，還說的是她家。

「……她家趙成棟如今可會顯擺呢，上酒樓下飯館，在賭場裡一晚就能輸十幾兩銀子！」

「還有他那個姓楊的女人，娘家跟我姊姊小姑子的婆家是一個村兒，還讀書人呢，如今都放起印子錢了，真不怕損了陰德！」

「那個姓柳的又是什麼好東西？從前住在這時就妖妖調調的不正經，虧那趙王氏還當個寶似的弄回家來。如今更是成日在外頭招搖，賣馬談生意的，弄得跟個二掌櫃似的。這也不是我說，那張家大閨女從前便是殺豬，也是乾乾淨淨的一個人，哪像那個女人，活跟個老鴇子似的！」

「妳這嘴也太毒了，不過別說，還真像！要我說，她家自從那大媳婦走了，就一日不像一日了，這趙王氏還死撐著，可誰不知道那點破事？」

「別說了，誰叫人家還有個爭氣的大兒子呢，日後中個功名回來，她不又得抖起來啊？」

「可有這麼個糟心的老娘，她兒子也好不到哪兒去！我是真替成材那孩子不值，妳說他冤不冤的？好好一個媳婦沒了，家也給拆了，尤其那小閨女，真是可憐，才滿月就沒了家，聽說那孩子才生下來，趙王氏就罵得可難聽呢，簡直都不要的！真不知她的心是什麼做的，居然這麼狠毒！」

「噯，她壞事做得多，如今報應來了吧？沒見她家大閨女成天跑回來抓藥啊，還有小兒子一家，弄成那樣，估計也快敗光了。橫豎不是自己掙的，哪裡知道心疼？」

……

院牆那頭的趙王氏，頭一陣陣的眩暈。

等到趙老實從後院忙回來，嚇了一跳，「孩子他娘，妳這怎麼了？」

趙王氏緊緊抓著他的手，「咱們快去，去成棟家！」

趙老實剛一皺眉，不願意去，可趙王氏卻厲聲道：「要再不去，那孩子就沒救了！」

趙老實嚇一跳，還以為真出什麼事了，趕緊拿了厚衣裳給她裹上，趕著毛驢馱著她，匆匆趕去了。結果一進趙成棟的家門，老兩口嚇壞了。

家裡門戶大開，明顯是有盜賊光顧，而楊小桃倒在門口的血泊之中，也不知是死是活。

等到田福生終於在賭場裡找到趙成棟時，他還滿臉不高興地說：「幹麼？有什麼事不能回頭再說嗎？」

田福生氣得當場就給了他兩個耳刮子，「回頭再說？回頭你家都沒了！」

趙成棟還不服氣，可等他回了家，徹底傻眼了。

家裡的值錢物件被人偷盜一空，而楊小桃也小產了，她醒來之後哭著說，是柳芳故意把她推倒的，但是柳芳已經不見了。

她在把馬廄裡的馬全部轉手之後，扔下南瓜，只帶著一個芽兒，捲了錢財跟人跑了。再一打聽，才知她似乎早就扣了一頂綠油油帽子在某人頭上。

京城的上元佳節歷來是全年最熱鬧的盛景，章清亭也算是見過場面，起碼她在南康國可是久居京城，也看過不少年的元宵盛會，但承平的元宵燈會還是讓她大大地驚喜了一番。

天上皓月當空，地上花燈繁盛。在城中穿行，就如在布滿星河的仙境中徜徉，那一份奇異的美麗與妖嬈，令人心蕩神馳。就連小小的喜妞也毫無睡意，一路睜大眼睛，左顧右盼，那小嘴更是整晚張大，落在她爹身上的口水無數。

瞧了一時花燈，聽得皇宮方向鑼鼓響起，大批人流開始往那邊湧動。

婁家因在京城看過幾回了，不是很想湊這個熱鬧，於是趙成材跟他家作別，隨著喬仲達，全家一起過去看個新鮮。

宮廷藝人的表演水準，自與民間不同。舞龍舞獅雜耍歌舞輪番上場，那隆重熱鬧，精湛技藝，就連章清亭也看住了，和眾人一起不住地拍手叫好。

小喜妞穿得像小紅燈籠似的，興奮地窩在她爹懷裡顛來顛去，小嘴咿咿哦哦叫著，像是也想上前躍躍欲試，弄得眾人打趣，「這可了不得，要出個跑江湖玩雜耍的妹子，妳爹娘可要急死了。」

正說笑間，忽地有一錦衣華服的年輕人尋了過來，看他眉目與喬仲達頗有幾分相似，想是兄弟。喬仲達還覺得奇怪，「五弟，你怎麼來了？有什麼事？」

喬家的五少爺喬仲遠附在喬仲達耳邊說了幾句話，喬仲達臉色一變，「還要我去？」

喬仲遠難掩神色中的那份焦慮，「王公公來說，只要沒妻室的，都得跟他先過去。要是早知道會出這檔事，誰今晚還來這裡？眼下爹也無法，只得讓咱們都先過去，那老太監還在下頭等著。」

皇命難違，喬仲達只得過來跟趙成材他們賠禮，「我要走開一會兒，你們幫忙看下敏軒。」

趙成材隱約聽到幾句，低聲問：「出什麼事了？」

喬仲達不欲多談，只搖頭苦笑，「一會兒你們就都知道了。」回頭又囑咐兒子要聽話，就隨著弟弟一起下樓去了。

眾人覺得奇怪，章清亭心思最靈動，往樓下瞧去，就見這一長排供達官貴人觀燈的彩樓之下已聚集不少青年男子，跟著些太監，一隊一隊往宮城方向而去。

「哎喲！」章清亭忽地醒悟，發出低低一聲驚呼，隨即掩住了嘴，臉上表情古怪得很。

「怎麼了？」眾人更加疑惑了。

章清亭不知是笑好還是不笑好，不可置信地瞧著宮城方向，「說不定，今兒我們有幸見識一場盛事。」

她這麼一說，趙成材留心瞧了一會兒，很快也猜出些端倪來了，咋舌道：「這……這該不會是要鳳台選婿吧？」

此言一出，一下就炸開了鍋。原來是要給公主找丈夫，這可比什麼表演都有趣。

方明珠奇道：「不是說皇帝女兒不愁嫁嗎？怎麼也要來選的？」

張金寶滿臉羨慕，「那要是選中了多，往後有個公主媳婦，多威風？」

趙成材卻笑，「這你可就錯了。若娶個公主媳婦回來，天天還得三跪九叩的，你真願意？」

張金寶撓頭，「那還是算了吧。」

章清亭揶揄著弟弟：「就你這樣，還好意思嫌棄人家？連瞧一眼的資格都沒有呢！」

張金寶被大姊取笑得毫不介意，只是替喬仲達擔心起來，「萬一喬二爺被選中了怎麼辦？」

章清亭搖頭，「不會吧？他都有兒子了。」

「那可不一定。」趙成材趕緊接了一句，「好些人還就喜歡我們這些成熟穩重的。」

吵架後這還是兩人第一次搭上話，機會難得，得好好把握。可章清亭卻奉送了一枚小白眼。就這還不忘給自己臉上貼金，德性！

但趙成材今晚鐵口神斷了，等了快大半個時辰後，有太監快馬從宮城之中出來飛報，喬仲達被玉真公主選中了，還要立即帶喬敏軒去跟他未來的母親大人見禮。

眾人面面相覷，這可真是……不知道該不該替他們父子高興。

要說以喬仲達這不受重視的庶子身分，能有個公主靠山也挺好，可以他那樣的性格，要有個公主時時刻刻管著他，他能願意嗎？

聽說玉真公主才十六歲，她選中喬仲達的方式也很是與眾不同，直接上前把人抓出來，「你是喬仲達吧，我就選你了。」

瞧這行事，不就是個無法無天的大孩子嗎？她怎麼就看上一身銅臭，還拖著個兒子的喬仲達了？這個謎底，恐怕只能等喬仲達自己回來才能解開了。

而現在，不管喬仲達樂不樂意，既然公主殿下金口玉言選了他，這個駙馬他就當定了。

皇家辦事效率挺高，今晚一下子解決了三位適齡公主的婚事，而之前呼聲甚高的孟子瞻卻沒人提起。事後一打聽，原來他不知是有內線還是怎地，今晚根本沒有出現在賞燈會場，自然逃過一劫。

好友被「強徵」為婿，章清亭幾人當然都沒了看熱鬧的心情，大夥兒決定先回去等消息。

因知道人多，車行不易，今天只帶了兩輛大車出來。

趙成材自然和媳婦一車，看著玩得不想走的女兒還有些可惜，「還沒帶她去猜燈謎呢，下回要來，也不知什麼時候了。」

章清亭嗤笑，「你閨女連話都不會說，還猜燈謎？再過幾年也不必著急。」

趙成材想想也覺自己好笑，「橫豎往後阿禮應該是留在京城了，咱們再想來玩，找喬駙馬不便，找他這地頭蛇也行。」

晏博文已得到外祖家的諒解，他們那樣的世家大族，自然不會讓親外孫流落在外，他的將來很不必他們操心了。

只章清亭見方德海在車上，怕老爺子想起方明珠那點小心思又不高興，忙打了個圓場，「也別想著喬二爺一入宮門深似海的，畢竟是娶，又不是嫁。說不定，咱們日後還能跟著駙馬爺抖抖威風呢。」

這話說得眾人都笑了，忽地方德海悠悠道：「天下無不散之筵席，咱們跟阿禮的緣分盡了，於他而言，倒是件好事。所謂竹門對竹門，木門對木門，本就不是一樣的人，在一起也長久不了的。」

這話聽在幾個女孩心裡，感受各是不同。

老頭兒轉過頭，看著孫女溫言道：「明珠啊，回去之後妳也別老惦記著生意，也學學女紅持家。爺爺從前都沒怎麼管過妳，是我的錯，但咱們現在開始學學好嗎？否則妳將來嫁出去，什麼都不會，可得讓人說咱們方家沒有家教哩。」

他若像平時那樣強橫霸道地下命令，方明珠除了答應，多少會有些抵觸心理，可他一反常態地諄諄教誨，倒讓方明珠無法反駁了。不管心裡對晏博文還是怎樣的不捨，可此時卻是略帶了些鼻音，真心真意應了一聲好。

方德海慈祥笑了，「我看那針線，妳也不必尋別人了，跟著玉蓮學就好。玉蓮，妳收這個徒弟，方爺爺給妳教學費，教妳做幾道好菜。將來等妳出了門，也用得上的。」

趙玉蓮臉上一紅，「方爺爺，您說什麼呢？都是姊妹……」

她話音未落，卻聽外頭閻希南厲聲喝道：「誰在後頭鬼鬼祟祟？」

此時，她們已經駛出了京城，來到郊外，在一片黑燈瞎火裡，前後不見人煙，正是埋伏打劫的好地方。

陰森森的樹林裡，忽地傳來一陣怪笑，「閻景鵬，你怎麼混得如些膿包？連名字都改了！嘖嘖，哪有當年鐵血十八騎的赫赫威名？」

聞聽此言，閻希南似是被激烈的獅子，整張臉都鐵青起來。

「誰在那裡藏頭露尾？有種出來跟老子單打獨鬥！」

「你跟他廢這話幹麼？」另一個尖銳的聲音突兀響起，「他若是個有種的，當年就該跟著兄弟們同生共死，而不是一個人苟且偷生。能當得起赫赫威名的是鐵血十七騎，而不包括他！」

「就是就是！」嘲諷的笑聲肆無忌憚地響起。

「你們—……」閻希南已經氣得渾身顫抖，方寸大亂。

閻希北見這夥人擺明是故意挑起大哥的怒火，忙上前勸道：「別中了他們的激將法，咱們現在不光是自己，還有這麼多的人呢！」

閻希南強壓下心頭怒火，緊握著雙拳道：「若是你們瞧不起我，行，咱們江湖人有江湖人的規矩，放他們走，我閻景鵬一人在此領教各位的高招！」

「嘿嘿，就憑你，可不值得我們出手。把他們留下，你們兄弟倆倒是可以離開。」

什麼？眾人皆驚，原以為是江湖尋仇，難道竟是要對他們這些平頭百姓不利？

唯有方德海的眼皮子狠狠跳了幾下，心頭的恐慌如滾雪球般越滾越大，難道竟是晏博齋發現了調料的事，要殺人滅口嗎？

包世明忍不住出來說話了：「幾位英雄，請問我們到底是哪裡得罪了你們？就算是要死，還請給個明白。若是一時錢不湊手，儘管開口。若是數目不大，就算我們喬二爺不在，在下也自信做得了這個主。」

他還怕是喬仲達在生意場上得罪了人招致尋仇，可那隱在暗處的人聽說喬仲達也不在，卻獰笑起來，「既是如此，那便好辦了。」

他們不答包世明的話，卻是對閻希南道：「閻景鵬，我勸你今日最好不要多管閒事，這事也不是你能管得了的。趕緊和你的兄弟離開，咱們就放你們一條生路，否則，就一起死吧！」

「你做夢！」閻希南當即拒絕，「想要動我的朋友，除非踩著我的屍體過去！」

「你這會兒裝什麼大仁大義？你且瞧瞧你們身後。」

在數十米外，站出來一群人。個個手執刀槍，黑布蒙面，對他們漸成合圍之勢，明顯全是練家子。這下就連閻家兄弟也無法等閒視之了，閻希北轉頭低聲對包世明道：「一會兒我們兄弟交起手來，想法打開一個缺口，你們不要停留，立即趕著車走！」

包世明點頭，他們車上全是些文弱書生、婦人孩子，走了反而不連累他們。

危難關頭，外面的局勢緊張，裡面的氣氛同樣壓抑。

趙成材這個時候反倒冷靜下來了，「聽我說，一會兒要是情況不對，大家能跑則跑。分散開來，別往一堆湊，跑不動的儘量找地方躲起來。也不要回思荊園了，小心路上有埋伏，想法子去京城，或是找個農家避避都行。等到天光大亮，再去喬二爺的鋪子會和。」

章清亭在他說話的時候，從荷包裡抓出一把碎銀子來，「都拿著些，萬事小心。成材，你顧著老爺子，妞兒給我。」

方德海臉色煞白，手抖得不像話，數次想說什麼，卻是一聲也發不出來。

方明珠以為是爺爺害怕，還強自鎮定著安慰他：「爺爺，沒事的，咱們還這麼多人呢。」可那聲音裡卻聽出連牙齒都在格格打架。

「不！」方德海忽地對方明珠道：「在妳爹的棺材裡，爺爺放了點東西，妳回頭去看。」然後對章清亭和趙成材說一聲，「我這孫女就拜託你們了。」然後老人家就從車裡爬了出去，大聲的道：「你們想殺的人是我，不要連累其他人，放他們走！」

所有人都震驚地看著他，躲在暗處的人道：「你要死，他們也一樣要死！」

話音未落，一枝箭就破空襲來，完全不給任何人反應的時間，直直射向方德海。

「小心啊！」車廂裡的趙成材猛地撲了出去，把方德海往旁邊一推，可到底還是慢了半步，那箭沒射中方德海的咽喉，卻射中了他的胸口。

方德海和趙成材一起滾到車底下，全都摔得不輕。

方德海忍著劇痛，拚命推趙成材，「你管我做什麼？快走，快護著你媳婦和妞兒走啊！能幫我照看著明珠，我就是死也謝謝你了！」

「連老人家也不放過，你們還是不是人？」閻希南大吼，赤紅著雙眼衝過去廝殺起來。

「爺爺！爺爺！」方明珠大哭著，從車上跳了下去。

「哭什麼？快把人抬上來呀！」章清亭將喜妞塞在趙玉蓮懷裡，跟著跳下車，和趙成材一起把方德海抬了上來，告訴趙成材：「若是一會兒有什麼事情，你抱著妞兒先走！」

趙成材卻在黑暗裡握緊了她的手，「我們一家三口，無論生死都在一起！」

而此時，外頭戰況愈烈，但閻家兄弟再神勇，畢竟只有兩個人，眼看黑衣人蜂湧而上，大家心頭都像懸著一把隨時會落下的刀，幾個膽小的丫頭甚至都閉上眼睛不敢看了。

就在此時，忽地就聽轟隆一聲，把這一片嘈雜統統給壓了下去。

眾人嚇得不輕，這是怎麼了？

趙成材忙掀開車簾，就聽包世明的聲音含著幾分驚喜：「好小子！還有嗎？快丟出來！」

原來是憨憨笨笨的牛得旺，不知怎地想起自己玩的轟天雷，剛點燃了一個衝那些圍攻之人甩了出去。這一下的效果驚人，不僅是嚇到了那些黑衣人，更驚到了他們的坐騎，就這麼神奇地給闖出一條路來。

賀玉堂是馭馬的好手，當即就駕著車衝著那個缺口闖了出去。

趙成材也來到車外，幫張金寶一起揮鞭，「快跟上！」

有牛得旺的鞭炮開路，兩輛車就這麼一前一後衝出了包圍圈。

閻家兄弟見勢大喜，拚命阻攔追兵，可他們阻攔了一時，還是有人越過他們，追著馬車而去。眼看追兵將至，前面的賀玉堂撥馬給趙成材他們，讓出道路，大吼：「你們走前頭，我們有鞭炮！」

趙成材知道此時不是客氣的時候，拚命抽著鞭子，催促馬兒前行。顛得車子像風浪中的小船似的，東搖西擺。趙玉蓮死死地抱著喜妞，生怕磕碰到她。

似是被大人的情緒感染到，喜妞嚇得連哭都哭不出聲音，只是將小臉埋在她的懷裡，大滴大滴的掉眼淚。可此時，就算再心疼，又能怎樣？

方德海的情況非常不好，鮮血滲出厚重的棉衣，染了一身，章清亭握著老爺子漸漸冰冷下來的手，想哭，卻又不敢哭。而在他們後頭，牛得旺的鞭炮很快就用完了，追兵趕至，包世明拿著棍子站在車上想自衛，卻被人當頭一棒砸下車去。

「包大哥！」

趙成材回頭看得目眥俱裂，而緊接著，那黑衣人衝到馬車前面，生生將馬脖子打得軟倒一邊，瞬間整個馬車就失控地翻了。

「旺兒！」趙玉蓮把喜妞塞回章清亭手裡，奮不顧身就從馬車上跳了下去。

再沒有人比她更清楚牛得旺對姨媽的重要了，要是失去了他，等於就是要了牛姨媽的命。而這麼多年的朝夕相處，那份姊弟之情、母女之情，又豈是能輕易割捨的？

趙成材根本拉都拉不住，眼睜睜就看著趙玉蓮跳了下去，他本能地就只能拉住轡繩，讓馬兒慢一些。可這樣一來，那黑衣人又追上他們了。

方德海從敞開的車門裡看開，忽地老眼一亮，竟是要冒出火來一般，也不知是從哪裡生出來的力氣，他忽地也從車上躍起，跳下車去，竟是匍匐在那個黑衣人的馬下，死死抱住了馬腿。

「爺爺！」方明珠撕心裂肺地慘叫著，像瘋了一樣要往下跳。

張金寶連轡繩也顧不得了，「姊夫，給你！」反手把她攔腰抱住。

而方德海被那馬踢得口吐鮮血，卻還不忘衝著他們喊：「走啊！快走啊！」

方明珠看著爺爺被馬踐踏的慘狀，相連的血脈深處都翻湧起劇痛，瞬間暈死過去。

趙成材紅著眼別過頭去，忍著急要奪眶而出的淚，狠狠地抽了一記馬鞭。

慘澹的月光下，也不知跑了多久。忽地，馬兒一聲悲鳴，口吐白沫地倒下了。明顯已經力盡，而後面的追兵還聽得到馬蹄陣陣。

「快下車！」趙成材把抱著女兒的章清亭接過，告訴妻弟：「金寶，你帶明珠從那邊走，能跑一個是一個，不管誰出了什麼事，都不要回頭！」

「姊夫、姊姊，你們也要小心！」張金寶知道多說無用，抹一把臉上的汗和淚，背著方明珠，頭也不回地跑了。

趙成材一手抱著女兒，一手拖著媳婦，同樣飛快往旁邊衝。

他剛指給張金寶的，是月光照不到的，更加隱蔽的一條路，而自己就只能跑向一處收割過的莊稼地了。雖然那邊也密密麻麻佇立著半人高的莊稼桿，但畢竟只有半人高，還有淡淡的月光，要是不能在追兵趕到之前找好地方隱藏，還是非常危險的。

果然，跑不多時，追兵已經到了。

趙成材一把拉著媳婦蹲了下來，把女兒交到她的懷裡，大力喘息著，急促而低低地說：「捂著妞兒的嘴，別說話！」

章清亭瞬間就懂了，死死拉著他的手，拚命搖頭，眼淚卻不受控制地往下掉。

趙成材狠狠把她的手甩掉，「想要女兒跟我們一起死嗎？聽話！」

章清亭咬著嘴唇，顫抖著只說了兩個字，「活……著。」

趙成材深深地看了她一眼，點了點頭，然後沒有絲毫猶豫地掉頭往另一個方向跑去。

就在他轉身的一瞬間，章清亭的淚如雨下。這一刻，她好後悔，為什麼之前要跟趙成材鬧彆扭？跟一個能在生死關頭護著妳的男人，還有什麼好計較的？

緊緊抱著小喜妞，臉貼著女兒被凍得冰涼的小臉，章清亭在心底暗暗發誓，如果那些人當真傷害到了趙成材，她就是上天入地，也非將害他的仇人千刀萬剮。

馬蹄往趙成材的方向去了，夜深人靜中，可以聽到秀才的驚呼聲、求饒聲。

好漢不吃眼前虧，章清亭從來不覺得秀才是個懦夫，在險境中求生顯然比求死更艱難。

她強迫自己冷靜下來，全神貫注聽著那邊的動靜，可除了聽到趙成材的慘叫聲，什麼也沒聽到。那他，還活著嗎？

聽著馬蹄聲遠去，她好幾次想探出頭去看，可女子天生的警覺讓她到底忍住了。抱著女兒，大氣也不敢出。差不多等了有一盞茶的工夫，再次聽到馬蹄聲響，她才驚覺，原來那夥人一直留了人在這裡埋伏。

不過，這回他們是真的走了，可章清亭還是不敢亂動，萬一他們去而復返怎麼辦？

夜漸漸深了，寒氣四溢，空曠的原野裡似籠罩著一層白霧，冷得沁骨。

章清亭的手腳早已冰涼，冰得麻木，可她渾然不覺，只把棉襖悄悄解開，把女兒攏進懷裡。用心口的那點溫熱，暖著女兒的小小身子。

喜妞異常乖巧，除了早先在趙玉蓮懷裡哭了一時，此時就算早過了她吃奶的時候，也半聲不吭，靜靜地伏在娘的懷裡，軟軟地貼著她。

「有人嗎？還有人嗎？」

就在章清亭快要凍僵的時候，救兵終於來了。

忍著腿上的酸麻，她小心翼翼探出身子，清楚地看到那舉著火把四處叫喊的人是青松。在他身後的是孟子瞻。

眼眶一熱，章清亭絕境逢生，當即嘶聲求助：「我……我在這兒！」

孟子瞻三兩步搶上前來，「趙夫人，妳沒事吧？」

章清亭哽咽著來不及說自己的情形，只顧指著趙成材消失的方向，「他們、他們好像把成材帶走了……你們快去看看。」

青松迅速帶著人過去了，「沒人！這裡沒人，只有血！」

章清亭心頭一鬆，卻又一緊。他沒死，可他受傷了，對嗎？

「小孟大人，你快去救他，快去救他！」

孟子瞻不用問，就猜出大概了，扶著她道：「我知道。妳先告訴我，其他人呢？」

章清亭指著對面，哆嗦著道：「金寶和明珠往那邊跑了……其他人，我也不知道。」

孟子瞻示意她不要慌張，「剩下的事交給我了。妳先帶孩子回去歇著，我知道妳沒事，可孩子已經凍得快受不了了。妳要是不照看好她，對得起成材兄嗎？」

章清亭心頭一酸，眼淚又要掉下來了，可她生生忍住，深吸了口氣，「好……我聽你的，我這就回去。」

看她這麼快就堅強起來，孟子瞻心中暗暗敬佩，也不多說，讓人先送她走了，然後自帶著人，搜尋剩下的人。

今日之事說來也真是險之又險，自他對晏博齋起疑後，一直讓人悄悄盯著晏府的大管家邱勝。他是晏博齋的心腹，盯著他總能發現些蛛絲馬跡，結果還真讓他猜對了。

後來那監視之人就發現邱勝時常出入京城一家小小的車馬行，要說大戶人家租用馬車並不奇怪，可孟子瞻心細，對晏博齋的一切都要弄個水落石出。結果這一查，就發現不妥了。

這間車馬行是掛在邱勝的一個親戚名下，店雖小，卻養活著不少車夫，而大半車夫都是江湖人。孟子瞻瞬間明白了，只怕這裡養的，全是晏博齋的打手。

從那天起，他就讓人密切監視這間車馬行的動向。就在元宵當天下午，這裡陸續出來十幾號人，都是在街上逛了一圈，然後往京郊而去。

得到消息的孟子瞻連元宵燈會也沒有參加，立刻帶了自己的人馬趕了過來，因怕打草驚蛇，他走得慢了些，而章清亭她們又走得早了些，兩下一不湊巧，就讓她們遇上了這一場殺戮。

等回了思荊園，章清亭伺弄好了女兒，灌一碗定神湯，睡了個好覺。

她必須強迫自己養足精神，才有力氣應付後面的事情。

等到天明醒來，章清亭特意用了早飯，才去聆聽各種紛至沓來的消息。

最先挨棒子的包世明，雖是頭破血流，卻因救治及時，沒什麼大事。

最幸運的當數最文弱的杜聿寒，他在翻車的時候就摔暈了過去，因沒有爬出來，也沒人留意到他，倒是躲過殺戮，只除了蹭破點油皮，啥事沒有。

另一個幸運兒是牛得旺，不過他的幸運卻來自旁人的巨大付出。

為了救這個弟弟，趙玉蓮挨了一棒，被打得吐了血。而為了救她，賀玉堂又挨了幾刀。不過在那個危急關頭，他把趙玉蓮連同牛得旺一起壓在身下，告訴他們裝死。反正他渾身是傷，血流成河，後面又有閻家兄弟追上來纏鬥，倒也無人發覺。

至於閻家兄弟就沒這麼好運了。他們是實打實地鬥在最前面，也實打實地被人打成重傷。要不是孟子瞻及時趕到，估計哥倆全得交代在那兒。

至於跟出來的丫鬟小廝，死了三個，剩下的或輕或重全受了傷，尤其保柱的一條胳膊被生生打斷了，大夫也不敢保證能接得好。

章清亭咬著牙，對痛得直哭的保柱說：「你就是殘了，姊也養你一輩子！」

然後，死得最慘的是方德海。

老爺子全身的骨頭都快被馬踏爛了，軟成一團，可仍睜著眼睛，那焦急的目光仍似在催促著眾人快走，快走！

章清亭心中劇痛，一步步走上前。

走到已經披麻戴孝，呆呆跪在一旁方明珠的身邊，「替老爺子……合眼吧。」

「不——」方明珠的嗓子早已經哭啞了，泣血般地抱著章清亭的雙腿哭訴：「爺爺他死不瞑目啊！」

「不，妳活著，老爺子就能夠瞑目了，難道妳要讓他走得不甘心嗎？」章清亭淚流滿面地抓起方明珠的手，蓋上方德海冰冷僵硬的臉，「跟爺爺說，說妳、妳會好好的，讓他安心。」

方明珠哭得難以自抑，「爺爺……我會好好的，我會聽大姊的話……您、您安心吧……」

似是聽到二人的話，老爺子的眼瞼在她們的手掌下，輕輕合上了。

方明珠再也忍不住地撲在爺爺的屍身上，放聲大哭。

章清亭滿心悲痛，蒼天，你怎地如此不公？老爺子究竟做錯了什麼，要落得如此下場？

張金寶打來了清水，要幫老人家擦洗裝殮，抬袖悄悄抹著眼淚道：「姊，妳別難過，勸勸明珠，先把老爺子收拾好吧……那個，給明珠她爹準備的東西，能拿來嗎？」

章清亭哽咽得說不出話來，她突然發現這個弟弟長大了，懂事了，知道事有輕重緩急了。

她點了點頭，示意張金寶在這裡收拾，她強拖著方明珠去了那口棺材前。

老爺子說留了東西給她們，應該會是這一切的答案吧？

棺材裡有包東西，還有一封厚厚的信。

方德海知道，當她們拆開這封信的時候，自己定是必死無疑，所以也不隱瞞，將事道和盤托出。包括那朵小紅花的來歷，以及當年的燕王是如何拉攏不成，謀害了他的兒子。直到晏博齋是如何威逼利誘，逼得他寧可放棄兒子的遺骸，只想保大家周全。

那包裡，有兩包調料。

一包是他用十里香研製的最新調料，上面有方子，讓方明珠好好收著，將來方家的子孫再不濟，守著這個方子，就能有口飯吃。另一包是他用罌粟殼製的調料，能吃的那種，不是讓她們拿來害人，而是拿給她們防身的。

他寫給晏博齋的那個方子，改動了其中幾種的分量，做出來的會是苦的。如果晏博齋還想要這個方子，她們可以拿這個防身。至於報仇什麼的，方德海讓她們千萬別想了。趕緊回家，永世都不要再踏入京城半步了。

罌粟這樣禍害人的東西旁人不知道，皇家應該是知情的，可它們依舊留在世間，說明什麼？或許這只是晏博齋自己的私心，但如果不是呢？誰敢冒險去揭開那層真相？

這言下之意，已經隱指當今聖上了。

章清亭看得背心冷汗涔涔而下，要查下去嗎？還要怎麼查下去？

在這封長信裡，還夾著一封短信，封皮上註明了由方明珠和章清亭親啟。

看過之後，方明珠靠著章清亭，哭得是哽咽難言。

章清亭什麼也沒說，只輕撫著她的背，無聲地安慰著。

元宵節晚，出事的不止是章清亭她們，還有晏博文。

若不是喬仲達早有防備，派了人暗中保護，只怕今日她們又要多見到一具屍體了。

怕晏博齋再下毒手，孟子瞻把晏博文安排到了另一個祕處，和喬仲達一起來了思荊園。

眼下事情極為棘手，孟子瞻是抓到了幾個活口，可那些人已經被晏博齋控制，一口咬定是拿人錢財替人消災，至於背後主使是誰，一概不知。而事情若要追究下去，閻家兄弟的背景也得曝光。

連喬仲達都不知道，原來閻家兄弟的父親居然是在北安國赫赫有名的閻青天，現任紮蘭堡知縣閻輝祖。他們家傳有套掌法，在江湖頗有名氣。他年輕時因不喜仕途，跑去闖蕩江湖，和一群熱血漢子結義，江湖人稱鐵血十八騎。

因閻希南誤信奸人，害得兄弟們全被燕王用南夢膏控制，成了死士。那十七個兄弟為了不至於全軍覆沒，拚死將他一人救出，而餘下十七人全部戰死。

這些年，閻希南心中極為愧疚。他改了名字，跟著喬仲達走南闖北地經商出海，一是為了掩人耳目，二也是為了多賺點金銀，給那死去的十七個兄弟安家。可要當真追究起來，他也算得上是曾經燕王亂黨一流了。閻希南倒是不惜一死願意出來指認的，問題是，他就算指認了也未必起得到相應的效果，說不定還會連累更多的人，尤其是他爹。

要是讓人知道閻輝祖有這麼一個兒子，只怕一世英名就要毀於一旦了。

在了解這些來龍去脈之後，人人都覺得無所適從。大家都想打老鼠，可又恐傷著旁邊玉瓶，還有那老鼠後頭的主人，到底是個什麼意思？誰也不敢保證。

還有趙成材，應該是落到晏博齋手裡了，就是顧忌著他，也不能輕舉妄動。

章清亭思忖多時，道：「要不，這事就交給我吧。你們不是官身，就是準駙馬，誰也不好挑這個頭，不如讓我一試。」

孟子瞻道：「妳想幹什麼？」

章清亭淡然一笑，「說了是交給我，你們就都不要問了。放心，我有分寸。」

孟子瞻看了看喬仲達，卻見他微微頷首。

事情已經這樣了，再糟也糟不到哪裡去，倒不如讓她試一試。

回頭章清亭又想了一回，把張金寶叫了來，「眼下我得救你姊夫，你能替我照看好家裡大大小小的一攤子嗎？」

張金寶有些錯愕，隨即如男子漢般挺起了胸膛，「家裡的事交給我，大姊，妳萬事小心。要是有用到我的地方妳儘管說，可千萬不要自己冒險。」

章清亭讚許地看了他一眼，「放心，姊姊心裡有數。」

她坐在屋子裡整整想了一天一夜，又好好地睡了一覺，吃了些東西，這才開始行動。

天交五鼓，大多數人還在睡夢之中，但朝廷官員已經列隊整齊地等在宮門外，挑著燈籠去上朝了。而官員家眷們，尤其是各位官夫人們，此時才得以睡個回籠覺。

不過晏府夫人朱氏才要去睡，忽地有丫鬟送來一塊玉佩，說是她娘家親戚打發人來請安。

朱氏心中一動，請人進來。

屏退閒人，只餘心腹在此。等來人進來一看，可不正是章清亭？她進門所持的玉佩正是之前她給小叔的婆母遺物，可她來找自己所為何事？

誰知章清亭剛見面就對她跪下了，「求夫人發發慈悲，救我相公一命！」

朱氏嚇了一跳，這是怎麼了？

晏博齋很不高興。

今日在朝堂之上，春闈主考官一事終於有了定論。

誰都沒有想到，因「心傷」晏太師的過世，皇帝提出，讓今年的主考官一職空缺，以示他的追思與紀念之意。只委任晏博齋、孟尚德與太學院的院正三人共同擔任副主考官之職。

群臣譁然。

還記得三個和尚沒水吃的典故嗎？皇上任命了三個副主考，看似熱鬧，可實則真正的決策權全抓在了皇上手裡，這一屆的考生可是真真正正的天子門生了。

這是皇上偶一為之，還是放出要逐步掌控大權的信號？

群臣們紛紛有了各自的揣測，但誰都不會，也不敢說破。

可總有人不服，好比受影響最大的晏博齋，就憋著一肚子的氣，上前勸說：「聖上要保重龍體，不要為家父之死過於憂心，尤其是不可因私而廢國之大體啊！」

皇上嘆了口氣，「朕知道卿的忠心，其實原本朕應該准你的假，允你回去丁憂，奈何朝中大事還離不得你，只得奪情把你留下。想你思念太師的心腸，定勝過朕千倍百倍，但朕受太師教導之恩，又豈可輕易拋卻？就允朕為太師做些區區小事，以寄哀思吧。」

晏博齋閉嘴了，皇上的話很含蓄，可意思很明白了。你能留下繼續當個副主考官已經是給面子了，再不識好歹，立即允你的假，讓你回去守孝三年，等到起復的時候，可就不好說了。

原本有些同樣想站出來反駁之人，一看皇上這架勢，通通安靜了。

下了朝，晏博齋本就憋了一肚子火，沒曾想剛進家門，就又聽到一個壞消息。

「夫人和小少爺被人綁架了，若是想要她母子平安歸來，得請老爺你把在元宵那日抓到之人，在日落時分之前，平安送到城東燕子樓下。」

看著兒子戴的長命鎖和朱氏的頭簪，晏博齋怒不可遏地賞了邱勝一個大大耳光。

「府上這麼多人，怎麼就會把人弄丟的？」

邱勝被打得嘴角出了血，什麼話也不敢說，可那眼神之中難免露出幾分怨恨之意。

城東的燕子樓，這個地方是章清亭精心挑選的。

此處離京兆尹極近，卻又是繁華鬧市中的一處清靜地。

左右視野開闊，不怕人埋伏，若是在此鬧事，一定會驚動旁邊的衙役。

除非晏博齋不來，否則他一定不敢搗鬼。

可他會來嗎？章清亭心裡有些沒底。

按常理說，他應該會來。因為朱氏是他的結髮妻子，兒子更是他的嫡子。就算他再心狠手辣，可虎毒不食子，他多少也要顧惜幾分自己的親生骨肉吧？要不，他拚死拚活的是為的什麼？可他要是當真狠下心不來……

章清亭望著朱氏道：「夫人，無論如何，今天都要謝謝妳。」

朱氏能做出這個決定，真的是下了很大的決心。

這意味著對她丈夫的背叛，可有些事，逼得她不能不這麼做。

「張夫人，不必客氣。我能明白的，不過，妳的丈夫真的是我相公抓的嗎？」

身為妻子，她還是不願相信自己丈夫是那樣一個心狠手辣，甚至可以說是喪心病狂之人。

章清亭苦笑，「妳若不信，可以隨我去思荊園看看。看看那些傷者，也看看方老爺子的屍身。我們來到這京城，除了他，又能得罪誰呢？」

朱氏臉上有些火辣辣的燙，又窘又難堪地低了頭。

她雖然與章清亭相交不深，可看得出這是個善良的女子。如果不是被逼上了絕路，人家何苦做這樣的事情？那麼，有些事情能不能告訴她？

朱氏的心裡有些動搖，也很矛盾，可一想著丈夫畢竟是自己終生的依靠，又是孩子的爹，她還是退縮了。

消息，是一大早就送到晏府去了。

可隨著日頭一點點的升高又落下，晏博齋始終沒有出現的跡象。

乍暖還寒的初春，屬於黃昏的那一刻並不長，但足以用來說幾句話，交換個人質了。

只可惜，朱氏站在窗邊，眼睜睜地等到天黑，千家萬戶全都亮起星星點點的燈，卻仍是等不來那該來的人。

朱氏沒有說話，章清亭也沒有說話。

燈光把二人的身影拉出長長的倩影，然後，又在漸漸亮起的日光中淡去。

不知不覺，長夜已經過去，她們枯坐到了天亮。

可晏博齋沒有來，甚至都沒有打發人來看個究竟。

再度抬眼看著對面的朱氏，章清亭滿心悲涼。替自己，也替她。

雖然極力隱忍，可朱氏還是哭了。她萬萬沒有想到，晏博齋居然會對她們母子見死不救。

就算是他捨不得拿趙成材來交換，他起碼可以報個官，讓衙役過來看一眼吧？

可是他沒有。

這說明什麼？說明他根本就是作賊心虛，不敢把事情鬧大。更加說明在他的心裡，自己和兒子的死活根本已經不重要了。

如果晏博齋稍稍有一點，朱氏都不會這麼絕望，可丈夫如此的冷漠，實在是讓她徹底寒透了心，也徹底割裂了他們夫妻之間最後一絲溫情。

所以，朱氏在痛哭一場之後，收了眼淚，冷靜地告訴章清亭：「去把我家小叔請來，如果他同意的話，我可以跟你們合作。」

朱氏不是小家小戶的女子，她是世家之後，出身名門。

對於一直將自己的出身引以為傲的女子來說，朱氏自認嫁給晏博齋這樣一個庶子已經很委屈了，可他還這麼處處不拿她當回事，甚至於流露出想借刀殺人的意思，這就讓朱氏再也無法容忍了。

這幸好只是章清亭跟她合演的一齣戲，朱氏不敢想像，如果她們母子真的被人綁架了，以晏博齋這樣的絕情，她們母子焉有命在？

到時晏博齋再續個弦，依然可以有妻有兒，可那個時候她母子是什麼？只不過是晏家祠堂裡兩個冷冰冰的牌位而已。

朱氏是願意賢良淑德，嫁夫隨夫，可這一切都是有限度的。她會對丈夫忠心，卻不會愚忠。而一個大戶人家的妻子，絕不能容忍的是有人要動搖她和孩子的地位，就連做丈夫的也不行。

不過，在這之前，她必須要確認一件事，可能有些卑鄙，可為她兒子，還有她娘家的榮譽和面子，她必須要這麼做。

晏博文也不是笨人，在趕到思荊園，見到朱氏的第一眼，就告訴她：「我只求一個清白，絕不會跟妳兒子爭晏家。我也姓晏，我也不想給晏家抹黑。」

「立字為據。」朱氏知道，自己應該相信他，可她必須要點實質性的東西，鼓勵自己去做接下來的事。收好這份白紙黑字，朱氏終於開口了，「我是親眼看到他給公公下藥，又讓人勒死祝嬤嬤的。」

晏博文臉色變了，章清亭臉色也變了，可朱氏很快道：「可我不能跟你們上公堂作這樣的證詞。若是他有罪，那我的兒子就是罪臣之後。」略頓了頓，她又道：「但我有一個叫春梅的陪嫁丫鬟，被晏博齋強行收了房，而在元宵節那晚，春梅被他突然帶出府了。」

她再看章清亭一眼，「春梅不僅老實謹慎，還頗懂醫術。」

章清亭的心猛地一沉，趙成材受傷了？

「那她去了哪裡？」

朱氏搖了搖頭，「我不知道，這個要你們自己去查，不過我建議你們可以從邱勝身上下手。他雖是晏博齋的心腹，可也未必全然忠心。」

晏博文想想，「那個春梅靠得住嗎？」

女人一旦跟男人有了那種關係，還能死心塌地替舊主賣主？

朱氏道：「這個你們大可以放心。春梅是家生子，她的爹娘哥哥還全在我娘家。她自小伴我長大，根本不願與人作妾，我早答應替她在外面聘個正頭娘子的，要不是晏博齋……唉，你們要是能找到她，告訴她，我答應過的依舊作數。」

這就行了，被強迫的女人，沒那麼容易變心。

晏博文去查了。不過，朱氏母子要怎麼送回去？

可她反而沒那麼著急了，「既然來了，你帶我去看看那些人吧。」

章清亭感激地點了點頭，誠心誠意說了句：「謝謝妳。」

朱氏搖了搖頭，隨她去看望那晚受傷的人，還去方德海靈前上了一炷香，並磕了頭。

看她滿面愧疚，章清亭輕輕勸道：「妳是好人，他做的孽，不會牽連到妳和孩子的。」

朱氏苦笑，「人生莫作婦人身，百年苦樂由他人。一日是他的妻，總得受他的牽連，你們能不恨我，應該感激的是我才對。雖然我知道錢收買不了什麼，不過請允許我回頭略盡綿薄之力，好嗎？」

章清亭點了點頭，握住了她的手。

其實，她們要不是這樣的相遇，興許可以做好友。如果趙成材沒死，將來也還是有機會。

所以，趙成材，你一定不能死！

京城一片風刀霜劍，紮蘭堡的趙家此刻也是淒風苦雨。

那天，田福生才把趙成棟叫回家，轉頭就去替他報了官。

閻輝祖正覺治下民風淳樸，有些英雄無用武之地，忽地聽說治下居然出了這樣的大案子，老爺子頓時龍精虎猛地帶著衙役趕來了。可裡外一查，再問幾個口供，閻大人捋著花白鬍子搖起了頭。

趙王氏急道：「大人，您這到底是個什麼意思啊？這還不趕緊派人去抓賊嗎？」

「就是。」趙成棟才附和一句，那衙役不悅地瞪了他一眼，「大人審案，自有決斷，豈容人隨意放肆？」

趙王氏畢竟有年紀了，要尊重一下，可他跑來鬧什麼鬧？要不是看在他有個舉人哥哥的分上，恐怕立時就要治他的不敬之罪了。

趙成棟嚇得立時躲到娘的身後，不敢吭聲。

閻輝祖擺了擺手，示意無妨，對滿臉焦急的趙家母子道：「你們這宅子連個院牆也不修，這不是擺明了招賊嗎？看那賊留下的腳印，分明是個熟人。你們還是先說說都認識了些什麼人，或是在什麼人前炫過富吧？」

這話問得趙成棟當即又瑟縮了回去，連在屋裡的楊小桃也暗暗心驚。

閻輝祖淡然一笑，「你們要是不說實話，想破這個案子，可就難了。到時人家拿了金銀揮霍一空，就是抓到賊又有何用？」

趙王氏轉身就打了畏首畏尾不敢上前的小兒子一巴掌，「你倒是說呀！你還以為鎮上沒人知道你顯擺的事嗎？人家的閒話都說到家門口了！還有楊小桃，妳也說，那個印子錢是怎麼回事？」

楊小桃還想抵賴，誰知楊劉氏趕了過來，進門就哭，「小桃，那個何大牙跑啦，咱們的錢全沒了！」

什麼？楊小桃才自白了臉，誰知後面還跟著楊秀才，聞言大發雷霆，「妳們、妳們居然真的去放印子錢了？快說，一共拿了多少？」

全部身家！楊劉氏見實在瞞不過去，只得哭哭啼啼地道：「前幾個月都有好好地給利息來的，誰知今兒人忽地就跑了？」

楊秀才一口氣差點沒提上來，他們家又比不得那些大財主，他教書種田，辛辛苦苦攢兩個錢容易嗎？如今全都打了水漂，兒子將來的婚事怎麼辦？要讀書進學怎麼辦？

也不顧那麼多人，楊秀才隨手操起根棍子就打起老婆。

楊小桃見爹是動了真怒，連滾帶爬地從屋裡出來攔，一樣狠狠挨了幾下。

這一通雞飛狗跳，鬧得人仰馬翻。

趙王氏本就是個急性子，更兼病得才好些，這又急又氣之下，竟是一下子眼前一黑，整個人就暈了過去。等到醒來時，已經回到自己家中。

天早就黑了，房間裡點著燈，看她醒來，趙老實鬆了口氣，還沒開口，趙王氏忽地想起小兒子家的糟心事，強撐著就要起來，「那賊抓到了嗎？」

趙老實生氣地把她按下，「妳就安心躺著吧。成棟的事，妳就別操心了。哼，他哥走的時候是怎麼說的？讓修房子不修，讓他好好做事不做，如今可好，家都讓人搬空了，還來後悔有什麼用？早幹什麼去了？」

趙王氏急道：「什麼叫家給搬空了？那賊人既是熟人，怎麼會查不到？」

「就算查到又有什麼用？」趙玉蘭疲倦至極地跟田福生一塊進來，趙老實忙給他二人倒水讓坐，「累壞了吧，快坐下歇歇。」

趙玉蘭不客氣地坐下，連喝了三大碗水，才跟娘道：「我們跟著衙役跑到剛剛才回，成棟的錢多半是被何大牙弄走了，也有可能是一個姓卓的，就是拐走柳芳，並倒賣了馬的那個。那姓卓的是個外地人，也不知什麼來路，至於那放印子錢的何大牙，卻是個慣犯，四處流竄作案的，之前在鄰縣也坑了不少人。成棟的錢落到他們手上，估計是找不回來了。」

趙王氏聽得腦子一陣陣眩暈，分家的時候，成棟足足拿了上千兩銀子啊，這就全沒了？

「這……這就什麼都追不回來？銀子，銀子就算了，那些馬呢？馬是被柳芳賣的，咱們可以不承認啊！」

趙玉蘭嗤笑，「您以為人家傻啊？既然想好了要跑路，自然是把馬賣給外地人了。倒是張叔仗義，之前嫂子那馬場收了成棟幾匹馬，他去跟人說了，人家說可以按原價去贖，也不要這些時的草料錢了，可問題是如今哪有這個錢去贖？」

田福生插了一句：「今晚要不是張叔派了他家馬車載著咱們跑，咱們也沒那麼快回來。」

趙王氏只覺心裡跟熬油似的，哆嗦著問：「那妳弟弟，他究竟還剩下些什麼？」

不知道。趙玉蘭道：「我讓他在家好好點點，明早應該就知道了吧。」

趙王氏還想問什麼，可趙老實瞧女兒實在是累極，「明兒的事情明兒再說，妳也讓人歇歇吧。玉蘭，要不，爹去收拾收拾，妳和福生就住這兒吧？」

趙玉蘭擺擺手，「我明兒還要開張做生意，他住這兒就更不合適了。我們走了，娘，您好好保重，再有個什麼，我們可誰都受不了了。」

她二人走了，剩下趙王氏，心裡真是毛焦火辣的，這一夜，無論如何也睡不著了。

趙老實有句話梗在喉嚨裡，不過看老伴這副樣子，沒忍心說出來。

好不容易捱到天明，趙成棟帶著楊小桃和南瓜，以及兩個小小包袱就回來了。

昨晚清點才得知，柳芳不止把馬賣了，把家裡幾個丫鬟小廝也給賣了。家裡沒人伺候，又遭過賊，誰還敢住？尤其楊小桃才小產，南瓜那麼小，趙成棟能伺候得了嗎？還是全甩給老爹老娘吧。

進了門的人，也不好往外趕，趙王氏急得直問：「那你究竟剩下多少錢了？」

趙成棟目光閃爍，「除了房子，還有家具那些也是值點錢的。」

趙王氏一口氣沒接上來，差點背過氣去。偌大的家業，這才幾個月的工夫，就已經折騰得精光。她就算再想維護這小兒子，心頭也不可避免的蹦出三個字：敗家子！

「娘，要不，您再借點我銀子吧。」趙成棟覷著趙王氏的臉色，小心翼翼地陪笑道：「或者跟張家說說，再分我些馬，再賒我些草料，這回我一定好好養，再也不偷懶了，行嗎？」

呸！這話連趙老實都不能相信了，「你當人家那馬是紙糊的，你張張口人家就要送給你？你多大個面子啊！」

連趙王氏也不贊成，「你就是沒了馬，不是還有兩畝地嗎？那地總沒賣掉吧？你趁著馬上要開春，索性踏踏實實種莊稼吧。再養些雞啊鴨的，吃飯就不愁了。回頭正好還能把那馬廄拆了去修圍牆，那邊房子整好了，也就能住人了。」

趙成棟不太高興，嘟囔著道：「種地有什麼出路？撐死了混個肚圓，沒勁！」

趙王氏氣得不輕，火也上來了，「你此時嫌沒勁，那早幹什麼去了？分你那麼多家產，你有好好幹嗎？」

看娘是真生氣了，趙成棟又老實了，裝可憐道：「娘，那不是如今不一樣了嗎？我從前是有點不懂事，貪玩，可我如今不是知道錯了嗎？您看嫂子生意做得那麼大，我要是混得太差，豈不是給人笑話？」

趙王氏很想說一句，你能跟那殺豬女比嗎？章清亭做的那些生意，她每回嘴上總是瞧不上，可心裡卻是暗暗佩服的。

就像當初，憑什麼章清亭能說動方德海開起絕味齋，又能蓋起胡同，建起馬場？這不光是人家有眼光有魄力，最重要的一點，章清亭是個能吃得了苦又肯去幹事的人。

想想她當初一個才十三歲的小丫頭就開始殺豬養家，換到現在，趙成棟都做不到。

可這些話，趙王氏說了就是打自己的臉，所以她只能說：「娘是真的沒錢了，家裡的積蓄全貼在你身上了。如今你哥哥的官學補助也給了張家，我和你爹花的用的，全是你姊的錢。你要是不信，自己上屋搜去，能找得出來多少，全歸你。」

趙成棟這下可慌了手腳，「那我、我要怎麼辦？」

趙王氏都快哭出來了，「娘是實在沒辦法了，你就是砸了你娘的骨頭，也熬不出二兩油來啊！成棟，娘知道你心氣高，娘要是有啥生財的門道，一定告訴你，可娘不知道啊！你再逼著娘，又有什麼用？」

趙成棟遲疑一下，瞟她一眼，「娘，您手上雖沒現錢了，可家裡不是還有那幾套院子嗎？」

趙王氏怔了怔，趙老實當即跳了起來，「你想都別想，那可沒你的份！」心說這還真讓大兒子說對了，他還真打起這房子的主意了。

趙成棟急道：「爹，我知道，我不是白要你們的，我會還！您要不信，我們立字據，我按手印還不行嗎？」

那也沒有。趙老實說得實在，「你要是還不起，我能去告你，還是把你皮扒了？」

趙成棟真急了眼，「那你們總不能撒手不管吧？」

趙老實也生氣了，「怎麼不管你了？說好的路你不走，非得逼我們幹些不願意的，你這兒子到底是來討債的，還是怎樣？」

趙成棟看跟他說不通，去找趙王氏了，「娘，你們一共四套院子，姊姊妹子的肯定不能動，你們二老的我也不動，可喜妞不是還有一套嗎？她才多大，要房子幹麼？再說，哥上回分家時還給了她五百兩銀子呢，她得吃到哪年月去？不如把她那套先抵些錢來，回頭我賺了還她就是。」

趙老實氣得想揍人了，「趙成棟，有你這麼當叔叔的嗎？居然打小侄女東西的主意？」

趙成棟有些不忿地嘟囔道：「我哪是打她的主意了，這不是遇到難處救個急嗎？娘，您說是不是？」

趙王氏猶豫了下，「成棟，這事娘也不能同意。雖說喜妞名下有套房子，但你哥分家時可只拿了二百兩銀子去，他要是不中回來，喜妞這套房子的租錢，還得給他花用，所以那套房子無論如何也不能動。」

趙老實這麼一聽，心下舒坦多了，誰料趙王氏接下來卻是道：「你若實在要錢，不如把我們名下那套房子給你……」

「不行！」趙老實堅決反對，「這房子是成材給咱們養老用的，妳抵了出去，那回頭豈不是又得讓成材拿錢養活咱們？絕對不行！」

趙王氏一噎，沒想到老伴的態度居然如此強硬，可瞧瞧小兒子的可憐相，還是委婉地道：「這抵出去的房子不還是我們的嗎？你看成棟，他是怎麼也不願意去種地，咱們不如讓他在那兒做些小本生意可好？」

「那也行啊。」趙成棟立即答應了，反正先把錢弄到手再說。

趙老實氣得終於把那句從昨晚憋到現在的話罵了出來：「你這就是慈母多敗兒！」

忽地門口有人喊了聲爹，是趙玉蘭來了。

她拎著個籃子，帶著罐骨頭湯和滷好的熟食小菜，顯然是給爹娘補養身子的。她在門口站了一時，已經聽了不少話了。

楊小桃訕笑著，想上前接她的籃子，趙玉蘭卻橫了一眼過去，自把籃子交給趙老實，才問趙成棟：「你說願意做生意，那是打算做什麼？」

趙成棟哪知道做什麼？眨巴眨巴眼，忽地靈機一動，「姊，要不，咱們合夥開飯館吧？」

「好啊。」趙玉蘭一口應下，「我確實有這意思，不過，你要怎麼跟我合夥？」

趙王氏也喜道：「對對，玉蘭，妳也拉拔著妳弟弟些。」

趙老實氣道：「玉蘭已經夠苦的了，你們如今還想來占她便宜嗎？」

趙王氏一噎，趙成棟卻張口就道：「爹，您怎麼這麼說？姊姊做生意，我又不是幫不上忙。她負責炒菜，我可以負責招待客人啊！」

趙玉蘭示意老爹稍安勿躁，悠悠道：「成棟說的也是，不是招待客人有夥計就夠了，要你是不是太大材小用了？」

「我還得管帳，管進貨啊！」

趙玉蘭輕笑，「那咱們便來商量商量，這飯館打算做多大，要設多少座位，幾個雅間？該怎麼布置，又要拿什麼做招牌，定價如何？還有每天進菜從哪兒來，豬肉羊肉從哪兒來？你又知不知道這附近一共有幾家大小飯館，咱們要是開了張，能不能做得過人家？」

趙成棟傻眼，趙王氏更加傻眼，她一直以為大女兒不過是賣些糕點熟食，人變得開朗大方一點而已，可從什麼時候起，她居然變得這麼厲害了？瞧這頭頭是道的模樣，竟有幾分像章清亭了。

半晌，趙成棟才乾巴巴地擠出一句：「那……那等開起來不就知道了？」

這話，連趙王氏也覺靠不住。

卻聽趙玉蘭道：「這些事成棟你一時留心不到，可我早就留心了，所以我覺得我這飯館要開呀，不可能一開始就做大。我打算過兩個月先做些小炒試試，等到有回頭客了，才慢慢加大。如果你有心要來，只有跑堂還能省出個缺來，可你願意嗎？」

趙成棟不願意，「就算我不知道那些，可妳怎麼能讓我跑堂呢？這也是妳能說出來的話？」

趙玉蘭嗤笑，「我怎麼說不出來？你想跟我合夥，請問你要拿什麼跟我合夥？你是會炒菜，還是願意拿了本錢給我虧？要是你肯出本錢的話，我給你掌勺，你只付我廚子錢就行，行不？」

趙成棟啞巴了，他哪有錢？他就是有錢，也不能幹這傻事啊！

趙王氏原本心中也有不悅，可被趙玉蘭這麼一說，她也明白過來了，「成棟，你姊說的對。你別嫌跑堂不體面，裡面學問多著呢。你安心跟你姊做幾年，學學裡頭的門道，將來做什麼事情都不吃虧。」

可趙成棟不幹，「算了算了，我也不占你們便宜了，娘，您還是把你們的房子抵了，拿錢給我吧。」

趙老實冷笑，拉了趙玉蘭就走，「別跟他在這兒瞎掰活了，咱們走！」

這態度讓趙王氏有些詫異了，可趙成棟不管，就催問趙王氏房契在哪兒。

任憑他如何翻箱倒櫃，怎麼也找不到房契了。

趙王氏明白了，「不用找了，你爹藏起來了。」

「那該怎麼辦？娘，您去要，否則我回去就賣房子！」

趙王氏忽覺心有些冷，她病成這樣，小兒子從進門到如今都沒問過一句，只知要錢。要不到還撂這樣狠話激她，她就是再大的心氣，此刻也使不出來了。

「那你就去賣吧。」趙王氏疲倦地閉上眼，只覺心力交瘁，「娘實在沒這個本事替你張羅了。不過，成棟你想好了，到底你也是分了家的人，要是連房子都賣了，你可就什麼都沒有了。」

趙成棟一口氣堵在那裡，不上不下的，半晌才色厲內荏地憋出一句話來：「好好好，我知道你們都瞧不起我，我這就賣了房子，回頭賺了錢，你們才知道呢！」

趙王氏連話也懶得應了，閉著眼睛歪在床上，只聽他重重摔上門走了，才默默淌下淚來。

她最疼愛，最聰明伶俐的小兒子，怎麼會變成這樣？

慈母多敗兒，真的是她的錯嗎？

這樣敗家的事情，要是擱在別人家，或是擱在成材或是玉蘭身上，只怕她早要打斷他們的腿了，可偏偏是成棟，是她從小就疼著護著的成棟，這讓她怎麼想？

從前那個殺豬女總說她偏心，說她這樣會害了成棟，可她不信。她總覺得是她在針對成棟，怕他占了便宜。可認真算起來，她幫著這個小兒子從殺豬女身上占到的便宜還少嗎？可人家說了什麼沒有？

看看如今，看看跟著她的弟弟妹妹。

張小蝶一人在永和鎮那麼大的地方撐起一間鋪子，張金寶在馬場什麼髒活累活都一樣地幹，就連跟著住得近的玉蘭都學得那麼會做生意，更別提那個「有了媳婦就忘了娘」的大兒子，從一個窮酸秀才混成什麼樣了？

而自己一向牢牢護著，捨不得讓章清亭「欺負」的小兒子呢？

她說讓成棟跟著方德海學做滷菜，她聽小兒子抱怨幾句就心生怨恨。

她說讓成棟學獸醫，她又心疼小兒子幹的活太苦太累。

她說柳芳留不得，自己偏把人往屋裡領……

若是最早就聽她的話，讓成棟踏踏實實跟著她學手藝幹粗活，像張金寶、張小蝶似的，老老實實出大力留大汗，只怕成棟如今也該是另一番模樣了吧？

趙王氏哭了，哭得痛徹心扉，追悔莫及。

柒之章 直告御狀求公道

今日一早，晏府管家邱勝忽地收到一封信。

信裡沒有落款，只約了他在瑞華樓相見。若是一般情況，邱勝斷然不予理會，可那信裡夾了兩片黃燦燦的金葉子，這就由不得他不動心了。身為晏府管家，每天求上門來辦事的不少，可出手這麼大方的卻實在不多，所以邱勝還是打算去看一看。

到了地方，不想見到一個頗有些眼熟的小婦人。

邱勝再看一眼，忽地變了顏色，「妳是……」

話還不及出口，他就轉身想走，可房門已經門上，而一柄寒光閃閃的匕首抵在了他的喉間。晏博文冷冷地看著他，「我已經背過一條人命，不在乎再多一條。」

邱勝嚇得腿都軟了，「別、別殺我！」

章清亭落落大方地一笑，「邱管家，我們還是坐下說話吧。你放心，我們今兒來，可不是來殺你的，而是有一件大禮要送給你。」

她說著話，把桌上的一個小箱子打開。一片耀眼銀光，頓時晃花了人的眼。

邱勝吃了一驚，那樣碩大的銀元寶，怕有足有一千兩了吧？

「夫人，妳要我幹什麼？」

「很簡單。」章清亭微微一笑，「我問什麼你就答什麼，或者有些我不知道，而你知道的，說出來。然後我這兒有一份良民的戶籍路引，你拿著它，不管去哪裡都可以，再加上這些錢，想來更加逍遙快活，豈不是比給人當奴才強？」

邱勝再看一眼晏博文收回，卻仍拿在手中的匕首，目光閃爍了半天，終於在章清亭的對面坐了下來。

「妳問吧。」

「我相公趙成材在哪兒？」

邱勝不說話，只看著她手上的路引，章清亭推過去，卻在邱勝想拿時，把紙扣住，眼神一冷，「別想著撒謊，否則我有的是法子讓你生不如死。」

邱勝道：「燕王府。」

什麼？晏博文變了臉色，「怎麼可能？那王府不是早被賜給安國公了嗎？難道……」

邱勝忙解釋道：「不，不是那個王府，是私邸，在大業坊裡。那處被查抄之後，皇上一直沒處理，老爺有些機密的事，都是到那裡去辦的。」

章清亭鬆了手，當即追問：「那我相公呢？有事沒有？」

邱勝收了路引，瞟了她一眼，「受了些傷，但還活著。」

章清亭撫胸，頓時鬆了口氣，晏博文問道：「你知不知道他被關在哪裡？好不好救？」

邱勝搖了搖頭，「怕是很難。那裡還有地牢，我也不知道究竟關在哪間。」

章清亭忙道：「你可以帶話進去嗎？春梅是在那裡吧？」

邱勝愣了愣，忽地反問了一句：「原來真是你們綁了夫人？是，春梅是在那裡。」

章清亭肅然道：「那好。你去告訴她，如果她肯幫忙，哪怕是傳點消息出來，她家夫人應承之事，我也能幫她做到。喏，這是你家夫人的信物。」她拿出一枚耳墜，正是朱氏給她的。裝進小香袋裡，一併交給邱勝。

雖然朱氏已經決定幫助她們，可章清亭還是不想讓她落個背叛丈夫的罵名，所以只作脅迫朱氏，完成這些事一樣。

邱勝接了東西，「我儘量，但不能保證。」

章清亭挑了挑眉，把箱子裡的銀錠推了一半到他面前，「邱管家還有什麼可以說的嗎？」

邱勝看一眼那些剩下的銀錠，「我手上還有一些碎瓷片，不知道夫人有沒有興趣。」

晏博文臉色一變，「什麼碎瓷？」

邱勝道：「帶著燕王府印記的碎瓷，為了修復，我可是花了大價錢。」

章清亭拉著那個小箱子，「你知不知道方大叔的遺骨在哪兒？如果告訴我，這些全歸你。」

邱勝微怔，想想，忽地眼珠子一轉，「夫人說的可是那具從翠屏山挖出來的遺骨？我知道在哪兒。要是夫人有意，安排我離開京城，我就告訴妳在哪兒。」

章清亭嗤笑，「那時你都走了，要是告訴我是假的，我上哪兒找你去？不如你去把遺骨取出，等到我送你走時，取出給我，咱們就兩不相欠了，如何？」

邱勝想了想，「好，一言為定。」

他起身要走，晏博文忽地問了句：「你為什麼要背叛他？他對你，不薄吧？」

邱勝唇邊勾出一抹譏笑，「二爺要是擔心我會去告密，那就大可不必了。他連親兄弟、親兒子、親爹都下得了手，還會對誰寬厚？小人如今想下這個賊船都來不及，又為何還要替他賣命？」

晏博文微怔，邱勝走了。

章清亭冷冷道：「眾叛親離，他的好日子不長了。」

不得不說，邱勝能當上晏府管家，還是有兩把刷子的。七天之後，他就送來一樣東西給章清亭。是一大塊浸著血的繃帶，只不過，上面是拓著字的。

「吾乃京城王泰初，祖傳製香為業。某年某月，吾被燕王麾下步兵統領鄒某某擄至此處，提煉香料。此香料甚是奇特，久聞令人心神迷亂，上癮成狂。待香料一成，吾即被關押至此，自知命不久矣。只盼有人得知實情後，告之吾家，並轉告吾之未婚妻姜氏，令她早覓歸宿，切勿為吾蹉跎青春。若有機緣，能為吾平冤昭雪，便是來生結草銜環，也必報此大恩大德。此處尚留有證據，願能助君一臂之力。」

章清亭看得渾身鮮血瞬間湧到頭頂，頭皮一陣陣發麻。天啊，這居然是姜綺紅那位未婚夫的遺書？難道這個也是從那地牢裡得來？那血是誰的？

章清亭不敢深思，抓著邱勝追問：「我相公呢？他是不是傷得很重？春梅跟你說什麼了？」

邱勝苦笑，「我什麼也沒能跟她說，只是把妳給我的耳環暗暗塞給她了，然後直等到今天，她才尋了個機會，假意要扔些破爛，把這個塞給了我。」

章清亭腦子裡電光石火的轉念間，已然明白過來了。

光憑一個耳環，春梅未必信他，可再加上自己的那個香袋，肯定讓趙成材想到什麼了，所以他才決定冒一次險，把王泰初的遺書拓來給她。

那他如此的費盡心機，究竟是想讓她做什麼？

晏博文問：「那個證物呢？」

邱勝搖了搖頭，「實在沒有。我既決定幫你們，又何苦昧下不給你們？要不，我把最後一句洗了，你們看不到，我豈不是更省事？」

這話說得也是，夾帶一個帶血的繃帶都如此費盡心機，如果是其他證物，只怕真不容易送出來。更何況，王泰初都死了那麼多年，那證物還會留在那裡嗎？

章清亭似是想到什麼，眼睛忽地異樣明亮起來。

晏博文問：「妳想到什麼了？」

章清亭卻什麼也不肯說，只道：「這東西我得拿去給紅姊看看。」然後，她就急匆匆走了。不過走之前她又想到一事，轉而拜託道：「這件事，還請不要告訴其他人，包括孟大人和喬二爺，好嗎？」

看著她懇切的眼神，晏博文沒辦法說出拒絕的話，可心裡總覺得有些不安。但他想著，章清亭是個有分寸的人，應該不至於做什麼糊塗事，便暫時瞞下了這個消息。

可第二天一早，早朝還未散去，京城之中發生了一件近百年來從未曾有過的大事。那懸在朝堂之外的登聞鼓，被人敲響了。

咚咚咚！

一人多高，腰圓肚闊的朱紅大鼓，隆隆作響，令人膽戰心驚，又滿腹驚疑。

這消息不用傳，只聽著那隆隆的鼓聲，就已經如同插了翅膀般，迅速飛遍大街小巷，不僅是震驚了當今天子和滿朝文武，也迅速在京城百姓中流傳開來，只要有耳朵的地方，大家都知道了。

可這到底是有怎樣的冤屈，逼得人寧可捨得一身皮肉之苦，去滾過那三寸長的釘板，也要悍不畏死地告上這一狀？

官司還沒開打，但是多半的民心都已偏向了告狀之人。畢竟，若不是確確實實問心無愧，很少有人能鼓起這樣九死一生的勇氣，走到天子面前去告狀的。

北安國年輕的皇帝陛下，眼神也隨著那隆隆鼓聲沉了下來。

他執政這幾年，自問從來沒有懈怠過朝政，如今卻在他的治下，居然有百姓擊登聞鼓，告御狀。那不管此事的真相如何，都等於是在他臉上重重打了一記耳光。間接地說他這個皇帝無能，統治不利。到底是哪裡出了紕漏？皇上還沒見到鳴冤之人，卻已下定了決心，非將涉案官員嚴懲不可！

「把人帶進來，朕要親自審問！」

看皇上的臉色，早有當值的官員一陣風似的奔出去了。心裡大呼倒楣，卻半點不敢怠慢。

而宮門外，已經跪著兩名穿著白色單衣的女子。

一個約莫三十許人，一個約莫二十上下。身上釵環全無，只用白布束髮，顯然都抱了必死的決心。當寬五尺，長一丈，密密麻麻嵌著三寸長釘的鋼板抬出來，那森冷的寒光，光是看著就讓人膽戰心驚。

而那個年長女子絲毫不懼，渾似沒有看到那些鋼釘一般，整個人毫不猶豫地就躺了上去。然後翻滾著，通過那一丈長的酷刑。

當值的官員沒什麼好說的了，等那年輕女子把這滾過釘板，已然渾身是血的女子扶起時，就把人帶進了金鑾殿，跪在了皇上的跟前。

孟子瞻驚呆了。

晏博齋更加震驚。

那個年紀大些的他不認識，可那個年輕的他卻見過，這不是趙成材的媳婦嗎？她怎麼跑到這裡來了？

晏博齋一顆心撲通撲通跳得飛快，頭一次覺得怕了。她們這是要告自己嗎？那她們會有什麼證據？那麼皇上要是知道了，會怎麼處置自己？

晏博齋心裡明白，自己在皇上心目中，算不上真正的心腹。

他能受到任用，不過是當年機緣巧合，替還是太子的皇上辦了件無足輕重的小差事所致。

不過，因為他這個太師府庶長子，不顯山不露水的身分，皇上有些不太好辦的事，倒願意交給他去辦。比如查抄燕王私邸，那地方其實是皇上找到的，相當於白送給他一份功勞。

可要是皇上知道自己利用那次機會昧了私，不僅藏了罌粟殼和南蔓膏，甚至還將一批燕王府舊衛偷偷豢養起來為自己效命，會怎麼想？

陡然想上幾個來回，晏博齋背上被冷汗浸透了。

他有一種跪下求饒的衝動，可到底捨不得那份榮華富貴，帶著僥倖的心理，又等了一等。

此時，皇上開口發話了：「妳二人無故擊響登聞鼓，所為所事？」

此時，著急的不僅是晏博齋，還有孟子瞻。

他真的很怕章清亭衝動之下，把所有的事情和盤托出，那樣很有可能不僅解決不了問題，還會逼著晏博齋殺人滅口。

眾目睽睽之下，章清亭將一份狀紙和那帶血的繃帶高高舉過頭頂，「回稟陛下，民婦紮蘭堡張氏，隨前夫新科舉人趙成材入京備考，卻在元宵節當夜賞燈返家途中，突遭盜匪劫殺，致使前夫下落不明。而後，有人給我身邊這位姜氏姊姊送來帶血繃帶，上面拓有她亡故未婚夫的留言。民婦不知前夫之劫是否與追查此事有關。因事關重大，只好來御前，求陛下聖裁。」

孟子瞻鬆了口氣，大讚章清亭機警，知道避重就輕。既敲山震虎，又不會逼得狗急跳牆。

可晏博齋的心卻提得更高了，那個姜氏的未婚夫是怎麼回事？就算章清亭沒直接指認他，可她狀紙上到底寫了什麼？

太監下來接了狀紙，送到皇上跟前。

狀紙不長，就薄薄兩張，可皇上看後，一雙眼卻迅速暗了下來。

整個朝堂寂靜無聲，連根針掉在地上都能聽見。

半晌，才聽皇上冷冷笑道：「很好。朕在位這麼多年，居然還有燕王餘孽在朕的眼皮子底下作亂！」

此言一出，晏博齋只覺三魂七魄都快驚出竅了。皇上知道了？他都知道了什麼？

皇上沒有吩咐任何朝堂上的任何官員，只把御前侍衛統領召了上來，低低在他耳邊吩咐了幾句，那侍衛統領立即帶著人，如狼似虎地奔出宮中。

皇上不再理那些朝臣們，只是命宮女把章清亭和姜綺紅帶到旁邊偏殿去，召大夫來醫治，等待消息。幾度有朝臣想要出言說話，可是看著皇上瞇著眼端坐在龍椅上，猶如冰山置頂的的神態，竟是沒一個人敢吭聲。

等了約莫一個時辰，那御前統領終於回來了。

帶著一大堆沾染著血跡的刑囚用具，還有整個挖出來的刻著字的地磚。

拿了剛呈上來的帶血繃帶往那兒一比，正是一模一樣。

然後，統領還往皇上面前呈上了一物，「這是根據地上的箭頭，尋到一塊被摳掉的牆磚裡暗藏著的東西。」

晏博齋知道自己不應該看，可他實在忍不住，而就在他抬眼的瞬間，卻發現皇上正不動聲色地盯著他。

晏博齋猛地一哆嗦，整個人都快癱軟下去了。

難道這些東西真的是從燕王私邸起出來了？可他怎麼不知道有什麼該死的刻了字的地磚？這又是誰流傳出來的？

不過，唯一讓他稍感安慰的是，因為昨晚發生的一件意外事件，他已經把趙成材和那些人轉移了，所以就算有人找了去，也是空宅，應該連累不到他吧？

晏博齋惴惴不安地想著，等待著皇上進一步的發落。

可皇上也沒說，只冷哼了一聲，就宣布退朝了。

這樣一來，反倒讓晏博齋更加忐忑，皇上到底是什麼意思？而章清亭那張狀紙上又到底寫了些什麼？自己也是粗心，怎麼就沒想著把燕王地牢好生檢查一遍？

這些問題，沒人能回答他。

因為章清亭和姜綺紅作為原告，當晚被留在了皇宮裡。

晏博齋心神不定地回了府，渾然沒有留意到自己的身後已經有御前侍衛跟蹤的痕跡。

進家門的時候，邱勝第一次告訴他朱氏回來了，他都沒有任何反應。

直到朱氏親自站了他的面前，他才像是活見鬼般猛地吃了一驚，「妳、妳怎麼在這兒？」

朱氏淡淡道：「瞧老爺說的，我是您的夫人，不在這裡，又應該在哪裡？」

「可妳不是……」看看左右，晏博齋忽地住口，「你們都下去！」

等到人都走了，他大步上前，抬手竟是就要抬手抽朱氏耳光。

朱氏快步閃開，他一巴掌落了空，更加怒火中燒。

「賤人！妳勾結外人，假裝被綁架，吃裡扒外的東西，還敢躲嗎？」

朱氏素來秀雅的臉上更冷了三分，「老爺，請注意你的措詞。我若是被人綁架，怎麼你連官也不報？就這麼任憑妻子流落敵手，難道不怕人參你一個蓄意謀殺的罪名嗎？」

「妳這賤人還敢狡辯？」晏博齋從未被這樣頂撞過，更加怒不可遏地要動手打人，卻在朱氏一句話後消停了，「老爺，你現在已是大禍臨頭，不想著怎麼解決，倒拿我出氣，你就是打死我，皇上會放過你嗎？」

「妳到底是什麼意思？」晏博齋恨得直咬牙。

就見朱氏從袖中取出兩張紙，「老爺想不想知道那位張夫人今天究竟給皇上看了什麼？」

她話音才落，晏博齋已經撲上前把那兩張紙搶下了。

一遍看完，他青了臉。

再看一遍，他臉白了。

接著看向朱氏時，他的雙目赤紅，身子卻微微顫抖，「胡說！她全是胡說！我什麼時候想控制朝臣了？我又怎麼會替燕王平反，企圖顛覆朝廷？難道我活得不耐煩了嗎？」

朱氏終於輕輕笑了，好整以暇地道：「她是不是胡說，這個並不重要。重要的是，皇上怎麼想。再說了，她說的也未必就是假的，是吧，老爺？」

一句話，把晏博齋定在那兒了。

章清亭這張狀紙寫得並不長，但字字如刀，句句見血。

大意就三個：第一，她前夫不過是個普通舉子，沒錢沒勢，為什麼追查了幾回姜綺紅未婚夫的事，就遭到劫殺？這是多人可以提供口供的，趙成材曾經在京城各大書局打聽過花卉類的書籍，追查過一種神祕的小紅花，這是人盡皆知的事情。

第二，姜綺紅的未婚夫是做香料的，如果他真提煉出了那種神奇的香料，那劫走趙成材之人必然也掌握了，那他想做什麼？

要知道趙成材可是舉子，舉子是什麼？未來的朝廷官員。如果有人因為趙成材不小心觸犯了這個禁忌劫了他，那是不是要通過他控制朝廷？這個做起來不難啊，給他下點迷藥不就成了？如果一個趙成材能中招，那其他人呢？

第三，香料是燕王留下的，那這個人跟燕王有什麼關係？或者他想利用燕王的餘威，達到什麼目的？

當然，章清亭不會寫得這麼直白，可她那字裡行間卻是有意無意就把人往那個方向誘去。

當晏博齋再次回想起狀紙上的內容時，他發現自己已經不敢想下去了。

因為這些事完全是合情合理的，只不過把他小小的私心放大了一點而已。其中有個細節還真實得可怕，那就是趙成材在被抓之後，真的被他用罌粟來止疼，並控制了。

閉了閉眼，晏博齋盡力穩住身形，可顫抖的聲線到底出賣了他真實的情緒，「說吧，你們到底想怎麼樣？」

朱氏不屑地看著他，忽地有些疑惑自己從前怎麼能忍下這樣一個剛愎自用，可真等到大事臨頭，卻毫無作為的丈夫？

「我也不想當一個罪臣的妻子。放了趙先生，自斷一臂，總比毒氣攻心好。不要想著殺人滅口，女人逼急了有多瘋狂，你今天應該已經見識到了。」

晏博齋瞳孔猛地收縮起來，這話說來容易，可做起來何其艱難？

可朱氏道：「你沒有太多時間了。這件事已經上達天聽，你想，要是皇上先你一步發現點什麼，你那時候就算把手腳全砍下來，也未必有用了。」

晏博齋頓了頓，猙獰的面孔顯出內心劇烈的掙扎。他以為過了很久，其實不過一盞茶不到的時間，他就問：「為什麼？為什麼要跟外人一起出賣我？」

朱氏冷冷笑了，「你為什麼不問問自己，為什麼明知道我和孩子被綁架了，卻能當作什麼事都沒發生？」她忽地奮起全身之力，重重打了晏博齋一個耳光。打得晏博齋既震驚又憤怒，但卻莫名不敢還手。

朱氏微吁了一口，像是長出了憋在胸中的一口惡氣，「這一巴掌是告訴你，我是朱家堂堂正正的嫡女，就算是你的妻子，也不是任你欺負的賤人。」

她昂著修長的脖子走了，留給晏博齋一個既忿恨又夾雜著妒忌的背影。

摸著臉上熱辣辣的手指印，晏博齋掉頭就出了家門。

朱氏有句話沒說錯，他真的沒時間了，得趕緊把事情處理掉才行。

至於這個場子，他相信只要自己還保得住晏府當家人的位置，遲早都會討回來的。

於是，到了第二日，一個讓人意想不到，又在情理之中的事情發生了。

趙成材回來了！

他不僅回來了，還帶回一個孤身一人全殲燕王殘黨的傳奇。

據官方消息稱，他跟章清亭說的一樣，就是因為追查那朵小紅花引起燕王殘黨的注意，然後被綁架，看在他有功名的分上，強迫他加入燕王殘黨，埋伏在朝廷裡，企圖再度顛覆政權。

而最為殘忍的是，那些綁匪為了控制他，拿燕王那種祕藥給他止痛。據太醫院的御醫稱，他已經染上輕微的毒癮。不過好在他理智未失，趁那夥綁匪放鬆戒心之時，偷了他們的毒藥，下在這些人的飯菜裡，這才把他們一網打盡了。

可這些神奇的經歷不是章清亭關心的重點，她只關心，「他人在哪兒？我可以去見他嗎？」

宮女和氣地告訴她：「趙舉人如今在太醫院裡，太醫說他可能要吃至少一兩個月的藥。趙舉人說他在養病期間，誰也不想見，尤其是您。」

什麼？章清亭深深的擔心瞬間化為怒火，這死秀才居然敢說這話？

還是姜綺紅明白過來，「他肯定是現在身上不好，怕嚇著妳。閻大哥不是說過，要戒除那個毒癮會非常痛苦和難熬的嗎？」

可他難道就不知道我會擔心？章清亭還想說些什麼，宮女卻道：「正是如此。奴婢後來私下問了太醫，太醫也說，養傷期間，他也不太建議親人探視。那個樣子會不太好看，親人見了未免更傷心，還是不看的好。」

她說得很婉轉，但章清亭聽懂了。

閻希南說戒除毒癮時，整個人會像瘋子似的，鼻涕眼淚抹一身，嚴重得連大小便都不能控制，換作自己，要是弄成這副鬼樣子，哪願意讓人看見？

章清亭思忖一陣，問那宮女：「那能不能煩請姊姊去問皇上一聲，我們能不能回家？如果可以的話，告訴他，我和女兒在家等他。」

宮女含笑去了，回頭帶來一道聖旨，是給姜綺紅的。嘉獎她忠貞節烈，為了過世的未婚夫不懼生死，敢告御狀討回公道，所以特別御賜她牌坊一座，會由官府督造於姜家故里，並昭告天下，以彰其義。

而她未婚夫王泰初一案，經查明之後確認屬實，說來他也是被燕王作亂害死的無辜良民，所以不僅要除去王家的罪狀，還賜還了王家的祖宅店鋪。有些贖不回來的，就多加金銀財帛補償。

姜綺紅捧著這份遲來多年的公道，喜極而泣。章清亭也跟著落下淚來，說真的，要是沒有她豁出性命來去滾釘板，章清亭就得自己來了。可姜綺紅反過來還要感謝她，要不是章清亭想出的妙計，哪有今日的沉冤得雪？

那宮女見她們流著淚謝來謝去，不覺也紅了眼眶，「二位都是好人，理當有這樣的好報。快收了眼淚，梳洗一下，隨我去見宮中的娘娘們吧。她們聽說了妳們的事情，很想見上一面呢。」

兩人忙收拾眼淚，一時來到皇后宮中，卻見三宮六院的公主妃嬪們幾乎全到齊了，將偌大個宮殿擠得滿滿當當，那一番珠環翠繞，看得人眼花繚亂。

宮裡一些老人對心靈手巧的姜綺紅還有些印象，這麼上上下下一攀談起來，提起不少往事，倒顯得更加親熱了些。

姜綺紅固然是收到不少賞賜，章清亭也見者有份撿了不少便宜。

不過女人永遠都是八卦的，說完了姜綺紅令人唏噓的故事，章清亭這個為了和離的前夫來打官司的女人，也讓大家好奇。

「妳都和離了，為什麼還要幫妳的前夫打官司呢？」這是大家最感興趣的話題。

看一屋子語氣咄咄的女人，章清亭只得如實道：「其實我與前夫感情甚好，只因婆婆不喜，才不得不和離。認真說來，婆婆也不是壞人，她勤勞節儉，又樸實能幹，只是與我性格不和，就像是蠶豆丟到火堆裡，一碰就爆，實在是沒法子，只能分開，讓大家都冷靜冷靜。」

這話雖簡單，可內裡的意思卻足夠人去腦補很多了。

皇后嘆道：「這清官難斷家務事，當中是非外人也不好評說。只是你們一個郎有情，一個妾有意，難道真的就這麼分開了不成？」

章清亭臉上微紅，囁嚅道：「我前夫說……他會說服婆婆，重新求娶的。」

皇后聽得笑了，連讚了三個好，「這才是有情有義，善始善終。來人呀，去取兩套鳳冠霞帔來賜她二人，就當是本宮提前預祝妳們都早日再結連理了。」

她是一國之母，又是在這樣大殿之中做出這樣賞賜，章清亭覺得光彩至極。

走出宮時，連天都感覺特別藍。

然而，她和婆婆似乎當真八字相沖，她好不容易盼來了雨過天晴，而此時的紮蘭堡，趙王氏只覺得天都黑了。

趙成棟跑了。

他到底沒敢賣房子賣地，而是把家中最後的資產全部抵給別人借了錢，孤身跑到外頭闖名堂去了。揚言說等他賺了大錢再回來，至於楊小桃和南瓜，就甩給老子娘了。

趙王氏剛養好病的身子，差點又暈了過去。

連最老實的趙老實都忍不住破口大罵：「都分了家，這個兔崽子還好意思把人扔給我們？他賺大錢，他能上哪兒賺大錢去？別被人賣了才好！」

一句話說得趙王氏又要暈了。

一個從來沒出過家門，離開過父母羽翼的孩子，能闖出個啥名堂？

「不行，我找他去！」

趙王氏是真急紅了眼，要是不快點把人找回來，萬一出點什麼事怎麼辦？

趙老實回去找了一趟族裡，族裡同意出兩個人幫他們去找人，可路上盤纏得要趙老實家出吧？還有楊小桃和南瓜，誰管？趙玉蘭自己都過得緊巴巴，難道又找她借錢？

趙王氏正在一籌莫展之際，怎麼也想不到，是張發財伸出了援手。

趙玉蘭拿了五十兩銀子回來，和一張紙，「這錢是張叔說先借咱家用的，這紙上是小蝶在永和鎮的地址。福生剛才已經幫忙打聽過了，成棟是前兒坐船走的，應該是去永和鎮了。你們去到那兒，到小蝶那裡去落腳，還能讓她幫著打聽消息。至於家裡，要不，給小桃幾兩銀子，讓她帶南瓜回娘家去，要不，就上我那兒去。」

趙王氏捏著那張紙，看著那些銀子，有感動，有愧疚，還有些說不清道不明的情緒混雜其中，讓一向伶牙俐齒的她，竟是什麼話也不會說了。

有了錢，什麼事情辦起來都快。打點行李，準備乾糧，楊小桃也被送回了家裡。

只是，楊秀才硬氣了一回，收留了楊小桃和南瓜，卻堅決不肯要趙家拿來的銀子，並說是自家沒管教好女兒，害趙成棟破財又出事，趙家沒休了楊小桃已經算好的了，眼下既然有難，他們也該幫著分擔一些。

楊小桃還以為她爹只是當著人面不得不說些客氣話，沒想到楊秀才轉頭更加嚴肅地告誡她：「往後妳就老老實實在家帶好南瓜，跟著妳娘做家務，別想些亂七八糟的，更別覺得自己委屈。這個妾可是妳自己上趕著到他家去做的，要是連這個都做不好讓人休了，那妳往後也不必回來了。」

這下子，楊小桃徹底老實了。

急匆匆收拾了行李，這日趙王氏就要走了。可一大早的，她和趙家一行人趕到碼頭時，卻是在那兒轉起了圈圈，心神不定，也不知在想些什麼。
趙老實覺得奇怪，「妳還轉個啥？船眼看就來了，妳還不消停？」
趙王氏忽地咬了咬牙，似是下定了決心般，把包袱扔給趙老實，「我去去就來！」
她當下風風火火就跑到張家去了，在張家門口，險些跟張發財撞個對臉。
張發財很自然地一笑，「有事？」
趙王氏似是豁出去了，閉著眼睛道：「他大哥，那個，謝謝你了！」
這可真不容易啊，這凶老婆子竟也有低頭的一日？張發財頓了頓，本想刺她兩句，可瞧她那生生憋出一身汗來的狼狽模樣，又忍住了，只寬厚地道：「鄉里鄉親，互相幫忙是應該的，別客氣了。」
他要是真的刺幾句，趙王氏還好受些，可人家這樣寬容和氣，反倒讓趙王氏更加無地自容。
「那個……我……從前……真是對不起了……」說著這樣的話，她的聲音都打著顫，眼淚都快下來了。
看她這樣子，張發財突然覺得，做一個寬容的人感覺也挺好，於是更加大度地道：「算啦，都是過去的事了，說這些幹麼呢？先把人找回來再說吧。」
趙王氏抹著眼淚還想說些什麼，忽地聽到碼頭那邊傳來的鐘聲，這是提醒要走的人抓緊了。
張發財催她快走，冷不丁趙玉蘭從隔壁出來，抓了幾個才蒸起的包子饅頭快手快腳塞娘手裡，吸著鼻子道：「娘，您快走吧。有什麼事，回頭再說。」
等趙王氏走了，趙玉蘭才對張發財行了一禮，哽咽著說：「張叔，謝謝你了。」
張發財既然都不跟趙王氏置氣，還會跟她置氣嗎？
他呵呵一笑，「謝不能光拿嘴巴啊？快去拿幾個包子來，要肉多的。」

趙玉蘭這才破涕為笑，心裡有種春暖花開的明媚。

娘是真的懂事了，可成棟卻不太懂事。

趙王氏他們在永和鎮找了半個多月，最後終於打聽到一個比較確鑿的消息。

趙成棟中了夥騙子的仙人跳，被誘去挖金礦了。

這一去，身上的錢財肯定是保不住的，命能不能保住，得看祖上有沒有燒高香了。

❁　❁　❁

將近一個月的時間，趙成材的傷終於養得七七八八了，只是春闈他卻錯過了。

不過，沒關係，皇上特批了他一個名額。為了表彰他的功勞，賜他一個同進士出身的資格，讓他直接參加殿試。趙成材索性懶得回家了，說是怕分心，就在太醫院養著，直到考完再回家相見。

章清亭忿忿地抱著喜妞在思荊園裡暗罵：「不回來拉倒，到時連你閨女都不認得你。」

喜妞被她那陰森森的語氣嚇了一跳，這是在說誰呢？

章清亭忙對女兒堆起笑臉，「妞兒別怕，娘是在說妳那個沒良心的爹，妳還記得他嗎？」

喜妞無聊地暗暗翻了個小白眼，妳一天提八百遍，我忘得了嗎？

章清亭才要教女兒努力「忘記」她爹，牛得旺興沖沖跑過來報喜：「王爺爺說，我可以跟大夥兒一起回家了。」

經過一段時間的治療，小胖子的情況好了許多。王太醫覺得，再治下去也不可能讓他變聰明，但只要好好學習，將來做一個普通人還是沒有問題的。

章清亭很為他高興，喜妞也喜歡這個憨憨的小胖叔，見了他就咧開小嘴，露出幾粒剛萌出的米粒小牙對他笑，還連同口水一起。可牛得旺半點也不嫌棄，熟練地拿手絹給她擦擦，便穩穩把她抱一邊玩去了。

章清亭瞧著一笑，轉頭問剛陪他回來的趙玉蓮，「旺兒沒事了，妳怎麼樣？」

趙玉蓮抿嘴笑道：「我不是早沒事了嗎？」她忽地臉上一紅，明白過來，低下頭囁嚅道：「賀大哥對我和旺兒有救命之恩，我、我也願意照顧他一輩子……」

章清亭有些嘆息，她對賀玉堂跟「他」，到底是不一樣的。不過恩情也是情，等到天長日久，總能生出更深的情意，不是嗎？

抬手放過趙玉蓮，讓她去休息，章清亭忽地想到一事，把張金寶叫了過來。

「大姊，什麼事？」

看著已經比自己高了足足一個頭的弟弟，章清亭忽地有些感慨。記得初見面時，他還是個又黑又瘦，沒自己高的半大小子，如今卻是個十足的大男人了。

「大姊，妳幹麼這麼看我？」張金寶被瞧得不好意思，臉都紅了。

章清亭一笑，「金寶，你今年也有二十了吧？」

「到下個月就滿了。」

「這麼大的男孩子，是該娶妻了。」

張金寶臉更紅了。

章清亭忽地話鋒一轉，正色道：「我若是讓你再等三年，你願意嗎？」

張金寶愣了，大姊不是之前還積極幫他預備成親的東西，張羅著找媒婆蓋房子嗎？怎麼一下子就變了？

可他也只愣了這麼一會兒工夫，就毫不猶豫地點頭，「好。」

這個弟弟還真聽話，像忠犬似的。

章清亭又感慨了下，問他：「真的願意？連問都不問就答應？」

張金寶更加用力地點頭，坦率道：「大姊又不會害我，讓我晚點成親肯定是有用意的。正好這三年，我也好好學著做生意。」

章清亭欣慰笑了，「你知道就好。有些事大姊現在不好跟你說，但你的事，大姊是放在心上的。好了，你去找閻家二位哥哥去吧。他們這回要跟咱們一起走，外頭的事情你多操些心。尤其是方老爺和方大叔的事，要辦得體體面面的。」

邱勝在完成他該做的事之後，已經稱病告假，實則跑路了。當然，他最後把方天官的遺骨交了出來，章清亭也信守承諾把他送走了。

只是這位邱管家疑心太重，生怕章清亭會害她，自己跑去雇了兩個江湖人當保鏢。沒料到那二人把他身攜重金的消息洩露了出去，不到幾個月的工夫，就引來賊人謀害了他的性命，也算是邱勝這些年助紂為虐的報應了。

等張金寶應下走了，章清亭才看向裡屋。

方明珠走了出來，眼中閃爍著莫名的情緒，欲語還休。

章清亭寬慰地拍拍她手，「不要覺得對不起金寶，他畢竟是男孩子，等個三年耽誤不了什麼。雖然老爺子信上說要把妳許給他，可他也把妳託付給我了。妳將來要是遇到更好的，我自然會成全妳。我知道妳心裡亂，有些事，等妳守完孝再說吧。別有負擔，再怎麼著，妳爺爺也是希望妳幸福的。」

「大姊！」方明珠忍不住熱淚盈眶，撲到章清亭懷裡，滿心感激，哽咽難言。

章清亭輕撫著她的秀髮，心疼不已。這樣小小的年紀，就無依無靠了，要是自己再不幫著些，她該有多難？至於和金寶，那就看他們的緣分吧。

❁ ❁ ❁

金鑾殿上，由皇上親自主持的殿試已畢，三百進士潮水般退去。

身為副主考，本應該立即去閱卷的，可皇上大手一揮，「各位愛卿都辛苦了，先回去歇著吧，明日再來。」

皇上這麼體恤是好事，可晏博齋心裡卻越發不安。

都兩個多月了，皇上一次也沒有問過他，當年查抄燕王府之事，好像完全忘了似的。可這樣的遺忘，就像是暴風雨來臨之前的平靜，越發讓人膽戰心驚。

而他不知道的是，當他轉身離開，皇上看著他的背影，眼神更加冷了幾分。

都給了他這麼長的時間，居然還沒有來坦白交代，那此人真的是不可用了。手指在御書案上輕敲了敲，眼中漸漸眸光堅定，似已做出決斷，卻暫且按下，只讓太監把進士們的試卷抱來看。

「把那個趙成材的先找出來，看看他寫了什麼。」

太監應命，可等到皇上看到趙成材的試卷時，慢慢從好奇到凝重，繼而沉思起來。

此時出了金鑾殿的趙成材，跟杜聿寒說：「我還有點事要辦，你先回去吧。跟他們說，我辦完事就回。」

「行，那你快點。」杜聿寒忍不住開玩笑，「再不回去，當心嫂夫人不讓喜妞認你了。」他這回考取了一百九十六名進士，為自家和岳家都爭足了光。就算不授官，他也可以衣錦還鄉了。

趙成材呵呵一笑，揮手送別了他，另到一個僻靜之處等著。

時候不長，晏博齋出來了。

「大人，不知可否賞臉，讓學生請您喝一杯？」

晏博齋頗有些忌憚地看他一眼，可再看看左右街上行人，到底是答應了。不過他卻不會去趙成材想去的地方，而是把他帶到一處自己比較熟悉的小酒館裡。

那裡臨著條河，要間房坐下，倒也清靜。

趙成材無所謂，等到坐下時，還點了壺酒，要了幾個小菜。

晏博齋有些不耐煩，忽地又不知想到什麼，吩咐夥計，也要了一盤魚，然後譏諷道：「你倒心情不錯，是想好了自己會高中嗎？」

趙成材輕笑，「我這考試資格本就是皇上賜的，能中才怪。不過到底考完了，也想輕鬆一下。難道方才大人在金殿上一點也不覺得累？來來來，喝一杯。」

晏博齋防備地看著他，「你有什麼事就直說吧，本官忙得很，沒心情陪你談天說地。」

趙成材收起臉上客套的笑意，定定地看著他，半晌，才緩緩道：「春梅死了。」

晏博齋嗤笑，眼中卻有幾分威脅之意，「是啊，死在你的匕首下。」

趙成材靜靜道：「她有了你的孩子，你還是殺了她。」

晏博齋挑了挑眉，「那又如何？」

趙成材道：「你殺她，並不是因為她做錯了什麼，而是你被逼得要放了我，卻又心有不甘，所以要用我的匕首殺了她，好捏著我的一個把柄。」

晏博齋覺出他語氣不對，「怎麼？你被她照顧了幾日，就動了真情，要替她討還公道？」

趙成材搖了搖頭，「她是個好女人，可我已經有妻子了，我不會對別的女人動心的。」

晏博齋疑惑了，「那你究竟想幹什麼？」

趙成材盯著他的眼睛，一字一句地道：「我、想、你、死！」最後一個字話音未落，他忽地從袖中甩出一個早打好的繩套，猝不及防就套在了晏博齋的脖子上。

晏博齋大驚失色，「你瘋了嗎？」

雖然被他一隻手擋著，可那脖子上的繩索卻在拉扯間被迅速收緊了，噎得他青筋直冒，說話都異常艱難。

趙成材伺機而上，如街頭打架般死死壓制著他，紅著眼睛說：「我沒瘋，瘋的人是你！就為了要達到目的，你居然連懷著自己骨肉的女人都能下手！如果我不殺你，改天你是不是也會拿我的妻子、我的女兒來威脅我？我不會給你這個機會的，絕不會！」

晏博齋想求救，可已經漸漸快說不出話來了。

這一刻，他無比後悔，因為有太多的陰私之事怕被人知道，自邱勝走後，他的身邊就不敢放人離得太近了。剛才那幾個隨身家丁都讓他打發到外頭等著了，根本聽不到這裡的動靜。

此時，他只得奮力地自救，「趙、趙成材……你冷靜點……我可以把你的匕首還給你。咱們什麼，都好商量……你、你這麼好的前程……不會要為我沾染上人命……」

趙成材搖了搖頭，「跟你這種人沒什麼好商量的，因為你絕對不會信守承諾。而你死了，我可以說，是因為你之前給我下了毒，並折磨了我很久，我心存怨恨才做出的報復。按照律法，我不會被判死刑，頂多革了功名，做三年苦役就能回家了。可我的妻兒、朋友，再也不必擔驚受怕地生活在有你的世上。」

「你……我……」晏博齋已經說不出話來了，喘著粗氣，一雙眼睛死死盯著趙成材，似是不敢相信，這樣一個被他玩弄於股掌之上的讀書人怎麼能做出這樣狠絕之事？難道他今天真的會命喪於此？

當意識開始有些飄忽之際，有人闖進來了，「趙大哥，你不能這樣！」

趙成材被人拽開，他手上的繩索鬆了，新鮮空氣如潮水般湧來，晏博齋涕淚橫流，卻什麼也顧不上，匍匐在地上，大口喘著氣。

他要殺了趙成材！立刻，馬上！

趙成材不可置信地看著來人，「阿禮，你要幹什麼？你知不知道把這個畜生留著，他還會害死多少人？」

「我知道，所以，他更不能死在你手上。」晏博文拍了拍他的肩，把他硬推了出去，「嫂子還在等你回家，別讓她擔心，走！」

他砰地一聲，把那扇門又關上了。

趙成材想說些什麼，可看著店裡夥計奇怪的眼光，到底什麼也沒說，深吸一口氣，道：「可別忘了你還欠我家多少頓飯！」

如果自己不值得為這個人渣弄髒雙手，那麼其他人同樣不值得。

晏博文心裡一暖，「我不會忘記的，你放心。」

趙成材走了，晏博齋對突然而來的弟弟沒有半點感激，只有更深的怨毒，「這是你們演的戲吧？告訴你，我不會上當的！」

晏博文靜靜地看了他一會兒，又看看桌上的菜，露出一抹譏笑，「這盤魚是你點的吧？剛才是不是想哄趙大哥吃下去？」

晏博齋臉色變了，他剛點的是京城附近獨有的一種魚，肉質鮮美，可魚籽卻含有劇毒。為了怕沾染到毒素，所以魚籽只能跟魚肉一起烹製，但吃時要非常小心。許多外地人不知道，就極容易中招。

晏博齋要這盤魚確實是沒安好心，如果趙成材要談些對他不利的話題，他就哄他吃下這個魚，到時就說是意外，也沒人能懷疑什麼。

晏博文微微一笑，「不過，正好，這倒便宜我了。」

「你想……」晏博齋話音未落，忽地就突然往門口衝去，還想大喊著來人。

可是，已經來不及了。

晏博文反手一撈，把他抓住，一手把他的下巴捏得脫臼了，一手就把那條魚的魚籽掏出，整個塞進他的嘴裡，再將他的脖子往上一提。

晏博齋不由自主把那塊魚籽吞了下去，還說不出任何話來。

等晏博文接連幾下，把他的手腕腳踝全拉得脫臼了，晏博齋只能癱軟在地上，等著毒性慢慢發作。他的眼中滿是絕望，看著晏博文，瘋狂得想殺人。

晏博文笑了笑，把他扶到椅上坐下，「說來，我們兄弟好久沒有坐在一起吃頓飯了。」

他提著筷子，自顧自吃起來，還不忘給晏博齋餵點菜，灌幾杯酒。

「大哥，你恨我和我娘，我可以理解，可你為什麼要恨我們的爹？難道你不知道，他當年為了讓你能生下來，付出了多大的代價？」

晏博齋明顯不信，卻見弟弟眼中現出一抹淡淡的追思，還有隱隱的羡慕，「還有你的名字，你可知道，爹年少時有個雅號叫碧桐齋居士？碧桐是你娘的閨名，他後來又拿齋字作了你的名字。」

晏博齋震驚了，他一直以為「文」字才是最好的，自己明明是老大，為什麼不用文，反而要排在弟弟後面，原來竟是這個緣故？

晏博文又嘆了口氣，「你該知道的，像咱們這種人家，如果在嫡子之前有了庶長子，不是給養成廢物，就是給籠絡到嫡母身邊。可爹爹為了你，硬是跟母親頂了那麼多年，既沒有把你養廢，也沒有把你送到母親身邊。你可知道，那時我有多羨慕你？」

怎麼可能？你是錦衣玉食長大的嫡子，可我卻是粗茶淡飯長大的庶子！

晏博齋說不出話來，只能聽弟弟說下去。

「你應該只記得小時候吃過的苦吧？可你卻不知，我在母親的管教下吃了些什麼苦。我是穿的戴的比你優越百倍，可母親對我的嚴厲卻比爹爹對你要多十倍百倍。」

他輕輕笑了笑，「你可能不信，可我從前真的跑去問過爹，為什麼他這麼偏心，只教你，不教我。爹說，那是因為我除了爹，還有娘，有很多很多。可你除了他，就什麼都沒有了。所以他只能教你，卻不能嬌慣你。」

胡說，全是胡說！晏博齋喉間發出呵呵的聲音，像是野獸瀕臨死亡的掙扎。

看著他眼中漸漸開始渙散的瞳仁，晏博文只覺有些憐憫，也有些悲涼，「只是，爹怎麼也想不到，自己費盡心血養大的長子，居然會親手害死他吧？」

仰天長嘆一聲，晏博齋最後聽見他道：「你放心，我不會讓你的身後蒙羞，畢竟，你到底還是姓晏的……嫂子和侄子，我也會好好照顧他們，不讓你這一支斷絕……」

不可能，不可能的！

晏博齋在心裡吶喊，皇上明明更信任我，他怎麼會讓一個殺人犯回到晏府主事？他會查明真相，替我報仇的！

可是，他的思緒又不可避免飄回到若干年前，自己還沒有書桌高的時候。爹爹坐在書桌前，一字一句念著書，他坐在地上小矮几旁，一句一句跟著讀。

風吹進來，翻動著書頁，嘩啦啦的聲音和爹爹淳厚的嗓音交織在一起，讓人特別想打瞌睡。終於，爹爹無奈地搖了搖頭，「去玩吧。」

晏博齋高興地跑到花園裡，卻看到長得粉雕玉琢，渾身錦繡的弟弟，正被嚴厲的母親拿戒尺打著手心。

「讓你好好讀書你不讀，今天要是背不出來，就不許吃飯！」

弟弟低聲哭著，又開始背書了。

……

有些事，晏博齋不是不知道，可是人啊，總是習慣於把別人有的拿來對比自己沒有的。

最終，鑄成大錯。

晏博齋死了。

因為誤食了有毒的魚籽，那盤魚是他自己點的，餐館的夥計都可以作證，至於前後出現的趙成材和晏博文。前者不過是來求他把弟弟重新收回家中，當兄長的也大度地答應了，而後兄弟倆抱頭痛哭，盡釋前嫌。

只是當時大家都多喝了幾杯，所以沒留意讓他吃到了有毒魚籽。

晏博文十分悲痛和自責，決意把所有家財都留給長嫂和侄兒。

不過，長嫂朱氏卻請來幾家親戚長輩們說，當年晏太師只是把晏博文趕出家門，並沒有逐出宗族。現在小叔服完刑回來，應該還是晏家的人。

而她已決意不再嫁人，安心守著兒子長大，可讓他們叔嫿同住一個屋簷下，於禮不合，所以她想請族中派哪位長輩常住晏府，等父母孝期滿了之後，再給小叔娶個媳婦，往後她們大房和二房還是親如一家。

族中紛紛贊同，商量過後，決意讓一對年高有德，子女又不在身邊的老夫婦過來居住。

至於晏博文的親事，他岳家提出一個人選，正是當年被他的事情連累，不得不帶髮修行的永昌侯府寧小姐。

雖然晏博文有案底，這輩子無緣仕途，可有裴家保媒，又有朱氏多方奔走，永昌侯府也同意了這門婚事。晏博文的罪名只在他這一代，他的孩子還是能去考取功名的，所以兩家聯姻，皆大歡喜。

皇上知道之後，也只說了一句：「逝者已矣，就這樣吧。」

而有些嗅覺比較靈敏的人卻察覺到了些不同的味道。

哪怕是孟尚德這樣習慣標榜自家如何出身高貴，又實力雄厚的重臣，也不禁開始疑猜。晏博齋的事，真的是這麼簡單嗎？如果不是，為什麼皇上要這樣息事寧人？

這日下朝後，孟子瞻就著這個機會，跟老爹長談了一回，最後的重點只有一句：「晏家已經衰落，再起來至少也是三四十年以後的事了，爹，您覺得咱們家還能風光多久？」

孟尚德陷入了長久的沉默。從前的晏家是何等的風光？多少朝的太師，門生故舊遍天下，可要倒下，也不過是這幾年的事而已。

雖說這是晏家兄弟內訌的結果，可皇上今時今日的態度就很微妙了。默許晏博文這樣一個有污點的人留下，這是寬厚，但也可以說是另一種變相的打壓。而當晏家幾乎徹底退出朝廷，孟家一枝獨大時，難道皇上會坐視不理嗎？

唇亡齒寒，孟尚德不得不承認，兒子分析得很有道理。

當今天子有志於做一個中興之君，像他們這幾家重臣，就是皇上執政的最大阻礙。

孟子瞻道：「爹，您曾經教過我，做人要懂得適可而止，為官就更是如此。伴君如伴虎，臥榻之旁，豈容他人酣睡？眼下，也是咱家退一步的時候了。」

如今，最好的方式就是孟尚德主動交權退下來，給孟家年輕人保留機會。比如孟子瞻，還這麼年輕，想要爬上去，沒個二三十年是不可能的。要是孟家左右不了政局，皇上自然也就放心了。

孟尚德明白這個道理，可他手握大權多年，哪裡是說放就能放下的？

「你讓我想想，再想想。」

這一想，就想到了今屆金榜應該揭曉的時候。

雖少了晏博齋，可所有的卷子，孟尚德和院正大人都已經看過了，也列了各自心目中的優劣，定下名次報給了皇上，可皇上遲遲不給答覆。只是到了每旬一次的大朝會時，另亮出一份試卷，謄抄了數張，給大臣們傳閱。

孟尚德匆匆看完，頓時心頭一驚，果然被兒子說中了，皇上收拾晏家只是開始，眼下，才是真正的變革。

今年殿試的試題與以往的其實大同小異，都是從經史中抽一句話，讓考生寫些對國事的看法。可這位考生卻不像大多數考生一般賣弄文筆學識，他是很認真地在用自己的切身經歷，分析北安國的朝政，痛說利弊。

比如他說到自己家鄉曾經有個大財主，就仗著有官方後臺，魚肉鄉鄰，他家幾回做生意都被人攪黃，甚至連人身安全都得不到保證。要不是後面來了個來頭更大的縣官，那禍害還不知道什麼時候能除去。

很簡單的案例，卻能折射出北安國目前面臨的幾個重要問題。

一是隨著朝廷步入穩定，官員機構開始日益臃腫，可真正能辦事卻越來越少，老百姓有冤都不知道去找誰訴去。第二，也更為可怕的是，官員各種利益關係背後滋生出的毒蟲。禍不禍害朝政他不敢說，但禍害百姓他卻是有著切身感受的。而一個地方要是有這麼一個人，基本就能控制當地小一半的經濟，這對於一個國家來說，又是怎樣的損失？

別人不知道，孟尚德看完之後，冷汗就下來了。他知道，皇上肯定要藉機發難了。

果然，皇上等大家看完，挑眉笑問：「眾卿以為這張卷子能得第幾？」

沉默了半晌，有一位官員站出來說話了：「臣以為，此人該得第一。」

馬上有人跳出來反對：「這上面所說的事或許有，但並一定能代表全部。而這位考生答的，和皇上出題的本意似乎有些偏了……」

講什麼不重要，怎麼講才重要。

一個很嚴肅的國家大事，也可以把它帶歪成學術問題，但問題是，皇上允許嗎？

於是，朝政的變革，就從爭執這張卷子該排幾名轟轟烈烈展開了。

但有一點是所有人都毋庸置疑的，答下這張試卷的書呆子，從此就將絕跡於仕途。

因為他要觸動的是整個北安國官員的利益。或許有人會支持他的想法，但沒有人會把這種事這麼公開大範圍地說出來，所以提出這個議案的人可以稱之為英雄，卻註定得是個炮灰。

眼下，那個炮灰正趴在地上，給他女兒當馬騎。

「夠了，你給我起來！」章清亭忍無可忍，不想再忍了。

這個死秀才，在她跟前來來回回轉多少圈了？爬過來，往她腿邊蹭一下，爬過去，再往她腳前絆一下。每次都是不小心，每次都說對不起，這還有什麼意義？

趙成材覺得很有意義，起碼，媳婦終於肯跟他說話了。

迅速把騎在背上咯咯笑的女兒撈下來，趙成材站起身陪著笑臉，一副「我很老實我知道錯了」的模樣，「好了，娘子，我起來了，妳是不是不生氣了？」

章清亭怒道：「我幹麼不生氣？我就是要生氣，被你氣死算了！反正你有能耐，你多勇敢，你多威風啊？你能孤軍深入虎穴，放倒一片燕王餘孽！你還大仁大義，能拿繩子去謀殺朝廷命官，你還有什麼不敢做的？依我說，你還能上刀山下油鍋呢！」

她一路說，一路拿纖纖玉指戳著趙成材的胸口，把他戳得一路往後退。

原本喜妞騎馬騎得好好的，玩得正開心，突然被打斷了，有些不高興，可看著親娘這樣，忽地覺得也很好玩。於是，章清亭罵得正火冒三丈的時候，就見一根軟軟嫩嫩的小指頭伸了出來，本想戳她，到底不敢。半空拐了個彎，也戳到趙成材胸口上去了。

夫妻二人同樣怔了怔。

喜妞戳了一下，看見老爹不退，有些莫名其妙，又戳了一下，衝他不高興地咿呀叫了一嗓子，意思是，你怎麼不退啊？

章清亭錯愕了片刻，回過神來，有些心虛。

孩子大了，什麼都會模仿，她剛剛那樣，是不是太有失體統了？不會教壞小孩子吧？

趙成材想博娘子一笑，故意板著臉訓起女兒：「妳這個不孝女，妳爹也是妳能戳的嗎？那是妳娘才能戳的。」

喜妞被訓得不高興了，鼓著小嘴，抬起小肉手就要打她老爹。

章清亭看著不像話，喝了一聲：「喜妞，不許打人！」

喜妞的小巴掌不敢落不下去了，轉而去撓耳朵，委屈得癟著小嘴，看看爹，又看看娘，只覺沒一個好人。

夫妻二人忍俊不禁，不約而同被女兒的小表情逗笑了。

趙成材靈機一動，換了句話緩和氣氛，「喜妞啊喜妞，妳爹可是要中狀元的人，妳打了狀元公，不怕官差來抓妳嗎？」

章清亭嗤之以鼻，「你中狀元？你要是能中狀元，我天天幫你打洗腳水！」

話音剛落，張金寶一臉驚喜地衝了進來，「姊、姊夫，你們快出去看，有官差，官差！」

有官差怎麼了？章清亭白了這個弟弟一眼，「這麼大的人了，怎麼還這麼不沉穩？」

「不是，是！哎呀，不是！」張金寶急得舌頭都快打結了，還是後面跟進來的喬仲達快人快語：「成材中狀元了，你們快出去接旨吧！」

啊？章清亭震驚了。

和趙成材面面相覷，兩人的下巴同時掉地下了。

直到那官差把聖旨和大紅的狀元袍送來，夫妻倆還像在夢遊一樣。

中狀元了，這怎麼可能？

趙成材在想，他答了那樣一份考卷也能中？會不會是有人寫錯姓名弄錯了？

章清亭在想，難道當年趙王氏沒騙她，這個死秀才真的有狀元命？

小喜妞在想，爹娘這都是怎麼了？好吧，她還是喜歡之前那個會凶她的，她不要這樣的！

可還沒等到一家子從高中的喜悅中清醒過來，紮蘭堡的信到了。

「趙成棟走失，娘重病，速歸！」

❁　❁　❁

趙成材註定成為北安國歷史上空前絕後的一位狀元。

因為他是唯一一個主動請求朝廷不授予任何官職，而是要回家鄉辦學的狀元。而終此一生，他都用自己的實際行動信守了他的承諾。

不過，皇上還是賜了他一個翰林院從四品侍講學士的殊榮，還御筆親提了「忠正剛直，狀元及第」的匾額還鄉。但最特別的是，給了他一個狀元夫人的誥命。也就是說，只要趙成材再娶妻，他的妻子就跟他一樣，享有從四品夫人的誥封。

把御賜的小金冊鎖進箱子裡，章清亭足足檢查了三遍，才掛上鎖，「行了，東西都收拾齊了，能走了。」

「走之前，請大家吃個飯吧。」趙成材抬袖抹一把頭上汗，「大夥兒都幫了我們這麼多忙，這一別，還不知什麼時候能再見。」

章清亭點頭，「到時把小孟大人和喬二爺都請來，好好聊聊，看看成棟的事得怎麼辦。」哪怕那個小叔再不招人待見，可生死關頭，章清亭也沒那麼小家子氣。不管怎樣，先把人救回來再說。

趙成材沒有客氣，只嗯了一聲，就去忙活了。

他們之間用不著這些，就好像皇上問他要什麼賞賜，他只要了一份誥命，回頭就交給了章清亭。而離開朝廷，也是他早就做出的決定。

他不是傻子，他知道自己丟一份這樣的答卷會有怎樣的後果，可他更加明白，自己這樣的人註定是當不了大官的，因為不管他多努力，他的骨子裡還是個普通的窮酸秀才，他就是個普通的老百姓。

他的人生目標也不是位高權重，他更喜歡在紮蘭堡教書的日子，他更願意守著自己的妻兒過著富足安定，與世無爭的生活。而這些他早已得到了，那為什麼要為了世人眼中的榮華富貴而放棄？

像晏博齋，他倒是不甘心，可爭了一輩子，他快樂嗎？又得到什麼了？

或者是自己不夠長進，可趙成材真心不想再捲進這些是是非非了，所以他很利索地寫了請柬，發出道別晚宴的邀請。

讓人沒想到的是，喬仲達不僅帶了兒子，也把玉真公主帶來了。

與傳聞中的刁蠻任性不同，玉真公主是一個很率真明朗的女孩，只是公主做久了，難免有些高高在上的姿態，只要忽略這一點，其實非常好相處。

瞧她極喜歡小孩子，抱著喜妞愛不釋手，章清亭忍不住揶揄道：「等你們成了親，趕緊生一個，到時可有得妳玩呢。」

玉真公主卻道：「我不會那麼快要孩子的，敏軒還沒有完全接受我。若是太快要孩子，他更會覺得生疏的。」

章清亭不由得刮目相看，瞧不出她年紀不大，倒有這份心胸和氣度，「妳能這麼想，真是喬二爺和敏軒的福氣。」

玉真公主微笑，「妳知道我是怎麼挑上他的嗎？」

章清亭知她有心想講，配合地搖了搖頭。

玉真公主大方道：「在敏軒母親走後不久，他有一回進宮，走時將一盤牛乳片悄悄全倒進了袖中。我那時還小，覺得奇怪，跑去跟母妃說，怎麼個大男人也愛吃零嘴，可母妃卻嘆道，說他家孩兒沒有生母照料，必是不能好好吃奶，好不容易在宮裡碰著牛乳片，自然是要帶回去給孩子吃的。我當時聽了，就對他有了好感。一個男人肯為孩子做這種事，必是個有責任的人。」

她忽地一笑，說起一個小祕密，「說來那晚的選婿也是好險，不過是臨時藉著一句玩笑話便開始了。幸好他那日來了，要不，我還真不知道怎麼辦呢！」

這話章清亭不信，誰家娶親不找兩三個備胎？但她不會說破，只恭維他們有緣分，佳偶天成之類的，說得玉真公主滿心歡喜，當場摘下自己一個項圈就送給喜妞了。

唔……這買賣可真划算！

說笑間，孟子瞻也來了，進門就笑道：「我還想讓你們幫我餞行，沒想到被你們搶了先。」

你也要走？一屋子人愣住了，尤其是趙玉蓮，雖然站在角落，可一雙妙目卻落在他身上。

孟子瞻淡然一笑，「我在京城悶得久了，早想去邊關看看風景。遞的摺子皇上已經批了，打算過幾天就走。」

在趙成材被欽點為狀元之後，孟尚德終於接受了現實。

皇上羽翼漸豐，他要展開翅膀翱翔，這是誰也阻攔不住的，自己還是趁早退下來吧，讓孟子瞻去邊關受幾年苦寒，也是為他將來的晉升提前撈些本錢。

章清亭忍不住道：「小孟大人，你就是想做番事業，也不用去邊關吧？你家可就你這麼一個獨子，你若走了，她們能放心嗎？」

孟子瞻哈哈一笑，「不放心也得放心。好男兒志在四方，難不成還能把我關屋裡學繡花？好了，不說我了，你們的好酒好菜準備好了沒有？準備好了趕緊開吃。」

酒菜早已齊備，不過還得等一個人，那就是晏博文。

他是帶著厚厚一箱教學筆記來，「父親生前便以教書育人為己任，這些他經年累積下來的東西給趙大哥，比放在家裡合適。至於這張銀票，是我和嫂嫂商量決定的，你們幫了我家大忙，這點錢就當是替我家捐資助學，還望趙大哥不要推辭。」

孟子瞻聽著笑道：「這麼一說，倒顯得我準備不足了。這樣吧，回頭我讓人把家中藏書名單送一份過來，你們看是要什麼，我讓人抄了給你們送去。就當是我這個孟老師，送給紮蘭學堂的禮物了。」

喬仲達呵呵一笑，「既然你們兩位都送了這麼大的禮，我也不好不送。這樣吧，聽說你們那兒也教學生一些刺繡農活手藝什麼的，那還願不願意教孩子們學些諸如航海星象造船之事？若是願意，老師和教具那些都由我來提供，等將來學成，我也歡迎他們來做我的夥計。」

趙成材感動地對眾人深深一揖，「那我就替紮蘭堡的父老鄉親們謝謝大家了。」

孟子瞻卻拍拍他的肩，笑道：「狀元公，你別光顧著感謝，我們這麼賣力，也不是只想著幫你們一個地方、一家學堂，等你那學堂漸漸辦大了，怎麼也要再往周邊開幾個。」

杜聿寒聽得心潮澎湃，霍然道：「成材兄，我願意助你一臂之力！」

孟子瞻驚道：「你不做官了？」

杜聿寒難得也說笑了一回，「連狀元公都不做，我還有什麼做頭？」

眾人大笑，坐下來暢談興學辦校之事，倒是把離別的愁緒沖淡許多。

酒逢知己，千杯猶少。不知不覺間，孟子瞻朦朧睡去。待到醒來之時，只覺口乾舌燥，天色已黑。才想開口喚人，忽覺一陣淡淡寧馨香氣靠近，他假裝裝睡，卻見一個熟悉的窈窕身影捧著個暖盅進來，悄悄放在他的榻邊，就想離開。

「別走！」孟子瞻也不知怎地，伸手把她的手腕握住了。

趙玉蓮嚇了一跳，臉頓時羞得通紅，又怕驚動了人，催促道：「小孟大人，你快放手。」

「不放又怎麼樣？」孟子瞻好似又做回從前那個調戲良家女子的風流公子，在黑暗中挑了挑眉，拇指撫摩著她的手腕，「說，為什麼要來？」

趙玉蓮一顆心怦怦跳得極快，一股熱意從腳心燒上來，直紅到耳根，燒得她鼻尖都快冒汗了，「小孟大人，你、你先放手……我就是、就是送碗甜湯來給你……」

「為什麼對我這麼好？」男人的眼睛閃閃發亮，似是能懾人心魂，讓趙玉蓮不敢直視。

「我、我煮了很多，大家都有的……」

她結結巴巴說著，可孟子瞻只揭蓋看了一眼那碗銀耳湯，就接著問：「為什麼沒有蓮子，妳是不是知道我不愛吃？」

「不是，是……是我聽孟夫人說的。你放我走……」女孩完全亂了分寸，只知道拚命拉扯著自己的手。可男人低低悶笑著，猛地一使力，把她整個人拽到了榻上，圈到了自己的懷裡，「是不是喜歡我？」

男人微啞的聲音帶著難以言說的蠱惑，溫熱的氣息噴吐在女孩的耳垂，激得她像小兔子似的越發慌亂，「我、我沒有……我已經決定了，回去就要說了……我們不可能的……」

男人抬起她的下巴，尋到她的唇，徑直吻了上去。

女孩呆了呆，隨即掙扎起來，可男人把她抱得極緊，霸道卻不失溫柔。

漸漸的，女孩在他懷裡平靜了下來，雙手不知不覺間抱上了他的頸項。

「妳喜歡我。」孟子瞻終於停了下來，額頭抵著她的額頭，手還圈著她的纖腰。

聽著他肯定又略帶得意的話，沒來由得一陣委屈湧上心頭，趙玉蓮哭了。大滴大滴的眼淚砸下來，落在他的衣襟。

這一刻，她不再是那個溫柔順從的小兔子，而是生平第一次張揚起自己並不鋒利的細小爪牙，憤怒而真實地表達自己的情緒。

「小孟大人，你玩夠了嗎？這樣作弄一個女孩子，真的很有趣嗎？這可能、可能對你沒什麼，可你知道，這對一個女孩子，會是……」

孟子瞻掩住了她的小嘴，定定地看著她，「嫁給我吧。」

趙玉蓮呆了。

孟子瞻道：「我這一去邊關，至少三年五載都回不了京城。我們家要在我走前給我娶一個媳婦帶上，我同意了。」

趙玉蓮說不出話來。

為什麼，她一想著會有個女人在他身旁，就會那樣的妒忌？她從來不是這樣的人，她怎麼會變成這樣？

「嫁給我，好嗎？」孟子瞻又問了一遍。

趙玉蓮慢慢低下頭去，可等她再度抬起臉時，眼中又含著了淚，但她的嘴角卻掛著絕美的溫柔笑意，就算是黑暗之中，也讓人恨不得捧在手心裡憐惜。

可就在這美得讓人心醉的一刻，孟子瞻卻有了一種不好的預感。

「對不起。」趙玉蓮哭了。

被淚水模糊的視線，像是雨天潮濕的鏡子，怎麼也擦不乾淨。

「謝謝，謝謝你能對我說出這樣的話……我、我曾經想過……可我沒想到，你真的能對我說出這樣的話，可是，我不能答應……」

「為什麼？妳放心，這回我要去邊關，估計說不到什麼好親事了。爹娘急著要抱孫子，不會太挑剔妳的。妳這麼聰明，等到我們回來時，妳肯定可以做好英國公家的少夫人的！」

這也是孟子瞻想過無數次，他能求娶趙玉蓮的唯一機會。

趙玉蓮哽咽著搖著頭，淚珠濺在孟子瞻的衣襟上，渲染出一朵朵潮濕的小花，如她的人一般楚楚可憐。

「我要是走了，姨媽怎麼辦？旺兒怎麼辦？還有賀大爺，我都答應嫂子了……」

孟子瞻握緊她的雙手，「妳別總是想著別人，想想妳自己。妳明明是喜歡我的，為什麼不嫁給我？」

「可嫂子說，人得現實一點，不能……」

「別管妳嫂子！」孟子瞻憤怒地打斷道：「她自己都和離了，妳跟她學什麼？」

「不許你這麼說我嫂子！」趙玉蓮也生氣了，「要是沒有她，我們家不可能變成這樣，我也不可能認識你！」

孟子瞻妥協了，控制情緒，溫柔地看著她，「那妳說，答應嫁給我。」

「那是不行的。」

吻，再度攫取了那兩片芳唇。

良久分開，男人道：「說，願意嫁給我。」

「真的不行……」女孩的聲音裡滿是矛盾和掙扎。

再度吻上去，氣喘吁吁地分開。

男人的氣息裡有著明顯的紊亂，「妳再這樣，我就控制不住自己了，快答應吧。」

女孩又哭了，捶打著他的胸膛，「你、你怎麼能這樣？」

孟子瞻終於呵呵笑了，端起榻邊的甜湯一飲而盡，「走吧。」

「去哪兒？」

「成親。」孟子瞻頑皮地把她抱了起來，不顧她的反對，輕噓了一聲，藉著夜色的掩護，帶著她離開了思荊園。

終之章

張趙沖喜修燕好

天一神廟。

夜已經深了，玉茗幾次想走，可長春真人一直不肯休息，他也只能在旁邊守著，不過眼神中卻透露出幾分焦灼不安。

終於，似是感知到了什麼，長春真人睜開了飽經滄桑的雙眼，「你走吧。」

玉茗愣了愣，似是明白了什麼，可他什麼也沒說，跪下向長春真人恭恭敬敬磕了三個頭，「徒兒去了，師傅好好保重。」

長春真人點了點頭，帶著幾分微笑說：「門別關了。」

玉茗有些不明白，卻實在是沒時間耽擱了，轉身離了神廟，消失在了夜裡。

時候不長，孟子瞻拉著趙玉蓮衝進來，進門就跪下了，「真人，我明白你那天的意思了，求你成全！」

長春真人笑意深了些，仔細端詳了趙玉蓮一會兒，「是個有福氣的姑娘，不過，跟著他，妳後半生會很辛苦，妳還願意嗎？」

趙玉蓮微紅著臉，看了孟子瞻一眼，溫柔卻堅定地道：「我不怕。」

「那好。」長春真人從蒲團邊取出早批好的八字婚書和兩朵紅豔豔的合歡花，「去吧，只要你們永遠記得今天的這份心情，必會一生美滿，白頭到老。」

兩人對視一眼，滿心流露的皆是最純然的幸福。

目送著他們的身影遠去，長春真人笑了。

只要能記得當初的那份心情，這世上又哪裡會有不美滿的夫妻？

可趙成材憤怒了，他不過是請人吃個飯，怎麼把自己的妹子吃丟了？

章清亭同樣恨得牙癢癢，那個姓孟的小子實在不是東西，居然連婚禮也不辦，就這麼趁夜拐著小姑跑了。只給他們和孟家分別去了封信，表示兩人已完婚，如今正在趕赴邊關的途中。還體貼地表示，如果有什麼行李，趕緊讓人送上，他會在途中接收的。

流氓！卑鄙！

那小子指不定這會兒摟著媳婦在哪裡逍遙快活呢，還趕赴邊關？他也不怕牛皮吹破了！都是過來人，誰不懂啊？

夫妻倆一邊罵，一邊忙忙碌碌幫趙玉蓮打點行李，之前採購的嫁妝倒是都能用上了，還新添了許多東西。總不能讓人笑話他們家嫁妹，就單送一個人吧？

當然，還得去向賀玉堂賠不是。雖然之前未曾明言，但兩家畢竟都流露出結親的意思，就這樣放了人鴿子，實在是不厚道。賀玉堂倒是襟懷磊落，很大度地表示諒解，還送了份禮物，聊表對新婚夫婦的祝賀。

而那一頭，孟家同樣也氣得不輕。

聽說孟老夫人當時就病倒了，孟夫人也甚是無語，只有孟尚德，在大罵兒子無法無天之後，親自來見趙成材，算是認下了這門親。

老狐狸就是精明，表面上看，孟子瞻娶了趙玉蓮，是低就了，可沒了娘家的助力，這不是也能讓皇上更加放心？所以乾脆好人做到底。跟趙狀元搞好關係，也就是跟章清亭搞好關係，將來大家多找些機會，共同發財，不也挺好的嗎？

他是想得通，牛得旺想不通。

他那麼好的姊姊怎麼就被人拐了呢？在成材兩口子做了無數次勸說後，小胖子覺悟了。

他抱著喜妞，開始以孟子瞻為反面教材，教育小侄女：「以後看見那樣的，趕緊躲開。也不是說孟老師不是好人，只是他會把妞兒拐走的。拐走了之後，妞兒就見不到爹娘，見不到叔叔，見不到這一大家子人了。」

這話頗深奧，喜妞表示理解無能。不過她很堅定地抱緊牛得旺，用實際行動表示，放心吧，我會很乖，很聽話的。

喜妞爹娘老懷寬慰，幸好，他們家女兒還是懂事的。

送完了嫁妝，又多等了幾日，直到孟家傳來消息，說找到他們了，都很平安，兩口子才放心地揚帆歸去。只是沒想到，走了沒兩日，遇上兩個人了。

一位是玉茗小道長，一位是雇來陪他出海的僕婦。

玉茗自不必說，那婦人年約四旬，皮膚白皙，五官周正，尤其嘴角那粒美人痣，讓人印象深刻，想來年輕時也是位俏佳人。只那渾身的氣度雖然極力內斂，但仍不失雍容，渾不似個下人模樣。尤其，還跟玉茗有幾分相似。

「真是相請不如偶遇，打擾打擾了。」

看玉茗笑得一臉鬼精靈，章清亭突然覺得這小子很欠揍。

趙成材倒是一如既往的憨厚老實，還給他二人安排了一處清靜的艙房。

等把人安頓好了，章清亭著急地使著眼色，讓秀才跟她回屋。

趙成材當然求之不得，進來瞅瞅女兒不在，應該是被方明珠抱走了，便把門閂上，這才眉開眼笑地湊上前去，「娘子……」

章清亭沒那個心情，「你傻了嗎？那女人一看就不尋常。也不知玉茗從哪兒拐來的，這一路跟著咱們也不知會惹什麼麻煩，你怎麼那麼快就答應了？」

「那妳說怎麼辦？」趙成材收起玩笑之色，正經的神色顯示他也不是那麼憨厚老實的，「人家既有心跟上我們，只怕早就算計好了。與其甩臉子做惡人，不如做個順水人情。反正咱們什麼也不知道，不過順路捎一程，又能怎樣？」

章清亭想想也是，這船可是喬仲達的，如果真有什麼風險，更危險的反而是喬仲達。至於他們，不過是打個掩護而已，實在沒必要大驚小怪。

如此一想，章清亭也安下心來了。

趙成材像企鵝似的挪動著雙腳，往她跟前湊去，「娘子……」

章清亭聽著那動靜不動，再看他快貼到自己跟前來的臉，耳根一紅，佯怒著道：「出去！」

趙成材覷著她那更多是嬌羞的神色，毫不猶豫地把人撲倒了。

章清亭還沒來得及反抗，就被人熟門熟路地把手伸進小襖裡，當胸前的飽滿渾圓被火熱的手掌擒住時，她便像是被擱上岸的魚，身子軟了一半。

偏那秀才還惡劣地往她耳朵眼裡吹了口氣，低低調笑：「又大了許多呢！」

章清亭俏臉通紅地想揍他，卻在熟人的手下很快軟成一灘泥。

小別勝新婚，這一別都快半年了，得抓緊時間。

隨後喜妞見到老爹，感覺他的神情頗詭異，笑容太過愉悅了些。

至於她娘，就更奇怪了，嘴唇紅紅的，像抹了胭脂一樣，讓喜妞忍不住四下翻找，難道她娘背著她偷吃什麼好東西？

這個問題不太好回答，總之，章清亭躲了一天沒出門。

船上時光，說慢也慢，說快也快，兩個月後，杜聿寒先到家了，約好回頭再來紮蘭堡相見，他和賀玉堂先下了船。玉茗和那婦人也說要去轉轉，跟他們就此別過。

章清亭猜著，這應該是弄個障眼法，再搭上船出海去。不過她也沒有多問，反而準備了禮物相贈。沒想到玉茗來尋她，說也有禮物回贈，請她過去一敘。

想著應該是那個婦人想見她，章清亭略收拾了一下，才過去見人。

就算是在艙房之中，那婦人依舊做僕婦打扮，但因沒了外人，不用掩飾，她渾身散發出的氣度跟初見那日完全不一樣了，竟是讓人不敢直視。

不過她的態度倒很和藹可親，「這一路真是麻煩你們了，還送我們東西，真是不好意思。」

章清亭乖巧地客套幾句，那婦人忽地問：「妳跟妳相公，應該回去之後就會復合吧？」

章清亭只覺臉上滾燙，支吾著道：「那個……回去再說。」

那婦人善意地道：「妳別嫌我多嘴，有句話，我實在很想勸妳，我自己從前是吃過虧的。」她幽幽嘆了口氣，「不管夫妻倆有多要好，卻始終經不起長久的疏離。情分一旦冷下來，再想要復合就難了。就好比月圓易虧，水滿則溢。若是一個不小心，把弓弦拉斷了，那可是再沒有後悔藥吃的。」

章清亭細細咀嚼著她的話，深深福了一福，「受教了。」

婦人笑了笑，拿出一個荷包給她，「這東西我留著也沒什麼用，不如送給妳吧。只當是咱們緣分一場，留個念想。只是，妳能答應我，等到回家再打開看嗎？」

章清亭想了想，點了點頭。

婦人一笑，和她就此別過。

然後，這一生，章清亭都再也沒有見過她，還有玉茗。

離家越近，趙成材越發憂心家裡，連對著喜妞都笑得勉強。

章清亭懂他的心思，握著他的手，「沒關係，有什麼事，咱們一起想辦法。」

趙成材看著她，眼神中的愁雲終於散去一些，多了一抹認真的信賴。

到了永和鎮，連張小蝶都沒去看，章清亭只打發人去說一聲，就直接讓船開回了紮蘭堡。

閻家兄弟主動留下來幫張金寶一起收拾行李，趙成材和章清亭坐了車就直奔家中。

等他們終於推開那扇熟悉的家門，帶著南瓜在院子裡洗衣服的楊小桃頓時驚呆了，連衣裳掉到地下都沒發覺。

趙成材沒空跟她寒喧，大步走進正屋，「娘、爹，我們回來了！」

「成材，成材真是你嗎？啊，媳婦也回來啦！快進來，快進來！」當趙老實從裡屋迎出來，把他二人帶進去時，章清亭著實嚇了一大跳。

她從來沒有想過，一向強勢凌厲婆婆，居然會變成現在這個樣子。

瘦瘦小小的窩在床上，頭髮花白，神情委頓，整個人完全沒有了從前的精氣神，脆得像張紙似的，似乎輕輕一撕就會破。

「娘，您怎麼成這樣了？」趙成材看著娘這樣就哭了，章清亭在後面也偷偷紅了眼圈。

趙王氏似還有些不太清醒，等她慢慢回過神來，看清趙成材，確切地說，是看清趙成材後的章清亭後，也不知是哪裡來的一把力氣，忽地就坐了起來。

在章清亭以為這個婆婆又要對自己發飆時，沒想到趙王氏對著她哭了。

「成材媳婦，是我錯了！」

「全怪我老糊塗，我小氣，我偏心眼，結果好端端的一個家，被我害成什麼樣了呀！」

「我對不起妳，對不起成材，也對不起喜妞，這全是我的錯呀……」

章清亭懵了，她甚至有一瞬間的懷疑，眼前這個到底是不是她婆婆？

趙王氏怎麼會對她哭？還對她承認自己錯了？

看她這表情，趙老實還以為她是不能原諒婆婆，抹著眼淚就過來，跟她磕磕巴巴地講著分別以後的種種。雖然他講得並不動聽，甚至有些亂七八糟，但章清亭還是一點一點地聽懂了。

等到趙老實講完，章清亭忍不住也哭了。

雖然她是怨過婆婆，甚至恨過婆婆，可現在她也是母親，她更能理解一個母親被心愛的孩子如此傷害的難過。尤其在意識到是自己害了孩子後，一個母親的悔恨與刺痛。

所以，最終，章清亭走上前，握住了趙王氏又枯又瘦，滿是老繭，粗糙如老樹皮般的手，「婆婆，妳別擔心，我會成材一起把成棟找回來的。」

趙王氏的眼睛重又綻出光芒，像無助的小孩，「真的？妳真的還肯來管我們家的事？」

章清亭鼻子一酸，眼淚重又落了下來，「妳放心，我會管的。」

趙王氏又哭了，捶打著自己的胸膛，「全是我不好……這麼好的媳婦，我怎麼就鬼迷心竅趕走了？要是這個家還有妳在，怎麼會讓成棟走到這一步？他敗光的家產，不也是妳辛辛苦苦掙來的？」

章清亭伸手，第一次把悔恨交加的婆婆抱進了自己懷裡，流著眼淚，拍著她的背勸哄著：「別哭別哭，錢沒了，我們還能再賺，只要人沒事就好了……說來從前我也有不對的地方，看不慣又不跟妳說，動不動就甩臉子，妳生我的氣也是應該的。」

「不，就是我的錯！我明知道妳說的都是對的，做的也是為了大家好，可我就是不服氣，就是想惹妳不高興，是我糊塗啊！」

婆媳兩個哭著說著，把多年的心結一點一點打開，最後全部化為眼淚落下，徹底揮別。

趙王氏大哭了一場，雖是傷神，卻是把她這半年來鬱結心中的鬱氣一掃而光，睡一覺醒來之後，精神反而好了許多。就是眼睛又紅又腫，疼得不行。

她忙讓趙老實去藥鋪買了些消石，擱豆腐上蒸化，取了汁水送去給章清亭敷眼睛。

趙老實忙活了半天，才知是給媳婦弄的，不由得好笑，「妳怎麼不自己用呢？」

趙王氏有了精神，就想翻他個白眼，可惜眼睛腫著，沒翻起來，氣呼呼地道：「讓你去就去，哪來那麼多話？」

「好好好，我這就去。不過，這碗妳自己拿著用吧，媳婦的我早留好了。」趙老實樂呵呵地去跑腿了。

趙王氏自敷著眼睛，突然覺得日子又充滿了光明，好像只要有那個又精明又潑辣的媳婦在，什麼事都不用發愁了。不過，有件事，她得趕緊跟成材說說了。

而那一邊，收到公婆愛心慰問的章清亭還有些不習慣，幸好趙老實也不是會寒暄的人，送了東西，看了喜妞，就走了。他們都老了，剩下的事情都交給孩子們吧。

趙成棟還沒有消息，不過閻家父子卻意外團圓了。

當趙成材帶了熱心的閻家兄弟，去衙門打聽弟弟的消息時，閻輝祖立刻關門放衙役，抓住了自己離家多年的兩個兒子。不管之前有何嫌隙，但分離十幾年後，能夠骨肉團圓，便是天大的幸事。

閻輝祖說什麼也不肯讓兩個兒子走了，閻家兄弟只好與商船道別，留下來陪老父。而為了感謝趙成材促成他們父子團圓，閻家兄弟主動又陪趙成材去了趙永和鎮，追查當日之事。

有了這兄弟倆的襄助，再加上官府之前得到的線索，倒是很快就被他們查出些蛛絲馬跡，然後循線查去，終於找到位關鍵的證人了。

等到趙成材帶著消息回來，趙王氏早在家中翹首以待了。

不過，當看到他手邊的小丫頭，不止是趙王氏，連章清亭都呆了呆。

「芽兒？」

小姑娘看到眾人就哭了。她本來就瘦，如今身上還添了不少傷，眼睛裡更是閃著畏懼的光，好像隨時準備逃命的小狗，現在終於回到熟悉的地方，才算是放下心來。

可她畢竟年紀小，許多話都說不清楚，還是趙成材三言兩語把事情交代了明白。

很不幸的，趙成棟在懷揣著發財夢跑到永和鎮後，很快就被一夥騙子盯上了，這是趙王氏早就知道的。可她不知道的是，在趙成棟的錢被人騙光後，連人也被賣了。

而芽兒就是從那個人販子處意外救出來了，而賣她的是個男人。由此可見，柳芳應該也混得很慘，否則不會坐視女兒被賣。

猶豫了一下，趙成材從袖子裡取出一個髒兮兮的荷包，叫楊小桃上前來認。

只一眼，她臉就白了，「這是我給成棟的，上面有朵桃花，裡面還繡了個桃字，不會錯！」

趙成材的臉色卻有些不大好看，看了趙王氏一眼，才緩緩道：「若這真是成棟的東西，他很可能被人灌了啞藥，被賣到某個礦山去了。那種地方，眼下人還在不在，實在難說。」

楊小桃頓時哭得撕心裂肺，而趙王氏身形晃了晃，竟是昏死了過去。

好不容易把人救醒，她更加內疚自責了，「是我害了成棟，若他有個三長兩短，全是我害了他呀！」

關鍵時刻，還是她大媳婦給力，章清亭冷靜地道：「婆婆，您別著急，這時候想法子去找人要緊。成材，你既有了線索，必然也知道那礦山在哪兒吧？」

趙成材有些為難，「這一片地區有好幾個礦山，我們也不能肯定。」

「那就一個一個找過去。咱們收拾行裝，馬上就走。」章清亭當機立斷，做出決定，「不過還得跟官府拿上公文，最好借幾個衙役，否則太勢單力薄了。」

「我們也要去！」趙王氏和趙老實都站了出來，知道兒子遭逢大難，做父母的怎麼能安得下心？可章清亭道：「你們都不能去。你們年紀大了，經不起這樣的顛簸，而且你們都不會騎馬，要怎麼翻山越嶺？這事就成材跟我去好了，你們在家安心等著。」

看趙王氏還想說什麼，章清亭道：「婆婆，我把喜妞交給妳，妳能幫我帶好她嗎？」

趙王氏非常意外，動了動嘴唇，眼中閃著淚光，最終哽咽地點點頭，「那你們小心！」

章清亭微笑著，和趙成材收拾行李去了。

最終出門的，除了章清亭小倆口，還有田福生和馬場幾個最孔武有力的漢子，再加上閻家兄弟，以及閻輝祖手下最得力的幾個衙役。不管是打架鬥毆，還是明察暗訪，都能照顧到，一行人才出了門。

這一路翻山越嶺，風餐露宿自不必提。

幸虧章清亭如今有了自己的馬場，能挑最好的馬給大家當坐騎，大大加快了尋找的進程，只是辛苦卻是難免的。尤其隊伍中唯一的女子，章清亭大腿內側，原本嬌嫩的肌膚被磨得又紅又腫，酸痛無比，每天晚上都得趙成材幫她揉搓上藥。

趙成材心疼得不行，幾回跟她說讓她不要那麼辛苦，找個地方休息，等著他們就好，可章清亭堅決不肯。因為隊伍裡要是沒有一個女人，很容易引起別人的防備和懷疑。

而且隨著冬天的即將到來，他們的時間也越發緊迫。等到大雪封山，不僅不好找人，趙成棟也更加難以存活。

這不是杞人憂天，他們這一路已經見識了不少礦山，那裡的慘狀讓人觸目驚心。可以毫不誇張地說，完全是把人當成牲口來用。他們要是能早一天找到趙成棟，他也能多一線生機。

所以，一看趙成材又想來勸她，章清亭反倒嫌棄起來，「少這麼婆婆媽媽的，早些把人找到，大家都得安心。」

田福生也頗有同感地道：「嫂子說的對，我一早聽閻大哥說，這已經是這附近最後一座礦山了，要是還找不到人，那可真不知道該上哪兒找去了。」

趙成材心頭一沉，章清亭忙鼓勵道：「一定找得到的，老天爺不會這麼不開眼。你們中午想吃什麼？讓夥計做去，可別替我省錢啊！」

趙成材知道妻子是故意岔開話題，心中感動，他也收拾情緒，認真記錄這裡的情形。

這個地方在地圖上沒名字，離最近的縣衙還有數百里，一戶正經人家都沒有，更沒有什麼像樣的市集。只是在山腳下有人開了幾家連飯館帶客棧賭坊窯子的住所，招呼從山上下來的大小管事們，和其他那些私人礦山周邊的情況大同小異。

而這裡開礦山的是誰，背後的官員又是誰？

北安國嚴令私開礦藏，合法的礦藏全是由軍隊主持，犯人開採。

這些礦山如果背後沒人撐腰，是不可能幹這樣殺頭的買賣。如果說趙成材初來時，還只是為了救弟弟一人，可這些天他看到的慘狀，已經激得他必須為朝廷，更是為這些無辜受害的百姓做點什麼了。

午飯快張羅好的時候，去打探消息的閻家兄弟回來了。

此處是一個玉石礦，明面上的老闆姓于，至於背後什麼人，就不太清楚了。

「那位於老闆不經常來，這裡的事都是由一個姓范的大管事料理。我們已經約好了，說是要買些玉石回去，他讓咱們今天晚上過去談，那可要拜託少夫人了。」

論起生意經和玉石這些東西，也只有章清亭能說個四五六出來，所以他們這一路都以章清亭為主，自稱是她手下的師爺家丁什麼的，由她帶著出門來做生意。幸好章清亭夠沉穩又有氣度，這一路還沒露過餡兒。

眾人商議一回，各自歇下，養精蓄銳，等著晚上相見。

掌燈時分，那范老闆果然守信地派人來引路，留下田福生等幾人看家接應，其餘人隨著章清亭和趙成材一起前去赴約了。

范管事的院子，可能是整個礦山條件最好的住處了，寬敞通透，整潔乾淨。唯一惱火的是，偌大的廳房只點著兩根食指粗細的小蠟燭，映得滿屋子的石頭，怎麼也看不真切。

閻希南眉頭一皺，才要說話，章清亭已經先笑著開了口：「范管事，這是要考校我們啊！」

范管事聽她這話，一笑，「夫人既是懂行的，那便請吧。」

章清亭大致掃了一眼，伸手摸了摸幾塊玉石，感覺了一下，然後選了幾個出來，「范管事，我不還你的價，你就給個合適的吧。」

那范管事看她挑的玉石，高中低檔都有，明顯是懂行的生意人才有的手法，倒也不敢矇她，想想，報了個價。

章清亭笑了笑，如數付了銀票才低聲道：「打個八折才是正經價錢吧，不過，我頭回來，就當跟范管事交個朋友了。」

范管事這回算是刮目相看了，「夫人爽快，那我也交妳這個朋友了，請！」

把她們一行重請回廳中，另拿了好茶供奉，態度也親切得多。

章清亭暗道一聲僥倖，拜她前世那個嫡母所賜，她對玉石自小就有些認識，也幸好這個范管事給她看的全是玉石粗坯，並沒有做什麼手腳，是以她才蒙混過關。

賣了些力氣，跟這范管事聊得熱乎起來了，章清亭就開口了：「范管事，我這兒還有件事想煩你幫忙。若是事成，銀子什麼的都好商量，只是不知你能不能作這樣的主。」

范管事被她一激，當場誇下海口，「妳說！只要是這個礦山的事，沒有我不能作主的！」

章清亭壓低了聲音：「你也看到了，我一個婦道人家出來跑生意，本是不應該的。這全因我家相公身子不好，經大師指點，需要一個八字相同的人替他擋一擋災。我想問下，這礦上會不會有這樣的人？如果有的話，我情願出高價買回去。」

范管事再看看她意味深長的眼神，明白了。

這要人去擋災，指不定是什麼妖法呢。不過這跟他又有什麼關係？反正冬天快到了，開採不了玉石，這批礦工們會淘汰死掉一大半，還不如賣個高價，自己賺點銀子，何樂而不為？

於是，他熱心地道：「君子有成人之美，夫人儘管把八字拿來，我讓工頭去幫妳問一問。」

章清亭大喜謝過，交出八字，不過旁邊的趙成材卻故意扮黑臉，插了一句：「如果不是，可別拿假的來冒認，在下別的本事沒有，看這個生辰八字倒是極準。」

章清亭假意嗔道：「我跟范管事說話，哪有你這奴才插嘴的份？要不是看你懂些邪門歪道，誰願意帶你出來？回去罰你兩個月的工錢，好好反省反省！」

聽他們這一唱一和，范管事剛剛生出沒有真的就弄個假的來冒充的念頭也打消了。

說好明天去查，後天來給他們答覆。

章清亭道了謝，帶著玉石走了。

按說一天的時間並不長，可對於趙成材來說，卻是度日如年。

因為這是他們最後的希望了，要是連這裡也找不到，天下之大，真不知道要上哪兒去找。

時間再慢，也終於還是等到了第三天。

一大早，趙成材就心神不寧地想過去了，卻又怕打草驚蛇而忍了下來。

章清亭望著他嘆了口氣，想想，略提前一些也沒什麼，主動地道：「走吧。」

可當他們進到白天的礦區裡，章清亭又開始後悔帶他來了。

已經秋涼了，他們住在屋子裡，晚上還要蓋著厚厚的被子，可那些礦工們就住在山上一個山窩裡，連床被子都沒有，只有樹枝破草蓆擋風遮雨。

所有的礦工幾乎都是一樣的形容枯槁，蒼白乾瘦，手腳傷得青紫潰爛的比比皆是，麻木得像木雕泥塑一樣。而這當中，甚至有不少的小孩。大的不過十三四歲，小的還不及她的腰高。就是這麼點大的小孩子，卻要背著比他們人還要高大沉重的竹筐運送石料。

看他們光著小腳走在崎嶇不平的山路上，一步步踏在尖銳的石頭上，背著那幾乎要把他們瘦小的脊背都壓斷的竹筐，章清亭心疼得簡直無法呼吸。

她也是做母親的人，實在無法想像如果自家的小喜妞有朝一日被人拐來遭此厄運，她會怎樣的發狂？和趙成材對視一眼，二人不約而同在悲痛之餘，又燃起熊熊怒火。

這些礦主簡直是畜生！

如果不把他們繩之以法，他們誓不甘休。

而此時，在距離他們不遠的一個礦洞裡，一個還發著高燒的啞巴，拖著摔斷的腿，爬到洞口看著他們。他拚命張大了嘴，卻嘶啞得只能發出自己才聽得見的聲音。

雖然離得不算近，可骨肉血親卻讓他一眼就能肯定，站在底下的，是他的親哥親嫂。

從昨天聽到工頭詢問有沒有那個生辰八字的人時，他就在想，是不是有人來找他了。

因為那是他的生辰八字，而這世上沒有一個人會記不清自己的出生年月。

可他已經病了好幾天，工頭可能以為他已經死了，根本沒想著過來問他一聲。他拚命想承認，卻發不出聲音，只能眼睜睜看著他走掉，然後強迫自己好好睡一覺，等著今天的相會。

可即使見到了又怎樣？他還是發不出聲音，他的哥嫂就在底下，卻不知道他在這裡。

淚水不知不覺模糊了雙眼。

他很急，越著急眼淚掉得越凶，可是沒有用，無論他再怎麼拚盡全力都發不出半點聲音。

好幾個工頭已經下去了，搖著頭，好像是在跟他哥嫂說礦山上沒有這個人。

哥嫂不死心，又問了好幾遍，可那些人到底還是搖了搖頭。

終於，有人拉著他的哥嫂，要帶他們走了。

這一走，就再也見不到了吧？

早被磨爛的十指像是不知道痛一般，緊緊摳進了冰冷的石頭縫裡，而比石頭更冷的，是他的心。腦子裡，有不受控制的往事一幕一幕出現。

小時候家裡的貧寒，娘的偏心，哥哥姊姊的謙讓……

然後，那一天，嫂子被娘綁著，來到了他家。起初，他對她談不上好感，也沒什麼惡意。可不過短短幾年，這個嫂子就徹底將他們家改變。

飯桌上出現了雞鴨魚肉，身上穿起了綾羅綢緞，出入有了馬車，荷包裡有了閒錢……

悔恨，無窮無盡的悔恨充盈了他的心。

他為什麼會落到今天這個境地？他為什麼不學好，不聽嫂子的話？他為什麼會這麼糊塗，為什麼會這麼容易就上當受騙？敗光家財不說，還把自己弄得人不人，鬼不鬼，求生不得，求死不能？

如果老天有眼，能讓他回家，能讓他重新再來過一遍，他一定一定不會再走上今天的路。他一定一定會做個好人，老老實實種地養馬，他一定一定不會總是貪得無厭地想要更多。

可是，這世上有如果嗎？

眼看著哥嫂漸漸被人說動，一步三回頭地離開。他想，他活著還有什麼意思？在這個冰涼絕望的礦山等死嗎？那他寧願早點去。

山腳下，章清亭看了滿臉失望的趙成材一眼。

他們到了必須離開的時候了，再待下去，會引起人家懷疑的。

「走吧。」趙成材低低吐了口氣，艱難地說出這兩個字。

他們的心意已經盡到了，如果老天還是不讓他們找到趙成棟，那就是對他的磨練還沒結束。可就在兩人轉身，走出還不到十步的時候，突然聽到半山傳出一聲嘶啞的，像是撕裂心肺般發出的低嚎。然後有一個人從山洞裡爬出來，從那近乎垂直的坡上，不懼生死地滾了下來。

趙成棟！

夫妻倆同時色變，就算是他的聲音已經嘶啞得不像話了，可朝夕相處的一家人還是從那當中聽出了一絲熟悉的味道。

不管不顧地衝了上去，當趙成材把那個摔得頭破血流，狼狽得像瀕死的野狗一樣的人抱在懷裡時，全身不可抑制地顫抖了。

這是他的弟弟，是趙成棟！

而在終於抓到他溫暖衣袖的那一瞬，滿臉淚水的趙成棟終於安心地暈死了過去。就算這只是一個夢，就讓他一輩子再也不要醒來吧。

山地的工頭們瞬間色變，這反應也太奇怪了，就連范管事也懷疑地看著他們。

還是章清亭機警，迅速控制了情緒，故作驚訝道：「原來大師說的是這個意思。他早跟我說，會是一個吸收了日月精華的高人來救我相公。這玉山自然是吸收日月精華的，這高人，原來指的是從高處滾落的人啊。」

她一臉喜色，來向范管事道謝，「真是多謝您了，要不是您，我可怎麼也找不到這個人。區區薄禮，不成敬意。」

既然找到正主，章清亭不會稀罕那一點銀子。一張銀票送了過去，范管事心中掂量了一下，覺得趙成棟傷成那樣，估計也活不了多久，就算有什麼貓膩，只怕也關係不大。

所以，他收了銀票，微微一笑，「既然找到了大師指點的人，那也是尊夫人有福氣。不過，這人傷得這麼重，你們是不是要快些帶走醫治？」

「那是當然。」章清亭跟他客套兩句，拍了拍快情緒失控的趙成材，把趙成棟放在馬背上，跟范管事告辭了。

可一行人才出門，卻遇到一個男人。那男人疑惑地看了趙成材一眼，發出低低的輕咦聲。

章清亭怕他看出什麼形跡，趕緊催著大家上馬離開。而那人再看她一眼，更加疑惑了。

范管事顯然是認得這人，見他如此，心中生疑，「怎麼？你認得他們？」

那男人看著章清亭的背影道：「有些眼熟，可一時想不起來了。他們說是什麼人？」

范管事道：「她自稱姓張……」

因張本是大姓，是以，這一路章清亭都以張夫人自居。

誰料那男人一聽，頓時一拍大腿，「快！攔住他們，那女人是紮蘭堡的殺豬女，她男人是新科狀元！」

范管事一下臉色就變了，新科狀元上書朝廷，要求懲治腐敗亂象的摺子早已經被各級官吏傳遍，而皇上大刀闊斧的改革也已經開始了。

他們這座礦山背後的那位，早就打過招呼，要他們立即停手。這消息上個月才送到，只因捨不得這巨額的利潤，才打算做到冬天封山之前，然後把這些礦工統統困死在山裡，過上兩年，等風頭平靜再來。

如果此時被人捅了出來，那會是怎樣的後果？

范管事眼中狠光一閃，「快！關了礦山，所有人追上去，殺了他們，一個不留！」

後面的事，章清亭記得不太清楚了。

她只記得自己騎在馬上拚了命地跑，跑得頭暈眼花，噁心想吐，整個人像是掉進波濤起伏的大海裡，讓人恨不得一頭徹底栽進去，徹底求個安寧。

然後，她好像看到有人追上了帶著弟弟的趙成材，她心裡一急，本能地就撥馬擋了上去。

然後，後腦杓上一陣劇痛，她眼前一黑，就什麼都不知道了。

數日後，紮蘭堡。

趙王氏萬萬沒有想到，自己的小兒子是救回來了，可大媳婦卻快沒命了。

「成材，你快說，這到底是怎麼一回事？」

趙成材臉色鐵青，滿臉的鬍子拉碴，嘴唇上長了一圈燎泡，雙目赤紅，雙頰深陷，根本說不出話來，還是同去的閻家兄弟將實情一一道出。

原來那日在礦山認出他們的，正是之前騙楊小桃銀子，放高利貸的何大牙。趙成材中舉後，他曾經來趙家的流水席上混過一頓飯，見過他夫妻二人一面。後來因趙家報了案，他雖捲了銀子跑了，卻無處可去，只因跟那范管事有舊，便去投奔他了。

多虧趙成材留了個心眼，想著快入冬了，這些礦山要是再不收拾，只怕會死好多人。他不敢信當地的縣衙，打發了兩個衙役去給當地一位素有威名的駐軍送了信。

那位將軍剛好收到朝廷的旨意，要嚴查這些不法的惡霸，當即就點了兵，按著趙成材信上所說的幾處地址分頭包抄。其中一路軍就救了趙成材他們，將范管事一應人捉拿歸案。

只是，在被追殺的時候，章清亭為了掩護趙成材兄弟，被人扔的棍子砸中了後腦杓，當場就暈死過去。

趙成材當時就快瘋了，幸好閻家兄弟拚死衝過去把人護住，才沒掉下馬。後來援兵趕至，救他們脫離了險境。

趙成棟的傷雖重，可大夫表示能治，而章清亭頭上的傷表面上看，只出了一點血，鼓起個拳頭大小的包而已，可內裡淤血極深，一直昏迷。除了灌些湯藥，怎麼也醒不過來。

他們在回來的路上，已經找了好些大夫了，可無論是針炙，還是放血，誰也都沒有辦法把章清亭喚醒。就這麼短短數日，她整個人就瘦了一圈，小臉白得像張紙似的，只剩下微弱的呼吸。

趙王氏快急瘋了，「什麼叫救不醒？她不過是被砸了個包，像小孩子不是常有的事嗎？」

被請來隨行的大夫嘆息著道：「小孩的頭骨本是軟的，便是摔兩下鼓個包，也沒什麼打緊。可令媳已經是大人了，頭骨堅硬，再被打出這麼大的包就很危險了。你們趕緊去請別的大夫來瞧瞧吧，要是拖得時間太久，只怕就難說了。」

趙王氏聽得渾身一晃，像大熱天落到冰窟窿似的，嘶聲道：「難說？難說是什麼意思？」

大夫為難地道：「若是一直醒不過來，這人會慢慢消瘦，像活死人似的，撐不了多久……」

「大姊……」張小蝶、方明珠和趙玉蘭等人得知消息，早趕在家中等候，此時聽了大夫的診斷，哭得一塌糊塗。

就是張發財偌大個年紀的人，也捶胸頓足，悲傷得難以自已，「我的女兒，妳怎麼就這麼命苦，好不容易日子好過了些，妳怎麼就出事了呢？老天爺沒眼，他不公啊！」

李鴻文紅著眼圈，心裡難受極了，想上前勸勸，卻是自己也忍不住，眼淚在眼眶裡一個勁兒地直打轉。確實是太不公平了，這麼好的人，還是去救人，怎麼會這樣呢？

那此起彼伏的哭聲交織在一起，刺激得趙王氏兩個太陽穴突突直跳，眼前一陣一陣的發黑，心裡既自責又內疚。

如果章清亭不是為了她去找趙成棟，怎麼會遇到這種事？如果不是想保護她的兒子，這個大媳婦怎麼就受傷？是她害了她，從頭到尾都是她害了她！

可難道就這樣等著她死嗎？

不，絕不！

趙王氏也不知是從哪裡來的一股無名火，讓她本來亂紛紛的腦子突然就冷靜了下來。

怎麼辦？她該怎麼辦？

猛地，腦子裡似是靈光一閃，趙王氏想到一事，吼了起來：「都別嚎了！我媳婦沒事，她不過是受了點傷，很快就能好了！你們不許哭，誰都不許哭！」

她這一下，把眾人都給鎮住了。

趙王氏指著趙成材，啞著嗓子道：「尤其是你，給我提起精神來，趕緊回去準備！」

準備什麼？趙成材也有一瞬間的茫然。

趙王氏轉身就向張發財撲通跪下了，臉上沒有半分羞赧，瘦小的脊背反而挺得筆直，「親家公，從前鬧著他們小倆口和離，全是我糊塗！我現在求你，把這大閨女再嫁給我家成材吧，你要是不答應，我就跪著一直不起來！」

張發財被這樣的意外驚得連眼淚都忘了流，「妳這是什麼意思？我大閨女眼下這樣……」

趙王氏再看一眼像白蠟人似的大媳婦，心中一陣絞痛，卻含著眼淚高聲道：「就是這樣，才要給他們沖喜！興許媳婦給這沖一沖，就好了呢？」

「可、可要是不好呢？」

趙王氏把臉上的淚一抹，剛強地道：「就是不好，那也是咱們老趙家虧欠了她的！她是喜妞的娘，成材的媳婦，不管是生是死，我這個當婆婆的，不能讓她這麼沒名沒分！」

趙成材聽到這裡，同樣撩袍在母親身邊跪下，對著岳父岳母磕了個頭，眼淚掉在地上，泣聲道：「岳父、岳母，求你們成全。」

張發財嘴唇哆嗦了半天，用力抹去臉上又淌下的淚，「好，我答應你們！」

「謝謝，謝謝你們！」趙王氏落著淚，暗下決心，這一回，她就是傾其所有，也要把媳婦風風光光地接進家門。

喜帖，如雪片一般發了出去。

紮蘭堡的父老鄉親們在拿到的同時，心頭也多了一份沉甸甸的感覺。沖喜，雖然仍舊是沾了個喜字，卻因為多了前面那個沖字，生出無限的悲涼與滄桑。

不過，這一場特殊的婚禮，他們會來。一定會帶著最真摯的情意，送來他們的祝福。

趙成材沒日沒夜守著章清亭，按大夫所說，一直陪著妻子，握著她的手，不停跟她訴說著兩人之間的一點一滴。還有他們的女兒，他們無數大大小小的夢想。

黃道吉日，很快就到了。

直到成婚的前一晚，趙成材才回了自己家。

趙王氏早幫他準備好了香草艾葉，趙成材把自己從頭到腳洗得乾乾淨淨，好好睡了一覺。明天，他就要從這裡出發，去迎接他最美麗也最期待的新娘子，他不容自己有任何閃失。

翌日，雞才叫過一遍，張小蝶和方明珠就起來了。

她們一起扶著章清亭起身，給她用最好的香湯，沐浴更衣。

撫著她身上蒼白虛弱的肌膚，兩個妹妹的眼淚怎麼也止不住。用最好的香油，最輕柔手法在她全身細細抹過，才給她一層層、一件件穿上最漂亮的嫁衣。

描眉畫鬢，塗脂點唇。鳳冠霞帔，金釵玉鐲。

張趙兩家傾其所有，裝扮出最美麗的新娘子，可張小蝶再凝視一眼，卻忍不住又一次淚濕了衣襟。打扮好的章清亭，美得就像一副畫，可再美的畫也是釘在牆上靜止不動的。

如果可以，她寧願洗去這副美麗的表相，只求大姊能夠睜開雙眼，只因那裡才有這世上最美的風景。

「大姊，妳睜開眼睛好不好？」方明珠顯然也是一樣心思，看著章清亭，祈求著說。

擁有的時候不覺得，現在失去了，才越發讓人知道那一雙眼睛帶給他們的無限希望與活力。

張發財和張羅氏也來了，看著美麗的女兒，老淚橫流，「閨女啊，今兒可是妳的好日子，妳醒來好不好？」

可惜，仍是沒有回應。

吉時到了。

趙成材早已換好了大紅的喜袍，帽插雙花，端端正正坐在椅上。聽著漸漸逼近的鑼鼓，他站起身，再一次整肅自己的衣襟。拉開門，趙成材帶著滿滿的微笑與自信踏出家門。

這是紮蘭堡有史以來最盛大的一場婚禮，也許並不豪奢，卻是足以讓人銘記終生。

純樸的鄉親們從四面八方湧來，穿著過年時的盛裝，敲鑼打鼓，舞起了正月十五才有的火龍和獅子。用他們力所能及的方式，獻上他們最誠摯的祝福。

不約而同的，所有的鄉親在送上賀禮的時候，都帶來了一個平安符。按著紮蘭堡的風俗，拋在新房院前大樹上，讓那一樹經冬的蒼翠柏樹上生生開出了無數豔紅的小花，如掛了滿樹的燈籠，絢爛奪目。

一拜天地，二拜高堂。

夫妻對拜，禮成。

送進洞房。

趙成材無數次都告訴自己要保持微笑，可當他一抬眼，看見新房前那棵凝結著無數心意的大樹時，還是忍不住潸然淚下了。

「娘子，娘子，妳睜開眼睛看一看，看一看好不好？妳看鄉親們送給我們多少祝福？每個人都在等著妳醒過來，妳怎麼還不醒？」

章清亭無法回答。

大紅的蓋頭下，她的雙頰被胭脂點染得嫣紅可愛。眉黛唇朱，道不出的嬌豔動人。可是，可是在那脂粉的掩飾不到的地方，卻是蒼白得病態與無力。

趙成材不要這樣不會說話不會動的娘子，他要從前那個充滿活力，鬥志昂揚，喜歡耍些小心機，喜歡使些小性子，喜歡窮講究，他卻深深喜歡著，也喜歡著他的娘子。

觸目所及，是鋪天蓋地的紅。

新婚的紅是所有的紅當中最為熱烈，最為濃豔，最為喜慶，最為耀眼的紅。可在這樣的一片本該充盈著吉祥幸福的紅裡，好似什麼都被硬生生撕去一半。就連那要相伴燃燒到天明的龍鳳紅燭，都在攜手流淚嘆息。

那一種痛楚，趙成材形容不出來。

就好像是自己的心被挖去了一塊，只餘著風的寒涼，填不滿的悽惶。

「娘子，妳看，這婚禮全是按著妳的意思辦的，所有的東西都是按著妳的喜好布置的。妳高興嗎？娘都沒有怕花錢，處處都幫妳辦得體體面面的。妳看這兒，就是剛才我們行禮時，她給的紅包。妳看這裡頭，裝的是金鎖片呢！純金的，她是拿妳當小孩子，怕妳留不住，要拿鎖片鎖住妳……」

「只要妳醒了，以後這個家就是妳說了算的。娘說她再不會跟妳嘔氣了，什麼事情都是聽妳的，這話可是她方才在喜堂上，當著所有鄉親的面說的。她還誇妳了，說讓妳當家不是怕妳，是因為妳是個賢慧的好媳婦，她心甘情願聽妳的……」

「娘子，妳放心，就是妳不醒，我也不會納妾，也不會給喜妞找後娘，我們父女倆就這麼相依為命地守著妳，守一輩子，好不好？妳真想我們就這麼守一輩子嗎？那我和喜妞豈不是太可憐了……」

「以後妞兒大了，要梳漂亮的頭髮，要穿漂亮的衣裳，誰來給她打扮呢？我肯定是不會的，娘也不會。到時弄個鄉下丫頭出來怎麼辦？可是，妳不醒，我們的喜妞就只好變成土裡土氣的鄉下丫頭了，妳要狠心不管嗎？」

「還有我，以後我該怎麼辦？白天我可以去學堂教書，可晚上回了家，就是孤零零的一個人了，誰來陪我說說話？誰來打扮打扮我？我的衣裳舊了誰幫我買新的？天冷天熱誰提醒我換衣裳？萬一哪天我也生病了，誰來照顧我？」

眼淚，一滴一滴落在章清亭的臉上。

滾燙熾熱，像一聲一聲的呼喚。

趙成材把妻子攬在懷裡，渾然不知何時，她的眼角也滲出一滴淚。

和他的淚混在一起，緩緩、緩緩地滲進大紅的喜衣裡，渲染開出一朵潮濕的小花。

即使只有一朵，可那為了至親至愛的人落的淚，一滴已經彌足珍貴……

＊　＊　＊

一年後，紫蘭堡。

「娘子！娘子！」趙成材興沖沖進來，離正房老遠就開始嚷：「有個好消息告訴妳！」

娘子大人沒出來，卻竄出一個粉嫩粉嫩的小人兒，邁著小短腿，咚咚咚咚地跑出來，像隻小皮球似的，一頭撞進他懷裡，「爹！爹爹抱抱！」

趙成材冷不丁被女兒撞得齜牙咧嘴，退開了半步，這才彎腰將她抱了起來，「妞兒怎麼這麼頑皮？老這麼撞，妳爹可吃不消。妳娘呢？」

已經過了兩歲生日的喜妞露出一口小白牙，狡黠地笑著，「娘在睡覺覺，爹爹陪我玩。」

趙成材皺眉，這都快吃飯了，還睡什麼覺？

「妞兒，妳說實話，妳娘是不是又去馬場了？」

「沒有！」喜妞當即否認，但那個掩飾不住的小表情，趙成材一看就明白了，「又幫妳娘撒謊，瞧爹打妳屁股。」

「你別怪妞兒，是我叫你媳婦出去的。媒婆又給你弟弟說了門親事，她出去相看了。」趙王氏從後頭氣喘吁吁地趕上來。她年紀大了，房子也大，要跟上小孫女，可不是那麼容易的事了。

趙成材聽得這才作罷，卻猶自嗔怪著：「娘，您也真是的，娘子身子還沒好利索，這事兒您等我抽個空去辦不成嗎？幹麼非讓她去？」

趙王氏嘴一撇，「你哪抽得出這個閒工夫？成天忙得腳不沾地的，想見你一面比見縣太爺還難。你媳婦其實也好得差不多了，大夫說是要靜養，可也說了要出去轉轉的。成天讓你關在家裡，沒病也給憋出病來了。你放心，出門時我讓丫頭小子都好好地跟著，車也套得好好的，不會有事的。」

趙成材想想，似乎是自己太過緊張了。自嘲地一笑，這就是關心則亂啊。好不容易才從生死線上把媳婦給救回來，他能不小心嗎？

不過，娘說得也有道理，他就不再追究了，只問：「那給成棟說的是戶怎樣的人家？」

趙王氏正欲答話，喜妞忽地高聲喊道：「娘！」

扭頭一瞧，還真是章清亭回來了。

一年過去，她養得比以前還略顯豐腴了些。

自成親次日睜過一回眼後，陸陸續續又有一個多月的工夫，她才漸漸清醒過來。不過，昏迷前的事情，好多都忘光了，還是趙成材一點一點說給她聽，她才慢慢想起來。只是還會時不時頭暈，弄得全家人緊張得不得了，拿她當個寶貝疙瘩似的，尤其是趙成材，簡直把她當眼珠子似的捧著，生怕她操了一點心。

在享受了最初的甜蜜幸福後，章清亭受不了了，閒得全身上下都開始長草，於是成日絞盡腦汁地找藉口出去透透氣。

因趙成材白天多不在家，她略施小計，把婆婆拉攏了過來。只要不是過分的要求，趙王氏是千依百順，還教小孫女替她各種圓謊。

扶著娘子進了屋，又伺候她喝了口茶，看她無事，趙成材這才安心。

章清亭又讓他把趙老實也請了來，一併告訴全家。

「成棟這門親事我挺滿意的，那姑娘確實大了幾歲，但人很正派，又能吃苦，是個本分過日子的。她家雖窮，但真是一點都不貪心，只要咱家出兩畝地作聘禮，讓家裡可以自己耕種過活就行。」

趙王氏忙問：「那小桃和南瓜呢？她怎麼說？」

章清亭笑道：「那姑娘說了，只要成棟肯真心待她，她願意拿小桃當妹子，也願意把南瓜給她養。日後縱是兄弟分家，也不必太講那些嫡庶，均分就好。」

趙王氏念了聲佛，心總算安了下來。

到底南瓜是她帶過的第一個孫子，還是很有感情的。而楊小桃上回流產狠狠傷了身子後，大夫說極難再有孕了。她如今是一門心思地對南瓜好，真是把這個兒子當成親生的來照顧。而趙王氏自出了章清亭的事後，心地軟和許多，總想讓大家都能好過。

只是芽兒身分有些尷尬，最後一家人商量了幾回，到底是牛姨媽把人領去了，只當養個乾閨女，省了大家的尷尬。

而趙成棟如今是真正老實下來了，傷好之後，不用人說，自己跑去耕種那兩畝地，任勞任怨，自給自足。

看他幹了一年，趙成材見這個弟弟真是痛改前非了，才去幫他把典了的房子贖回來，重又修繕一番，叫他一家搬去自過了。

趙成棟的親事說完，趙成材又跟大夥兒說起一個好消息：「朝廷又給我們書院發銀子了，這回還定成例了。」

自去年軍隊清剿礦山後，解救出了大批的礦工和孩子。大人還好辦，可許多孩子都是被黑心的父母賣來，或是人販子拐來的，根本就不記得自己家鄉父母，也不敢回去。

趙成材好人做到底，把這些孩子全領回書院來，通過書院的善款，管他們讀書吃穿。

「這件事被報上朝廷之後，有人出了個主意。說那些礦山既然有利可圖，不如由朝廷駐軍，繼續進行開採。至於收上來的稅賦，也能撥出一部分補助這些孩子的花銷，體現陛下的仁愛之心。」

章清亭不覺讚道：「這人倒是聰明，居然想了這麼好的主意。」

趙成材一笑，「這人說來跟咱家還有些關係。」

章清亭頓時會意，柳眉倒豎，「孟子瞻！」

趙王氏一聽也炸毛了，「那小子拐了我們玉蓮，一年也就來那麼兩封信，他也好意思！」

到底男人比女人理智，趙老實忍不住道：「再不待見，他也娶了玉蓮。又離得那麼遠，還能指望他常回來走走親戚嗎？」

咳咳，趙成材也是這意思，「看他這樣關注咱們這裡的事情，便知心思還是不錯的。能諒解，還是諒解吧。」

章清亭冷哼一聲，「跟他說，他要是不帶玉蓮回來賠禮道歉，我是不會原諒他的。婆婆，妳說呢？」

趙王氏堅決支持，「連桌喜酒都沒擺過，像什麼話？這事不能聽你的，得聽你媳婦的。」

趙成材心說，老娘，您現在哪回不聽您媳婦的？

算了，妹夫，這可不是我不幫你，你自求多福吧！

揭過此事，趙成材又說起一事。

因為紮蘭學堂名聲日大，原有的教室不夠了，有些外地的學生沒辦法住，四處投親靠友，極是不便，而有些慕名想前來交流的文人士子，也沒辦法接待。

閻輝祖有意在他最後的任期內，為紮蘭堡辦成一件大事，把紮蘭學堂打造成一個大型學院，用漸漸興起的文風徹底改變這個地方的面貌。

趙成材當然願意，可這樣一來，首先要觸動的就是那兩條胡同商戶的利息了。因為要擴建學堂，必須要地盤。

閻輝祖看了無數回的地圖，最後還是覺得以那幾條胡同為中心，連著從前縣學，辦一所大型學堂是最合適的。至於那邊的商鋪和部分居民，就得作出犧牲，挪一挪了。

趙成材道：「鴻文和陳師爺都已經答應，只要給他們在新胡同還出一樣大小的屋子來，就把這邊胡同的房子捐了。你們說，咱家捐不捐呢？」

章清亭白他一眼，「你都這麼說了，咱家還能不捐嗎？只怕你早就答應閻大人了吧？」

趙成材擊掌而笑，「知我者，娘子也。」

章清亭回一個少來拍馬屁的眼神，趙王氏替她心疼了，「那條胡同可是你媳婦那麼辛苦才建起來的，說捐就捐，成材，你也不回來商量一下，真是有點敗家了。」

章清亭忙勸道：「婆婆放心，等到學堂再做大，人一多，買賣也會更好做的。咱們受影響不過幾年，將來卻是能讓更多的百姓受益呢！」

聽她這麼一說，趙王氏才緩過勁來。

趙成材又拍著胸脯再三保證，會讓家裡的日子更好過，她才作罷。

這一晚，章清亭閒來無事，對著鏡子穿戴起自己的誥命衣冠，可左照右照，心裡卻有些不踏實。按說身為一個女人，這身衣冠已經給了她人生最高的榮譽和獎賞，可怎麼穿在身上，又感覺莫名空虛？

趙成材抱著喜妞從屋外進來，看她又對著鏡子發呆，不覺輕笑，「這東西有什麼好看的？值得妳成天當寶似的，一遍遍地瞧。」

喜妞在他爹懷裡，越發無法無天，像小應聲蟲似的哼唧：「當個寶似的！」

看著這父女，章清亭噗哧一笑，心莫名就踏實了。將東西收起，鎖進箱子裡，再不理會。

菱花鏡靜靜佇立在那兒，默默數著日子，看著流光飛舞。

再一凝神細看，本來甚新的家具衣裳一層層染上了暗黃的歲月痕跡，再看牆上黃曆，匆匆已過五載。

今兒，章清亭忽地收到一封遠方來信，是玉茗小道長託人帶給她的。

他那年自出海之後，再無音信，連喬仲達也不知其下落，沒想到今日卻給她來了封信。不過信不是他寫的，卻是那位僕婦。又或者說，是曾經的孝成皇后許氏。

玉茗已經成親，她也做了奶奶，兒孫繞膝，成日享受著天倫之樂。寫這封信來，是因為在海外竟也聽到有客商說起紮蘭學堂，偶動了思鄉之情，問一聲故人安好。

章清亭也不知自己怎麼就入了那位貴人的眼，不過她還是妥善地把信收好，連同當日許氏裝在荷包裡，送給她的一塊免死金牌。

只是，她想，她這輩子都不會有機會用上它了。

剛闔了箱子，就聽隔壁房間裡砰地一聲巨響。

章清亭頓時火冒三丈，「喜妞，妳又幹什麼了？」

剛衝出房門，就見一個紅衣小人抱著一個更小的藍衣小人，迅速逃離了案發現場。

章清亭氣急敗壞地看一眼隔壁的一地碎瓷，就追了上去，「妳這死丫頭，快把妳弟弟放下，小心摔著！」

紅衣小姑娘隔著老遠回嘴，「妳偏心，我這就把弟弟帶去賣掉！」

「妳敢！」章清亭四下去找雞毛撣子，忿忿叨念，「越來越無法無天了！今天妳爹不在，我看還有誰給妳撐腰！」

「我找奶奶去！」喜妞扭頭扮個鬼臉，把弟弟放下，一溜煙地跑了，「奶奶，救命啊，娘又要打我了呀！」

「今天誰也救不了妳！」章清亭找到雞毛撣子才追出來，卻見本該明天才到家的趙成材，忽地風塵僕僕冒了出來。

五年光陰，他的面容更成熟了些，帶著中年人的沉穩。他伸手把歡喜朝自己跑來的小兒子抱起，皺眉瞧向章清亭手中的雞毛撣子，「這又是怎麼了？妳怎麼老是凶孩子？好好講道理不成嗎？」

章清亭怒氣高漲，卻停了下來，「講道理？講道理能把打爛的瓶子復原嗎？」

趙成材默了默，商量著道：「妳知道喜妞愛搗亂，要不，下回再放高點？」

「再高？再高我就得吊屋頂上了！」章清亭拿雞毛撣子指著他，怒目而視，「都是你慣的，第一個該打的就是你！」

趙小二嚇得兩隻小手捂著臉蛋，娘又發脾氣了，好可怕喔！

「瞧瞧，都把孩子嚇壞了！」趙成材心疼地拍著小兒子的背，「乖乖，不怕不怕喔！」

再瞧這父子兩人一眼，章清亭把雞毛撣子一扔，自己回房生悶氣去了。

到了吃飯的時候，章清亭也不肯出來。

趙成材請不動，趙王氏扯著孫女一塊兒來了。

可喜妞把趙老實也拖著，躲在爺爺懷裡，偷眼覷著她娘。

其實要不是弟弟想摸摸那瓶子，她去幫他拿，能摔著嗎？都怪娘放得太高了，太費勁了。

趙王氏陪著笑臉，上前替孫女請罪：「媳婦呀，妳就別生孩子的氣了！那瓶子是哪兒買的，趕明兒我去配一個回來給妳！」

「那是一對的，摔了一個，上哪兒去配？」章清亭衝女兒甩把眼刀，喜妞縮脖子躲了。

趙王氏打著哈哈擋上，「沒得配呀？那就再買一對吧。咱們先去吃飯，今兒有成棟地裡剛結的新鮮瓜菜，他媳婦挑的嫩尖給咱們送來，可水靈呢。快去嘗嘗，吃完了去妳娘家走走，明珠也快生了，去給她解解悶。她這頭一胎，我看緊張得很咧！」

趙老實跟著點頭陪笑，「就是就是！」

到底是公婆，章清亭不好太過不給面子，只得跟著走了。

席間，章清亭又嘮叨起來：「喜妞，妳少淘氣些，讓娘少操心些不行嗎？妳瞧娘這頭髮，為了妳，白了多少根？」

喜妞疑惑地抬頭，「娘，人老了，頭髮本來就會白的呀！」看章清亭臉色不善，忙往旁邊一指，「這是爹說的！」

趙成材嘴角抽搐，女兒，妳要不要這麼坑爹？

章清亭氣得放下碗筷走了，這一家子她再也不想看見了。起碼，晚飯前她不會回來了。

母老虎出了門，被坑的爹追去道歉，喜妞終於可以放心大膽地帶著弟弟在家裡尋寶了。

她眼睛一瞥，注意到娘的寶貝箱子沒有上鎖。

伸手進去掏摸掏摸，結果掏摸出一塊沒見過的金牌來。

「這是什麼？」

還不太會說話的趙小二咿哦叫喚著，拿了就往嘴裡啃，這上頭很快留下兩顆淺淺的小牙印。

喜妞很是肯定地道：「這是金的！」

聽說金子都很值錢呢，小妮子眼珠子一轉，把牌子往懷裡一揣，「走！姊拿去當了，買糖葫蘆給你吃！」

趙小二用力點頭，義無反顧地同流合污去了。

是夜。

「喜妞！」又一聲厲喝響徹趙府。

趙王氏嚇得手一抖，嘆了口氣，腳步不停地趕了過去。

其實她也覺得孫女實在是太頑皮了，不過作為殺豬女的女兒，潑辣一點也正常吧？

唉，不管了，先把小孫女救下來再說吧！

說起來，她在後院餵的那幾頭豬也夠肥的了，能讓媳婦殺來瞧瞧嗎？

她真是好想好想看一回啊！

（全文完）

番外篇

番外一：聞歌始覺有人來

碧月至今還記得，第一次來到這個邊陲小鎮時的情形。

天悶熱得像倒扣著一張鍋子，滿天的塵土混合著馬糞的騷臭，堵得人每個毛孔都透不過氣來，像是抹了鹽扔在罈子裡的臭鹹魚乾，憋屈得一刻也待不下去。

同來的碧雲更是一路抱怨不休。

這也難怪，她雖也是丫鬟出身，卻跟孤身賣來的碧月不同。她是府中管事的女兒，從爺爺那輩起，一家就混得有頭有臉。說句實話，差不多也是像半個小姐似的嬌養大的，自然比她要金貴。

直到馬車進了那座破舊府衙的後門，碧雲才總算消停了下來。什麼也不說，從懷裡掏出小靶鏡，整了整一早就整理過的妝容。

碧月其實很想借她的鏡子用一用，想想，到底還是忍住了。倒是碧雲，主動把鏡子遞了過來。可那時已經要下車了，對她的好心，碧月也只能說聲謝謝。

下了車，拿著自己的包袱魚貫而入，碧月心裡有些緊張。雖然往後要面對的主子只有少爺一個，可他的身邊如今還多了一位少奶奶。

碧雲倒是比她沉得住氣，下了車就在那兒指揮家丁搬動大少爺的東西。哪些是文房之物，哪些是衣裳鞋襪，她不用看封條，就知道得清清楚楚。

還有一口箱子，裝的全是金貴的佩飾，偏那家丁不知道，粗手粗腳地磕了一下，氣得碧雲在那兒大罵：「蠢材，這箱子裡的東西，要摔壞一個，賣了你全家都賠不起！」

就在此時，屋裡出來一人，柔柔地道：「既是沒有摔壞，說兩句就算了吧。熱水早給妳們準備好了，都趕緊進屋洗洗歇歇。」

這不是碧月第一次見到她，卻是第一次見到自己的主母。

府裡沒有人不知道她的，或者說，全京城沒有人不知道她的。

她姓趙，閨名趙玉蓮。

原本只是個窮秀才的妹子，聽說還做過人家的童養媳，只不過好運的是，隨著哥哥一路中了舉人、進士，乃至狀元，她也水漲船高地嫁了自家少爺。英國公府的獨子，京城無數閨秀心目中原本的佳婿。

而她嫁的方式也很特別。

一沒有父母之命，二沒有媒妁之言，三沒有擺過喜酒，拜過天地，不過是隨少爺去天一神廟求了張婚書，用窮人最簡單的方式，締結了婚約。

至今，京城閨閣之中還流傳著這段姻緣的種種版本。

有人說是窮姑娘心機深沉，算計了貴公子。

有人說是風流公子一時不察，醉後行了場荒唐事。

莫衷一是。

如果不是因為給他們證婚的是神廟裡最受敬重的長春真人，只怕不堪的流言還會更多。

但就算這樣，人人說起這段事時，無不在牙酸中隱含一絲妒忌。

憑什麼是她？

憑什麼不是我？

其實，在碧月來看，這位少奶奶無論如何有一點是可取的。

她真漂亮。

就算是在這邊陲小鎮，穿著一身家常舊衣。那天生麗質的美貌依舊是無法掩蓋的，就算碧雲再怎麼精心打扮，換上她最漂亮的衣裳首飾，可站在她面前，人人的目光還是會被這位少奶奶吸引。

碧月覺得，她就像是從前聽大少爺讀書時的那一段，是一朵開在池子裡的荷花，就那麼靜靜地佇立在那兒，就足以吸引所有人的注意了。

可這朵荷花，也有自己的弱點。

來了不到半個月，碧月就看出來了，她不大會應酬官夫人之間的交際。

試想想，一朵池子裡長大的荷花，要怎麼跟地面上的花兒溝通？

這一天，恰好是將軍府的夫人過生日，請了當地一幫官太太們作客。席間，上了一道獨籠湯包。也不知有心還是無意，偏要自家少奶奶第一個嘗。

看著那碗大的薄皮包子，湯汁飽溢，少奶奶根本無從下手，又急又窘，難堪得都快哭了。

眼看離得最近的碧雲沒有半分幫忙的意思，碧月忍不住上前低語：「少奶奶別緊張，這可不是從前少爺在外頭買來逗妳的便宜貨，妳就按之前那樣，夾那上頭的褶子皮，一下就過來了。」

聽說孟少夫人見過這東西，再想看她出醜的夫人們也失了興趣，反倒追問起這故事來。

碧月卻又不說了，含笑低頭退下。

而得了她的提點，少奶奶不僅在眾人說話間就一筷子又準又穩地把那大包子夾回了碗裡，還微笑著想好了一段說詞。

到底麻雀變鳳凰的故事還是很吸引人的，就算是假的，可只要編得有趣，人家總是愛聽。

令碧月想不到的是，少奶奶居然那麼聰明，從一個包子引申到邊關將士的飲食艱苦。

最後話題被帶得徹底歪樓，在座的諸位夫人一致決定，在不久後的中秋，要整治些好酒好菜，送去勞軍。

這讓碧月第二次對自家溫柔少語的少奶奶刮目相看，除了美貌，她還有一顆七竅玲瓏心。

可碧雲很生氣，沒幾天，就摔了少爺最喜歡的一方硯臺，並栽贓給碧月，讓她背了黑鍋。

碧月滿心委屈，偏偏拿不出證據，不僅被罰了三個月的月錢，還挨了二十板子。養了好幾個月，傷才漸漸痊癒，而碧雲藉此機會懷上了身孕。

是了，她們本就是少爺的通房丫頭，在少奶奶不方便服侍時，都是由她們輪流伺候的。

大戶人家都這樣，不過也會小心讓這些丫頭們不在嫡母前誕育子嗣，碧雲明顯是故意的。

府中派來的管事本就跟她熟，估計也收受了不少好處，所以碧雲一有了身孕，沒有一個人會說這孩子不該留，反而到少奶奶跟前報喜。好像她若容不得，就是不賢慧不明理。

碧月因為上回挨打，少奶奶沒有幫她，心裡多少有些委屈，也不想說什麼，只冷眼旁觀。

說來少奶奶也挺可憐的，她出嫁時，娘家雖然也送了不少金銀，可畢竟不像孟府這些世家，沒有調教好的奴婢。

少奶奶身邊的幾個人，全是沿路臨時買的，人品良莠不齊不說，也缺乏管教。而大少爺到底是男人，又一心想做番事業，三天兩頭不著家，回來也累得只剩下吃和睡的力氣了。少奶奶怕他操心，這些內宅的事情從來不說，那麼就只能靠她自己摸索了。

給碧雲安排了單獨伺候的丫頭小廝，又囑咐廚房單給她做飯做湯。少奶奶老老實實地聽從那些管事嬤嬤們的建議，把這個通房丫頭供了起來。

而她，仍是那麼不疾不徐地過她的日子。該拜訪人時一定拜訪，做不好就留心先看人家怎麼做。一次鬧了笑話，第二次就記得。

孟少夫人就以她那略顯笨拙的方式，努力，也是飛速融進自己的角色。

碧月總覺得，自家少奶奶不是那麼簡單的人，可又實在挑不出她的毛病。

甚至每次大少爺回來，碧雲各種不舒服，非要把大少爺請過去，她也會大度地勸自己不耐煩的丈夫：「有孕總是難免有脾氣的，哄哄她就成了。」

有一次，碧月聽到少奶奶自己買的小丫頭悄悄問她：「那邊都懷了，少奶奶妳怎麼一點都不著急？那個鍾夫人上回都勸您，萬一她搶在前頭生了兒子，可如何是好？」

可少奶奶不緊不慢地低頭做著手上的針線，「這種事情也是要講緣分的。再說，咱們才來多久？什麼事情都沒理清楚，這時候要孩子，那不是添亂嗎？」

碧月聽得有些糊塗，添亂？一個小孩子能添什麼亂？

還有鍾夫人，她不是最高傲最看不起少奶奶的嗎？又是什麼時候和少奶奶好上的？

雖然有許多事鬧不明白，可後來湯藥婆子主動暗示她，只要給錢，就可以幫她也停下避子湯藥時，她拒絕了。她只個小小的通房，她比不上碧雲有後臺，所以她還是在夫人應允之後，再要孩子吧。

只沒想到這樣，居然保住了她的平安。

在碧雲懷胎到八個月時，邊關爆發了一場不大不小的戰役，其實並沒有什麼大事。少奶奶為了安定人心，還主動約了幾戶膽大的夫人去城牆上幫忙，給將士們送茶燒飯，極得好評。

而只管安胎的碧雲卻因為聽到莫須有的傳言，自己嚇得捲了細軟，要跑出去找少爺，結果弄得早產了。

七生八死。老人的話再也不錯，一個八個月的男嬰就這麼生下來不到一天就死了，而碧雲也幾乎送掉半條命。

等少爺回來時，她還有臉在少爺面前哭哭啼啼，說是少奶奶不管她，才害得她早產。

少奶奶也不辯解，只默默地流眼淚，等少爺發完了脾氣，才有個小丫頭拿了家裡的帳簿給他看。上面清清楚楚記載了自碧雲懷孕以來，她一個人的花銷，就趕上全家了。姑且不論吃的穿的，還有請大夫的錢，她身邊用的人全是她自己選的。少奶奶除了無條件支持，根本沒有對她的事插過半點手。

再等到城中安定，有官場同僚來向少爺道謝，感謝少奶奶為他們所做的一切，恍然明白過來的少爺才去向少奶奶道歉。

碧雲遠遠地站在窗後，第一次看到少奶奶伏在少爺懷裡哭，捶打著他的胸膛，既憤怒又委屈，「……你明知道，明知道我只有你了，連你也不信我，我解釋了還有什麼意思……那孩子再怎麼說也是你的骨血，他沒了，我能不難過嗎？」

少爺很自責，緊緊抱著少奶奶，任她發洩，「對不起，對不起，全是我的疏忽。我忘了妳跟我們原是不一樣的……」

再後來，少爺親自出面，發落了那幾個因為怕死，攛掇著碧雲亂跑的人。甭管幾輩子的老臉，一次全擼盡丟光了。

碧月那天也跪在地上，聽到少爺清清楚楚地說：「甭管你們心裡怎麼想，少奶奶是我娶進門的，她就是這個家的女主人。再有存了歪心思，想欺瞞主子的，自己掂量著辦吧。」

然後，那幾個僕人，還有管湯藥的婆子，一併發賣了出去。

這回大家徹底明白什麼叫天高皇帝遠了，就是想找人求情也找不到。

找碧雲？她一看勢頭不對，倒是比誰都會裝死。

她再有體面，也不過是一個通房丫頭，主母給了生孩子的體面，卻護不住肚子裡的孩子。不發落她，就算很仁慈了。

於是，她們這個邊關的小孟府，前所未有的安寧了下來。就算心裡未必服氣，可表面上，再沒有人敢在少奶奶面前使壞。

又過了半年，少奶奶懷孕了。

少爺的官漸漸順當起來，開始有更多的時間陪少奶奶，帶著她出席一些應酬場合。少奶奶的朋友越來越多，還做起一些朝廷允許的小買賣。

數月後，她平安產下國公府的嫡長女。

小小姐長得像極了少奶奶，大少爺也愛到了骨子裡，成天不是背著抱著，就是讓女兒騎在脖子上，帶著她四處玩耍，簡直寵上了天。

當然，還有少奶奶，總是他們三口在一起。

碧雲妒忌得眼都紅了。

天天巴望著少爺的三年任期滿，好離開這裡回到京城去。因為自從那回她小產後，少爺就不怎麼搭理她了，她要回去告狀。實在不行，她寧可少爺再納幾個通房，也好讓少奶奶沒那麼得意。

再後來，少爺回京述職時，倒是把一直嚷嚷著要調養身體的她帶走了。

再然後，少爺回來了，可碧雲卻留在了京城。

不過，少爺總算如碧雲所願，又帶來兩個年輕美貌的丫頭。不過不到幾天的工夫，兩個丫頭還沒開始爭寵，全被送了人。

一個給了老妻多年無出的將軍作妾，一個送去伺候妻妾不在身邊的師爺。

碧月甚至無意中聽到少爺私下跟少奶奶半開玩笑地抱怨：「家裡也小氣，不肯多給幾個。」

少奶奶抿嘴輕笑，「你呀，也別心急一口吃成個胖子，慢慢來吧。」

碧月吃了一驚之餘，卻又慢慢覺得有些不對勁。

少爺是個在內宅上從不留心之人，若不是……他能這麼快送人？

那她呢？少奶奶對她，會是怎樣的算計？

碧月越發小心謹慎了。

可少奶奶這人，行事實在有些看不透。碧雲之前那樣跋扈，她忍得住。自己這樣溫順，她也只淡淡的。不委屈自己，卻也不拉攏。

然後，少奶奶又生了第二個女兒。

這回，她自己也有些著急了。就算二女兒長得再像大少爺，到底是個女孩，這讓她怎麼不急？

連月子都坐完了，她還沒擺脫眉間的憂鬱。

還是大少爺有辦法，抽個空把少奶奶帶出去足足玩了一個月，再回來時，少奶奶已經一掃之前的陰鬱，滿臉都透著陽光與開朗。

碧月忽地覺得，大少爺對她，跟其他人是不一樣的。

也不像其他大戶人家的老爺夫人，他們之間，似乎隱約多了些什麼。

不過，這次回來不久，少奶奶再度查出有孕了。是喜事，卻也讓人發愁。

因為二小姐出生，她就沒坐好月子，這緊接著懷第三個，身體著實有些吃不消。這也直接影響到她整個孕期，不僅孕吐極厲害，脾氣也變差許多，臉上還長了許多孕斑，有時碧月都覺得沒法看了。

可偏偏這樣的少奶奶，少爺還是一如既往地對她好。每天回來，不是帶包小零嘴，就是帶個小玩意兒，完全把少奶奶當成孩子來寵著，直到少奶奶生下嫡長子。

終於有了兒子，少奶奶的心病不藥而癒，人也迅速恢復了。

緊接著，少爺任期還剩半年時，接到調任，臨時去接替一個因病不得不致仕的官員。

在邊關前後差不多待了十一年，少爺才終於回了京城。

而此時的碧月，也在少奶奶生下兒子後，得到允許，生下一個庶子。

離京時就一個人，回京時妻妾卻帶回了四個孩子。

久久沒有喜訊的國公府熱鬧非凡，到處都充盈著孩子的歡聲笑語。

尤其是大姊兒，已經八歲的她，儼然小大人似的。少奶奶教了她女紅針線，少爺教了她讀書禮儀，管理著弟弟妹妹，甚有一家之長的風範。

別看她長得像少奶奶，可骨子裡卻像極了大少爺。

連國公爺都讚嘆：「此女若是個男兒身，必將位列朝堂，穿朱著紫。」

大姊兒卻昂著小下巴，還了一句：「孫女便是個女兒身，也未必不能光宗耀祖！」

當時，許多人不信，尤其是一直不大喜歡少奶奶的老夫人和夫人。

可是，後來，她果然做到了。

她做了皇后，又做了太后，還垂簾聽政過，號稱一代賢后，青史留名。

只是，那時候，老夫人和夫人並不能預見到將來要發生的事，她們算計著，要給大少爺再娶一樁門當戶對的婚事。畢竟還有子睦少爺那一房無人繼承不是嗎？

而原本這個位置才應該是少奶奶的，眼下另換了個名門淑女，少爺還能有什麼意見？為了讓少爺動心，她們甚至直接把那位表小姐接到了府中，朝夕相處。

那果然是個妙人。

溫柔大方，賢慧又有教養，尤其讓人吃了悶虧還偏偏說不出，要搶人丈夫還裝出一副楚楚可憐，身不由己的模樣，實在是好手段，好高明。

京城畢竟不比邊陲，少奶奶再沉穩再聰明，也應付不來這樣一波接著一波的明槍暗箭，她整個人迅速消瘦下去，憔悴不已。

巨大的精神壓力，還有生活環境的變遷，讓她和少爺之間也爆發了前所未有的矛盾，夫妻倆雖然不吵不鬧，卻變得相敬如冰。

碧月看得暗暗著急，可碧雲卻十分得意。

「妳呀，管好自己兒子得了，主子們的事少摻和。」

碧月默了默，少見地回了一句：「妳這話可錯了，我一個姨娘，哪來的兒子？就算是我生的，可他的母親卻是夫人。」

十年的時光，足以改變許多事。

最起碼，它可以讓一個女人錯過最好的時光。碧雲這輩子不可能有孩子了，一個沒有孩子的通房丫頭，還憑什麼跟碧月姨娘比？

碧雲氣得不行，說要走著瞧。

那就走著瞧好了，碧月始終覺得，這場仗，少奶奶並不一定會輸。

果然，她的直覺是對的。

在事情鬧得不可開交的時候，誰也沒想到，大姊兒偷偷一封信，把遠在千里之外的舅舅和舅母召來了。然後，孟府上下總算是見識了什麼叫做士別三日，當刮目相看。

少奶奶的兄長，此時已經儼然是一方文壇領袖，從詩書禮儀裡引經據典，不帶一個髒字，卻把孟家上上下下罵了個狗血淋頭，還沒有一個人能還嘴。

而少奶奶的嫂子更加有趣，她從頭到尾也不吵也不鬧，就只幹了兩件事。

第一件事是把她跟孟家合作的生意全停掉了，第二件事就是把那位表小姐請來，看著她幹了第一件事。然後，孟家二話不說，把表小姐打包送了回去，至此再也絕口不提兼祧二房之事。

倒是趙夫人很大度地表示：「等小姑再生個兒子，過繼到那邊去就行了。她要是生不出來，等大哥兒將來娶妻生子也是一樣的。」

看著才四歲的大哥兒，孟府上下再次集體失聲。

然後，趙夫人很慈愛地牽著大姊兒，抱著小哥兒，叫上她相公，背上二姐兒，帶著小姑回娘家去。

碧月正在著急，少奶奶忽地轉頭對她微微示意。她心中大喜，趕緊抱了自己的兒子跟上。有這樣的兄嫂，她相信，就算是國公府，也不敢休了少奶奶。

果然，沒幾個月，大少爺就費盡周折地謀了少奶奶老家鄰鄉的一個外放追來了。

成親十多年，毛腳女婿第一次上門，可想而知那待遇會怎樣。

碧月毫不同情。

說實在的，她覺得相對於少奶奶的付出，這麼多年少爺才吃了點虧，已經算很走運了。

而她，就更加走運了。

十多年的時光，足以讓她看明白，自己和她的兒子到底是什麼身分。

少爺和少奶奶之間會有爭吵，會有矛盾，可他和她之間，是容不下第三人的。就算少爺會有一時的迷失，也很快會找回自己。

所以，少爺對少奶奶，對他們生的三個孩子，都是不一樣的。

而她和她的兒子，只是他們的擋箭牌而已。

畢竟這樣的人家，若沒個妾室，沒個庶子，也實在說不過去。

不過，那又怎樣？

她本就是個丫頭，而她的兒子也不過是個奴婢之子，可是，現在，她這個姨娘，也有半個主子的待遇，而她的兒子，更是名正言順的主子，沒人敢輕視半分。

她們替少爺、少奶奶遮掩了世俗的目光，少爺和少奶奶也給了她母子相應的待遇。這就很好了。

下著細雨的荷塘邊，已不年輕的少爺在涼亭裡給少奶奶作畫，幾個孩子划著小船在湖上打鬧。遠遠的荷塘深處，有少女柔媚的歌聲傳來。少爺和少奶奶同時轉過頭去，轉回來時又相視一笑，膠著的目光跟年輕人一樣。

而碧月，在稍遠的樹蔭下，剝著兒子摘回的鮮嫩蓮蓬，自己吃一顆，留一顆給兒子。忽地想起昨兒京城打發人來，說是讓少爺幹完這一任就回去，家裡想幾個孩子想得不得了。

碧月輕笑，她們要是知道少奶奶又有了身子，還極有可能是男孩，只怕更得著急了吧？

番外二：小樓一夜聽春雨

才入七月，市集上就迫不及待擺出了七夕乞巧要用的各種事物。

如今的紫蘭堡早不是當年的窮困模樣，自十來年前開了紫蘭學堂，幾乎每一年都能讓大家感受到這裡的變化。尤其是閻老縣令在的那幾年，在趙院長和一應鄉親的大力支持下，擴建了學堂，改變了大半個小鎮的格局。到如今，紫蘭堡已經成為北安國著名的求學聖地，文人雲集，文風昌盛。學院的昌盛不僅帶來了大量的學子，也帶動了本地的經濟發展。而經濟的繁榮又反哺了本地的教學，讓學堂有更好的條件吸引更多的學子，形成良性互動的循環，實現了當年開辦學院時的期許。

而伴隨著紫蘭學堂這十幾年成長起來的孩子們，無疑是幸運的。

所以，在這七夕將至的時候，孩子們才會有餘錢，也有多餘的心思來市集上採買乞巧物件，把整個市集擠得熙熙攘攘。

尤其是女孩們，三五成群，嘰嘰喳喳挑選著各自喜歡的小物件，熱鬧得不得了。

「紅珠，妳看我挑這幾支彩線怎麼樣？」一個十四五歲，臉蛋圓圓，笑起來很甜的女孩問旁邊個子高些的女孩。

紅珠看了一眼，「好是好，就是太貴了。」

後面又有一個下巴尖尖的女孩揶揄道：「貴怕什麼？反正阿萍都要嫁給有錢人了，又不用攢嫁妝，這點小錢算什麼？」

叫阿萍的圓臉女孩頓時又羞又惱地紅了臉，「素素，妳說什麼呢？誰說我要嫁給有錢人了？我才不嫁那傻子呢！」

叫素素的女孩別有用意地往她們身後一直低著頭的女孩身上瞟一眼，「誰說人家傻了？不信妳們問問芽兒。牛家條件那樣好，要是來我家提親，我就願意。」

紅珠是幾個女孩中最沉穩年長的一個，左右看一眼，息事寧人道：「好啦好啦，婚姻大事，還是爹娘作主，妳們吵個什麼勁？難道不怕人聽了笑話？」

阿萍卻不服地嘟囔道：「連院長都說，他女兒的婚事，日後要她自己同意的。學堂裡的先生也說，咱們就算是女孩子，也要有自己的見解，不能人云亦云。」

素素又刺了一句：「那咱們也能跟院長的女兒比？人家十歲就出過海，上過京城，到過南康。咱們最遠也就去過永和鎮吧？好歹嫁到牛家，也算是跟院長家扯上親戚了，只怕有些人嘴上說不願，其實心裡早樂開了花！」

阿萍到底年幼，瞬間又氣又急，眼淚都快出來了，也不顧是在外頭，當即就對那始終不吭聲的女孩道：「芽兒，妳回去跟妳家說，就說我不願意，讓她們死了這條心吧！」

叫芽兒的女孩終於抬起頭，竟是一個十分標致的小美人，只是神情有些怯懦，未免顯得老實局促，給那姿色打了大大折扣，反而顯不出來了。

她遲疑了一下，才為難地低聲道：「我也沒聽說過太太要向妳家提親啊，這死不死心的……讓我怎麼說？」

一句話，把阿萍噎在那裡了。

而那素素卻有幾分幸災樂禍，似又鬆了口氣，「那妳家太太到底要找個什麼樣的兒媳婦？」

「行啦行啦！」那紅珠也有些聽不下去了，「這種事妳問芽兒幹什麼？這是她能管得了的嗎？妳再這樣，可就連姊妹也沒得做了！阿萍、芽兒，咱們走，再換個店逛逛！」

素素只得悻悻作罷，幾個女孩又逛了一時，看天色不早，便各自回家。

素素原想跟芽兒同路，卻被老實地婉拒了：「我還想去看看弟弟，可就不順路了。」

素素無法，自己走了。

等她走過，芽兒抬起臉，眼中才露出一絲與平素老實怯懦大不相符的聰慧，狠狠地鄙夷了一眼，這才轉身離開。

買了包弟弟最喜歡的小點心和一本書，她獨自繞了小半個城，一身汗地走到弟弟家。

那是一所極大的房屋，可真正住人的只有前院。後院原本要起園子的地方，修了個極大的花圃，有來買花的熟客，都是直接到後頭談生意。

「姊！姊！」老遠，一個十來歲，黑黑壯壯的少年看到她，親熱地跑來迎接。

芽兒臉上掛著真心的微笑，加快了腳步，「南瓜，你別跑，我就來了！」

姊弟相會，總是親熱的。便是同母異父，但自小一起長大，感情是真摯的。

南瓜爹，成棟叔聽說永和鎮出了一種巴掌大小，可以種在案頭的新荷花，去進貨了。而小桃嬸子的弟媳婦剛生了個兒子，她帶著女兒回娘家幫忙了。

家裡只有成棟叔後來娶的正妻盧氏，帶著一雙兒女在後頭招呼生意。

芽兒過去問了好，盧氏很大方地讓南瓜去拿西瓜招待姊姊，又說要留她吃飯，可芽兒說坐坐就走，盧氏便讓南瓜去跟姊姊說話了。

兩個小的原想跟去，可盧氏卻體貼地把他們攔下，讓姊弟倆能說些體己話。

帶姊姊回了自己屋子，看她又給自己買了喜歡的點心和一直想要的書，南瓜非常高興，卻也有幾分心疼，「姊姊，妳攢點錢不容易，怎麼不給自己買些東西？乞巧節就快到了，妳有買什麼嗎？」

芽兒喝了杯弟弟倒的茶，擦了擦汗，才從懷裡取出用手絹包著的一個小布娃娃，「太太對我挺好的，又供吃穿，又供讀書，每個月還給零花錢，我要攢錢哪裡不容易了？這乞巧節的東西太貴了，沒必要花那個冤枉錢。你瞧，這是我拿家裡的碎布頭做的，送你，好看嗎？」

那娃娃只有拇指大小，卻做成魁星模樣，栩栩如生，極是精緻，又小巧可愛，看得南瓜頓時就驚嘆起來：「哇，姊姊，妳的手藝越來越好了！」

芽兒卻不滿意地搖了搖頭，「你是沒見過從前玉蓮姑姑做的，少爺屋裡至今還收著她從前做的魁星，那才叫精緻呢！」

南瓜卻道：「姊姊做給我的，就是最好的，我也要好好收起來！妳等著，我拿西瓜給妳！」

芽兒笑著，等他拿了西瓜，姊弟倆一面吃，一面說些家常。

芽兒擔心小桃嬸有了親生女兒就不疼弟弟了，弟弟卻也擔心她年紀漸大，說不上好婆家。

芽兒失笑，「少爺都還沒娶上媳婦呢，你倒擔心起我來了。放心吧，太太不是壞人，她都白養了我那麼多年，不會在這事上為難我的。反正我又不求嫁什麼秀才舉人闊少爺，就嫁個平平凡凡的夥計農夫，應該還是不難的。」

南瓜也寬慰姊姊：「小桃嬸子盼了這麼些年，好不容易才生了妹妹，難道我還要跟個奶娃娃爭寵？只是我年紀太小了，到妳成親，估計也給不了妳多少嫁妝。」

芽兒笑了，「你有這個心，姊就很高興了。其實有錢沒錢又怎樣？從前院長家還不是窮得叮噹響，雖然我沒院長夫人那麼有本事，但養活自己還是行的。你就讀好書，管好自己吧。」

姊弟倆又說了好一時話，南瓜非拿自己攢的零用錢給她，讓她去買胭脂花粉，這才作罷。

等到晚上趙成棟回來，果然帶了幾盆那種可以放在案頭上的小荷花。

家裡人看得嘖嘖稀奇，趙成棟卻是笑道：「看把你們也唬住了吧？其實這花就是拿尋常蓮子種的，只不過要養得講究些罷了。不過今年是趕不上了，明年咱們也來種一種。這幾盆是我買給家裡玩的，快拿飯來我吃了，回頭好送去。」

南瓜忙道：「爹，您跑一天了，在家歇著吧，我去送就好。」

「你行不行？」

「放心，我早會趕車了。天還亮著，這幾盆花，我一下就送完了。」

「那行，你去送吧。記得給姨媽、副院長，還有你金寶叔家都送一盆。」

南瓜應了，趕著車就走，順帶把鬧哄哄的弟弟妹妹也捎上了。

回頭盧氏說起白天芽兒來過的事情，趙成棟想了想，跟妻子商量：「那丫頭也大了，到底又是南瓜的姊姊，回頭妳去跟姨媽說一聲，她要出嫁，咱們家也送一份嫁妝吧。妳要是不樂意，日後就從南瓜那裡扣。」

盧氏嗔他一眼，「我像那麼小氣的人嗎？芽兒的娘到底跟了你一場，一個閨女又能陪送多少？行啦，這事我知道了，你就別操心了。」

那邊，南瓜先送了荷花去最遠的副院長李鴻文家，再是張金寶家。如今張家也起了個大宅子，張發財帶著三個兒子全住一起。然後又去院長大伯家，沒想到牛姨媽和大姑媽正好都在。

趙玉蘭笑道：「進門時我看見嫂子這裡有一盆，還想要了去，擺我那飯館裡，你這就捧來了，南瓜，回去謝謝你家爹娘，我們的，你就擱這兒吧，別再跑來跑去了。」

南瓜憨厚笑笑，便要告辭，大嬸娘把他叫住，「慌什麼？帶你弟弟妹妹玩一會兒。正好有一批海外來的新奇貨，全在你喜妞妹妹那兒。瞧得喜歡了，自己挑一件，回頭天黑了，我打發人送你們回去。」

南瓜應了，正要去瞧，牛姨奶奶把他叫住，「南瓜，你也在學堂裡讀書，知道紅珠嗎？」

南瓜一愣，老實道：「知道啊，姨奶奶，您不會真想把她說給小旺叔吧？」

牛姨媽奇道：「你是怎麼知道的？是芽兒跟你說的？」

後一句，她已經帶了三分隱隱不悅。

南瓜的臉一下子漲紅了，「姨奶奶，您別誤會，是這麼一回事。」他把白天發生的事情如實說了，然後才道：「姊姊也沒別的意思，她只是覺得，小旺叔那麼好的人，不該配這樣的女子。」

牛姨媽不說話了，但臉上的不悅卻是消散了。

大嬸娘卻問：「你們都覺得阿旺好，他好在哪裡呢？他總耐煩陪你們玩，還是肯花錢買東西給你們？」

南瓜臉又紅了，不好意思地撓了撓後腦杓，「我小時候不懂事，也是這麼想的，可後來姊姊跟我說，小旺叔好，是好在心裡頭的。他好多事其實都明白，只是不願意跟人計較。不過我也覺得他性子很好，成天樂呵呵的，跟他待在一起，再大的煩惱也沒有了。」

大嬸娘笑了笑，讓他去玩了。

等他聽不見了，趙玉蘭才嘆了口氣，「到底是咱們自己家的人，才知道阿旺的好。姨媽，您也不算白養了那丫頭一場。」

牛姨媽卻哽咽起來，「光咱們家知道有什麼用？你們也聽到了，外頭人不是看中了咱家的錢，就是看中了咱家的勢。更有那些會耍心眼的，看中旺兒老實憨厚好欺負。妳們說說，我這想給他娶個媳婦，怎麼就這麼難呢？」

趙玉蘭猶豫了一下，「要不，我回去再跟我公公婆婆說一聲？秀秀這年紀倒是般配，她心眼也好。」

牛姨媽忙抹了眼淚道：「不行。你們家秀秀那麼靈秀，如今又有那麼好條件的上門提親，可不能給我們旺兒耽誤了。我再找找吧，實在不行，我就是買個丫頭回來也行。」

「姨媽這就是說笑話了。」章清亭忽道：「您既要上外頭買人，何不用家裡現成的？還更知道深淺。」

牛姨媽怔了怔，半天才會過意來，「妳是說……這……不大好吧？」

章清亭笑了笑，「有什麼不好的？姨媽，您先別管旁人說什麼，您只想想，如果單把那丫頭挑出來說，她人怎麼樣？」

趙玉蘭贊同地接過話道：「仔細想想，嫂子這主意不錯啊！那丫頭長得好，性子也機靈。我雖接觸不多，卻也知道不是表面看起來這麼老實的。」

牛姨媽有些心動，又有些猶豫，「妳們可別忘了她娘是誰。」

章清亭卻是笑了，「姨媽要是擔心這個，那就大可不必。那柳芳是招人恨，可妳們別忘了，她從前跟著她前夫時，也有過好的時候。只不過後頭男人沒了，她又拿不正主意，這才一步錯，步步錯。可旺兒不會，他有您，有咱們這麼多哥哥姊姊看著，他媳婦能錯得了？再說那丫頭，別說爹娘了，連個三姑六婆的親戚也沒一個，就一南瓜，她就是胳膊肘想往外拐，還真沒地方拐去。」

趙玉蘭也點頭，「這樣的丫頭，不管嫁了誰家，必是一心一意跟人好好過日子的。這些年，雖在咱們家長大，可閒言碎語應該聽了不少，這樣的孩子，懂得惜福。」

牛姨媽明顯意動，可想了半天又道：「全鎮可都知道她是我養大的，要是給了旺兒，人家該怎麼說？」

趙玉蘭噗哧笑了，「姨媽，您可真逗，這人是活給別人看的嗎？要照您這麼說，我還不得守著那個死鬼一輩子啊？當年您是怎麼勸我來著，如今落到自己身上，怎麼就想不開了呢？」

牛姨媽也笑了，「可不是？倒把自己繞進去了。不過，成材媳婦，這事妳可得幫我試試那丫頭，要是可以，我只當妳保的媒，回頭要是不好，我也有人算帳了。」

章清亭故作無奈狀，「您說我怎麼就攤上這麼個差事？早知道，我才不多嘴呢！」

這話把人都逗笑了，忽聽一個軟糯的聲音好奇地問：「娘，您跟姨奶奶、姑姑在笑什麼？」

章清亭一轉頭，是兒子來了。

他賣力地提著個籃子，裡面裝著拌了碎冰的綠豆沙，和用布巾包好的乾淨小碗小勺。

趙玉蘭離得近，忙去接了過來，「喲，小二這麼能幹，提這麼大桶綠豆沙來給我們呀！」

年方六歲的趙小二臉紅了紅，羞答答地推讓功勞，「姊姊讓我來的。」把東西放下就跑了。

章清亭看得直搖頭，「老大一個姑娘家，卻上山下海沒有她會怕的。老二一個兒子家，偏生跟自家人多說兩句話都臉紅，真不知這姊弟倆怎麼長的。」

牛姨媽跟趙玉蘭一對眼色，忍著笑道：「那才對呀，一個像妳，一個像他們爹嘛！」

章清亭一噎，忽地氣結，轉而失笑。

當晚，牛姨媽回家，隔著院牆上鏤花的隔窗，就見自己兒子都二十多歲的人了，還趴牆角替家裡的小丫頭抓七夕玩的蜘蛛。

才想說他幾句，就見芽兒從屋裡出來，笑吟吟地道：「少爺，您瞧，您昨兒刮破的衣服，我幫您繡個蜘蛛可好？旁邊再繡一張網，這樣您走到哪兒，都能帶著蜘蛛和網一起玩了。」

牛得旺從牆角站出來，高高大大的臉上帶著幾分赧顏，「我、我這不是玩，就是……」

芽兒笑著打斷了他，「要不要我幫你拿個盒子裝起來，看能不能給您結一張巧網？」

牛得旺尷尬得立即擺手，「算了，那是妳們女孩子用的，我要來幹什麼？」他回身對小丫鬟道：「抓這個要自己動手才心誠，妳還是自己去吧。」

小丫鬟吐著舌頭跑了，牛姨媽心裡的那口氣也終於順了下來。

不過，再看一看芽兒，心裡又有些膈應。

過了幾天，眼看快收夏糧了，四處要錢，她也回到老家那邊鋪子裡收帳，可一個跟她相熟的老客賒了上千斤的糧食，拖了快一年了，竟然還不還錢。她有些氣不過，找上門去，那人居然躲了，只讓什麼事也不懂的老婆子出來應付。

牛姨媽氣得不輕，要是一時生意做不好，周轉上出了問題，把話說清楚，拖一拖也沒什麼，可這樣一副談都不談的嘴臉，是想賴帳嗎？

罵一通人也不出來，天又熱，牛姨媽又胖，一下子氣急攻心，中暑暈過去了。

等她第二天醒來時，只見兒子兩眼通紅地守在她身邊，眼看嚇得不輕。

牛姨媽反倒勸他：「娘沒事，別怕。」

牛得旺告訴她：「娘，您別生氣了，芽兒把帳討回來了。」

牛姨媽愣了，自己都沒辦法，她是怎麼討回來的？

牛得旺如實道：「那天您暈過去了，芽兒摸了把剪刀就衝到那家門口，說要是不還錢，她就死在那兒。人家不信，她拿剪子就捅了自己一刀，出了好多血，把那家人嚇壞了，當時就把錢還回來了。」

他說完，還嘿嘿笑了兩下。

牛姨媽嚇壞了，「你這傻孩子怎麼還笑啊？那她有沒有事？」

牛得旺忍著笑，趴在她耳邊道：「芽兒是騙他們的，她拆了我皮球裡的豬尿泡，殺了隻雞灌了血進去，藏在懷裡，一刀就捅在那裡，看著嚇人，全是假的。不過，這幾天只好裝病，讓我瞞著別人，只告訴您。」

牛姨媽愣了愣，忽地也忍俊不禁笑了起來。

等到忙完了收帳收糧的事情，又回到紫蘭堡時，她對章清亭說：「算了，不用再試那丫頭了。萬一弄不好，反倒傷感情。」

沒想到章清亭笑道：「說來此事，我倒聽了個故事。姨媽可知，我原想弄個人去鼓動鼓動那柳家人，找芽兒打個秋風試探試探，誰知人家早幾年就試過了。說是讓芽兒哄著您和阿旺，多弄點錢攢嫁妝，結果被芽兒一石頭就砸掉兩顆門牙，說來一次打一次，嚇得他們說什麼也不敢再來了。她那時才多大啊，也就十一二歲，應該是錯不了的。」

牛姨媽再想一想，終於下定決心，「行吧，就是她了。回頭妳把她接去，問問她自己的意思，要是同意，年前就成親。」

之後，芽兒聽到一個讓她無比震驚的消息，「我？太太願意讓我嫁給少爺？」

章清亭問：「妳不願意？」

芽兒拚命搖頭，激動得聲音都發著抖，「這……這種好事，怎麼能輪得到我呢？」

看她一臉確實是被幸福砸暈的表情，章清亭越發覺得自己保的這個媒挺靠譜的，「那我可就當妳願意了？」

芽兒努力點頭，眼眶中都泛著淚花，「我、我一定會好好幹的！」

章清亭被逗笑了，「又不是要是妳做事，是做人家兒媳婦。以後記得孝敬長輩，體貼丈夫，將來多多的生兒育女，這就夠了。」

於是，等到臘月裡大雪紛飛的一天，芽兒從趙成棟家出嫁了。

在她的堅持下，並沒有多少嫁妝，但她依舊覺得幸福滿足得不得了。

只是洞房的時候，牛得旺還有些拘謹，怎麼一下子家裡養大的小妹妹就成了媳婦？

看他半天不過來，芽兒含著淚，「你是不喜歡我嗎？」

牛得旺連連擺手，臉漲得通紅，「我就是、就是……」

他急得抓耳撓腮，連話也不會說了。

芽兒被逗笑了，主動走到他的跟前，把他拉到喜床上坐下，放下了紅帳。

牛姨媽給了她這個機會，她就一定會努力做好這個兒媳婦。

讓相公喜歡自己，那種不一樣的喜歡。

然後，牛得旺果然很快就喜歡上了她。

那種兩情相悅的快樂和滿足是完全掩飾不住的，一個眼神、一個笑容、一個小動作，都能滿滿地流露出來，連牛姨媽看著都替兒子開心。

成了親的牛得旺似是在為人處事上又開了不少竅，快到正月十五的時候，居然主動跟牛姨媽提出想全家去永和鎮看花燈。

「你們小倆口去玩吧，我這老婆子就不去礙眼了，反正有了媳婦，要不要娘也無所謂了。」牛姨媽故意翻著白眼，嘴角卻止不住地往上翹。

牛得旺被娘逗得面紅耳赤，吭哧吭哧說不出話來。

直等牛姨媽忍得受不了，才放過自己這憨兒子，並讓他們打點行李，去多玩兩天。

新婚的小倆口甜甜蜜蜜地出門了，章清亭帶著婆婆上門來要謝媒錢，牛姨媽卻賴帳，「要錢沒有，要人一個，妳要就拿去吧。」

趙王氏幫著媳婦道：「那我還就要妳這個人了。走走走，先把妳綁到我家去，等到小倆口回來，媳婦妳再管他們討錢去。」

牛姨媽笑著，跟這婆媳二人去過節了。

而在永和鎮看過花燈的小倆口，聽說這附近有個龍王廟極是靈驗。

芽兒心思一動，想和牛得旺去拜拜再回家。

因是過年，去廟裡的人極多，一路上擺攤做生意的小販，還有乞討的人也多。牛得旺一路護著媳婦，小心地不讓人擠著她。不料還是有個登徒子看芽兒貌美，輕佻地吹了聲口哨，可把牛得旺氣壞了，捏著拳頭就要跟人理論。

芽兒見那男子也就是吹個口哨，忙把牛得旺攔下，可牛得旺還是氣鼓鼓地去買了一頂帷帽給她扣上，這才作罷。

看他這吃醋的樣子，芽兒又覺好笑，又覺甜絲絲的，才想哄他幾句，卻不意聽到一個略帶沙啞的熟悉聲音：「大爺、夫人行行好，給兩個錢吧。」

芽兒嚇了一跳，可牛得旺已經扔出兩個銅板，把她拉走了。再回頭，就算隔著帽子上的紗簾，芽兒還是認了出來，那個衣衫襤褸的乞討老婦竟是她親娘。

可她顯然沒有認出自己，兩眼呆滯地又在尋找下一個施恩者。

「怎麼了？」牛得旺問。

「沒什麼。」芽兒按捺著怦怦跳的一顆心，拉著他走了。

可心中卻不禁冷笑。

這，應該就是報應吧？

所有人都以為當年把她賣到人販子處的是柳芳的姦夫，可只有芽兒自己知道，把她賣去的，正是她親娘。

柳芳當年黑了趙成棟的家產，跟著那個卓老闆跑了，可那個卓老闆很快又黑了她的錢，把她給甩了。

柳芳窮途末路，既沒膽子回趙家，也知道不能回柳家，所以，她盯上了自己的女兒。

芽兒永遠記得娘把自己帶到那個人販子處時，溫柔騙她的話：「妳在這裡乖乖的，過一會兒娘就來接妳啊！」

可她等了很久很久，再也不見娘來接她。

要不是趙成材那時帶人無意中闖進來，她還不知道自己面臨的將會是怎樣的命運。

所以，當來到龍王神像前，她誠心誠意地焚香禱告。

這世上愛她的、對她好的，她會傾全力去回報，可對不起她的，她可以原諒，卻再也不會去善待了。

如果善惡終究一個樣，怎信世間有報應？

最後，離開這裡的時候，她只悄悄扔出一錠銀子給柳芳，接著頭也不回地走了。

至此以後，她再也沒有見過柳芳。

然後，她用這一輩子兌現了當日對章清亭的承諾。

她是好媳婦，也是好妻子，後來更是為牛家生養了三兒兩女，做了他們的好母親。

五個孩子有資質好的，也有資質平平的，但無一例外，她把每個孩子都教養得很好，都是最規矩的普通人。

所以，等到芽兒八十高齡，垂垂老矣的時候，她想，她可以問心無愧地去見婆婆，見相公，見閻王了。

昨晚下了一場雨，一大早，小曾孫就揀了園子裡被風雨打落枝頭的杏花給她，「太奶奶，您看，這是最漂亮的一朵，給您了。」

芽兒慈愛地拿著花，輕撫著小曾孫柔軟的短髮，輕輕地說：「乖。」

番外三：遙知不是雪

又一場冬雪後，院子裡的紅梅開了。

年輕清麗的婦人站在樹下，溫柔地看著那滿樹紅得像火一樣的梅花，似看著自己的老友一般，不忍離去。

「又發傻了嗎？」

忽地，身後一暖，清俊的男子上前，解了自己的披風罩在她身上，略含責備地道：「出來怎麼也不多穿件衣服，站了許久了吧？鞋子也該濕了。早知道就不該移這株梅花過來，弄得人都魔怔了。」

婦人轉過頭來，淺笑中帶著幾分靦腆，「是妾身的錯，勞相公操心了。這梅花今年第一次開，我心裡高興，一時忘了時間，這就進屋了。」

男子想牽起她的手，可看看旁觀還有不少丫鬟婆子，又放棄了，「一株花，哪天看不得，怎麼非要一天看個夠似的？」

婦人隨意地道：「我出家那些年，全虧了這株梅花伴我。每天數著日子等著它開，開完又等它明年再開，也就不覺得時間難過了。」

男子神色一滯，終於略帶歉意地牽起她微涼的小手，可自責的話還沒說出口，婦人就換了話題：「你一早去哪兒了？又帶大侄子跑馬了嗎？這樣的冷天，小孩子身子弱，受得了嗎？」

男子放鬆下來，跟她說笑起來，「無妨的，就因為身子弱，所以要多跑跑，慢慢適應了，將來他就知道好處了……」

兩人說著話，進了屋，婦人換了鞋襪，男人又有別的事來擾，很快出忙他的了。

自幼跟著婦人的貼身奶娘忍不住道：「小姐，您進門都三年了，也是時候要個孩子了吧？要不，遲早會有人說的。」

婦人笑了，只是笑容中多了些別的意味，「那妳有聽二爺說過嗎？」

奶娘怔了怔，這倒是沒有，「可他就是一時不說，日後被家裡人逼問起來，也是沒有辦法的。您又不是不能生，為什麼不早點要呢？」

婦人看了她一眼，「我知道奶娘疼我，可這事我心裡有數，您別催了。」

奶娘無法，只得作罷，可再想一想，也不是完全不能理解。

自家的小姐，可是永昌侯府嫡出的三小姐，侯爺夫人的晚來女，從小就是眾人捧在手心長大的鳳凰，從來不知愁滋味。

可一場意外的目睹，卻讓她的名節受損，小小年紀不得不出家修行，苦等了那麼些年，才終於等到晏家二少爺的求娶。如果太便宜了他，似乎也沒這個道理。

奶娘想通此節，又去指揮丫鬟為二夫人燉補品了。

出家修行那麼多年，身子能不虛嗎？就是要吃好的，慢慢調理。

聽見她在外頭要人參要烏雞的聲音，婦人淺淺地笑了。

慢慢從針線筐裡拿起打算送給丈夫的裡衣，開始繡袖口的花紋。

丈夫中意清水亭亭的荷，可她偏要繡小小的梅。

纏纏綿綿，把滿腔心事都密密繡了進去。

在出嫁的時候，娘就告訴她，得到丈夫的心，比什麼賢良淑德都要緊。

有時候，適當的手段不是對感情的欺騙，而是用另一種追求幸福的方式。

一個人的心，其實是很小的，
一個人的感情，其實也是很有限的。
妳不爭，永遠都得不到。
計較從前誰欠誰多一點，都沒什麼意義，過好將來的日子，才最要緊。
慢慢來吧，她相信，總有一天，她的丈夫會習慣梅花。
他是個有情的人，有情的人多半做不到無情。
就好像三年前那麼客氣有禮的丈夫，今天終於在外人面前牽起了她的手。
清麗的唇角浮出一抹淡淡微笑，手不覺悄悄搭在了小腹上。
或許，明年梅花再開時，她可以試試和他一起抱著孩子看梅花。
反正，她有的是一輩子的時間。

後記

三個番外，三朵花，寫了三個不幸又幸運的女子，算是寄託桂仁對全天下女生的祝福吧。

有位哲人說：「山不來就我，我去就山。」

這世上，大多數事情都是這樣的。

夢想總在前方，幸福大多在彼岸。追逐不一定能得到，付出不一定有回報。

但還是要勇敢地去嘗試，最後才可以對自己說，沒關係，至少我努力過。

好啦，還是說回本書。

隔了這麼久才出，其實也挺好的，給個機會讓作者沉澱下來，安安靜靜看一看，修改掉之前一些連載中的遺憾。

有看過網路版的應該會看出，全書做了較大的改動。

尤其是趙玉蓮，想了很久，還是決定讓她跟孟子瞻在一起。因為小說天生就應該給大家夢想的權利，而網路版裡的錯過，至今讓桂仁自己看起來都覺得好虐心的說。

最後，非常感謝晴空出版社大力支持，至於原版殺豬女的故事，在桂仁的《家有鮮妻》裡，希望將來能有機會把實體也做出來。

再次感謝每一位買書的讀者，愛你們。

二〇一四年中秋夜於家中

漾小說 138

沖喜 5 完

國家圖書館出版品預行編目資料

沖喜 / 桂仁著. -- 初版. -- 臺北市：
麥田, 城邦文化出版：家庭傳媒城邦分公司發行,
2015.01
冊；　公分. --（漾小說；138）
ISBN 978-986-91202-8-9（第5冊：平裝）

857.7　　103021525

城邦讀書花園
www.cite.com.tw

作　者　桂 仁
封面繪圖　畫 措
責任編輯　施雅棠
國際版權　吳玲緯
行　銷　陳麗雯　蘇莞婷
業　務　李再星　陳玫潾　陳美燕　杻幸君
副總編輯　林秀梅
副總經理　陳瀅如
編輯總監　劉麗真
總 經 理　陳逸瑛
發 行 人　涂玉雲
出　版　晴空
城邦文化事業股份有限公司
104台北市中山區民生東路二段141號5樓
電話：（886）2-2500-7696　傳真：（886）2-2500-1966
發　行　英屬蓋曼群島商家庭傳媒股份有限公司城邦分公司
104台北市中山區民生東路二段141號2樓
客服服務專線：（886）2-25007718；25007719
24小時傳真專線：（886）2-25001990；25001991
服務時間：週一至週五上午09:00~12:00；下午13:00~17:00
劃撥帳號：19863813；戶名：書虫股份有限公司
讀者服務信箱：service@readingclub.com.tw
晴空部落格　http://blog.yam.com/readsky
香港發行所　城邦（香港）出版集團有限公司
香港灣仔駱克道193號東超商業中心1樓
電話：852-25086231　傳真：852-25789337
E-mail：hkcite@biznetvigator.com
馬新發行所　城邦（馬新）出版集團【Cite (M) Sdn Bhd】
41, Jalan Radin Anum, Bandar Baru Sri Petaling,
57000 Kuala Lumpur, Malaysia.
電話：(603) 9057-8822　傳真：(603) 9057-6622
Email：cite@cite.com.my
美術設計　洸譜創意設計股份有限公司
印　刷　鴻霖印刷傳媒股份有限公司
初版一刷　2015年01月13日
定　價　250元
ISBN　978-986-91202-8-9